RICK MOFINA

SIEH NIEMALS WEG

Roman

Ins Deutsche übertragen von Alfons Winkelmann

LYX

LYX in der Bastei Lübbe AG
Dieser Titel ist auch als E-Book erschienen.

MIX
Papier aus verantwortungsvollen Quellen
FSC
www.fsc.org
FSC® C083411

Die Originalausgabe erschien 2014 unter dem Titel
»Whirlwind« bei Harlequin, USA.

Für die deutschsprachige Ausgabe:

Redaktion: Stephan Bellem
Umschlaggestaltung: © Massimo Peter-Bille unter Verwendung mehrerer Motive von © shutterstock/Eky Studio und © shutterstock/F.Schmidt
Satz: Greiner & Reichel, Köln
Gesetzt aus der New Caledonia
Druck und Verarbeitung: CPI books GmbH, Leck – Germany
Printed in Germany
ISBN 978-3-7363-0358-4

1 3 5 7 6 4 2

Sie finden uns im Internet unter www.lyx-verlag.de
Bitte beachten Sie auch: www.luebbe.de und www.lesejury.de

In Gedenken an John Gradon

Wasser ergossen die Wolken,
Donner entsandte das Gewölk,
auch deine Pfeile fuhren dahin.
Laut rollte dein Donner wie ein Rad,
Blitze erhellten den Erdkreis.
Die Erde bebte und schwankte.

Psalm 77, 18–19

1

Wildhorse Heights, Texas

Der Tod war nahe, aber davon wusste Jenna Cooper nichts.

Niemand wusste etwas davon.

Wie Tausende anderer Besucher des Old Southern Glory Flea Market im südöstlichen Teil des Dallas-Fort Worth Metroplex war sie auf der Jagd nach Schnäppchen.

Jenna kam gern hierher. Mit seinen über neunhundert Verkaufsständen in Hallen und draußen auf dem Gelände, das sich über mehr als 16 Hektar entlang der Hawn- und LBJ-Autobahnen erstreckte, war der Old Southern einer der größten Flohmärkte in ganz Texas.

Was immer Jenna auch gerade benötigte, hier fand sie ein passendes Schnäppchen.

»Kann ich Ihnen hierfür ein Angebot machen?«

Jenna tippte auf die Babysachen, die sie ausgesucht und auf den Tisch der Verkäuferin gelegt hatte. Ein Fleecepulli, ein Schlafanzug mit Füßen, ein Strampler, T-Shirts, Lätzchen, Spitzenoberteile und ein paar süße Hosenröcke.

Die Verkäuferin trug eine Baseballkappe der Cowboys, eine rosafarben getönte Sonnenbrille und ein T-Shirt mit der Aufschrift: Verna's Clothes for Kids. Jenna schätzte sie auf Ende sechzig.

»Was bieten Sie, meine Liebe?«

Jenna überlegte, dass die Kleidungsstücke neu etwa fünfzig bis sechzig Dollar kosten würden. Aber die Preise auf den

Schildchen der Sachen hier ergaben zusammengerechnet etwa fünfunddreißig Dollar. Sie war nicht gut im Handeln, jedoch blieb ihr im Augenblick keine andere Wahl. Sie, Blake und die Kinder mussten jeden Cent dreimal umdrehen.

»Wie wäre es mit fünfundzwanzig für alles?«

Die Frau betrachtete prüfend Jennas Tochter, die sich am Kinderwagen festhielt, in dem ihr kleiner Bruder gerade aus einem Nickerchen erwachte.

»Wie alt sind Ihre Kleinen?«, fragte sie und wägte dabei Jennas Angebot ab.

»Cassie ist vier, fast fünf, und ihr kleiner Bruder Caleb ist fünf Monate alt.«

»Ich wette, mit denen haben Sie gut zu tun.«

»Allerdings.«

»Na schön, meine Liebe, für Sie und Ihre Engel, fünfundzwanzig.«

»Danke«, sagte Jenna und reichte der Frau das Geld.

Während die Verkäuferin unter dem Tisch nach einer Tüte suchte, ertönte aus dem alten Transistorradio, das an ihrem Holzschild hing, auf dem ebenfalls ›Verna's Clothes for Kids‹ stand, krächzend die neueste Wettervorhersage.

Aber nur wenig Menschen achteten auf die Tornadowarnung.

Am Horizont zuckten ununterbrochen Blitze über den Himmel. Es war heiß und schwül. Jenna drückte sich den Handrücken gegen ihre feuchte Stirn und schaute dann nach Caleb. Er würde hungrig sein, und sie müsste einen Platz zum Stillen suchen. Sie ließ Cassie einen Schluck Wasser aus der Flasche trinken und wollte den Einkauf beenden, um noch vor dem Regen wieder zuhause zu sein.

»Ihr kleines Mädchen ist wunderschön.«

Jenna blickte zum Ende des Tischs hinüber, wo eine weitere

Frau kurz beim Wühlen innegehalten hatte, um ihr das Kompliment zu machen. Sie war etwa in Jennas Alter, also Mitte zwanzig, hatte eine kurze rote Stachelfrisur und ein nettes Lächeln.

»Danke sehr«, sagte Jenna.

»Und …« Die Fremde nickte zum Kinderwagen hin »… Ihr Kleiner ist fünf Monate alt, wie ich gehört habe?«

»Ja.« Jenna strahlte.

»Darf ich?« Die Frau trat näher und hockte sich neben Calebs Sportwagen. »Oh, er ist noch ganz klein! Was für ein Süßer!«

»Hier ist Ihre Tasche«, sagte die Verkäuferin zu Jenna.

»Vielen Dank.« Sie streckte die Hand danach aus.

»Nach wem gerät er?« Die Fremde richtete sich wieder auf.

»Nach seinem Vater. Er hat die Augen seines Vaters.«

Zum ersten Mal fiel Jenna ein Mann am anderen Ende des Tischs auf. Er war etwa so alt wie die Frau, und die Art und Weise, wie er zuschaute, ließ darauf schließen, dass er mit ihr zusammen hier war.

»Sie sind gesegnet! Es sind wunderschöne Kinder«, sagte die Frau.

»Vielen Dank.« Jenna schob die Babysachen in das Netz des Kinderwagens.

Die Frau hatte Recht, dachte Jenna, während sie sich durch das Gewimmel des Flohmarkts schob. Sie war gesegnet, aber das vergangene Jahr war auch schwer für die Familie gewesen. Eine Woche nachdem sie erfahren hatte, dass sie schwanger war, hatte Blake, der beim Bodenpersonal des DFW International Airport beschäftigt gewesen war, die Kündigung erhalten. Wochen und Monate waren verstrichen, und Blake hatte jede Arbeit angenommen, die er finden konnte. Er war nach Hause gekommen, die Hände schwielig von einem langen Tag auf einer Baustelle, oder er war vor dem Fernseher eingeschlafen, nachdem er Dutzende von Lieferungen als Kurier ausgefahren hatte. Aber das waren alles gering bezahlte Aushilfsjobs gewesen, nichts Festes.

Blake fand einfach keine gute feste Stelle.

Jenna war Bankkassiererin in Teilzeit und arbeitete so viele Stunden, wie sie konnte, bevor der Geburtstermin kam. Sie verbrauchten die geringen Ersparnisse, die sie hatten, und bis vor sechs Wochen hatte sie befürchtet, ihr Haus zu verlieren. Da wurde Blake von American Journey Movers angeheuert. Es war eine Vollzeitstelle und umfasste zum Glück auch eine Krankenversicherung, was bei der Geburt Calebs sehr nützlich gewesen war.

Kehrseite war, dass Blake stets umherreiste. In der einen Woche fing er in Florida an, dann folgte Minnesota. Gott sei Dank kam Jennas Schwester Holly nach Calebs Geburt für zwei Wochen von Atlanta herüber, weil Blake, einen Tag nachdem Jenna das Baby vom Krankenhaus heimgebracht hatte, bereits wieder unterwegs nach Kentucky und Virginia war.

Jetzt war er in Alaska.

Jenna vermisste ihn.

»Du stehst das durch, Jen«, würde Blake zu ihr sagen. »Du gibst nicht so leicht auf. Wir stehen das durch. Sieh dir doch an, was wir bisher schon überstanden haben.«

Er hatte Recht, und darum war sie dankbar. Für sie wurde alles immer besser. Sie hatte einen gesunden Jungen und eine wunderschöne Tochter. Blake hatte eine gute Stelle gefunden. Es stimmte, sie war gesegnet. Sie hatten ihr Haus behalten und zahlten ihre Schulden zurück.

Um finanziell besser über die Runden zu kommen, versuchte Jenna, einen Job in der Datenverarbeitung zu finden, den sie von zuhause ausüben könnte. Außerdem achtete sie sehr aufs

Geld und überschritt ihr Budget niemals. Deswegen hatte sie Cassie und Caleb in den zehn Jahre alten Ford Focus verfrachtet, ihr Familienauto, und war hierher gekommen.

Aber sie hatte heute früh gezögert, bevor sie aufgebrochen war. Die Wettervorhersage hatte eine leichte Unwetterwarnung für diesen Nachmittag gemeldet. Als sie so in ihrer Zufahrt stand, hatte der Himmel jedoch gut ausgesehen, und sie plante, am frühen Nachmittag zurück zu sein. Abgesehen davon brauchte sie jetzt einige Sachen, und das war die beste Zeit für sie zu fahren.

Bisher hatten sie Glück gehabt, dachte Jenna, während sie den Kinderwagen durch die belebten Marktstraßen lenkte. Neben den Babysachen hatte sie für einen Pappenstiel Handtücher und Bettlaken erstanden. Zwar hatten sie Webfehler, aber die waren nicht einmal zu sehen. Jetzt brauchte sie eine Schreibtischlampe. Sie hatte eine für zwei Dollar entdeckt. Die gleiche kostete im Geschäft fünfzehn Dollar.

Caleb begann zu quengeln. Jenna musste ihn stillen, wollte jedoch zuerst die Lampe erstehen. Sie versuchte gerade, sich an die Reihe zu erinnern, wo die Lampe war, da spürte sie den ersten Regentropfen.

Dann wirbelte ein Windstoß einige Papierfetzen und Staub auf. Händler warfen Planen und Plastikdecken über die Auslagen, andere entrollten Tuchwände. Jenna entfaltete den Regenschutz an Calebs Kinderwagen, zog Cassie die Regenjacke über und öffnete ihren Regenschirm gerade in dem Moment, als es richtig losging.

Eilig suchten sie Schutz vor dem Regen unter dem Zeltdach eines großen Picknickbereichs. Sie quetschten sich neben andere Käufer, und da sausten auch schon Hagelkörner zu Boden, groß wie Golfbälle, und prasselten mit solcher Heftigkeit aufs Dach, dass Jenna befürchtete, es könne einreißen.

»Mama, ich hab Angst!« Cassie legte die Arme um sie.

Jenna zog sie enger an sich und packte den Kinderwagen fester. Sie biss sich auf die Lippe, während sie den Sturm und die Blitze beobachtete und bereute, nicht eher gegangen zu sein.

»Mama, ich möchte nach Hause!«

»Ich auch, Schatz. Es wird bald aufhören. Dann besorgen wir einen Keks für dich, ich stille Caleb, und wir fahren nach Hause, okay?«

Jenna spürte Cassies kleines Gesicht an ihrem Leib, als sie nickte. Der Hagel ließ wieder nach.

»Was ist, Schatz? Ich verstehe dich nicht.«

Jennas Kopf fuhr zu einem Mann in der Menge herum, der sein Handy ans Ohr gedrückt hielt. »Schatz!«

Andere unter dem Dach wandten sich einer Frau zu, die »Wirklich?« in ihr Handy sagte.

»Schatz.« Der Mann starrte hilflos den Himmel an, dann sein Handy. »Ich verstehe dich nicht.« Daraufhin sagte er, an die übrige Gruppe gewandt: »Meine Frau ist östlich von Lancaster. Sie hat gesagt, da hat ein Tornado zugeschlagen, daraufhin ist die Verbindung abgebrochen.« Er streifte sich seine Kapuze über. »Ich muss sie suchen. Ihr geht besser alle in Deckung.«

Wie aufs Stichwort heulten die Sirenen auf. Jenna kannte dieses Geräusch. In ganz Dallas gab es etwa hundert Warnsirenen, die einmal pro Monat getestet wurden.

Nur dass es dieses Mal kein Test war.

Der Dauerton war ein Warnsignal, sofort Schutz zu suchen.

»Mama!«

Jenna war wie erstarrt.

Eine massive keilförmige schwarze Wolkenwand türmte sich plötzlich im Westen auf, wo der Himmel eine außerweltliche Grünschattierung angenommen hatte. Jennas Mund war auf einmal wie ausgedörrt, und sie kämpfte darum, die Woge der Panik in Schach zu halten, die in ihren Eingeweiden aufstieg.

»Mein Gott!«, sagte ein alter Mann, rückte seine Brille zurecht und zeigte zum Himmel. »Das ist ein Schulbus, der da oben rumwirbelt, da oben in der Luft!«

Cassie fest an sich drückend, sprach Jenna flüsternd ein Gebet.

2

Wildhorse Heights, Texas

Jennas Herz raste.

Ungläubig starrte sie durch den Regen hinüber zu der sich auftürmenden schwarzen Wolkenwand, die auf den Markt zuwirbelte.

Händler krabbelten umher, um ihre Waren zu schützen. Leute eilten in sämtliche Richtungen. Das Jaulen der Sirene verstärkte die Panik bei den Menschen, die eng zusammengedrängt unter dem Zeltdach standen. Einige rannten zum nächsten Gebäude davon. Hupen dröhnten.

Hinter den Tischreihen sah Jenna die Autos, die hoffnungslos ineinander verkeilt waren und sich vergebens bemühten wegzukommen. Sie kalkulierte ihre Chancen, ihre Kinder auf dem fernen Parkplatz in den Wagen zu bringen, bevor der Sturm hereinbrach.

Wir werden es nicht rechtzeitig schaffen.

»Mama!« Cassie legte sich die Hände über die Ohren. »Ich möchte hier weg, Mama! Ich hab Angst!«

Caleb schrie.

Wir müssen einen sicheren Zufluchtsort finden, sofort!

Die besten Aussichten bot das Gebäude ganz in der Nähe. Sie würde Caleb in seinem Kinderwagen lassen, so kam sie rascher mit den Kindern voran. Eilig zog sie die Riemen fest, die ihn hielten, dann setzte sie Cassie auf ihre Hüfte und trug sie auf einem Arm, während sie Calebs Wagen mit der freien Hand lenkte.

Als sie in den Regen hinausrannten, flog hinter ihnen das Zeltdach davon.

»Halt dich an mir fest, Cassie!«

Jenna stemmte sich gegen den Wind, fest entschlossen, die etwa vierzig Meter bis zum Gebäude zu schaffen. Sie sah die Menschentraube, die sich um den Eingang drängte, und betete darum, dass sie ihre Kinder ins Innere bekäme.

Es gibt kein Zurück mehr. Wir können sonst nirgendwo hin.

Hinter ihnen schossen Gegenstände vom Markt durch die Luft: Ein Gartenstuhl, ein Bücherregal und ein Klapptisch prallten vom Boden, von den Bäumen und den Gebäuden ab.

Über das Heulen der Sirene und den ganzen Lärm hinweg hörte Jenna einen lauten Schrei. Sie drehte sich um und sah einen älteren Mann, der von einem umherfliegenden Stück Holz zu Boden geschlagen wurde. Menschen, die ihm helfen wollten, standen plötzlich einem großen Abfallbehälter im Weg, der mit Höchstgeschwindigkeit umherpolterte und dann in sie hineinschlug wie in Bowlingkegel.

Jenna war hin- und hergerissen, ob sie helfen sollte, als Calebs Wagen zu zittern begann und sich etwas vom Boden hob. Windböen wollten ihn ihr entreißen. Sie kämpfte mit aller Macht darum, Caleb und Cassie festzuhalten, und mühte sich weiter auf das Gebäude zu, wobei sie bei jedem Schritt des Wegs ein Gebet sprach, bis sie den Eingang erreicht hatte. Dort bahnte sie sich zusammen mit den anderen ihren Weg ins Innere.

»Beeilung, bitte!«, bettelte Jenna über den sausenden Wind hinweg.

Das große, quadratische Gebäude, das Saddle Up Center, war vor Jahrzehnten errichtet worden und sah aus wie eine Scheune mit Betonfußboden, Holzrahmen, Metallwänden und einem Metalldach. Es beherbergte Reihen von Händlertischen mit Kleidung, Mobiliar und Sammlerobjekten. Hunderte verängstigte Käufer drängten sich hinein.

Unheil lag in der Luft. Die Alarmsirene wurde begleitet vom wütenden, stakkatohaften Bombardement des Schutts, der gegen die Wände und das Dach schlug. Das Gebäude bebte wie unter Artilleriebeschuss.

Menschen mit funktionierenden Handys schrien Nachrichten heraus.

»Viele Verletzte in Lancaster!«

»Transformatoren explodieren, überall Brände!«

»Ein Tornado ist unterwegs hierher!«

Da ertönte ein lauter Knall: Eine Straßenlaterne hatte das Dach durchbohrt, und ihr langer Mast schwang gefährlich über der Menge hin und her.

Die Beleuchtung im Center begann zu flackern, während Schutt gegen das Gebäude hämmerte und der Wind heulte.

»Das hält nicht mehr lange durch!«, rief ein Mann.

Caleb schrie, und Jenna starrte nach oben. Die hölzernen Balken, die das Dach trugen, bogen sich durch und splitterten. Sie reckte den Hals auf der Suche nach einem Ort, irgendeinem Ort, wohin sie gehen könnten.

»Mama!« Cassie schluchzte.

Sie wog schwer in ihrem Arm, und Jenna musste sie absetzen.

»Mama, bitte, nicht! Ich hab Angst. Halt mich fest!«

»Liebes, wir müssen irgendwo einen Ort finden, wo wir sicher sind.«

Jennas Herz schlug wie wild, und sie sah sich nach einem Treppenhaus ins Untergeschoss, in einen Keller, eine Tribüne, nach irgendetwas um, wo ihre Kinder geschützt wären.

Nichts.

Oh Gott, bitte, hilf uns!

Das Dach verrutschte. Ein stählerner Mülleimer durchbohrte es wie eine Kugel und knallte in den Stand eines Händlers. Dann flog ein kleines Auto mit entsetzt dreinschauenden Insassen über eine der Wände herein und schlug mitten im Meer hilfloser Käufer auf. Menschen kreischten, während andere sich bemühten, den Wagen von den Opfern herunterzuheben.

Die Wände des Gebäudes wellten sich unter dem pulverisierenden Wind. Jenna atmete immer schneller, und das Rauschen des Bluts in ihren Ohren verstärkte sich ebenso wie das Schlagen ihres Herzens. Sie ging in die Knie und zog Cassie und Calebs Wagen näher zu sich.

Wir werden nicht hier sterben.

Jemand packte sie an der Schulter.

»Hier entlang!«, rief ihr eine Frau ins Ohr. »Kommen Sie mit! Hier entlang ist es sicherer.«

Jenna erkannte die Rothaarige wieder, der sie vorhin begegnet war und die so viel Getue um Caleb gemacht hatte.

»Sieht so aus, als würden Sie Hilfe brauchen! Hier, ich nehme ihn – wir müssen da rüber!«

Jenna blieb keine Zeit zum Überlegen. Sie ließ zu, dass die Frau Calebs Kinderwagen an sich riss. Jenna trug Cassie, während der Begleiter der Frau ihnen den Weg freiräumte. Obwohl ihr Puls galoppierte, genoss Jenna dennoch ein gewisses Gefühl von Erleichterung.

Inmitten des Lärms und des Durcheinanders entdeckten sie eine Ecke, wo vier riesige Pflanzgefäße aus Beton an einer Wand lehnten. *Lass uns hier in Sicherheit sein. Bitte, lass uns hier in Sicherheit sein!* Die Pflanzgefäße waren etwa einen Meter hoch und einen Quadratmeter groß, und zwischen ihnen gab es einen schmalen Spalt, den niemand nutzte.

Das Getöse wurde so intensiv, dass Jenna Vibrationen im Brustkorb verspürte. Da begann die Erde zu beben.

Die Frau schob Calebs Wagen in den Spalt zwischen die Pflanzgefäße. Jenna, die Cassie festhielt, folgte. Sie hockten sich hin, und Holzteile regneten von der Decke herab.

Adrenalin pumpte durch ihre Adern, Jenna zitterte am ganzen Leib, und sie flehte den Himmel an, ihre Familie zu beschützen.

Der Mann war gerade dabei, eine Plane über sie zu ziehen, da sah Jenna, wie der Wind die Tür aus dem Gebäude sog und einige Menschen mitriss.

Das Dach verdrehte sich, als Träger nachgaben, und mächtige Dachbalken fielen auf die hilflosen Menschen herab. Große Brocken der Gebäudemauern wurden weggerissen, dann war das Dach fort, und Menschen verschwanden oben in den schwarzen Wolkenwirbeln. Metall, Holz und Schutt prasselten auf Jenna und die anderen herab.

Tränen strömten ihr übers Gesicht.

Bitte hilf uns! Beschütze meine Kinder! Lass uns nicht sterben!

In dem entsetzlichen Chaos drückte Jenna Cassie eng an sich und hielt den Wagen fest gepackt, als der Wind ihn ihr entreißen wollte. Die freundliche Fremde packte gleichfalls mit an.

Bitte, lieber Gott, hilf mir!

Das Letzte, woran sich Jenna erinnerte, war, dass sie ihre Kinder fest umklammert hielt und betete, bevor etwas sie am Kopf traf. Sie sah Sterne, und dann wurde alles schwarz.

Jenna Cooper schwebte.

Sie trieb unter einer strahlend hellen Sonne dahin, während diamantene Wogen warmen Wassers an einen weißen Sandstrand schwappten. Blake war neben ihr, und Caleb machte zwischen ihnen ein Schläfchen, beschattet von ihren Handtüchern.

Völlig zufrieden sah Jenna den Möwen zu, wie sie über ihnen kreisten, kreischten, sie lockten …

… das Gekreisch … es zieht sie vom Strand hoch … trägt sie immer höher, immer weiter weg von Blake und den Kindern … nein … sie kann sie nicht verlassen … das Gekreisch … nein … sie ist noch nicht bereit, sie zurückzulassen … sie steigt rascher empor … das kann nicht sein …

Jennas Lider flatterten, sie öffnete die Augen und kniff sie gleich wieder zusammen, um sich an das Licht zu gewöhnen, das durch das Gitter oben herabfiel. *Wo bin ich?* Eine Unzahl wirrer Gedanken durchfuhr sie, und zugleich loderte eine Vielzahl von Empfindungen in ihr auf. Sie lag auf dem Rücken, wackelte mit den Zehen, den Fingern, holte tief Luft. Nicht unangenehm. *Wo ist Blake, wo sind die Kinder?* Sie glaubte, den Lärm von Funkgeräten in der Ferne zu vernehmen. Sie hustete, rieb sich Sand aus den Augen, verspürte unmittelbar neben sich eine vertraute Wärme. Jemand kuschelte sich an sie.

»Mama!«

»Cassie!« Jenna sah sie im schwachen Licht prüfend an. Cassie hatte Schnitte auf ihren kleinen Wangen. »Bist du verletzt, Liebes? Alles in Ordnung?«

»Ich glaube, schon. Du hast ein großes Aua an deinem Kopf.«

Jenna spürte eine Schwellung an ihrer Stirn, knapp unter dem Haaransatz, und berührte sie mit den Fingern. Sie war empfindlich, klebrig, und auf ihren Fingerspitzen glitzerte Blut.

»Ich habe vermutlich einen kleinen Schlag abbekommen, Liebling.«

Cassie verzog den Mund, und sie weinte. »Ich hab Angst. Was ist passiert, Mama?«

Bilder blitzten vor Jenna auf: Der Markt, der Sturm, die Schutzsuche, eine rothaarige Frau, die ihr mit Caleb half, hinter den Pflanzgefäßen in Deckung zu gehen, alles wurde dunkel, das Gebäude brach auseinander, Jennas Hand, die den Kinderwagen umklammerte.

Jetzt war ihre Hand leer.

Sie suchte den Bereich um sich herum ab.

Wo ist mein Baby?

»Caleb?«, sagte sie. Dann entriss sich ihren Lippen der Aufschrei: »Caleb!«

3

Dallas, Texas

In den Stunden vor dem Sturm saß Kate Page, Praktikantin im Büro der Nachrichtenagentur Newslead in Dallas, an ihrem Schreibtisch und telefonierte.

Sie hatte den Anruf von Cody Warren entgegengenommen, einem sechzehnjährigen Highschool-Schüler, dessen Vater vergangene Woche bei einem Unfall mit Fahrerflucht südlich von Dallas ums Leben gekommen war.

»Können Sie uns helfen, den Mörder meines Vaters zu finden? Bitte, Ma'am?«

Kate fasste den Apparat anders, während der Junge fortfuhr: »Wir müssen das an die Öffentlichkeit bringen. Die Polizei sagt, sie hat keine Hinweise, nichts.« Cody brach die Stimme. »Wir haben ihn gestern beerdigt.«

Über die Jahre hinweg hatte Kate eine emotionale Distanz gegenüber den Menschen beibehalten, denen sie begegnet war, wenn sie über Tragödien berichtet hatte. Aber sie hatte ihr Mitgefühl nie verloren, und sie empfand Mitleid mit diesem Teenager, der jedes Nachrichtenbüro in Dallas-Fort Worth angerufen hatte.

Er verdiente Freundlichkeit und die Wahrheit.

»Cody, es tut mir so leid, was geschehen ist. Mein Beileid.«

»Danke, Ma'am.«

»Ich kann dir nicht garantieren, dass wir eine Story bringen, aber ich gebe dir mein Wort, dass ich mich darum kümmere, okay?«

Es folgte eine Pause.

»Versprochen?«

»Versprochen.«

»Okay. Vielen Dank, Ma'am.«

Nachdem sie aufgelegt hatte, nahm sich Kate einen Augenblick zum Luftholen. Sie wurde kurz abgelenkt, als das Geplapper des Polizeifunk-Scanners im Büro von der anderen Flurseite her ertönte, wo Tommy Koop, ein Redaktionsassistent, den Strom kodierter Funksprüche überwachte.

Kate glaubte, das Wort *Tornados* gehört zu haben, bevor Tommy die Lautstärke herunterdrehte, und sie vermutete, dass es bloß das Bruchstück eines Funkgesprächs der Feuerwehr über die Wettervorhersage war.

Zehn Menschen arbeiteten in dem Büro, und die meisten Reporter waren unterwegs. Kate blieb noch eine Stunde vor ihrem nächsten Termin, ausreichend Zeit, um das Versprechen einzuhalten, das sie ihrem Anrufer gegeben hatte. Sie führte eine rasche Onlinerecherche hinsichtlich der neuesten Meldungen zu dem Unfall mit Fahrerflucht durch. Es gab nicht viele Hinweise. Sie rief nacheinander die Highway-Patrol, die Sheriffs für die Bezirke Ellis und Dallas und die zuständige Polizei von Cedar Hill an. Sie wurde mit einem Sergeant verbunden, der sie auf den neuesten Stand brachte.

»Codys Vater hatte angehalten, um einer Autofahrerin, einer älteren Frau, auf der Bear Creek Road beim Radwechsel zu helfen, als ihn ein Wagen angefahren hat«, sagte der Sergeant.

»Er war ein guter Samariter.« Kate machte sich Notizen.

»Stimmt genau.«

Die Untersuchungsbeamten verfügten über ein verschwommenes Foto des verdächtigen Wagens aus der Überwachungskamera eines Geschäfts, bauten jedoch darauf, dass Menschen sich meldeten, die etwas gesehen hatten. Der Sergeant teilte Kate Einzelheiten über Zeit und Ort mit.

Nach dem Anruf sah sie zu den Fenstern des Büros hinaus, das im 21. Stockwerk lag. Der Himmel hatte sich verfinstert. Es regnete, und Blitze zuckten.

Sie rief Cody zurück, um etwas mehr über seinen Vater zu erfahren. Dann verfasste sie, den Stift zwischen die Zähne geklemmt, einen knappen Artikel von dreihundert Wörtern über die Suche nach dem Wagen, der etwas mit dem Tod eines guten Samariters zu tun hatte. Sie schickte ihn in die Nachrichtenredaktion und hoffte, dass Chuck Laneer, der Bürochef, sie sich vor Dorothea Pick, der Chefredakteurin, ansehen würde.

Die Ticker wurden wieder lauter, es kamen Nachrichten über einen Sturm, und Tommy wanderte zwischen seinem Schreibtisch und dem Fenster hin und her, woraufhin er einige Telefonate tätigte. Früher am Tag war eine schwere Unwetterwarnung mit der geringen Möglichkeit eines Tornados herausgekommen. Kate überlegte einen Moment lang, wie groß die Chance war, dass ein Tornado zuschlug, und dachte, wie gut es war, dass sie ihre Regenjacke mitgebracht hatte. Ihr blieb immer noch etwas Zeit vor ihrem Termin, den Dorothea ihr zugeteilt hatte: eine Ratssitzung über Parkanlagen.

Kate warf einen Blick zu Tommy hinüber. Er war ein gutherziger, hart arbeitender Junge, dachte sie, bevor sich ihre Gedanken wieder darauf richteten, ob Chuck und Dorothea einen Reporter abgestellt hatten, der den möglichen Sturm beobachten sollte.

Sie blickte prüfend auf ihren vorübergehend »besetzten« Schreibtisch, auf die Kinkerlitzchen, die der vorherige Inhaber zurückgelassen hatte, auf den ausgefransten Stadtplan, der an der halbhohen Stoffwand neben einem Kalender und der verblassten Liste von Kontaktnummern angeheftet war.

Vor ihrem Rauswurf hatte sie bei einer Zeitung in Ohio gearbeitet. Jetzt hatte sie eine Woche eines dreiwöchigen internen Praktikums beim Büro von Newslead in Dallas hinter sich. *Praktikum? Das ist ein einziger Job-Wettkampf!*

Kate war eine von drei Reportern im Programm. Die anderen beiden Kandidaten waren erfahren, und es waren Texaner.

Roy Webster, 42, hatte vor seiner Entlassung zwanzig Jahre beim *Houston Chronicle* gearbeitet. Sein Team war Finalist beim Pulitzer-Preis für seine Berichte zum Hurrikan Ike gewesen.

Bei ihrer ersten Begegnung hatte Webster die Hand ausgestreckt. »Sie sind nicht aus Texas, nicht wahr, Kate?«

»Nein, bin ich nicht.«

»Sie haben einen teuflischen Weg gewählt, um den Staat kennenzulernen.« Er zwinkerte ihr zu.

Die andere Kandidatin, Mandy Lee, 33, war eine Reporterin für allgemeine Themen und ehemalige Schönheitskönigin, die zwei staatliche Preise für ihre Berichte gewonnen hatte, bevor sie eine Abfindung von der *Dallas Morning News* angenommen hatte.

Bei ihrer Begegnung mit Kate verhielt sie sich kühl.

»Canton, Ohio? Ich habe nicht mal gewusst, dass sie in diesem Nest eine Zeitung haben.« Mandy zeigte Kate ihr gewinnendes Lächeln.

Kate wusste, dass sie im Nachteil war. Sie spürte ebenfalls, dass Dorothea Pick nicht damit einverstanden gewesen war, sie auf die Shortlist zu setzen.

»Sie haben Glück, hier zu sein«, hatte Dorothea gesagt. »Es gab so viele starke Kandidaten direkt hier aus Dallas.«

Chuck Laneer allerdings, beeindruckt von Kates Hartnäckigkeit während ihrer Tätigkeit in Ohio, war hart, jedoch fair gewesen.

»Zeigen Sie uns einfach, was Sie draufhaben«, hatte er zu ihr gesagt.

Oh, sie würde mehr als das tun.

Roy und Mandy mochten besser qualifiziert sein, aber Kate war eine Kämpfernatur, die nie aufgab. Am Ende des Praktikums hätte einer von ihnen eine Stelle. Die anderen würden unbeschäftigt nach Hause gehen.

Für Kate war es keine Option zu verlieren. Zurzeit verringerten die meisten Zeitungsredaktionen ihre Belegschaft um die Hälfte. Wenige stellten neue Mitarbeiter ein. Das war die beste Gelegenheit für Kate, eine Vollzeitstelle zu bekommen, vielleicht sogar ihre einzige, und es sah nicht gut aus.

Bisher hatte sie bei ihrer Arbeit wenig Spielraum gehabt, oder sie hatte lediglich anderen Leuten bei deren Storys zugearbeitet. Ihr Name hatte nur unter einem Artikel gestanden, der national Aufsehen erregt hatte. Sie hatte viel investiert, um hier zu sein.

Sie durfte nicht versagen.

Kate begegnete dem Blick ihrer Tochter Grace, die ihr als Bildschirmschoner zulächelte, und eine Woge von Schuldgefühlen überrollte sie.

Habe ich die richtige Entscheidung getroffen?

Ihre sechsjährige Tochter war zuhause in Canton bei Freunden zurückgeblieben. Meine Güte, wie Kate sie vermisste! Sie wollte nicht von ihr getrennt sein, aber sie brauchte eine Vollzeitstelle. Vor sechs Monaten hatte man sie beim *Repository* entlassen, und dieses Praktikum in Dallas war ihre beste Chance auf einen neuen Anfang.

Bisher jedoch lief es nicht gut. Sie musste stärkere Storys abliefern.

Kates Telefon klingelte. Es war Dorothea.

»Habe Ihren Artikel hier. Kommen Sie mal rüber.«

Als sie zu Dorotheas Schreibtisch kam, klopfte die stellvertretende Chefredakteurin auf einen Stuhl, den sie neben ihren gerollt hatte. Kates Story prangte auf ihrem Monitor.

»Setzen Sie sich«, sagte Dorothea. »Ich möchte, dass Sie sich ansehen, was ich tun werde.«

Dorothea Pick, Zweite in der Hierarchie des Büros, war Ende vierzig. Kates Meinung nach legte sie etwas zu viel Makeup auf und wirkte mit den überlangen Augenbrauen wie ständig überrascht oder verärgert. Sie hatte eine liebenswürdige Stimme, die vor einem südlichen Charme triefte, der ständig an der Grenze zur Herablassung lag, wenn sie sich hinsichtlich ihrer Arbeit an Kate wandte.

»Das ist gut geschrieben, jedoch kein Thema von nationaler Bedeutung.« Dorotheas Telefon klingelte. Sie warf einen Blick auf die Nummer. »Moment, den muss ich annehmen.« In das Telefon sagte sie: »Wo bist du? Okay, was hast du? Ja, ja … aber hat er den Boden berührt?« Nachdem sie eine Antwort abgewartet hatte, warf Dorothea einen Blick zu Chuck Laneers Büro mit den Glaswänden hinüber. Sie sahen ihn am Schreibtisch stehen und telefonieren, die Hemdsärmel aufgekrempelt, die Brille auf die Stirn geschoben und eine Fernbedienung auf seinen Flachbildschirm gerichtet. »Ich geb dich an Chuck weiter.«

Dorothea leitete den Anruf weiter und nahm ihre Arbeit an Kates Artikel wieder auf. Ihre Maus und ihre Tastatur klickten, als sie Zeile um Zeile entfernte.

»Wie Sie wissen, wurde auf regionaler Ebene über diese Tragödie berichtet, also ist das hier bestenfalls eine regionale Kurzmeldung, die die Leser auf den neuesten Stand bringt, und eine regionale Kurzmeldung ist maximal einhundert Worte lang.« Mit chirurgischer Präzision reduzierte sie Kates Story auf fünfundneunzig Worte. »Und wie wir wissen, gibt es bei Kurzmeldungen keine Signatur.«

Kate sah zu, wie Dorothea ihren Namen löschte.

»Da«, sagte Dorothea. »Wie ist das?«

»Ich verstehe nicht, warum das kein Artikel ist«, sagte Kate. »Dieser Mann war freiwilliger Feuerwehrmann, ein Exmarine, der in Afghanistan gedient hat. Er hielt an, um einer Frau zu helfen, die auf dem Weg war, ihren sterbenden Mann im Krankenhaus zu besuchen, und hat dafür mit dem Leben bezahlt. Die für seinen Tod verantwortliche Person ist bisher damit davongekommen.«

Dorothea nickte lächelnd. »Tut mir leid, ist ein Verkehrsunfall. Jetzt sollten Sie zu dem Termin aufbrechen, den ich Ihnen zugeteilt habe.«

»Die Versammlung wegen der Einkaufszentren?«

»Es geht um Dealey Plaza.«

»Aber da nähert sich ein schwerer Sturm, vielleicht mit Tornados. Vielleicht könnte ich darüber berichten? Die Versammlung klingt nicht nach echter Neuigkeit. Darum könnte ich mich später kümmern.«

»Den Sturm haben wir abgedeckt. Wir brauchen jemanden bei der Versammlung wegen des Einkaufszentrums.«

»Aber ...« Kate warf dem Assistenten, der die Ticker überwachte, und Chuck Laneer in seinem Büro am Telefon einen Blick zu. »... ich glaube wirklich ...«

»Weigern Sie sich, zu einem Termin zu gehen, Kate?«

»Nein, ganz und gar nicht.«

»Haben Sie den Bericht über Dealey Plaza gelesen, den ich Ihnen gegeben habe?«

»Ja. Aber er schlägt bloß vor, neue Bäume zu pflanzen.«

»Sie sind nicht aus Texas, also kann man Ihnen nachsehen, dass Sie nicht verstehen, dass Dealey ein nationales Markenzeichen ist. Alles, was das Plaza betrifft, interessiert Herausgeber im ganzen Land. Sie machen sich besser auf die Socken.«

Kate kehrte an ihren Schreibtisch zurück, um ihre Sachen zu holen.

Sie schluckte ihre Enttäuschung hinunter und streifte ihren Regenmantel über, dabei außerstande, das nagende Gefühl zu unterdrücken, dass Dorothea alles unternahm, um ihre Absichten zu durchkreuzen. In der letzten Woche hatte sie den beiden anderen Praktikanten größere Berichte zugewiesen, die weitere nationale Aufmerksamkeit erregt hatten. Offenbar setzte Dorothea ihre Strategie fort, Kate mit Kinkerlitzchen und Nebensächlichkeiten zu versorgen.

»Alle aufhören mit dem, was sie gerade tun!«, dröhnte Chucks Stimme.

Er stand in der Tür zu seinem Büro und hatte einen Notizblock in der einen und seine Brille in der anderen Hand. In die Linien seines zerfurchten Gesichts waren neununddreißig harte Jahre bei der Zeitung eingeschrieben.

»Wir haben eine Bestätigung, dass Tornados das städtische Gebiet überqueren. Wir haben Verletzte und Zerstörung.« Laneer warf einen Blick auf seinen Notizblock. »Wir müssen Leute nach Arlington, Grand Prairie und Lancaster schicken.«

Laneer zeigte mit seiner Brille auf Kate.

»Sie gehen zu den Wildhorse Heights, zum Old Southern Glory Flea Market, südlich von LBJ und Hawn. Der ist getroffen worden. New York will alles, was wir haben, und sie wollen es schnell, Leute. Lasst alles stehen und liegen. Heute gibt es nur eine Story. Ran an den Speck!«

4

Dallas-Fort Worth Metroplex, Texas

Kate nahm den Aufzug zur Tiefgarage des Gebäudes.

Sie rannte zu ihrem Wagen, einem Chevy Cobalt, Baujahr 2007, der rasselnd ansprang, was sie daran erinnerte, dass sie demnächst zur Werkstatt musste. Sie stellte den Kilometerzähler auf null und tippte dann die Adresse des Flohmarkts in das Navi auf ihrem Armaturenbrett.

Das Büro von Newslead befand sich im Bryan Tower. Der Flohmarkt lag etwa fünfzehn Kilometer südöstlich davon.

Sie schaltete ihre Freisprechanlage ein und fuhr aus der Tiefgarage hinaus. Ihre Scheibenwischer fegten den Regen beiseite, während ihr Chucks Anordnungen im Kopf widerhallten.

»Bringen Sie uns die Fakten, die herzzerreißenden Sachen und die Helden!«

Kate fuhr auf die Autobahn, wobei sich ihr Magen zusammenzog, wie immer, wenn sie auf dem Weg zu einer großen Story war. Sie hatte schon von vielen Tragödien oder Katastrophen berichtet und gewöhnte sich dennoch nicht daran.

Kein Reporter tat das.

Man wusste nie, was einem bevorstand. Aber es lag an einem selbst, eine Story aus dem Chaos herauszuholen, dem einen Sinn abzugewinnen, was sich vor einem entfaltete, und das alles, während die Uhr unermüdlich tickte. Und als wäre das noch nicht genügend Druck, wusste Kate, dass sie und ihre beiden Mitstreiter danach beurteilt würden, wie sie mit dieser Sache umgingen.

Der Gewinn wäre eine Vollzeitstelle.

Sie packte das Lenkrad fester, während sie sich durch den Verkehr wühlte.

Ich tu alles, was nötig ist, schwor sie dem Schnappschuss ihrer Tochter auf der Sonnenblende. Währenddessen kamen im Radio die neuesten Nachrichten über die Tornados, die bestätigten: *»Eine große Anzahl Todesopfer«*, was Kates Gedanken zu den Opfern und deren Familien lenkte. Sie wollte keine Story oder eine Stelle den Schmerzen anderer zu verdanken haben.

So hab ich's nicht gemeint. Vergib mir.

Sie warf einen Blick auf den Glitter, der von Graces selbstgefertigter Karte auf den Beifahrersitz gefallen war, als sie ihre Tochter zur Geburtstagsfeier ihrer Freundin Courtney gebracht hatte, nur wenige Tage bevor sie nach Texas gegangen war.

Es war fast zwei Wochen her, aber es kam ihr wie ein Jahr vor.

Im Rückspiegel sah Kate die Silhouette von Dallas: den Bank of America Plaza, die Renaissance und Comerica Tower und das Prisma des Fountain Place, alles verschwommen im regengestreiften Rückfenster.

Würde Dallas ihre neue Heimat werden?

Während die nasse Straße unter ihrem Wagen dahinjagte, betrachtete sie ihr Leben und wohin es sie gebracht hatte. Sie war eine neunundzwanzig Jahre alte alleinerziehende Mutter mit einer sechsjährigen Tochter. Kate und Grace waren von Anfang an auf sich allein gestellt. Graces Vater war nie Teil der Gleichung gewesen. Kate hatte den größten Teil ihres Lebens allein verbracht. Ihre Mutter und ihr Vater waren bei einem Hotelbrand ums Leben gekommen, als sie sieben Jahre alt gewesen war. Nach der Tragödie hatten Kate und ihre kleine Schwester Vanessa bei Verwandten gelebt, dann waren sie von einem Pflegeelternpaar zum nächsten weitergereicht worden. Zwei Jahre nach dem Tod ihrer Eltern hatte sie Vanessa bei einem Autounfall verloren.

Kates Funkgerät piepte.

»Wir haben eine Bestätigung dafür, dass gewaltige Tornados über Lancaster und Wildhorse Heights gezogen sind. Wir haben Berichte von Todesopfern und großflächiger Verwüstung. Das könnte einer der schlimmsten Stürme aller Zeiten sein …«

Kate holte tief Luft und konzentrierte sich aufs Fahren, als ihr Telefon klingelte. Chuck Laneer war am Apparat.

»Wo sind Sie jetzt?«

»Etwas über halbe Strecke.«

»Sehen Sie irgendwelche Schäden?«

»Nein, nichts außer schwarzen Wolken und Regen, wo ich bin.«

»Wir müssen dranbleiben.«

Kate zog an einer Reihe langsamerer Fahrzeuge vorüber. Während Häuserzeile um Häuserzeile an ihr vorbeirollte, überprüfte sie beständig ihr Navi. Sie war irgendwo am südlichsten Punkt von Kleberg, als das Quietschen der Scheibenwischer darauf hindeutete, dass der Regen nachließ.

Der Himmel klarte auf.

Das Gebiet war flach, nahezu baumlos, erschien jedoch unberührt. Sie sah eine in die Jahre gekommene Rollschuhbahn, den Parkplatz eines Gebrauchtwagenhandels, einen Eisstand – jedoch kein Anzeichen von Schäden.

Nichts.

In der Furcht, eine Ausfahrt verpasst zu haben, kontrollierte sie erneut ihr Navi. Wo war der Flohmarkt? Er sollte hier sein.

Nichts.

Ihr Telefon klingelte. Wieder Chuck.

»Kate, wo sind Sie … was haben Sie erreicht?«

»Nichts bislang.«

»Sie sollten …«

»Chuck, die Verbindung wird schlecht …«

»… wie wir hören, ist das Saddle Up Center auf dem Markt …«

Der Anruf brach ab, und sie versuchte, Chuck zurückzurufen, aber sie bekam keine Verbindung mehr.

Der Verkehr vor ihr floss langsamer und sah jetzt aus wie ein Strom aus roten Bremslichtern, als Soldaten und Hilfssheriffs aus den zwei Spuren des südlich fließenden Verkehrs eine machten, um den Notfallfahrzeugen den Weg freizuhalten. Kate geriet auf die langsame Fahrspur, wo der Verkehr bald zum Erliegen kam.

Auf dem grasbewachsenen Mittelstreifen neben der Expressspur sah sie ein großes, umgekehrtes Neonschild von Sanchez Restaurant – Heute: Fajita Special. Sie sah eine teilweise geborstene Holzkonstruktion, die vielleicht ein Dach gewesen war, dann einen völlig verbeulten, auf der Seite liegenden Van. Autos hatten daneben angehalten, um den Insassen zu helfen. Zwei Reihen Autos fuhren Stoßstange an Stoßstange in die entgegengesetzte Richtung. Kate musste zweimal hinsehen, als mehrere Pick-ups vorbeifuhren. Sie waren überladen mit blutenden Menschen, die von anderen versorgt wurden.

Oh mein Gott!

Dann zuckten in ihrem Rückspiegel die Blaulichter, während sie die Sirenen eines Rettungswagens hörte, nein, dreier Rettungswagen, die rasch auf der Notfallspur herankamen, gefolgt von einem SUV mit dem farbenfrohen Logo einer Rundfunkstation.

Der Verkehr auf Kates Spur bewegte sich im Schneckentempo. Sie musste den Schauplatz des Geschehens erreichen.

Sie biss sich auf die Unterlippe und traf eine Entscheidung.

Als der Wagen der Rundfunkstation vorüber war, lenkte sie ihren Wagen auf die Notfallspur und folgte ihm. Sie fuhr etwa einen Viertelkilometer, bevor sie an einer Wendestelle eine Straßensperre erreichte. Mehrere Polizeiwagen waren dort geparkt. Beamte lenkten den Verkehr auf die Gegenfahrbahn Richtung Norden.

Hilfssheriffs winkten den Rettungswagen und den Nachrichtenwagen weiter nach Süden durch, aber ein großer Soldat in einem Regenmantel trat vor Kates Wagen, zeigte auf sie und befahl ihr anzuhalten. Dann beugte er sich zu ihrem Fenster herab.

»Sie können nicht weiterfahren, Miss. Diese Spur ist nur für Rettungswagen. Sie müssen über die Wendestelle zurück.«

»Ich weiß, aber ich bin von der Presse, und Sie haben gerade die Leute vom Rundfunk durchgelassen.«

Als der Soldat zögerte, bemerkte Kate die Beamten an den Streifenwagen in der Nähe, die mit sechs oder sieben aufgebrachten Menschen debattierten. Sie verlangten, durchgelassen zu werden. *»Mein Vater und meine Mutter sind da, aber wir können sie nicht übers Telefon erreichen … bitte, lassen Sie uns durch …«*

Kates Soldat warf der Gruppe einen Blick zu, und sie sagte, als er sich wieder ihr zuwandte: »Ich muss auch einen Job erledigen.«

»Von wem sind Sie? Haben Sie einen Ausweis?«

»Newslead.« Kate suchte nach ihrem Presseausweis und zeigte ihn vor. »Unsere Storys werden im ganzen Land und in der ganzen Welt verbreitet.«

Er musterte ihren Ausweis lange genug, dass sie seine blauen Augen und das Regenwasser bemerkte, das ihm an der Kinnlinie herabfloss.

»Na gut.« Er nickte. »Ich lasse Sie durch, aber wenn Sie die nächste Sperre erreichen, parken Sie am Straßenrand. Die Notfallspuren müssen für die Rettungsmannschaften frei bleiben.«

»Danke sehr.«

»Danken Sie mir nicht.«

»Wie bitte?«

»Ich habe im Lauf der Zeit viel gesehen, aber nichts wie das, was da unten geschehen ist. Machen Sie sich auf was gefasst!«

5

Wildhorse Heights, Texas

Nach der Warnung des Soldaten fuhr Kate voller Anspannung an der Straßensperre vorüber.

Sie hielt das Lenkrad so fest, dass ihre Knöchel weiß wurden, und lenkte um die Bruchstücke von Kunststoff, Metall und Müll herum, die über die beiden leeren Spuren Richtung Süden verstreut lagen. Etwa hundert Meter weiter führte die Autobahn leicht abwärts, so dass sie einen Überblick über das bekam, was einmal der Old Southern Glory Flea Market gewesen war.

»Oh mein Gott!«

So weit ihre Augen reichten, war die Landschaft ein Friedhof aus zerdrückten Autos und Lastwagen, durchsetzt mit den geisterhaften, sprossenähnlichen Überresten von Bäumen, die aus einem Meer von Trümmern ragten.

Kleine Brände flackerten inmitten der Zerstörung.

Sieht aus wie ein Tor zur Hölle.

Voraus sah Kate die Reihe von Kranken-, Feuerwehr- und Polizeiwagen mit ihren blitzenden Lichtern. Sie parkte zwischen einem Feuerwehrwagen und dem Übertragungswagen eines Fernsehsenders. Der Regen hatte aufgehört. Sie trug passende Jeans und ein Top mit Gürtel, aber ihre flachen Lederschuhe waren gänzlich ungeeignet. Metall, Holz und Scherben bedeckten den Boden. Sie holte ein Paar alter Wanderschuhe und Wollsocken aus dem Kofferraum, zog sich beides rasch an und band die Schnürsenkel fest zu. Dann streifte sie die Regenjacke über, griff sich ihr Handy und versuchte, Chuck zu erreichen. Nichts. Sie versuchte, eine SMS zu schicken. Es funktionierte nicht. Kein Empfang. Die Mobilfunkantennen mussten hinüber sein. *Verdammt.* Sie prüfte die Kamera ihres Handys. Sie würde genügen. Sie prüfte die Tastatur und legte eine Datei mit der Bezeichnung Sturm-1 an. Okay, sie konnte immer noch schreiben und Aufnahmen machen.

Sie sammelte ihre Ersatzbatterie für das Handy, ein Notizbuch und Stifte zusammen, hängte sich das Band mit ihrem Presseausweis um den Hals und rief sich Chucks Anweisungen ins Gedächtnis zurück.

Bringen Sie uns die Fakten, die herzzerreißenden Sachen und die Helden!

Ihr Puls beschleunigte sich, als sie in das Chaos hineineilte. Nachdem sie um einen Haufen aus zersplitterten Balken und zerschlagenen Rigipsplatten herum war, blieb sie angesichts der Szenerie vor sich wie angewurzelt stehen.

Mit trübseligem Ausdruck breiteten zwei Feuerwehrleute eine gelbe Plane über die Leichen von vier Menschen aus: zwei erwachsene Männer und zwei erwachsene Frauen, Seite an Seite auf dem Boden in einer ordentlichen Reihe. Ihrer Kleidung nahezu vollständig beraubt, waren ihre zerschlagenen Leiber blutgetränkt. Einer der Frauen fehlte ein Fuß. Einer der Männer hatte eine Glasscherbe im Bauch stecken. Nicht weit entfernt sah sie eine weitere gelbe Plane auf dem Boden, unter der drei weitere Fußpaare hervorragten. Zwei der Paare gehörten Kindern.

Kate stützte sich auf einem Picknicktisch ab, bis sie sich wieder gefasst hatte.

Sie sprach ein schweigendes Gebet für die Toten, dachte dann an ihre Tochter in Ohio und wünschte sich, jetzt bei ihr sein zu können. Nachdem sie ihre Tränen zurückgeblinzelt hatte, öffnete Kate ihr Notizbuch, machte sich weitere Notizen und ging weiter.

Ich muss das tun.

Überall stolperten Menschen mit schreckensweit geöffneten Augen umher und riefen die Namen ihrer Liebsten in den Schutt.

Kate erreichte ein Auto, das auf dem Dach lag. Ein metallenes Hinweisschild war durch die Windschutzscheibe gerammt. Auf dem Wagen war ein großes weißes X aufgesprüht. Zwei Frauen saßen daneben auf dem Boden, eine zerrissene Decke um sich gelegt. Sie waren auf der Straße, aber ein großer Teil des Asphalts neben ihnen war abgeschält worden.

Sie ließ sich neben ihnen nieder.

»Hallo, ich bin Kate Page, Reporterin von Newslead. Darf ich Ihnen ein paar Fragen stellen?«

Die Frauen waren etwa Mitte zwanzig. Ihre Gesichter waren zerkratzt, und in ihren Augen standen die Tränen. Eine von ihnen nickte leicht.

»Können Sie mir schildern, wo Sie waren, als der Sturm zuschlug, und was geschehen ist?«, fragte Kate.

Die erste Frau hatte kurzes blondes Haar. Sie blickte zum Horizont, als ob die Tragödie sich dort wiederholen würde, und zitterte beim Sprechen.

»Meine Schwester und ich steckten im Verkehr fest, als wir versuchten herauszufahren, und da sahen wir es kommen – den Hagel, alles wurde schwarz. Dinge schlugen auf den Wagen ein.«

»Gartenstühle, Tische, Eisenpfähle«, fügte die zweite Frau hinzu.

»Ich habe geglaubt, wir würden sterben«, sagte die blonde Frau. »Wir haben dieses Donnern gehört, wie zehn Güterzüge. Der Boden bebte, und dieser Druck kam, dieser gewaltige Druck, als würde uns etwas zerquetschen wollen. Unsere Fenster zerbrachen. Wir konnten buchstäblich hören, wie das Metall unseres Wagens zusammengedrückt wurde.«

»Wir haben uns einfach in die Arme genommen und gebetet«, sagte die zweite Frau.

»Dann wiegte sich der Wagen hin und her«, sagte die blonde Frau. »Und der Tornado hob ihn hoch. Wir wirbelten und flogen etwa fünfzehn Sekunden umher, dann ließ er uns fallen, und die Airbags entfalteten sich. Wir standen auf dem Kopf … ich habe nach meiner Schwester gerufen. Aber wir waren am Leben, Gott sei Dank. Menschen zogen uns heraus. Unsere Beine und Schultern tun weh, aber wir sind in Ordnung … aber andere …« Die Frau starrte in den Himmel, als würde sie ihm nicht länger mehr trauen. »Andere hatten nicht so viel Glück.«

Kate stählte sich, äußerte Worte des Mitgefühls, ging weiter und sprach mit weiteren Überlebenden. Die ganze Zeit über hatte sie ihre Deadline vor Augen. Sie musste das Saddle Up Center suchen, einen offiziellen Kommentar vom Schauplatz bekommen, niederschreiben, was sie hatte, und einen Weg finden, ihre Geschichte ans Büro zu schicken.

Überall riefen Menschen um Hilfe.

Rettungsleute arbeiteten daran, Menschen aus dem Schutt herauszuziehen. Sie setzten ihre Hände, Rohre, Holzstücke und alles sonst ein, was sie finden konnten, während der Funknotruf plärrte. Die Luft roch nach versengter Erde, frisch geschnittenem Holz und Verzweiflung.

Weit oben knatterten Hubschrauber, Sanitäter legten die Verletzten auf Tragen, andere verwendeten Türen oder Sperrholzplatten als improvisierte Tragen, und Freiwillige hielten Infusionsbeutel hoch.

Kate sah mehrere Feuerwehrleute zusammengedrängt an einem Tisch sitzen, in Funkgeräte sprechen, über ausgebreiteten Karten brüten. Sie wies sich aus und bat um einen Lagebericht vom obersten Chef der Gruppe, Station 9 Captain Vern Hamby.

»Im Augenblick gibt's nicht viel zu berichten.«

»Können Sie mir bitte sagen, was Sie wissen, Captain?«

Sein erschöpftes Gesicht legte sich in Falten. Erfahrung und Besorgnis sprachen daraus, und er lenkte ein und gab Kate eine offizielle Zusammenfassung.

»Wir haben eine bedeutende Anzahl von Opfern. Die Zahl der Toten könnte mehrere Hundert betragen, oder sogar mehr.«

Kate schrieb mit.

»Man hat uns gesagt, es sei ein EF5-Tornado gewesen. Das ist die höchste Einstufung, wobei die Windgeschwindigkeit zwischen 400 und 480 Kilometer pro Stunde liegt. An einem Tag wie heute könnten über dreitausend Besucher auf dem Markt gewesen sein. Das Gelände bietet wenig Schutz.«

Kate nahm die Information in sich auf.

»Oberste Priorität hat die Rettung der Menschen aus den Trümmern«, sagte der Captain. »Wir haben lokale Brände aufgrund geborstener Gasleitungen und explodierter Transformatoren. Sie sind tückisch. Aus der ganzen Region treffen Hilfsgüter ein. Wir errichten Feldlazarette, Schutzhütten, Zentren für Vermisste und Schauhäuser, einige hier vor Ort. Sehen Sie die Flaggen? Andere werden in Schulen und Gemeindesälen gehisst. Wir haben Berichte erhalten, nach denen eine Anzahl von Tornados im Metroplex, in ganz Texas und in anderen Staaten zugeschlagen hat.«

Aus Hambys Funkgerät ertönten mehrere Stimmen. Er musste los. Kate begleitete ihn, wobei sie ihre letzten Fragen stellte.

»Die ›X‹ auf den Fahrzeugen?« Sie nickte zu einem Laster hinüber, auf dessen Seite X3 gesprüht war. »Das bedeutet, Sie haben sie durchsucht, nicht wahr?«

»Ein X bedeutet, niemand ist drin, ein X mit einer Zahl sagt Ihnen, wie viele bestätigte Tote drin sind und dass Sie weitergehen und denen helfen sollen, denen Sie helfen können.«

Kate warf traurig einen Blick zu dem Laster. Eine Hand ragte aus einem Türrahmen hervor.

»In welche Richtung geht's zum Saddle Up Center?«, fragte sie.

»Das Saddle Up?« Hamby schüttelte langsam den Kopf. »Viele Opfer dort.« Er sprach ins Schultermikrofon seines Sprechfunks. Nach einer verrauschten Antwort blieb der Captain stehen und lenkte Kates Aufmerksamkeit auf einen markanten Punkt in der Ferne. »Sehen Sie da unten diesen Wagen, der aussieht, als würde er auf der Heckstoßstange stehen, an einen Pfahl gelehnt? Wie eine Rakete, die gleich starten will?«

Kate nickte.

»Es ist da unten.«

Sie benötigte einige Zeit, um zum Zentrum zu gelangen.

Kate trat langsam durch die Überreste eines zerstörten Gebäudes, wobei sie achtgeben musste, denn rosafarbenes Isoliermaterial verbarg die spitzen Zacken der geborstenen Holzwände. Mitten auf dem Weg packte sie eine Hand am Fußknöchel.

»Helfen Sie mir!«

Kate wäre fast auf eine Frau getreten, die in den Ruinen feststeckte. In ihr Gesicht hatten sich Schmutz und Glassplitter eingegraben. Kate zog sie heraus und setzte sie hin. Die Frau hielt ein Stück Tuch auf eine Wunde an ihrem Bein, aus der Blut hervorquoll.

»Lassen Sie mich einen Blick drauf werfen.« Kate hob den blutgetränkten Lappen hoch.

Im linken Unterschenkel der Frau klaffte ein über zwanzig Zentimeter langer Schnitt, der bis auf den Knochen durchging. Die Frau verlor Blut. Kates Kenntnisse in erster Hilfe waren ziemlich eingerostet, aber sie wusste, dass man diese Wunde säubern und etwas darauf pressen musste, um die Blutung zu stoppen. Sie drückte die Hand der Frau wieder auf das Tuch.

»Halten Sie das fest!«

Kate blickte sich um, rief nach Sanitätern, nach Feuerwehrleuten, aber niemand war in der Nähe. Nichts, was sauber aussah, kein Stück Tuch, nichts war zur Hand. Kate löste das Band ihrer Bluse, zertrennte deren Saum an einem zerbrochenen Fenster und riss lange Streifen davon ab. Mit dem Rest der Bluse reinigte sie die Wunde, dann legte sie die sauberen Streifen darum und zog sie mit dem Band straff.

»Lassen Sie mich bitte nicht allein!«, bat die Frau.

Kate nahm sie bei der Hand und setzte sich zu ihr, während sie um Hilfe rief.

»Ich war im Büro«, sagte die Frau. »Draußen wurde alles schwarz. Das ganze Büro drehte sich vom Boden hoch, die Fenster explodierten förmlich, die Wände wackelten wie Gummi. Ich wurde umhergeschleudert wie eine Puppe in einem Mixer. Der Schreibtisch und der Stuhl knallten gegen mich. Zerbrochenes Glas sauste umher wie Kugeln. Ich dachte, ich würde sterben.« Tränen strömten über das Gesicht der Frau. »Seien Sie für Ihre Hilfe gesegnet!«

Kate tröstete sie, bis Sanitäter eintrafen.

Auf ihrem weiteren Weg zum Saddle Up Center entdeckte sie einen Laster der WFGG-TV-News mit Satellitenschüssel, was sie daran erinnerte, dass sie Chuck im Büro einen Artikel schicken musste.

Ich muss das jetzt zusammenschreiben, bevor ich zum Center gehe.

Sie setzte sich neben zwei zerstörte Autos mit einem X darauf, durchblätterte ihre Notizen und machte sich daran, in ihr Handy zu schreiben. Im Kopf hatte sie den Artikel fertig, und ihre Finger bewegten sich rasch. Beim Tippen wurde der Bildschirm blutig, und sie schloss an der Fünfhundert-Worte-Grenze.

Es gibt keinen Mobilfunkempfang. Wie bringe ich das ins Büro?

Sie hatte absolut keine Ahnung.

Sie eilte zum WFGG-TV-Fahrzeug mit seiner Schüssel, die zum Mast oben gerichtet war. Satellitentelefone benötigten kein Mobilfunknetz, sie arbeiteten überall. Niemand war da. Sie klopfte an die Türen. Ein Mann von Mitte zwanzig mit stoppelbärtigem Gesicht öffnete eine Seitentür. Mit zusammengebissenen Zähnen starrte er Kate an.

»Was ist?«

»Ich heiße Kate Page, Reporterin bei Newslead.«

»Ja, und? Ich habe zu tun.«

»Wie heißen Sie?«

»Fitch, aber ich habe zu tun.«

Sie sah die vielen kleinen Monitore, Computer und die Ausrüstung.

»Ihr habt ein Satellitentelefon, nicht wahr, Fitch?«

»Wir lassen alles über Satellit laufen.«

»Hier gibt's kein Mobilfunknetz. Ich brauche jetzt Ihre Hilfe. Ich muss eine Datei von meinem Handy zu meinem Schreibtisch über euer Satellitensystem schicken.«

»Tut mir leid, hab zu tun.«

»Fitch, bitte! Ich gebe Ihnen zwanzig Dollar.«

Er blickte sie an, überlegte sich die Sache.

»Dreißig.«

»Kommen Sie schon, wo bleibt die professionelle Kameradschaft?«

»Dreißig.«

»Okay, dreißig. Abgemacht.«

»Zeigen Sie mir Ihr Handy!«

Kate gab es ihm. Er untersuchte die Anschlüsse.

»Ich sollte ein Übertragungskabel dafür haben. Was müssen Sie senden?«

Kate nahm das Handy und zeigte ihm die Datei mit der Bezeichnung ›Sturm-1‹.

»Bloß Text?« Er wandte sich seinem Arbeitsbereich zu, durchwühlte eine Schachtel mit Kabeln und Adaptern, fischte ein Kabel heraus, verband das eine Ende mit Kates Handy und das andere mit einem Laptop.

»Ja, keine Bilder.«

Er tippte ein paar Befehle ein, und Sekunden später erschien Kates Artikel auf seinem Laptop.

»Wohin geht's?«, fragte er. »Sie können es per E-Mail schicken.«

Kate gab ihm die Adresse der Redaktion.

»Schreiben Sie ›Dringend, von Kate Page‹ in die Betreffzeile.«

Fitch reichte Kate den Laptop.

»Hier. Schreiben Sie, was Sie müssen. Fassen Sie sich kurz.«

Sie trat ein, legte ihre Sachen ab und tippte:

Kein Mobilfunknetz am Flohmarkt. WFGG lässt mich ihren Satelliten benutzen. Bald mehr, Kate Page.

Nachdem sie ihre Story abgeschickt hatte, tippte Kate eine weitere E-Mail an ihre Freundin Heather in Ohio.

»He, was soll das?«

»Lasse nur meine Tochter wissen, dass ich okay bin.«

Kate drückte schnell auf ›Senden‹ und durchwühlte dann ihre Brieftasche. Sie fand lediglich Zwanziger. Sie sah in ihren Taschen nach. Kein Bargeld. Sie reichte Fitch vierzig Dollar.

»Ich brauche das Wechselgeld, Kumpel.«

Er schob die Hand in seine Jeans und zog einen Fünfer hervor.

»Mehr hab ich nicht. Sorry.«

»Schon gut. Danke für die Hilfe, Fitch.«

»Sonst hätten Sie mich erwürgt. Das hab ich gespürt.«

»Ha-ha.«

Kate sammelte ihre Sachen zusammen und entfernte sich mehrere Schritte von dem Laster.

»Warten Sie!«, rief Fitch. »Sie haben 'ne Antwort gekriegt. Werfen Sie einen Blick drauf.«

Kate kehrte zurück und las die E-Mail:

Kate: Sie hätten versuchen sollen, uns eher zu erreichen. Haben Sie nichts Stärkeres zu bieten? Ihr Artikel lässt das Saddle Up Center völlig außen vor. Darauf hätten Sie sich doch konzentrieren sollen. Benny Lopez, einer unserer Fotografen, ist vor Ort. Sie sollten ihn schnell finden. AP hat bereits gesendet – DP.

»Was für ein Arschloch«, sagte Fitch. »AP hat Satellitentelefone.«

Kate war bei Dorotheas Antwort rot geworden.

»Möchten Sie antworten?«, fragte Fitch.

»Nein.«

Kate schlug die Tür hinter sich zu, dass es wie ein Gewehrschuss klang, und verließ eilends den Laster.

6

Wildhorse Heights, Texas

»Hilfe! Helft mir doch!«

Was ist?

Bei der leisen Antwort spitzte Jenna die Ohren.

Jemand war da draußen, weit entfernt.

Sie blickte sich um, tastete umher, vergrub die Finger im Schutt. Der Kinderwagen war verschwunden. Die Rothaarige war verschwunden. Ihr Begleiter war verschwunden.

Nein, das ist nicht echt!

»Caleb! Irgendwer? Hilfe!«

Das kann nicht sein.

»Helft mir! Irgendwer, hier drüben! Hilfe!«

»Hallo!«

Jemand war da draußen und kam näher. Jenna warf die Hände zu den Holzbalken hoch, die ihre winzige Zelle wie Zahnstocher versiegelten. Sie konnte sie nicht wegdrücken.

Ihre Gedanken rasten. Alles drehte sich in ihrem Kopf.

»Hilfe! Helft mir!«

Jemand riss an ihrem T-Shirt.

»Mama, diese Frau macht mir Angst«, sagte Cassie.

»Welche Frau?«

»Dadrin.«

Jenna rutschte herum, damit sie so weit wie möglich hinter Cassie gelangen konnte. Bei einem buschigen weißen Haarschopf hielt sie inne. Er gehörte zu einer alten Frau.

Jenna fuhr zurück. Galle stieg ihr in die Kehle, und sie kämpfte gegen die Übelkeit an. *Ein Leichnam! Oh Gott!* Jenna legte sich den Handrücken an den Mund und kämpfte darum, ihre Fassung zurückzugewinnen. Die ganze Zeit über verspürte sie ein Kribbeln auf der Kopfhaut.

Tut mir leid.

Die Frau war über siebzig. Kopf, Schultern und Arme ragten aus dem Schutt hervor, als wollte sie versuchen, schwimmend hinauszugelangen. Eine Gesichtsseite war weggerissen worden, so dass sich Gewebe, Zähne und Schädelknochen zeigten. Sie regte sich weder, noch atmete sie.

»Oh Gott, nicht hinsehen, Liebes!«

Jenna fasste die Hand der Frau und tastete nach einem Puls.

Nichts.

»Ist sie tot, Mama?«

»Pscht.« Jenna nahm Cassie in die Arme.

»Wo ist Caleb? Werden wir auch tot sein?«

»Keine Angst, Schatz. Jemand wird uns helfen. Wir werden Caleb finden.«

»Wird Papa kommen?«

»Wir rufen Papa an.«

Vom Adrenalin beflügelte Angst vibrierte jetzt in jedem Teil von Jennas Körper.

»Du zitterst, Mama.«

»Ich weiß, kommt wieder in Ord…«

»Kann uns jemand hören?«

Die Stimme eines Mannes, sehr nahe.

»Ja!«, rief Jenna. »Hier drüben! Bitte helfen Sie uns! Mein Baby ist verschwunden! Wir müssen es finden! Bitte!«

»Können Sie etwas bewegen, um Ihre Position anzuzeigen?«

Jenna fand ein Stück Rohr, schob es gerade nach oben und wackelte damit herum, während sie rief: »Hier! Hier drüben!«

»Wir sehen es! Halten Sie es fest!«

Weitere Stimmen sowie gedämpfte Funkgespräche erfüllten die Luft, hinzu kamen die Geräusche, wie Schutt Stück für Stück entfernt wurde. Es brauchte einige Zeit, bis die Suchenden, alles in allem sechs Leute eines Rettungskommandos aus Dallas, sich bis zu Jenna und Cassie vorgearbeitet hatten und sie aus den Ruinen heraushoben.

»Bitte helfen Sie mir, meinen kleinen Jungen zu finden!« Jenna schluchzte und zog Cassie an sich. »Er ist fünf Monate alt, er ist in seinem Kinderwagen. Eine Dame hat mir geholfen, ihn im Sturm festzuhalten. Ich kann ihn nicht finden! Ich kann sie nicht finden!« Sie blickte hysterisch umher. »Helfen Sie mir!«

Plötzlich vollführte Jenna einen Satz zu dem Bereich hin, wo sie und Cassie gefangen gewesen waren, und grub, trat auf Holzstücke ein, auf Metall, Plastik, schleuderte alles wild umher, so dass kleinere Abschnitte erst verrutschten, dann einstürzten und neue Teile, spitz wie ein Speer, gefährlich aus dem Ozean aus Schutt hervorragten.

»Caleb! Mein Junge!«

Mitglieder des Rettungsteams zogen sie zurück.

»Ma'am«, sagte der etwas über dreißigjährige Mann, der sie an den Schultern hielt. »Ma'am, ich bin Steve Pawson, der Leiter. Beruhigen Sie sich, bitte. Hier ist es gefährlich. Wir sind zum Helfen hier. Sie bluten am Kopf. Wie schwer sind Sie beide verletzt?«

»Meine Tochter hat Schnitte im Gesicht abbekommen. Mir ist etwas auf den Kopf gefallen, aber ich bin okay.«

»Noch jemand mit Ihnen da unten?«

»Eine Frau. Ich glaube, sie ist tot. Ich muss meinen Jungen finden!«

Pawson nickte den anderen Mitgliedern der Rettungsmannschaft zu, die nach wie vor den Bereich absuchten, wo sie Jenna und Cassie gefunden hatten, während ein weibliches Teammitglied Jenna mit ruhiger Besorgnis musterte.

»Ma'am, ich würde mich gern um Ihre Verletzung kümmern.«

Die Frau holte einen Druckverband aus ihrem Rucksack und wickelte ihn um Jennas Kopf. »Lassen Sie mich Ihnen und Ihrem kleinen Mädchen helfen. Ich heiße Nancy. Können Sie mir sagen, wie Sie heißen?«, fragte sie, während sie ihren Zustand überprüfte.

»Jenna, Jenna Cooper, und das ist meine Tochter Cassie. Mein kleiner Junge heißt Caleb. Er ist verschwunden.« Jenna sah verzweifelt in alle Richtungen. »Wir müssen ihn finden. Sofort! Bitte!«

»Schon gut, Jenna«, sagte Pawson. »Wir werden überall nach ihm suchen. Nancy hier wird Sie und Ihre Tochter zur Erste-Hilfe-Station bringen.«

»Nein, ich muss hierbleiben und meinen Jungen suchen.«

»Jenna …«, sagte Pawson fest und sah sie direkt an. »Hier ist es gefährlich. Sie stehen unter Schock. Ich gebe Ihnen mein Wort, dass wir weiterhin überall suchen. Wir lassen Hunde kommen, die uns bei der Suche nach Menschen helfen.«

Jenna stand wie betäubt da. Weder rührte sie sich, noch sagte sie etwas.

»Gehen Sie mit Nancy, Jenna«, sagte Pawson sanfter. »An der Rettungsstation gibt es weitere Hilfe, Menschen, die weitere Informationen über Ihren Sohn sammeln können.«

»Aber ich muss ihn suchen.« Ihre Stimme erstarb. »Ich bin seine Mutter. Er braucht mich.«

»Ich weiß, dass das schwer ist«, erwiderte er. »Aber Sie müssen uns vertrauen.«

Tränen rannen über Jennas blutverschmiertes Gesicht, als sie, Cassie und Nancy durch den Schutt gingen. Bei jedem

Schritt suchte Jenna konzentriert und eindringlich nach einem Anzeichen von Caleb, aber angesichts der schrecklichen Verwüstung des Saddle Up Center, die sich allmählich vor ihr entfaltete, war es ein aussichtsloses Unterfangen.

7

Wildhorse Heights, Texas

Damit sie nicht ständig stolperten, bewegten sich Jenna, Cassie und Nancy nur langsam in den zerstörten Überresten des Saddle Up Center voran. Überall durchsuchten weitere Rettungsteams endlose Schutthaufen aus eingestürzten Wänden, Überresten von Verkaufsständen, herabgefallenen Brocken vom Gebäudedach. Die Stimmen derjenigen, die immer noch begraben und verletzt waren, schallten durch die Luft, während Rettungshunde, von Hundeführern an der Leine gehalten, die Verwüstung durchsuchten, um Nischen aufzustöbern, wo noch jemand lebte. Arbeiter räumten vorsichtig Schutt beiseite, um Überlebende zu bergen.

Nancy führte Jenna und Cassie zu einem Zelt, das am Rand der Stelle errichtet worden war, wo das Center gestanden hatte. Dutzende blutender Opfer wurden in der Rettungsstation versorgt. Sanitäter luden diejenigen mit den schwersten Verletzungen auf Tragen und brachten sie eilig zu Rettungswagen und weiter in Krankenhäuser. Opfer in kritischem Zustand fuhr man zu einem Landeplatz in der Nähe und transportierte sie per Hubschrauber in die Hospitäler.

Wo ist mein kleiner Junge?

Jenna durchsuchte die hektische Aktivität nach einem Anzeichen für ihren Sohn, wobei ihr die ganze Zeit der Gedanke durch den Kopf ging, dass dies nicht echt sein konnte, dass dies nicht geschehen konnte.

»Vielleicht haben sie Caleb gefunden und ihn in ein Krankenhaus gebracht?«, sagte sie zu Nancy.

»Möglich. Sorgen wir dafür, dass Sie beide etwas gründlicher untersucht werden.« Nancy brachte sie zu einem Tisch, wo ein Patient gerade von einer Krankenschwester versorgt worden war.

»Jenna, das ist Margot Tuttle.« Daraufhin unterrichtete Nancy Margot von ihrer ersten Einschätzung. »Bin gleich wieder da«, sagte Nancy. »Ich suche jemanden, der Ihnen bei Ihrem Sohn weiterhelfen kann.«

Margot, eine Frau mit sanfter Stimme, etwa Mitte dreißig, prüfte Cassies und Jennas Vitalzeichen, leuchtete ihnen mit einer Lampe in die Augen auf Anzeichen einer Gehirn- oder Nervenverletzung und behandelte dann Cassies Gesicht, tupfte es sanft mit Wattebäuschen ab.

»Ich säubere bloß deine Schnitte, Liebes.«

Jenna suchte weiterhin das Gelände und andere Behandlungstische ab, wo medizinisches Personal den Verletzten half, bevor sie Margot fragte: »Hat jemand einen kleinen Jungen gesehen, ein fünf Monate altes Baby?«

»Nein, so jung nicht. Noch nicht. Tut mir leid.« Margot warf einen Blick auf ein Klemmbrett. »Bisher sind in unserer Station die jüngsten Patienten ein zwei Jahre altes Mädchen und ein drei Jahre alter Junge. Aber wir finden Überlebende, also hoffen wir weiter.«

Mit rasendem Herzen durchforschte Jenna weiter das Gelände um die Station, während sie gegen eine anschwellende Flut von Schuldgefühlen und Sorge um Caleb kämpfte.

Wie konnte ich ihn verlieren? Warum habe ich ihn nicht festgehalten?

Als Margot mit Cassie fertig war, griff sie unter ihrem Tisch in eine Tasche, holte einen Teddybären hervor und reichte ihn ihr.

»Der hier ist für dich. Er braucht jemanden, der sich um ihn kümmert. Kannst du das für mich erledigen?«

Cassie nahm den Bären in die Arme und nickte. Daraufhin wechselte Margot Jennas Verband. »Sieht so aus, als hätten Sie einen hässlichen Schlag auf den Kopf bekommen«, sagte sie, während sie die Wunde säuberte und einen neuen Verband anlegte.

Anschließend kam Nancy zurück und brachte Jenna und Cassie zu einem weiteren kleineren Posten in der Nähe, wo eine Frau und ein jüngerer Mann an einem Tisch saßen und an ihren Laptops zugange waren. Die Frau ergriff Jennas Hände.

»Hallo Jenna. Nancy hat uns von Ihnen erzählt. Ich bin Belle Walker. Das ist Denton Reeves, mein Partner. Wir sind hier, um zu helfen.«

Belle bot Jenna einen Plastik-Klappstuhl neben sich an, so dass sie auf den Bildschirm des Laptops sehen konnte. Cassie bekam einen Stuhl daneben, konnte jedoch den Bildschirm nicht sehen. Sie drückte schweigend ihren Bären fest an sich, während sie auf die Rettungsarbeiten rings umher starrte.

»Wir arbeiten mit der Polizei von Dallas, des County und des Staats an einer vorläufigen Liste von Vermissten sowie Personen, deren Schicksal ungeklärt ist.«

»Was genau bedeutet das?« Jennas Stimme zitterte.

»In solchen Situationen herrschen viel Verwirrung und Chaos. Menschen sind verletzt, sie werden in ein Krankenhaus gebracht, ohne dass ihre Angehörigen davon wissen, oder sie gehen zu einer Rettungsstation oder in ihr Hotel oder sonstwohin.«

»Oder sie sind immer noch eingeschlossen?«

»Ja. Oder …« Belle senkte die Stimme. »… der Sturm …«

Jenna sah wieder Bilder des Tornados vor sich, wie er das

Center in Stücke zerriss, und sie sah, wie einige Menschen in den Wind hineingesogen wurden.

Belle beendete ihren Satz nicht, aber Jenna verstand sie auch so.

»Also arbeiten wir an der Liste«, sagte Belle. »Sie wird in eine größere Datenbank eingegeben, auf die auch Feuerwehr, Polizei, Sanitäter, Krankenhäuser und Agenturen Zugriff haben, um Menschen wieder zusammenzubringen, okay?«

Jenna nickte und sagte dann: »Ich würde gern meinen Mann anrufen … ich finde mein Handy nicht. Können Sie mir helfen?«

»Aber ja. Nachdem wir hier fertig sind, bringen Busse die Menschen zum Gemeindesaal in der Nähe – das ist unsere nächstgelegene Notunterkunft.« Wiederum ergriff Belle Jennas Hand und drückte sie sanft. »Dort gibt es funktionierende Telefone, und dort sind auch Psychologen, falls Sie das Bedürfnis haben, mit jemandem zu reden, okay?«

»Ja, vielen Dank.«

»Dann los«, sagte Belle.

Sie erfasste die wesentlichen Informationen wie Name, Geburtsdatum und Anschrift.

»Gewöhnlich ist es eine gute Idee, uns Kontaktinformationen zu Verwandten zu geben, falls wir Sie nicht erreichen können. Wir erfassen sie ebenfalls – wird alles vertraulich behandelt«, fügte Belle hinzu.

Jenna gab ihr die Handynummern von Blake und ihrer Schwester Holly in Atlanta. Dann fragte Belle nach weiteren Details zu Caleb, nach allem, was zu seiner Identifikation beitragen könnte.

»Er trug, *trägt*, Verzeihung …« Jenna wischte sich die Tränen weg. »Er *trägt* einen blau-weiß gestreiften Strampler mit einem kleinen Elefanten darauf, der nach rechts etwas nach oben geht. Der untere Druckknopf ist offen. Er hat ein raketenförmiges Muttermal auf seiner linken Wade. Er liegt in einem Kinderwagen mit Schirm, marineblau und grün, rote und blaue Punkte auf einem weißen Sitz. Auf dem linken Vorderrad war etwas weiße Farbe, die ich verspritzt hatte, als ich eine weiße Farbdose weggestellt habe.«

Während Belle rasch die Informationen in ihren Laptop eingab, vertiefte sich die Besorgnis auf ihrem Gesicht.

»Sie leben in Lancaster.«

»Ja.«

»Unseren Informationen zufolge wurde der Ort schwer getroffen. Tut mir leid.«

Jenna schloss fest die Augen.

»Darum kümmere ich mich, nachdem ich meinen Sohn gefunden habe.«

Daraufhin reichte Denton Reeves Jenna die Kopie eines Grundrisses vom Saddle Up Center.

»Markieren Sie bitte den Bereich, wo Sie sich aufhielten, als der Sturm Sie getroffen hat.« Er reichte ihr einen Bleistift.

Jenna markierte die Stelle und berichtete nochmals, wie die rothaarige Frau und deren Freund ihr bis zu der Zeit geholfen hatten, als der Tornado zuschlug.

»Die Frau ist Mitte zwanzig und hat kurzes stoppeliges rotes Haar. Ich weiß, dass sie gute Zähne hatte, ein nettes Lächeln«, sagte Jenna. »Über den Mann weiß ich nicht viel. Dasselbe Alter, und er trug ein T-Shirt mit einem Hund darauf, glaube ich. Meine Tasche mit den Sachen, die ich für die Kinder gekauft hatte, war im Netz des Kinderwagens.«

Nachdem Belle die Details eingegeben hatte, sagte Denton zu Jenna: »Würden Sie die Frau erkennen, die Ihnen geholfen hat, wenn Sie sie wiedersehen würden?«

Belle warf Denton einen besorgten Blick zu.

»Ich glaube, schon. Warum?«, fragte Jenna.

Belle rückte nahe an Jenna heran und senkte die Stimme, damit Cassie sie nicht hören würde. »Wir können Ihnen ein Video mit den Todesopfern zeigen, die bisher aus dem Saddle Up Center und dem umliegenden Bereich geborgen wurden.«

Jenna starrte Belle an, die fast flüsternd weitersprach.

»Sie haben bereits so viel durchgemacht, und das wird nicht leicht. Würden Sie einen Blick darauf werfen?«

»Was soll das? Wollen Sie mir auf diese Weise sagen, dass mein Sohn unter den Toten ist?«

»Nein.«

»Sie sagen mir auf der Stelle, ob es so ist, weil ich ihn sehen möchte. Ich habe ein Recht, ihn zu sehen.«

»Nein, tut uns leid … wir wissen es nicht«, sagte Denton. »Die Polizei hat das Video gemacht. Sie ergänzen es, wenn sie weitere Tote bergen, und sie verlangen, dass wir es Menschen vorführen, die Vermisste melden. Es ist ein erster Schritt, bevor wir Menschen in den Bereich hineinlassen, wo die Verstorbenen aufgebahrt werden, bevor sie weitertransportiert werden. Er liegt in der Nähe.«

Belle legte eine Hand auf Jennas Hand.

Jenna holte tief Luft und ließ sie langsam entströmen. »Ich werd's mir ansehen.«

Sie warf einen beschützenden Blick auf Cassie. Ihre Tochter konnte Dentons Bildschirm nicht sehen. Er betätigte mehrere Tasten, und ein Video spielte sich ab. Die Kamera zeigte Leichname, die in einer ordentlichen Reihe auf dem Boden lagen, vielleicht zwanzig Körper. Sie waren nicht bedeckt und zeigten Schäden in unterschiedlichem Ausmaß.

Jenna hielt den Atem an und legte die Hand auf den Mund, während sie sich auf die kleinsten Leichen konzentrierte, sieben kleine Kinder. Keines sah jünger als zwei oder drei Jahre aus. Keine Babys.

Oh mein Gott, das ist echt! Diese toten Kinder! Ihre armen Eltern! Bitte, bitte, nimm mir nicht Caleb fort! Bitte!

Als die Kamera sich jetzt auf jede einzelne Person fokussierte, suchte Jenna nach einer Frau mit rotem Haar und keuchte auf, als die Kamera eine fand. Sogleich dachte sie an die stoppelhaarige Fremde, die ihr am Wühltisch Komplimente wegen Caleb und Cassie gemacht hatte, an ihr Lächeln und wie sie sie in die Sicherheit des Centers geführt und dabei Calebs Sportwagen festgehalten hatte.

Eine nette Frau, die versucht hat, mir zu helfen.

Aber die tote Rothaarige, deren zerschrammtes Gesicht den Bildschirm erfüllte, wirkte größer und älter. Sie konnte nicht die Frau sein, die ihr geholfen hatte.

Die Kamera setzte ihre grausige Fahrt fort, was Jenna an die Dokumentarfilme und Nachrichtensendungen erinnerte, die sie von Konzentrationslagern und Erdbebenopfern gesehen hatte. Viele der Leichen hier sahen so aus, als wären sie zerbrochen und ungeschickt wieder zusammengesetzt worden. Vor lauter Tränen verschwamm ihr alles vor den Augen. Vor kurzem noch führten diese Menschen ihr Leben, gingen einkaufen, bloß einkaufen *wie ich auch,* aber jetzt – *jetzt …*

»Oh, nein!«

Jenna sah eine tote alte Frau, Hals und Gesicht blutverschmiert, die noch immer die Kappe der Dallas Cowboys und ein T-Shirt mit dem Aufdruck »Verna's Clothes for Kids« trug.

»Das ist die Frau, bei der ich meine Kindersachen gekauft habe, kurz bevor der Sturm zuschlug.«

»Sie ist von einer Verwandten identifiziert worden«, sagte Belle. »Sie ist eine Händlerin.«

Jenna war überwältigt.

Das Video war zu Ende, und das Bild zerfloss zu Dentons Bildschirmschoner: die Ansicht eines Bergs mit schneebedeckten Gipfeln. Jenna starrte ihn an, dann blickte sie auf die Zerstörung ringsumher, und es verlangte sie schmerzlich nach ihrem kleinen Jungen.

Ich hätte ihn festhalten sollen. Ich bin seine Mutter.

Jenna brauchte Blake, brauchte seine Arme um sie, damit er sie zusammenhielt, weil sie allmählich auseinanderfiel. Es begann mit einem kleinen Schrei in einer weitab liegenden Ecke ihres Bewusstseins und schwoll zu einem Weinen an, während das Blut in ihren Ohren rauschte – »Jenna, alles in Ordnung mit Ihnen?«, fragte Belle – und zu einem ohrenbetäubenden Brüllen wurde, und ein gewaltiger Schrei wollte tief aus ihrem Bauch hochsteigen, da …

Plötzlich sprang Cassie von ihrem Stuhl hoch und trat vom Tisch weg. Ihr Blick konzentrierte sich auf die Schutthaufen in der Ferne. Sie umklammerte ihren Teddybären mit einer Hand, hob die andere und streckte einen kleinen Finger aus.

»Mama, ich sehe Calebs Wagen!«

8

Wildhorse Heights, Texas

Kate suchte sich überaus vorsichtig ihren Weg durch die Überreste des Saddle Up Center.

Es war über eine Viertelstunde her, seitdem sie den Übertragungswagen und die schroffe E-Mail von Dorothea verlassen hatte.

Deren Kritik brannte immer noch in ihr.

Sie hätten versuchen sollen, uns eher zu erreichen.

Wie denn? Handys funktionierten hier nicht, und niemand im Büro gab Satellitentelefone aus.

Haben Sie nichts Stärkeres zu bieten?

Was zum Teufel sollte das denn heißen? Chuck wollte *die Tatsachen, die herzzerreißenden Sachen und die Helden,* und das hatte Kate bekommen. Sie konnte Dorotheas Bemerkungen nur so deuten, dass die Leute in ihrem Artikel »nicht genug litten«.

In ihren Jahren als Reporterin war Kate vielen hartgesottenen Chefredakteuren und unausgeglichenen Blödmännern in Gestalt von Chefredakteuren begegnet, aber Dorothea war eine Klasse für sich. Was war los mit dieser Frau, dass sie diese hirnlosen Bemerkungen über ihre Arbeit aus ihrem Innenstadtbüro im zweiundzwanzigsten Stockwerk des Bryan Tower absonderte? Zweifelsohne verfolgte sie die Fernsehnachrichten und war überzeugt, dass sie damit die Wirklichkeit verfolgte, während Kate hier war, vor Ort, mitten im Geschehen.

Kate hörte das Knirschen des Schutts unter ihren Wanderschuhen und ließ den Blick über die Verwüstung ringsumher schweifen. Die Luft war erfüllt von Hilfeschreien, von den chaotischen Gesprächen der Rettungsmannschaften, von Funksprüchen und dem Geknatter der Hubschrauber. Von den Gerüchen nach umgepflügter Erde, zerbrochenen Holzbalken und kleinen Bränden.

Während Kate sich dem Saddle Up Center näherte, wurde ihr klar, dass Dorothea sie aus irgendeinem ihr unbekannten Grund nicht leiden konnte. Aber sie sollte verdammt sein, wenn sie sich davon behindern ließe. Wenn überhaupt etwas, dachte sie, klopfte sich dabei mit ihrem Notizbuch auf ihr Bein und nahm die Zerstörung in sich auf, dann machte es sie stärker.

»Caleb!«

Eine Kinderstimme schnitt durch das Getöse und riss Kates Aufmerksamkeit auf die Szenerie vor sich: ein kleines Mädchen, kaum älter als fünf oder sechs, mit einer Frau von Mitte zwanzig, wahrscheinlich die Mutter, und ein leerer, verbogener Sportkinderwagen neben ihnen. Die Mutter schob wie wild Schutt beiseite, schleuderte Teile davon, während sie und das Kind wiederholt riefen: »Caleb!«

Selbst das kleine Mädchen hob kleinere Teile hoch und spähte darunter. Zwei Helfer in orangefarbenfluoreszierenden Westen tauchten auf und unterstützten die Frau auf der anderen Seite des Schutthaufens. Sie mühte sich gerade mit einem großen Stück Sperrholz ab, da erblickte sie Kate am anderen Ende.

»Bitte helfen Sie mir, das hier wegzuschieben!«

Die Panik in den Augen der Frau vermittelte ihre abgrundtiefe Verzweiflung – sie kämpfte um ihr Leben.

»Bitte!«

Erneut wurde Kate darum gebeten, eine journalistische Grenze zu überschreiten. Sie war sich wohl darüber im Klaren, dass ihr Job darin bestand, die Geschehnisse zu beobachten, nicht, daran teilzunehmen, aber ihr Gewissen wollte ihr nicht erlauben, eine weitere Bitte um Hilfe abzuschlagen. Sie packte die Sperrholzplatte auf ihrer Seite, hob sie an und half, sie beiseitezuwerfen.

»Caleb!«

Die Frau fiel auf die Knie, Hände und Finger blutverschmiert, und riss an Fetzen und Stücken von Metall, Glas und Holz und suchte jede Öffnung in den Ruinen ab.

»Ist Caleb Ihr Kind?«, fragte Kate.

»Er ist mein kleiner Junge.«

Die Frau zog an einem großen Holzstück, so dass der gesamte Haufen gefährlich in Richtung ihrer Tochter verrutschte. Kate griff zu, um ihn festzuhalten.

»Hören Sie auf, Miss!«, rief ein Helfer Jenna zu. »Treten Sie zurück! Das ist gefährlich hier!«

»Mein Baby könnte dadrin sein.«

»Ja, wir bekommen gleich Unterstützung.«

»Beeilen Sie sich, bitte, beeilen Sie sich!«

Während Jenna weiterhin den Schutt durchsuchte, ohne ihn zu berühren, handelte Kate.

»Ich bin Kate Page, Reporterin von Newslead. Würden Sie mir sagen, was geschehen ist, als der Sturm zuschlug?«

Ohne den Blick von dem Schutthaufen zu heben und ohne Kate anzusehen, erzählte die Frau rasch ihre Geschichte. Sie hielt nichts zurück. »Es ist meine Schuld. Ich hätte ihn bei mir halten sollen. Ich hatte ihn, aber ich ließ ihn los. Oh mein Gott! Es ist meine Schuld!«

Ich hatte ihn, aber ich ließ ihn los.

Die Worte brachten eine emotionale Sprengladung in Kate zur Explosion.

Ein Bild blitzte auf.

Eine winzige Hand, die ihr im eisigen Fluss entglitt.

Es ist meine Schuld.

Jennas Worte hätten Kate fast umgerissen, weil es die Worte waren, mit denen sie lebte. Sie hatte vor langer Zeit diese Verzweiflung selbst erlebt. Deswegen war sie Reporterin geworden. Sie wurde verfolgt.

»Verstehe«, sagte sie.

Plötzlich begegneten sich Jennas und Kates Blicke, und plötzlich geschah etwas zwischen den beiden Frauen. In jenem intensiven emotionalen Moment suchte Jenna in Kates Gesicht nach einem Hinterhalt. Da sie nichts Entsprechendes entdeckte, nickte sie und glaubte, dass Kate tatsächlich verstand. Da trafen die Rettungskräfte ein.

In den nächsten zwanzig Minuten suchte das Team diesen Bereich ab, räumte mit größter Vorsicht Schutt beiseite, fand jedoch keine Spur von dem kleinen Jungen oder sonst jemandem. Sie suchten noch immer, als zwei Fernsehcrews auf sie zueilten. Ein aufgeregter Kameramann sagte, dass gerade ein Rettungshubschrauber ganz in der Nähe abgestürzt sei.

»Ich muss los«, sagte Kate zu Jenna und tauschte rasch Kontaktdaten mit ihr aus. »Ich verspreche, ich werde Ihnen folgen. Wo sind Sie später zu finden?«

»In einer Notunterkunft, wo sie Telefone haben. Ich muss meinen Mann erreichen.«

Schluchzend stand Jenna da und beobachtete die Suchmannschaft, während sie ihre Tochter und den verbogenen und verdrehten Kinderwagen festhielt und sich bemühte, nicht die Hoffnung zu verlieren, dass ihr kleiner Junge gefunden würde.

Ein herzzerreißendes Bild.

Mit Jennas Erlaubnis machte Kate mit ihrem Handy eine Aufnahme, bevor sie den Fernsehreportern nacheilte.

Den Markt zu durchqueren kostete einige Zeit. Als Kates Gruppe eintraf, sah sie, dass der Hubschrauber aufrecht auf der Notlandezone stand. Er zeigte keine offensichtlichen Beschädigungen. Inmitten eines Haufens von Journalisten entdeckte Kate Barry Lopez, den Fotografen von Newslead. Sie umringten einen Offiziellen von EMS, den jemand Dave Willis nannte und der sich der Befragung unter dem grellen Scheinwerferlicht stellte. Einige der eintreffenden Fernsehleute verlangten von ihm, »von vorn anzufangen«.

»Sehen Sie, es war kein Absturz«, sagte Willis. »Es war eine harte Landung wegen eines mechanischen Defekts. Niemand ist verletzt worden.«

Willis beantwortete weitere fünfzehn Minuten Fragen, bevor er Schluss machte. Die Nachrichtencrews zerstreuten sich und verschwanden in dem Chaos. Kate trat zu Lopez. Sie kehrten zum Saddle Up Center zurück, waren jedoch außerstande, Jenna Cooper zu finden.

Den restlichen Tag war Kate völlig damit beschäftigt, die Berichte zu schreiben und hinsichtlich der Zahl der Opfer auf dem Laufenden zu bleiben. Eine herzzerreißende Geschichte nach der anderen. Die Tragödien auf dem Flohmarkt schienen kein Ende nehmen zu wollen. Fitch im Übertragungswagen half ihr ohne Bezahlung, wenn er Zeit dazu hatte.

Irgendwann im Lauf des Tages ging Kate auf, dass sie seit mindestens acht Stunden nichts gegessen hatte. Sie nahm ein Sandwich mit Eiersalat und einen Becher Wasser von einer kirchlichen Gruppe an, die einen Tisch aufgestellt hatte, »für jeden, der es nötig hat«, wie eine der weißhaarigen Damen mit einem Lächeln sagte.

Am späten Nachmittag hatte Kate den Überblick darüber verloren, wie oft sie das Büro angemailt hatte, aber die letzte Mail endete mit einer neuen Anweisung seitens Chuck.

Wir brauchen Sie im Büro. Sie müssen beim Tagesabschlussbericht helfen. Kommen Sie jetzt zurück, Kate.

9

Dallas, Texas

Bei Kates Rückkehr hatte sich die Zahl des Personals im Büro verdoppelt.

Ihr unbekannte Menschen arbeiteten Seite an Seite an sämtlichen Schreibtischen, auch an ihrem. Andere saßen auf dem Fußboden, tippten auf Handys, Laptops, Tablets, zogen Notizen zurate oder sprachen mit Dorothea.

An einer Wand hing eine gewaltige Karte, die den Weg der Tornados zeigte. Zwanzig waren über den Metroplex hinweggefegt. Es gab bestätigte Meldungen aus Arlington, Mesquite, Irving, Kennedale, Wildhorse Heights, Grand Prairie, Lancaster und mehreren anderen Orten. Alle waren auf der Karte durchnummeriert, dazu waren jeweils Länge, Breite und Einstufung vermerkt. Die Spuren, die sie hinterlassen hatten, sahen aus, als ob eine riesige Klaue das Metro-Gebiet aufgerissen hätte.

Eine weitere Wand zeigte Dutzende von Fotos: verdrehte Autos in Bäumen, zerstörte Häuser, ein Dach auf einem Highway, und da war Kates Foto von Jenna Cooper auf der Suche nach ihrem Baby, während sie den verbogenen Kinderwagen und ihre Tochter festhielt.

Sämtliche Fernsehapparate im Büro zeigten die Live-Übertragungen vom Sturm. Der Kaffeetisch aus der Rezeption wurde hereingebracht und unter Pizzas, Salaten, Hähnchenflügeln, Chips und Wasserflaschen begraben.

Telefone klingelten.

Roy Webster und Mandy Lee, die aus Arlington und Irving zurückgekehrt waren, verließen einen Pulk, der sich um Dorotheas Schreibtisch gebildet hatte, und wandten sich zu Kate um. Mandys Blick glitt zu Kates Wanderschuhen hinab.

»Woher hast du die?«

»Ich hatte sie im Kofferraum.«

»Na, du bist mal gut vorbereitet!«

»Ich habe gesehen, was du vom Flohmarkt rübergemailt hast«, sagte Roy. »Nicht schlecht, Kate.«

Chuck war von Schreibtisch zu Schreibtisch gewandert und hatte dabei die Berichterstattung der Redaktion gelenkt. Jetzt entdeckte er Kate.

»Besorgen Sie sich etwas zu essen. Könnte schwer werden, einen Platz zum Arbeiten zu finden. Wir haben Unterstützung aus anderen Redaktionen hergeholt.« Er sah sie über seine Brille hinweg an. »Sie haben dreißig Minuten, um Dorothea und mir alles zu geben, was Sie noch nicht von heute verwendet haben, dann gibt's eine Konferenz, um die nächsten Schritte der Berichterstattung festzulegen.«

Kate fand einen freien Platz auf dem Fußboden an einer entfernten Wand. Sie verzichtete darauf, etwas zu essen. In ihren Eingeweiden rumorte es immer noch. Sie schottete sich von der Aktivität ab, von der Anspannung im Raum, und schrieb ihre Artikel. Anschließend warf sie einen Blick auf die Skyline, die im frühen Abendlicht glitzerte. Sie holte sich ein Wasser und hielt ein Auge auf die Fernsehsendungen und die hereinkommenden Newslead-Berichte gerichtet, um sich ein komplettes Bild zu machen und bei den neuesten Entwicklungen auf dem Laufenden zu bleiben.

Heute waren mehrere Tornados durch Texas, Alabama, Arkansas und Mississippi gezogen. Bislang wurde die Zahl der Todesopfer auf zweihundert geschätzt, die meisten davon in Texas rings um das Gebiet von Dallas. Die Gesamtzahl der Verletzten in allen betroffenen Staaten lag schätzungsweise bei über dreitausend. Etwa sechshundert Menschen wurden noch vermisst, die meisten um Dallas herum. Mindestens zwölftausend Häuser, Geschäftsräume und Anwesen waren zerstört. Die Stromversorgung war vielerorts zusammengebrochen. Den entstandenen Schaden schätzte man auf über drei Milliarden Dollar. Von sämtlichen Zahlen erwartete man, dass sie noch ansteigen würden. Es war der schlimmste jemals aufgezeichnete Sturm.

Der Dallas-Fort Worth Metroplex war am schwersten betroffen, insbesondere Arlington, Lancaster, Wildhorse Heights, Irving und mehrere andere Gemeinden. Die Telefone in der Redaktion läuteten ununterbrochen. In diesen Gebieten waren Straßen aufgerissen, Mobilfunkantennen umgerissen worden. Die Menschen benötigten bestimmte Informationen, konnten jedoch nicht zur *Dallas Morning News* oder den örtlichen Fernseh- und Rundfunkstationen durchkommen, also riefen sie die Nachrichtenredaktionen in Dallas an.

Während die Reporter arbeiteten, schnappte Kate immer wieder Gesprächsfetzen auf.

»Mein Cousin in Irving hat sein Haus verloren.«

»Sie waren in Ihrem Schlafzimmer, und da ist die gesamte Wand verschwunden?«

»Aber man hat Ihren Hund gefunden, und ihm geht's gut? Das ist ein Wunder.«

Dann rief jemand: »Geht los!« Aller Augen richteten sich auf die Fernsehbildschirme und die Live-Übertragung, in der der Präsident vor ein Mikrofon in Ottawa, Kanada, trat, wo er sich gerade zu einem Gipfeltreffen aufhielt. Er gab eine Erklärung zum Sturm ab.

»Wir drücken unser tiefstes Mitgefühl all denjenigen aus, die heute ihre Angehörigen in den Tornados und dem schweren Unwetter im Gebiet um Dallas und Fort Worth sowie in den Gemeinden in Alabama, Arkansas und Mississippi verloren haben. Wir sprechen sämtlichen Menschen unsere Anerkennung aus, die ihren Freunden und Nachbarn in dieser schrecklichen Zeit beistehen. Ich habe mit den Gouverneuren der betroffenen Staaten gesprochen und ihnen sämtliche verfügbaren staatlichen Ressourcen zur Verfügung gestellt. Die Nation steht bereit, unsere amerikanischen Mitbürger in Zeiten der Not zu unterstützen. Wir schließen euch alle in unsere Gedanken und Gebete mit ein.«

Daraufhin zeigten die Sender eine Reportage über die Zerstörung und ließen dabei die Reporter der Redaktionen zu Worte kommen, die dort lebten. Die meisten kannten einen Betroffenen, was Kates Rolle als Außenseiterin unterstrich. In diesem Augenblick verlangte es sie schmerzhaft, wieder zurück in Canton zu sein und Grace in den Armen zu halten.

Aber sie musste ihre Arbeit erledigen, und dabei stand eine Menge auf dem Spiel.

»Okay, Leute, Besprechung. Quetscht euch hier rein.« Chuck und Dorothea scheuchten die Mitarbeiter in das Sitzungszimmer der Redaktion. Die Stühle rund um den Tisch waren rasch besetzt, und einige Leute standen an der Wand.

»Zuerst einmal ein großer Dank an euch alle von unseren anderen Redaktionen«, sagte Chuck. »Danke, dass ihr die lange Fahrt von Oklahoma City, Houston, Austin und San Antonio auf euch genommen habt. Wir wissen die Hilfe zu schätzen.«

»Und, wenn ich auch etwas sagen darf, Chuck«, meinte Dorothea. »Ich möchte unserer Redaktion Beifall zollen. Moe, Harley, Tila, Annalee, Tommy, Eduardo, Maria und Sue für ihre herausragende Arbeit bei der Titelgeschichte. Bisher haben wir über einhundert Berichte und zweihundert Fotos veröffentlicht. Einige Leute aus unserer Redaktion sind immer noch draußen im Feld. So oder so sind die meisten aus der Redaktion irgendwie vom Sturm betroffen. Ich möchte auch unseren Praktikanten, Roy Webster und Mandy Lee, für ihre gute Arbeit danken.« Dorothea nickte beiden zu und wurde genau in diesem Moment vom Läuten eines Telefons unterbrochen.

Der Reporter mit dem Telefon nahm den Anruf entgegen und verließ den Raum.

Die Sitzung ging weiter, ohne dass Kate genannt worden wäre.

Sie schluckte die Kränkung hinunter, übersehen worden zu sein.

Anderen Leuten erging es schlimmer, dachte sie, wie zum Beispiel der jungen Mutter, die sie auf der Suche nach ihrem vermissten Baby gefunden hatte.

Chuck blätterte durch die Seiten seines Notizbuchs und gab dabei einen Überblick darüber, was für die Artikel des folgenden Morgens erforderlich war. Er hakte die Themen Suche und Rettung von Vermissten, Ergänzung der Liste der Toten, Verletzten und Vermissten, Hilfe und Wiederaufbau ab. Die Artikel mussten auch die ökonomischen und psychologischen Schäden berücksichtigen. Er sagte, der Gouverneur würde den am schlimmsten betroffenen Gebieten einen Besuch abstatten.

»Unser Büro in Washington bestätigt, dass das Weiße Haus einen Besuch des Präsidenten arrangiert.«

Chuck notierte, dass er Leute für die Nachtschicht einteilen musste, die sich um die Rettungsbemühungen kümmern sollten. Dann machte er sich daran, Reportern aus den anderen Redaktionen bestimmte Aufgaben für den folgenden Tag zuzuteilen, und wies anschließend seine Leute an, früh am folgenden Morgen in dieselben Gebiete zurückzukehren und die Berichterstattung über den Sturm fortzuführen.

»Das Hauptquartier in New York sagt uns, was wir bereits

wissen. Dies ist die Topstory des Landes und ein Aufmacher in der ganzen Welt. Unser Textmaterial ist gefragt. Ihr seid alle Profis – ihr wisst alle, was zu tun ist«, sagte er. »Gebt uns die Fakten und das menschliche Drama, die herzzerreißenden Geschichten und die Helden.«

Die Versammlung löste sich auf. Leute gingen oder beendeten ihre Arbeit, tätigten Anrufe oder sprachen mit Dorothea oder Chuck.

Als Chuck frei war, trat Kate an ihn heran.

»Ich glaube, ich habe eine starke dramatische Story vom Flohmarkt. Der würde ich gern morgen nachgehen.«

»Worum geht's?«

Kates Blick glitt zu Dorothea hinüber, die das Gespräch mitbekam und zu ihnen trat.

»Eine junge Mutter, Jenna Cooper«, erwiderte Kate. »Sie ist auf der Suche nach ihrem fünf Monate alten Sohn. Sie hat ihn verloren, als der Tornado das Saddle Up Center traf. Seitdem ist er verschwunden.«

»Stimmt, sie war in dem Artikel, den Sie heute rübergeschickt haben«, sagte Chuck. »Hört sich gut an. Aber fragen Sie erst bei Dorothea nach, wofür sie Sie morgen braucht.«

Chuck überprüfte sein Handy auf Nachrichten und ging dann, um mit einem anderen Reporter zu sprechen.

»Ja, das ist eine traurige Sache«, sagte Dorothea. »Aber davon gibt's hundert andere auch da draußen. Für Sie habe ich morgen etwas anderes geplant, Kate.«

»Aber ich würde wirklich gern mit Jenna Cooper weitermachen. Irgendetwas sagt mir, dass diese Story stark sein könnte. Eine Fremde hat bei dem Baby geholfen, und diese Fremde ist ebenfalls verschollen. Es ist sehr tragisch, und ich glaube …«

Kate starrte jetzt Dorotheas Zeigefinger an, den sie hochhielt, um sie zum Schweigen zu bringen.

»Roy und Mandy werden zum Flohmarkt zurückkehren. Ich brauche Sie hier für eine Spätschicht, die um drei Uhr morgen Nachmittag anfängt. Vielen Dank.« Dorotheas Handy meldete sich. »Entschuldigen Sie, bitte. Ich muss das Gespräch annehmen.« Sie wandte sich ab.

Kate stand mehrere Augenblicke lang verdutzt da. Dann sammelte sie ihre Sachen ein.

Bevor sie ging, warf sie einen Blick auf die Wand mit den Fotos und insbesondere auf das Bild von Jenna Cooper, die ihre Tochter und den verbogenen Kinderwagen ihres Sohnes in der Hand hielt und ins Leere blickte.

10

Dallas, Texas

Die Nachrichtenagentur hatte Kate im Marriott City Center untergebracht.

Im Aufzug zu ihrem Zimmer im zwölften Stockwerk schickte sie ihrer Freundin Heather, die auf ihre Tochter aufpasste, eine SMS.

Hallo Heather, bin in 5 min online, wenn Grace noch wach ist.

Heather erwiderte:

Sie und Aubrey sind wach. Haben die Nachrichten gesehen. Sieht schrecklich aus. Wie geht's dir?

Halt die Ohren steif!

Augenblicke später war Kate in ihrem Zimmer, stellte die Verbindung her, und auf dem Bildschirm ihres Tablets erschien das strahlende Gesicht ihrer Tochter.

»Hallo Mama! Ich vermisse dich!«

»Ich vermisse dich auch, Schatz. Was machst du noch so spät?«

»Aubrey und ich tun so funkelndes Zeugs auf unsere Fingernägel, siehst du?«

Grace wackelte mit zehn kleinen Fingern vor ihrem Gesicht.

»Ah, ja. Sehr hübsch.«

»Mama, hat es wirklich Tornados gegeben, wo du bist?«

»Ja, leider.«

»War es wie im *Zauberer von Oz,* und gab es eine fliegende Hexe?«

»Nein, nicht wie im Film. Es war echt. Es war sehr schlimm … Leute sind verletzt worden.«

»Aber du bist okay, ja?«

»Ich bin okay, Süße.« Kate lächelte um ihretwillen. »Erzähl mir, was gibt's Neues heute?«

»Aubrey und ich sind zu Kaylas Geburtstagsparty eingeladen worden. Kann ich hingehen, und kann ich mein neues Blumenkleid anziehen? Bitte, sag ja, biiittteee!«

»Ich rede mit Aubreys Mama. Bist du ein braves Mädchen, ja?«

»M-hm.«

Sie redeten noch eine halbe Stunde lang, bis Grace anfing zu gähnen, und Kate allmählich Schluss machte.

»Ich vermisse dich, und ich liebe dich, meine Kleine.«

»Vermisse dich auch und liebe dich noch mehr.« Grace spitzte die Lippen und küsste den Bildschirm, um Kates Kuss zu erwidern.

Das Gespräch mit ihrer Tochter war Balsam für Kates Seele, aber die Anspannung des Tages hatte ihren Nacken und ihre Schultern steinhart werden lassen. Nach ihrem Anruf bei Grace sagte ihr Heather, dass eine Frau von einem Inkassobüro angerufen und nach einer Ms oder Mrs Kate Page gefragt habe.

Kate dankte ihr für die Warnung. Sie würde der Anzahlung, die sie bereits elektronisch aus Dallas geschickt hatte, etwas folgen lassen.

Nach dem Anruf ging sie unter die Dusche.

Nadeln heißen Wassers beruhigten ihre ermüdeten Muskeln, konnten jedoch die Bilder des Tages nicht abwaschen, wie sie unter den Toten, den Sterbenden, den Verletzten und all dieser Zerstörung umhergegangen war.

Kate ließ los.

Sie schluchzte. Dampfwolken stiegen rings um sie her auf, und sie ließ sich von ihnen durch ihr Leben zurücktragen, hin zu jener Nacht, als ihre Babysitterin, Mrs Kowalski, auf sie und Vanessa, ihre kleine Schwester, aufgepasst hatte und Mrs Kowalski an die Tür ihres knarrenden alten Hauses gegangen war.

Mrs Kowalskis Hand über ihrem Mund. In der kleinen Küche die Polizeibeamten, deren lederne Gürtel quietschten, als sie sich räusperten. Die Polizistin gab Kate und Vanessa kleine Stoffbären, die sie festhalten sollten, ein Teddy für sie, ein Eisbär für Vanessa. Tut mir leid, *sagte sie.* Es gab ein schreckliches Feuer. Tut mir sehr, sehr leid. Eure Mama und euer Papa werden nicht mehr nach Hause kommen. Sie sind jetzt bei den Engeln. *Mrs Kowalski nahm sie beide in die Arme, wiegte sie, flüsterte immer und immer wieder ein Gebet.*

Anschließend wurden Kate und Vanessa von einer Familie zur nächsten, zu immer weiter entfernten Verwandten, weitergereicht. Am Ende lebten sie bei Fremden. So ziemlich alles, woran Kate sich aus jenem Teil ihrer Kindheit erinnerte, war, dass sie und Vanessa ewig umzogen.

Bis zum Unfall.

Kate und Vanessa saßen auf dem Rücksitz eines Autos und fuhren in die Berge. Plötzlich flogen sie dahin, der Wagen überschlug sich und stürzte schließlich in einen Fluss. Das Wasser strömte herein. Sie waren im felsigen Flussbett aufgeschlagen, und es war so kalt und so dunkel, bis auf die Innenbeleuchtung.

Alles bewegte sich in Zeitlupe.

Das Fenster war zerbrochen. Kate hielt Vanessas Hand, brachte sie beide aus dem Wagen und versuchte, Vanessa mit sich an die Oberfläche zu ziehen, spürte jedoch, wie die Kälte ihre Finger taub machte, dann spürte sie, wie sie sich voneinander lösten. Sie war außerstande, weiter festzuhalten.

Vanessa entglitt ihr.

Warum konnte ich sie nicht festhalten?

Kate war die einzige Überlebende. Sie war neun Jahre alt, Vanessa sechs. Vanessas Leichnam wurde nie gefunden. Vielleicht hatte er sich irgendwo in den Felsen verkeilt, hieß es. Vanessas kleiner weißer Eisbär befand sich immer noch im Wagen. Als sie ihn fanden, gaben sie ihn Kate.

Nach dem Unfall lebte Kate in einer nie enden wollenden Kette von Pflegefamilien. Einige waren gut, andere nicht.

Sobald sie alt genug war, lief sie weg.

Sie tat, was sie konnte, um zu überleben. Sie bettelte, log hinsichtlich ihres Alters und nahm jeden Job an, den sie bekommen konnte. Sie säuberte Toiletten, wusch Autos, spülte Geschirr ab, betätigte sich als Landschaftsgärtnerin, Kellnerin, erledigte Nachtschichten in einem Büro, das Spammails verschickte, sie machte sogar Telefonsex. Sie lernte das Leben auf die harte Tour kennen, aber sie stahl nie, nahm niemals Drogen und trank auch nicht. Sie prostituierte sich nie.

Irgendwie brachte Kate es fertig, einem inneren moralischen Kompass zu folgen, den sie, wie sie glaubte – *nein, hoffte* –, von ihren Eltern geerbt hatte. Ihre Mama war Kassiererin in einem Supermarkt gewesen, die gern gelesen und ein Tagebuch geführt hatte. Ihr Vater hatte in einer Fabrik gearbeitet, die Teile für Militärlaster gefertigt hatte. Sie lebten in der Nähe von Washington, D. C., als sie in diesem Hotelbrand umkamen.

Kate hatte sie nie richtig kennengelernt.

Sie hatte vage Erinnerungen an die Stimme ihrer Mutter und dass sie nach Rosen geduftet hatte. Dass sie im Monat vor ihrem Tod Kate und Vanessa ein Halskettchen mit einem winzigen Schutzengel geschenkt hatte, auf dem ihre Namen eingraviert waren. Dass Vanessa sie tauschen wollte, so dass sie dasjenige mit dem Namen ihrer großen Schwester trug und Kate den Engel mit Vanessas Namen hatte.

Sie besaß es noch immer.

Jedes Mal, wenn sie es ansah, erinnerte sie sich daran, wie glücklich sie alle gewesen waren und wie geborgen sie sich in den großen, starken Händen ihres Vaters vorgekommen war, wenn er sie hochgehoben hatte, und sie konnte nicht vergessen, dass Vanessas Augen wie Sterne gefunkelt hatten, wenn sie gelacht hatte.

Für sie waren sie alle jetzt Geister.

Manchmal jedoch sah Kate sich die wenigen Fotos an, die es von ihr und Vanessa gab, auf denen sie ihren kleinen Eisbären knuddelte, den sie »Chilly« genannt hatte, und sie träumte, dass Vanessa vielleicht irgendwo am Leben war. Sie wusste, es war unmöglich, aber sie konnte nicht anders. Immerzu las sie Geschichten in der Zeitung über Menschen, die längst verschollene Verwandte nach Jahren eines endlosen Schmerzes wiedergefunden hatten. Diese Geschichten und die Reporter, die sie schrieben, schenkten Kate Hoffnung und ein Ziel.

Tief im Herzen wusste sie, dass sie Journalistin werden musste, jemand, der Menschen dabei half, Antworten auf die wichtigsten Fragen im Leben zu finden.

Im Alter von neunzehn lebte sie auf sich allein gestellt in Chicago, wo sie Abendkurse besuchte, um den Highschool-Abschluss nachzuholen.

Sie schrieb einen Aufsatz, wie in ihrem Herzen ihre Schwester immer lebendig bliebe und dass das Verlangen nie schwinden würde zu erfahren, was wirklich in jener Nacht geschehen war, als Vanessas kleine Hand der ihren entglitt.

Ist sie in jener Nacht in den Bergen gestorben? Oder hat sie überlebt und ist auf wundersame Weise in ein anderes Leben gewandert?

Kates Lehrer zeigte ihn David Yardley, einem Herausgeber der *Tribune*, und erzählte ihm von Kates Wunsch, Reporterin zu werden. Ein Treffen wurde arrangiert. Erstaunt über Kates natürliches Schreibtalent und ihr Leben, half ihr David mit Teilzeitjobs bei der Zeitung. Sie erinnerte sich an seine Worte: »Sie sind wie jemand aus einem Dickens-Roman.«

Für diese Hilfe blieb sie ihm auf immer dankbar.

Kate machte ihren Abschluss an der Highschool und arbeitete sich durch das College, das sie für eine kurze Zeit zu Jobs in Syracuse, New York, führte, bevor sie nach Kalifornien ging. Sie war noch immer ziemlich unerfahren, als sie die Kriminalfälle beim *San Francisco Star* bearbeitete und sich in einen Polizisten verknallte. Erst nachdem sie schwanger geworden war, erfuhr sie, dass er verheiratet war.

Kate war am Boden zerstört.

Wie konnte er sie so anlügen? Wie konnte sie so dumm gewesen sein?

Sie vertraute einer befreundeten Reporterin an, dass sie das Baby behalten wolle, jedoch die Stadt verlassen müsse. Sie erhielt einen Job beim *Repository* in Canton, wo sie im Alter von dreiundzwanzig ihre Grace bekam.

Kate arbeitete erfolgreich bei der Zeitung, wo sie für die Polizeiberichte zuständig war, und sie erhielt sogar eine Auszeichnung dafür, einem flüchtigen Mörder auf der Spur geblieben zu sein. Zwar blieb ihre Arbeit von Pulitzer- und anderen nationalen Preisen ausgeschlossen, gewann jedoch einen regionalen Preis für hervorragenden investigativen Journalismus. Allerdings währte der Ruhm nicht lange.

Nach mehreren Jahren wurde Kate eines Tages ins Büro von Ed Brant gerufen, ihrem Chefredakteur. Er setzte seine Brille ab und sagte, ihr Job sei, zusammen mit einem Dutzend anderer, gestrichen worden. Für Kate war es eine düstere Zeit, aber sie gab ihr Bestes. Sie suchte überall, jedoch gab es neue Stellen so gut wie keine mehr.

Wochen verstrichen, dann Monate. Sie kellnerte und bewarb sich bei mehreren Firmen als Pressesprecherin. Sie erhielt eine Stelle in Canton, für drei Wochen. Es war einfach nichts für sie.

Sie war Reporterin. Punkt.

Die Lage wurde kritisch. Kate jonglierte mit Rechnungen, da erfuhr sie, dass Newslead, der weltweite Nachrichtendienst, eine freie Stelle in seinem Büro in Dallas ausgeschrieben hatte.

Kates Bewerbung hatte ein telefonisches Bewerbungsgespräch mit Chuck Laneer und Dorothea Pick in Dallas sowie einer Frau vom Personalbüro in New York zur Folge. Eine Woche später rief Chuck zurück. Kate hatte es auf die Shortlist geschafft. Er lud sie für ein dreiwöchiges Praktikum im Büro ein, zusammen mit zwei weiteren Kandidaten. Der beste Kandidat bekäme die Vollzeitstelle im Büro. Newslead zahlte fast das Doppelte dessen, was sie beim *Repository* verdient hatte, und die Stelle umfasste einiges an Versorgungsleistungen.

Kate brachte Grace bei ihrer Freundin Heather Baines unter, deren Tochter Aubrey zusammen mit Grace zur Schule ging. Es brach Kate das Herz, Grace drei Wochen allein zu lassen, aber sie musste es für sie beide tun. Sie hatte versprochen, dass sie jeden Tag skypen würden. Kate belud ihren Chevy und fuhr dann in etwas mehr als zwei Tagen die fünfzehnhundert Kilometer hinunter nach Dallas. Sie übernachtete in billigen Motels und lebte von Fast Food, um Geld zu sparen.

Es war eine einsame Fahrt, und in diesem Augenblick unter der Dusche wäre Kate am liebsten wieder in Ohio gewesen. Es verlangte sie schmerzhaft danach, zusammen mit Grace einen Film auf dem Sofa anzusehen, irgendetwas Komisches, etwas

Fröhliches, weil die Tragödien dieses Tages so überwältigend waren.

Kate trat aus der Dusche, trocknete sich ab, putzte sich die Zähne und kämmte sich. Sie zog sich den Schlafanzug an, schaltete die Lampen ab und legte sich erschöpft ins Bett. Dann griff sie nach ihrem Telefon. Der Bildschirm schimmerte in der Dunkelheit, als sie ihr Lieblingsfoto von Grace betrachtete.

Ich würde eher sterben, als dich zu verlieren.

Dieser Gedanke holte die Erinnerung an das Foto von Jenna Cooper inmitten des Entsetzens herauf, wie sie ihren kleinen Jungen suchte, und sie hörte erneut ihre Worte: *»Ich hatte ihn, aber ich ließ ihn los. Oh mein Gott, es ist meine Schuld!«*

Kate kannte diese Qual, dieses Schuldgefühl. Sie hatte es ihr ganzes Leben lang verspürt, nachdem sie Vanessa in den Fluss hatte rutschen lassen.

Während sie aus ihrem Hotelfenster auf die Gebäude und den Highway hinausschaute, der in der Nacht blitzte, überwältigte sie das Selbstmitleid: wegen Vanessa, weil sie Grace zurückgelassen hatte, weil sie in diesem Zimmer war, während die Menschen dort draußen so viel Verlust und Schmerz erlitten.

Kate starrte das Foto von Jenna Cooper hart an.

Wie du. Ich kann mir bloß vorstellen, was dir durch den Kopf geht.

War ihr kleiner Junge tot? War er verletzt, begraben unter Trümmern? Hatte ihn jemand gefunden und in ein Krankenhaus gebracht?

Kate sah Jennas Bild weiter an.

Ich helfe dir, die Wahrheit zu finden.

11

Dallas-Fort Worth Metroplex, Texas

Am folgenden Morgen, am anderen Ende der Stadt, in Zimmer 16 des Dreamaway Motor Inn, leuchtete der Fernsehbildschirm in der morgendlichen Dämmerung.

Die Jalousien am Fenster waren herabgezogen und blendeten so das blitzende Neonschild aus, das freie Zimmer ankündigte. Im Zimmer stank es nach Zigaretten und schalem Bier. Remy Toxton saß auf der Bettkante und zupfte an ihren roten Haarstoppeln, während sie sich den Bericht über die Katastrophe anschaute.

Jeder Sender in Dallas zeigte die Auswirkungen des Sturms und brachte Interviews mit verstörten Überlebenden aus Gebieten, die besonders schwer getroffen worden waren. Als sich der Bericht dem Flohmarkt zuwandte, konzentrierte sich Remy, nach wie vor etwas zittrig, so lange darauf, bis sie davon überzeugt war, dass ihre Tat nichts Bedrohliches zur Folge hätte.

»Das sieht gut für uns aus, Babe«, sagte sie.

Mason Varno, Remys Lebensgefährte, stand ohne Hemd, aber mit Hose am Fenster. Er schob die Jalousie vorsichtig zur Seite, um den Parkplatz zu beobachten, rieb sich die Lippen und blickte beständig auf sein Handy, ob neue Nachrichten eingetroffen waren. Sie hatten hier WLAN-Verbindung. Remy warf ihm einen Blick über die Schulter zu. Sie liebte es, wie seine Muskeln unter seinen Knast-Tattoos hervortraten, sie liebte es, dass er ihr Mann war, trotz aller Fehler.

Niemand war perfekt. Mason redete nicht viel. Er musste an so vieles denken.

Ebenso Remy.

In letzter Zeit waren sie durch die Hölle gegangen, aber jetzt befanden sich ihre Träume in Reichweite. Sie würden genügend Geld bekommen, um ein Haus an der Küste Oregons zu erwerben und ihr neues Leben anzufangen, das wirkliche Leben, das sie beide verdienten. Es würde nichts mehr dazwischenkommen. Sie würden es schaffen, entgegen aller Wahrscheinlichkeit, und Remy glaubte jetzt, dass sie alle Hindernisse überwinden konnten.

Sogar ein totes Baby?

Ja. Nein. Ich weiß nicht.

Eine Alarmglocke schrillte in ihrem Schädel, und ihr Gehirn zuckte. Sie hielt sich den Kopf mit beiden Händen, damit er nicht aufplatzte, und nahm tiefe Atemzüge.

Hör auf, daran zu denken! Das ist Vergangenheit! Lass sie ruhen!

Ihre Kinnlade spannte sich an, und sie zählte von einhundert aus rückwärts, bis sie den Anfall überwunden hatte.

Okay, okay.

Alles in Ordnung.

Nur einer ihrer kleinen Anfälle.

Sie wandte sich wieder dem Fernseher zu.

Wir hatten so viel Glück, dass wir mit bloß ein paar Kratzern da rausgekommen sind.

Es hat alles so sein sollen.

Die Nachrichtensprecherin redete von der Zahl der Toten, Vermissten, Verletzten, Obdachlosen und davon, wo die Tornadoopfer Hilfe erhalten konnten. Der Bildschirm zeigte eine Karte mit Informationen und Websites an Orten im ganzen Metroplex, wo es Notfallhilfe, Anlaufstationen mit medizinischen Diensten, Nahrung, Wasser, Kleidung, Traumaunterstützung und andere Hilfe gab.

Das war wichtig. Remy machte sich Notizen, holte ihren Laptop hervor und überprüfte, wo die Orte für Notfallhilfe und medizinische Unterstützung lagen. Dann durchforschte sie die Onlinenachrichten, wobei sie sich auf Berichte über den Flohmarkt konzentrierte und sie nach einer bestimmten Sache absuchte.

Nichts tauchte aus dem Strom von Berichten auf, bis ein gewisses verschwommenes Bild vorbeihuschte. Remy kehrte zum Foto einer Frau zurück, die einen leeren, verbeulten Kinderwagen und ein Kind festhielt, das mit ihr vor der Verwüstung stand. Die Bildunterschrift besagte: »Jenna Cooper hält ihre Tochter Cassie fest, dazu den leeren Kinderwagen ihres fünf Monate alten Sohns Caleb. Er wird nach einem Tornado vermisst, der das Saddle Up Center zerstört hat, wo Dutzende von Menschen getötet wurden.«

Der Artikel zum Bild stammte von Newslead, der Nachrichtenagentur. Der Abschnitt über Jenna Cooper umfasste lediglich ein paar kurze Absätze. Remy prüfte jedes Wort akribisch genau:

Unter den Tragödien im Saddle Up Center ist auch diejenige von Jenna Cooper, die ihr fünf Monate altes Baby Caleb verloren hat, als der Tornado zuschlug.

»Ich hatte ihn, aber ich konnte ihn nicht festhalten.«

Coopers Baby verschwand in dem rasenden Sturm zusammen mit einem Mann und einer Frau. Die beiden Fremden hatten Jenna Cooper, ihrem Sohn und ihrer Tochter Cassie geholfen, in einen Bereich des Centers zu gelangen, den sie für sicher gehalten hatten.

Offiziell gilt Caleb als vermisst, weil das Baby sehr wohl gefunden und in ein Krankenhaus gebracht worden sein konnte. Befürchtet wird jedoch auch, dass Caleb zusammen mit den Menschen, die seiner Mutter geholfen hatten, unter den Verletzten oder Toten sein kann, die nach wie vor unter den Trümmern begraben liegen.

»Ich werde nach ihm suchen, bis ich ihn finde«, sagte Jenna Cooper.

Remy funkelte Jenna Coopers Foto an.

Schon recht, such weiter, blöde Kuh! Ich bin zu dem Markt gegangen, um jemanden wie dich zu finden. Du warst nicht als Mutter für ihn geeignet gewesen. Ich schicke ihn an einen besseren Ort.

»He, willst du dich nicht mal darum kümmern?«, fragte Mason.

Remy war dermaßen von ihrer Tätigkeit absorbiert gewesen, dass sie das Geschrei von der anderen Seite des Raums nicht mitbekommen hatte. Seufzend schloss sie die Augen. Dann blickte sie auf ihren Laptop.

»Mason, lies diesen Artikel, während ich mich um ihn kümmere.«

Remy massierte sich die Schläfen, während sie zu dem Babybett auf dem Fußboden hinüberging, in dem Caleb Cooper sich jetzt meldete, und das sie aus zusätzlichen Decken, Handtüchern und Laken auf dem Fußboden bereitet hatte. Er war ein wunderschönes Baby, dachte sie. Er trug noch immer seinen blau-weiß gestreiften Strampler mit dem winzigen Elefanten darauf. Sie blinzelte angesichts der winzigen Blutflecken am Halsausschnitt. Jetzt drehte er den kleinen bandagierten Kopf, öffnete den Mund, schob seine winzige Faust hinein und vollführte Schluckbewegungen.

»Schon wieder hungrig?«

Sie ging zur Küchenzeile und bereitete eine frische Flasche Fertignahrung zu. Während die Flasche sich erwärmte, dachte Remy daran, wie alles auf dem Markt verlaufen war. Das Schicksal hatte sie zum richtigen Baby geführt. An den vergangenen Abenden waren sie vergebens in einer Mall und am Busbahnhof auf der Jagd gewesen, bevor sie den Flohmarkt in Betracht gezogen hatte, wo sie sogleich eine geeignete Kandidatin gefunden hatte. Sie war der Mutter gefolgt, hatte mit ihr gesprochen und hatte ihr Vertrauen gewonnen, so dass sie tun konnte, was sie hatte tun müssen.

Und der Tornado?

Er war furchteinflößend. Aber er war ein Gottesgeschenk.

Nachdem der Wind abgeflaut war, nachdem er das Saddle Up Center zerstört hatte, hatte Remy gesehen, dass Mutter und Tochter sich nicht mehr regten. Remy war steif und steckte unter einem Holzbalken fest, war jedoch unversehrt. Sie nahm den Kinderwagen mit dem Baby. Er hing umgekehrt da, aber das Baby war darin festgeschnallt. Mason hatte einen Schnitt am Arm und ein zerschrammtes linkes Bein. Sie schrie ihm zu, er solle sie ausgraben. Das Baby blutete. Sie warf den Kinderwagen rasch fort, weil er in dem ganzen Schlamassel nutzlos war. Remy trug das Baby also auf den Armen und eilte mit einem humpelnden Mason durch die Ruinen, wobei sie überall Leichen sahen.

Es war grausig.

Hin und wieder blieb Mason stehen und untersuchte ein paar. »Um zu helfen«, sagte er, aber er nahm den toten Menschen Bargeld und Kreditkarten ab. »Sie werden sie nicht mehr brauchen«, sagte er. Sie setzten ihren Weg bis zum anderen Ende des Flohmarkts fort, wo ihr Pick-up stand, und hofften, er wäre immer noch dort und würde immer noch funktionieren. Sie fanden ihn. Das Seitenfenster war zerschmettert, die obere rechte Ecke der Windschutzscheibe war ein Spinnennetz aus zerbrochenem Glas, und das Blech hinten links war zerbeult, aber er hatte ansonsten unbeschädigt überlebt.

Jetzt hier im Motelzimmer wurde das Geschrei des Babys lauter.

»Stopf dem Balg das Maul!«, brüllte Mason sie drüben vom Computer her an.

»Du hältst besser die Klappe! Was meinst du, was ich hier gerade tue? Seine Flasche ist noch nicht fertig.«

Remy hatte sich auf das Baby vorbereitet.

Tage zuvor hatte sie alles Nötige eingekauft: Fertignahrung, Reiswaffeln, Apfelbrei, Windeln, Tücher und Haarfärbemittel. Aber als sie von der Zerstörung auf dem Flohmarkt wegfuhren, hatte sie sich Sorgen wegen der kleinen Verletzung auf der Stirn des Babys gemacht. Sie hatte Mason an einem Drogeriemarkt anhalten lassen und Verbände und Desinfektionsmittel besorgt.

Dennoch ließ sie das Gefühl nicht los, etwas vergessen zu haben.

Remy prüfte die Temperatur der Milch, indem sie etwas auf ihr Handgelenk drückte, und nahm Caleb dann in die Arme. Sie hatte ihm nach ihrer Ankunft gestern Nachmittag die Flasche gegeben. Zunächst hatte er Ärger gemacht, als sie ihn festgehalten hatte, und nach ihrer Brust gesucht. Schließlich jedoch hatte er die Flasche genommen, dann eine weitere in der Nacht. Er war ein guter Esser, dachte sie, während sie ihm beim heftigen Saugen zuschaute, wobei er fest auf dem Sauger herumkaute.

Wie sie ihn so hielt, seinen süßen Babyduft inhalierte, wälzte sich eine Woge hormonell bedingter Gefühle durch sie hindurch, und sie schauderte.

Er war ein so wunderschöner kleiner Junge.

Mein Baby war ein Junge.

Caleb rieb sein Näschen an ihr. Remys Sorge um die Verletzung an seinem Kopf wurde immer größer. War es ein Kratzer, ein oberflächlicher Schnitt oder etwas Ernsteres? Nachdem sie mit dem Füttern fertig war und seine Windeln gewechselt hatte, säuberte sie seine Schnittverletzung und legte einen frischen Verband darauf.

Mason saß immer noch an ihrem Laptop, las Nachrichten und rieb sich die Lippen etwas heftiger. Remy wappnete sich gegen das, was kommen würde. Sie kannte seine Begierden, seine Stimmungsumschwünge und seine Reizbarkeit.

Er hatte ihr viel hinsichtlich ihrer gemeinsamen Zukunft versprochen und bemühte sich nach Kräften, seine Versprechen einzuhalten. Remy und Mason waren nicht immer einer Meinung, aber tief im Innern glaubten sie an dieselbe Philosophie: Was das Leben dir nimmt, musst du dir zurückholen.

»Woran denkst du, Babe?«, fragte sie ihn.

»Ich hätte nie gedacht, dass du es tust. Du willst die Sache ernsthaft weiter durchziehen?«

»Wir müssen es.«

Er blinzelte heftig, wie er es immer tat, wenn er darum kämpfte, nicht auszurasten, insbesondere wegen allem, was sie vor kurzem durchgemacht hatten. Er bemühte sich, sein Temperament zu zügeln und seine Stimme sanft klingen zu lassen.

»Hier steht ziemlich viel auf dem Spiel, und das hilft nicht gerade dabei, Remy.«

»Uns geht das Geld aus. Uns läuft die Zeit davon. Siehst du irgendwelche Alternativen? Ich musste was tun. Abgesehen davon heißt es in dem Artikel, dass sie uns wahrscheinlich für tot halten. Das passt perfekt.«

»Der Junge ist fünf Monate alt. Meinst du, du kannst ihn als drei Monate altes Baby durchgehen lassen?«

»Ja, weil es so sein soll. Wir sagen einfach, er ist groß.«

»Na gut. Rufst du an?«

»Noch nicht.«

»Warum nicht?«

»Ich habe einen Plan. Wir müssen ihn noch etwas länger behalten.«

»Wozu? Wenn wir das durchziehen, bringen wir es besser schnell hinter uns.«

»Zunächst möchte ich, dass sich ein Arzt diese Verletzung an seinem Kopf ansieht. Um sicherzugehen, dass er gesund ist, damit nichts auf uns zurückfällt.«

»Was? Wo? Das könnte gefährlich werden. Wir werden bereits gesucht, Remy. Ich glaube, wir sollten einfach sofort von hier abhauen.«

»Du musst mir vertrauen, Babe. Lass es mich auf meine Weise erledigen. Wir werden das tun – es wird funktionieren. Dann werden wir weglaufen. Es wird vorüber sein, und wir werden unseren kleinen Platz an der Sonne bekommen. Wir werden unser neues Leben anfangen, unser richtiges Leben, und dafür sorgen, dass alle unsere Träume wahr werden.«

Mason strich sich mit den Händen über das stoppelbärtige Gesicht.

»Hee!« Sie berührte ihn an der Schulter. »Ich hab Hunger. Warum besorgst du uns nicht was zum Frühstück, Babe? Dann brechen wir auf.«

Er sah sie an, wobei er sich innerlich ihre Situation vor Augen führte. Dann wusch er sich, zog sich an und ging.

Remy kehrte zu Caleb zurück, setzte sich auf den Fußboden und lächelte das Baby an.

»Was für ein Glück du hast! Ja, wirklich. Deine Mutter war schwach, unwürdig. Sie konnte ihrer Verantwortung nicht nachkommen und dich beschützen. Du wirst sie nie mehr wiedersehen, da brauchst du dir keine Sorgen zu machen. Was für ein Glück du hast, dass ich dort war und dich in diesem Sturm vor dem sicheren Tod bewahrt habe! Ja, wirklich. Jetzt bringe ich dich sehr bald an einen besseren Ort. Ja, wirklich. Es soll alles so sein.«

12

Dallas-Fort Worth Metroplex, Texas

Mit zusammengebissenen Zähnen saß Mason Varno hinterm Lenkrad seines zerbeulten Pick-ups. Die Ampel war rot.

Alles geht zum Teufel. Alles kommt immer näher.

Er blickte auf den Verkehr ringsum, schaute in seine Rückspiegel.

Ganz bestimmt würden weitere Leute sie suchen.

Er hämmerte mit dem Handballen aufs Lenkrad.

Ich geh deswegen nicht zum Teufel. Ich gehe nicht wegen einer durchgeknallten Schlampe in den Knast …

Die Ampel sprang um.

Beruhig dich. Denk das mal durch. Kümmere dich erst mal um das Nächstliegende.

Er schaute sich um. Abgesehen von einigen herumliegenden Ästen und etwas Schutt sah er keine Sturmschäden in dieser Umgebung. Er lenkte auf den Parkplatz eines McDonald's und hielt in einer weit entfernten Ecke unter dem Schatten eines Ahornbaums. Dort fischte er ein kleines Glasröhrchen und ein stempelgroßes Stück Alufolie aus einer Tasche und entfaltete es. Darin lag ein kleiner Haufen Kristalle, und er schmeckte sie schon fast, während er die Unterseite mit seinem Feuerzeug erwärmte. Die Kristalle knisterten, verflüssigten sich und verdampften. Er genoss den Geruch, als er den aufsteigenden Rauch durch das Röhrchen inhalierte.

Oh mein Gott, ja!

Binnen Sekunden schwebte Mason auf einer Wolke der Euphorie. Sämtliche Sorgen wurden leicht und verflüchtigten sich, und er schloss die Augen und gab sich dem Gefühl von Glückseligkeit hin.

Das habe ich gebraucht. Jetzt kann ich nachdenken.

Prüfe und bewerte, wie sein Anwalt immer sagte.

Mason lenkte seinen Pick-up rasch zum Ende der langen Schlange vor dem Autoschalter.

Er hätte nie erwartet, dass Remy ein Baby kidnappen würde. Die ganze Zeit über hatte er ihr seltsames Verhalten für eine Reaktion auf die Fehlgeburt vom letzten Monat gehalten. Dass diese letzten paar Wochen, in denen sie sich bei anderen Frauen mit ihren Babys in Einkaufszentren und so eingeschmeichelt hatte, eine Art Therapie für sie gewesen waren.

Wenige Tage nachdem es passiert war, im Krankenhaus, hatte der Arzt Mason darüber informiert, dass Remy Probleme im Umgang mit dem Verlust habe und an einer »Borderline-Postpartum-Psychose« leide. Was bedeutete, dass sie manchmal »Sinnestäuschungen, Halluzinationen und andere Wahrnehmungsstörungen« haben könne. Sie gaben ihr Medikamente, aber hin und wieder bekam Remy einen Anfall: Kopfschmerzen, begleitet von viel Weinen.

Mason hätte nie gedacht, dass ihr Zustand weiter gehen würde, als Trübsal zu blasen und anderer Leute Babys zu beäugen, und dann – BAMM – hatte sie sich den Jungen nach dem Sturm geschnappt, Mason angekreischt, dass die Mutter tot sei und der Junge bluten würde und sie dort raus müssten.

Aber die Mutter ist nicht tot, nicht wahr, Remy? Sie ist in den verdammten Nachrichten und sucht ihr Baby, und wir stecken in einer Welt voller Probleme.

Er schüttelte den Kopf, während er langsam seinen Pick-up weiter vorfahren ließ.

Oh, aber Remy hatte einen *Plan*.

Sie wusste einen Weg aus ihrer Lage, und er sollte ihr vertrauen. Unglaublich, einfach verdammt unglaublich! Sie war eine instabile, psychotische Person, und er sollte *ihrem* Plan vertrauen?

Er bemühte sich, eine Lage im Griff zu behalten, die mit jeder Sekunde schlimmer wurde. Das Baby hatte diese Beule am Kopf. Das konnte nicht gut sein. *Was, wenn es stirbt?* Er würde das Ding und Remy einfach fallen lassen und davonlaufen, sich seinen Weg aus dem ganzen Schlamassel suchen. *Ich sollte das gleich machen. Einfach aufs Gaspedal treten,* dachte er. *Sie jetzt fallen lassen und mich nicht umschauen.*

Aber er konnte es nicht.

Er war durch die Umstände an sie gekettet.

Wie zum Teufel hatte er das zulassen können? Während seiner achtzehn Monate in Hightower hatte er alles so sorgfältig geplant. Er saß wegen eines Drogendeals, an dem viele Mitspieler beteiligt gewesen waren und der schiefgegangen war. Viel Geld ging verloren, und Mason nahm die Schuld auf sich, weil er glaubte, sich so davon freikaufen zu können und in Ruhe gelassen zu werden. Dann erreichte ihn im Knast das Gerücht, dass einer der Betrogenen, ein Typ names DOA, von Mason eine Rückzahlung verlangen würde. DOA hatte viele Verbündete. Mason kannte einige von ihnen, und er konnte einigen wenigen vertrauen, aber nicht allen. Eines, was Mason von DOA wusste, war, dass er gern wüste Drohungen ausstieß, sie herumposaunte, jedoch nicht immer in die Tat umsetzte. Dennoch hielt Mason, während ein Monat nach dem anderen verstrich, die Ohren offen, was über DOA geredet wurde, ob er sich an ihm rächen wollte. Bisher war seine Drohung folgenlos geblieben.

Über ein soziales Netzwerk hatte Remy angefangen, ihm Briefe zu schreiben. Dann hatte sie ihn besucht. Sie war ein

Hingucker, zweifellos. Und er war zum Entschluss gekommen, dass von allen Frauen, die ihm geschrieben hatten, sie diejenige war, die er für seinen Plan benutzen konnte.

In Hightower musste er dem System beweisen, dass er draußen etwas Stabiles aufgebaut hatte, damit er für eine vorzeitige Entlassung und eine minimale Betreuung in Frage kam. Drinnen hielt er sich von Problemen fern, machte eine Schreinerlehre und unterzog sich mehreren Wiedereingliederungsprogrammen, in denen es um Verhalten hinsichtlich Sucht, Konflikten und Auseinandersetzungen ging, und er lernte, wie er »seine Wut im Zaum halten« konnte. Sein klares, vorgegebenes Ziel war, mit dieser neuen Frau, Remy Toxton, ein stabiles Leben aufzubauen, einen Job als Schreiner zu bekommen und schließlich sein eigenes Geschäft als Schreiner in Oregon aufzubauen, wo Remy ihn heiraten und eine Familie gründen wollte. Das wollte das Texas Department of Criminal Justice vom Insassen Nr. 01286413 hören.

Aber das war alles Bullshit.

Sicher, sobald Mason draußen war, hatte er hinsichtlich eines ehrlichen Lebens mitgespielt, bis er seinen wirklichen Plan aktiviert hatte, den er vor Remy geheim hielt. Im Gefängnis hatten Mason vertrauenswürdige Freunde gesagt, dass er sich für 25000 Dollar in ein neu gegründetes Import-Export-Geschäft einkaufen könne, das ein amerikanischer Spieler besaß, der lediglich als Garza bekannt war. Dieses Geschäft hätte seinen Sitz in Belize und würde dann weiter in die Karibik und nach Mittelamerika expandieren. Es würde riesig werden. Mit den investierten 25000 Dollar würde Mason garantiert in den ersten beiden Monaten 250000 Dollar zurückbekommen.

Mason erfuhr, dass Garza ihn als Gefallen für einen Freund ins Unternehmen hineinlassen würde. Garza ging so schnell vor, dass er Mason für die Lieferung der 25000 Dollar in bar eine Deadline setzte: innerhalb dreier Monate nach Masons Freilassung.

Das Problem war, dass Mason wegen des Bargelds gelogen hatte.

Er hatte gesagt, er hätte es aus der Sache gebunkert, für die er saß, nur damit Garza einen Platz für ihn in dem Deal freihielt, wenn er rauskam.

In Wahrheit hatte Mason kein Bargeld.

Er hatte es niemandem gesagt, aber er hatte vorgehabt, nach seiner Entlassung ein paar rasche Deals auf eigene Rechnung durchzuziehen, um das Bargeld für seine Investition zu besorgen. Das war riskant, aber etwas Besseres blieb ihm nicht.

Bei jedem Besuch Remys im Gefängnis erzählte Mason ihr, dass er 25 000 Dollar benötige, um seine Schreinerei aufzubauen. Dann könnten sie ihren Traum in Oregon leben. Da hatte sie ihn verblüfft.

»Ich kann uns das Geld besorgen«, sagte sie.

Ein paar Monate danach saß sie strahlend auf der anderen Seite der Scheibe und sagte ihm, dass sie schwanger sei, dass sie auf eine Onlineanzeige geantwortet habe, in der eine Leihmutter gesucht worden war. Nach der Geburt müsse sie unterschreiben, und dann erhielte sie 60 000 Dollar.

Mason traute seinen Ohren nicht.

Aber Remy saß da, lächelte und sagte, alles sei legal, alles von internationalen Adoptionsanwälten über ein globales Netzwerk eingefädelt. Sie kümmerten sich um alles. Sie würden sie für das Prozedere in eine der Kliniken in Übersee fliegen. Remys Geburtstermin lag um die Zeit von Masons Entlassung herum. Sie sagte, das Baby aufzugeben, sei keine große Sache für sie. Als Teen hatte sie ein Baby gehabt und es einem Paar überlassen. Diesmal war alles geplant, und sie würde wiederum einem kinderlosen Paar helfen.

»Und ich werde uns dabei helfen, auch unserem Traum näher zu kommen. Es soll alles so sein, Babe«, sagte Remy zu ihm.

Das war beträchtlich mehr als die fünfzig Dollar und die Busfahrkarte, die Mason bei der Entlassung bekam. Er überlegte lediglich, dass er jetzt keine riskanten Deals würde durchziehen müssen. Wenn Remy das Baby bekam, würde er die 25 000 Dollar nehmen und sie fallen lassen.

Sofort.

Sollte sie doch eine wertvolle Lektion fürs Leben lernen!

Er hatte andere Pläne, und bei denen ging es nicht um eine Schreinerei, Kinder oder weiße Lattenzäune im verfluchten Oregon.

Bei Masons Entlassung aus Hightower hatte Remy alles vorbereitet. Sie hatte bereits eine saubere Wohnung für sie in Lufkin, wo Mason seinen ersten Job als Schreiner antrat, vermittelt über ein Wiedereingliederungsprogramm des Gefängnisses, das mit einer Glaubensgemeinschaft zusammenarbeitete, der Gemeinschaft der Guten Diebe. Sie hatten ihm bereits dabei geholfen, den niedrig verzinsten Kredit für seinen Laster zu bekommen, den er für die Arbeit benötigte, und sie waren sehr auf den Schutz der Privatsphäre eines Exknackis bedacht.

Als Teil des Leihmutter-Abkommens würde Remys Agentur für sämtliche medizinischen Kosten aufkommen, für regelmäßige Hausbesuche von Krankenschwestern sorgen und einen kleinen Beitrag zum Lebensunterhalt leisten. Wenn die Mutter jedoch vom Abkommen zurücktreten oder das Baby verlieren würde, wäre sämtlicher Versicherungsschutz hinfällig, und die Mutter könnte haftbar gemacht werden und müsste der Agentur fünfzig Prozent dessen zurückerstatten, was sie ihr bis zu diesem Zeitpunkt für die medizinischen Kosten vorgestreckt hatte.

»Sie haben mir gesagt, sie entscheiden hinsichtlich der Zurückzahlung durch die Mütter von Fall zu Fall«, sagte Remy.

Remy und Mason hielten die Leihmutterschaft geheim. Alles ging gut bis zu der Nacht, als er wegen der schreienden Remy erwachte, die sich vor Qual krümmte.

»Da stimmt was nicht, Mason! Bring mich ins Krankenhaus!«

Sein erster Gedanke war, Remys Agentur-Krankenschwester zu alarmieren.

»Nein! Sie dürfen das nicht wissen! Wenn ich es verliere, verlieren wir alles. Wir müssen das durchziehen, ohne dass sie es überhaupt erfahren! Beeilung, ruf die Leute an, für die du arbeitest. Ich habe in deiner Akte gesehen, dass die Kirchenleute, die dich unterstützen, Verbindung zu einem medizinischen Netzwerk haben. Da gibt's eine Rund-um-die-Uhr-Notfallnummer!«

Masons Leute waren hilfreich und diskret. Sie arrangierten für Remy und Mason sofort eine Fahrt im Krankenwagen zum Beau Soleil West Medical Center, einem kirchlichen Non-Profit-Krankenhaus in Shreveport, etwas über einhundert Kilometer entfernt.

Dort verlor sie das Baby.

Die Kirchengemeinde beglich still und leise sämtliche Kosten, sorgte für die Rückfahrt nach Lufkin und schützte Remys und Masons Privatsphäre, während sie ihren Verlust betrauerten. Wenige Menschen wussten, was geschehen war.

Remy sagte, sie müssten verschwinden, bevor die Krankenschwester zur nächsten Visite käme. Sobald die Agentur herausgefunden hätte, was geschehen war, würde Remy nicht bloß das ganze Geld verlieren, sondern die Agentur würde auch verlangen, dass sie ihr die Hälfte der zigtausend Dollar zurückzahlte, die sie bereits für sie ausgegeben hatten.

»Wir müssen verschwinden, Mason, damit ich entscheiden kann, was zu tun ist.«

Er erzählte seinem Arbeitgeber und seinem Bewährungshelfer, was geschehen war und dass sie einige Zeit für einen »spirituellen Rückzug« benötigten, um die Genesung in Gang zu bringen.

Sie kratzten sämtliche Mittel zusammen, die sie hatten, und machten sich auf. Zwischen Remys psychotischen Anfällen post partum versuchten sie beide, eine Lösung zu finden.

Auf diese Weise war Mason hergekommen.

Im Lautsprecher über der Speisekarte knisterte es.

»Darf ich Ihre Bestellung entgegennehmen?«

Er bestellte, und während er weiter mit der Schlange fuhr, überlegte er, ob seine Lage noch schlimmer werden könnte. Dabei griff er unter seinen Sitz und tastete nach seiner Smith & Wesson-Pistole Kaliber .40 und dem Magazin und fand Trost in der Tatsache, dass sie dort war, falls er sie benötigte. Dann leckte er die Überreste von der kleinen Alufolie ab, wie er es immer tat, um sein Runterkommen hinauszuzögern. An Herausforderungen mangelte es wahrlich nicht.

Er warf einen Blick auf die Briefe auf dem Armaturenbrett. Einer war eine Erinnerung an das monatliche Treffen mit seinem Bewährungshelfer, ein anderer kam von der Bewährungshilfestelle, und darin hieß es, dass er für einen Test auf Drogen und Alkohol ausgewählt worden sei. Ihm blieben vierundzwanzig Stunden, um sich bei einem Beamten zu melden und eine Urinprobe abzugeben. Nichterscheinen zöge eine Fallbesprechung nach sich, was nicht gut war.

Mason hielt am ersten Fenster an und bezahlte das Essen.

Während er darauf wartete, seine Bestellung zu erhalten, sah er eine neue Nachricht auf seinem Handy. Die Nummer war unterdrückt.

Habe gehört, du bist draußen und hast 25 Mille parat – etwa das, was du schuldig bist. DOA kriegt dich am Arsch, Mann.

13

Dallas, Texas

Nach fünf Stunden schweren Schlafs erwachte Kate völlig steif, und das Adrenalin kreiste durch ihren Körper. Sie setzte sich auf und schaltete die Fernsehnachrichten ein.

Nach wie vor Live-Sendungen mit ununterbrochener Berichterstattung über den Sturm.

Während sie zuschaute, sah sie nach, ob auf ihrem Handy neue Nachrichten eingetroffen waren. Nichts. Wiederum stieß sie auf ihr Foto von Jenna Cooper, die nach ihrem Baby suchte. *Könnte ich ihr bei der Suche helfen?* Erneut hatte Kate das Gefühl, einen Schlag in die Magengrube bekommen zu haben. Es war erst wenige Stunden her, seitdem Dorothea Pick ihren Wunsch abgewiesen hatte, Jennas tragischer Geschichte nachzugehen.

Warum schiebt sie mich so beiseite und nicht die anderen? Ich brauche den Job mindestens so dringend wie die. Ich kann nicht bis drei Uhr nachmittags hier herumsitzen und dann im Büro arbeiten, wenn eine der größten Storys der Welt rings um mich her abläuft.

Kate duschte, zog sich an und biss zum Frühstück in einen schlaffen Bagel. Dabei durchsuchte sie online die lange Liste von Notunterkünften im Gebiet des Metroplex. Nachdem sie sich diejenigen in der Nähe des Flohmarkts notiert hatte, ging sie mit dem Entschluss zu ihrem Wagen, heute eine solide Story abzuliefern.

Ich werde beweisen, dass ich ebenso gut bin wie die anderen.

Der frühmorgendliche Verkehr hielt sich in Grenzen. Zum Glück wusste sie, wohin sie wollte. Zuerst fuhr sie zum Flohmarkt, wo sie herausfand, dass die Schutzmaßnahmen verstärkt worden waren. Aus Sicherheitsgründen hatten jetzt nur Beamte und Medienleute mit gültiger Akkreditierung Zutritt.

Nachdem Kate ihren Presseausweis von Newslead vorgezeigt hatte, lenkte sie ihren Wagen über den von Trümmern übersäten Grund zum Saddle Up Center, voller Sorge, dass sie Jenna und Cassie Cooper hier nicht finden würde.

Inmitten des Gebells der Rettungshunde waren die Bergungsarbeiten nach wie vor voll im Gange, bevor die Trümmer beiseitegeräumt wurden, erzählte ihr Feuerwehrhauptmann J. B. Langston.

»Wir waren die ganze Nacht am Werk und haben bisher kein Baby geborgen. Wir haben weitere verletzte Überlebende und Todesopfer herausgeholt. Mehrere Kinder und erwachsene Opfer, aber kein Baby«, sagte Langston. »Wie Sie wissen, sind Menschen vom Wind mitgerissen worden. Ich habe gehört, dass einer unserer Jungs einen Verkäufer aus dem Zentrum neun Kilometer entfernt in einem Baum gefunden hat.«

»Ja, das war entsetzlich. Ich habe es in einem Bericht von Associated Press gelesen«, sagte Kate. »Captain, haben Sie eine Ahnung, wohin Überlebende und ihre Familien gebracht worden sind?«

»Versuchen Sie's im Gemeindesaal von Rivergreen. Es gibt noch ein paar andere, aber Rivergreen ist am wahrscheinlichsten.«

Es war eine kurze Fahrt, etwa drei Kilometer nach Süden. Das Gemeindezentrum, ein rechteckiges, einstöckiges Gebäude, war zur Notunterkunft für das Gebiet bestimmt worden.

Rettungsfahrzeuge, Busse, Übertragungswagen, dazu Laster, die Essen, Wasser und andere Hilfsgüter brachten, füllten den Parkplatz. Diese Notunterkunft hatte eindeutig die ganze Nacht durch gearbeitet, dachte Kate, als sie hineinging.

Im Innern des Gebäudes ging es hektisch zu. Fahnen von einer Feier anlässlich einer Verabschiedung in den Ruhestand, die für den vorherigen Abend geplant gewesen war, wehten wie eine Erinnerung über Reihen von Liegen und Matratzen, auf denen Menschen lagen, die sich vor dem Sturm gerettet hatten. Sie füllten den großen Zentralbereich. Einige schliefen, einige saßen eng beieinander, um andere zu trösten. Einige lasen regierungsamtliche Antragsformulare durch oder sprachen in Handys. Es gab ein Netz, jedoch nur sporadisch.

Tische mit Notfallhelfern, Mitarbeitern von Hilfsorganisationen, kirchlichen Gruppierungen und anderen Freiwilligen säumten die Wände. Sie boten medizinische Hilfe, Rat bei Versicherungsfragen und anwaltliche Unterstützung an. Schilder wiesen den Weg zu Duschen, zusätzlichen Toiletten, Möglichkeiten zum Wäschewaschen, zu Hygieneartikeln, Handtüchern, Kleidung und Spielzeug. Es gab eine Station zum Blutspenden. An einem Ende der Halle stellten sich Menschen für eine warme Mahlzeit an. Mehrere große Fernseher waren auf die neuesten Nachrichten zum Sturm eingestellt, und es gab Computer mit Internetzugang, die örtliche Unternehmen gespendet hatten.

Koordiniert wurde das alles vom Missing Person Emergency Search System – MPESS –, einer nationalen Organisation mit Sitz in Washington, D.C. Bei Kates Ankunft nahmen mehrere Angestellte an drei Tischen mit Hilfe von Laptops, Karten und Handys Informationen von verängstigten Menschen auf.

Ein übernächtigter Mann von Ende vierzig mit schwarz-weißem Haar wandte sich ihr zu. Er trug ein blaues Poloshirt von MPESS. Die Kennkarte, die ihm um den Hals hing, wies ihn als Frank Rivera, den Leiter, aus.

»Natürlich habe ich eine Minute für Sie«, sagte Rivera, nachdem Kate um ein Statement für die Presse gebeten hatte. »Was brauchen Sie?«

Sie bat um einen kurzen Überblick über das Suchsystem und wie es dabei half, Vermisste zu finden, weil sie gedacht hatte, dass das bereits von örtlichen Helfern erledigt wurde.

»Das stimmt«, sagte Rivera. »Wir helfen den hiesigen Gruppen, dem Dallas Police Department und den Sheriffs der umliegenden Countys. Wir koordinieren ihre Suche nach Vermissten und ihre Datenbanken. Wir sind eine nationale Non-Profit-Organisation mit viel Erfahrung auf dem Gebiet des Krisenmanagements. Bei uns arbeiten Polizisten im Ruhestand, Bundesagenten und Kriminalbeamte. Das Justizministerium und die Bundesagentur für Katastrophenschutz haben uns hergebeten. Sobald die Flughäfen wieder in Betrieb waren, ist der größte Teil unseres Teams über Nacht aus allen Landesteilen hergeflogen. Wir haben in den am schwersten betroffenen Kommunen Notunterkünfte errichtet.«

Rivera nippte an einem großen Becher Kaffee und erklärte, seine Abteilung kümmere sich um alle möglichen Situationen, bei denen Menschen desorientiert, verschollen oder nach wie vor irgendwo eingeschlossen seien. Familien wurden getrennt, oder einem Mitglied ist vielleicht von Fremden geholfen worden, die es in eine Einrichtung brachten, ohne dass ihre Familie davon wusste.

»Wir listen jedes Detail von allen Menschen auf, die als vermisst gelten – Fotos, Namen, Beschreibungen, Kleidung und Aufenthaltsort, als der Sturm zuschlug. Waren sie auf der Arbeit, in der Schule, der Kirche, beim Einkaufen, sind sie in eine andere Stadt gefahren, einen anderen Bundesstaat, so etwas in der Art. Alles findet Eingang in die Datenbanken. Dann wird ein Abgleich in Krankenhäusern und Notunterkünften mit den Beschreibungen der Verstorbenen vorgenommen, die von Teams der pathologischen Institute untersucht wurden.«

Rivera sagte, die Datenbanken würden immer größer und würden ständig online auf den neuesten Stand gebracht. Es gab rund um die Uhr eine gebührenfreie Telefonnummer. In Fällen, bei denen Verstorbene zu identifizieren waren, wurde nichts weitergegeben, und Familienmitglieder wurden hinsichtlich der nächsten Schritte verständigt.

»Unsere Analysten haben alles im Griff. Sie gehen in Krankenhäuser und Notunterkünfte, um Informationen über Erwachsene und Kinder zu sammeln, die voneinander getrennt oder gerettet und an einen anderen Ort gebracht wurden. Sämtliche dem System gemeldeten Menschen werden als vermisst erachtet, bis Polizei, Feuerwehr, Sanitäter und Gerichtsmediziner sie als gerettet, wiedervereinigt oder verstorben bestätigt haben. Und die Uhr tickt für diejenigen, die immer noch unter den Trümmern begraben sind.«

»Können Sie mir etwas Aktuelles über einen Fall sagen, über den ich berichte?«, fragte Kate.

»Gewiss, wenn es dabei hilft, ihn zu lösen. Unser Ziel ist, Familien wiederzuvereinigen, und dazu benötigen wir die Unterstützung durch die Presse.« Rivera ging zu einem Laptop. »Wie lautet der Name?«

»Cooper, Caleb Cooper. C-A-L-E-B. Cooper buchstabiert sich wie üblich.«

»Da klingelt's irgendwo«, sagte Rivera.

Nachdem er den Namen in die Datenbank eingegeben hatte, nahm er sich einen Moment Zeit, den Eintrag zu lesen. Dann fasste er für Kate zusammen, dass Calebs Mutter, Jenna Cooper, ihren fünf Monate alten Sohn im Saddle Up Center als vermisst gemeldet hatte, zusammen mit zwei unidentifizierten Erwachsenen.

»Ist immer noch offen«, sagte Rivera. »Dazu ist nichts weiter aufgetaucht.«

»Was ist mit den Erwachsenen, überhaupt irgendetwas von ihnen?«

»Nichts. Wir haben nur sehr wenige Details, was sie angeht, aber wir haben die Informationen abgeglichen, die wir haben.«

»Was ist mit der Gerichtsmedizin, irgendetwas von den provisorischen Leichenhallen?«

»Nichts.« Rivera schüttelte den Kopf, rieb sich das Kinn und sah dann eine Notiz in der Akte, die ihm entgangen war.

»Eine Sekunde«, sagte er und wandte sich an eine Analystin, die neben ihm arbeitete. »Ellen, wirf doch mal einen Blick auf diesen Fall. Du hattest den doch vor kurzem offen.«

Die Frau, deren Ausweis sie als Ellen White identifizierte, stand auf und las über Riveras Schulter hinweg, was auf dem Bildschirm stand.

»Ja«, sagte Ellen, »für einen Reporter von Newslead. Das ist die Nachrichtenagentur, die über diesen Fall berichtet, nicht wahr?«

»Stimmt. Warum, was ist damit?«, fragte Kate.

»Das müssen Sie uns sagen«, erwiderte Rivera. »Sie sind die zweite Reporterin von Newslead, die uns heute Morgen darüber befragt.«

»Die zweite?«

»Diese Frau war früher hier.« Ellen White deutete auf eine Frau, die durch die Reihen von Liegen ging und abwechselnd auf ihr Handy sah und auf die Personen im Gemeindesaal, als würde sie jemanden suchen.

Kate erstarrte, als sie die Frau wiedererkannte. Mandy Lee.

14

Dallas-Fort Worth Metroplex, Texas

Kate war völlig verwirrt.

Während sie dort im Gemeindezentrum von Rivergreen stand, wirbelten jede Menge Fragen durch ihren Kopf.

Warum war Mandy hier, ihre Mitbewerberin, und suchte nach Jenna Cooper?

Warum folgte sie Kates Story, nachdem Dorothea den Vorschlag abgebügelt hatte?

Kate dankte Rivera und White und schoss dann zu Mandy hinüber.

»Entschuldige«, sagte sie. »Hallo, ich habe geglaubt, du würdest heute nach Irving gehen. Was ist los?«

»Oh, du meine Güte, Kate, was machst du denn hier? Du solltest doch zur Spätschicht.«

»Hat Dorothea dich gebeten, meiner Story über Jenna Cooper nachzugehen?«

»Deiner Story?« Mandys hohe Wangen röteten sich. »Meine Liebe, das ist nicht deine Story. Es ist Newsleads Story. Und da wir sie dort herausgebracht haben, ist sie jetzt in Wirklichkeit jedermanns Story, nicht wahr? Ich habe lediglich nachgefragt, ob das Kind gefunden worden ist oder nicht. Übrigens, warum bist du hier? Weiß Dorothea davon?« Mandy hob ihr Handy. »Soll ich sie vielleicht anrufen und nachfragen?«

»Ich glaub's einfach nicht.« Kate verdrehte die Augen. »Ich bin privat hier.«

Mandy tippte mit einem glänzenden Fingernagel auf Kates laminierten Ausweis.

»In diesem Fall sieht es anscheinend so aus, als würdest du Newslead benutzen, um deinen eigenen Interessen zu folgen, worin die auch bestehen mögen.«

»Was? Das ist doch Sch …« Kate schluckte ihren anschwellenden Ärger herunter.

Als sie sich von Mandy abwandte, begegnete sie dem Blick eines älteren Mannes und einer älteren Frau, auf deren Gesichtern die Schnitte und Kratzer von Überlebenden zu sehen waren und die von einer Liege in der Nähe zu ihnen aufschauten. Sie waren Zeugen des Wortwechsels geworden.

Plötzlich verspürte Kate ein Gefühl der Scham darüber, Redaktionspolitik hier ausgetragen zu haben, ausgerechnet hier. Es war unverzeihlich, unprofessionell. Sogleich entschuldigte sich Kate bei dem Paar, verabschiedete sich von Mandy mit einem Wedeln der Hand und ging davon.

Innerlich kochend schritt sie durch die Halle und versuchte dabei vergebens zu verstehen, warum Dorothea sie nicht bloß von der Story verdrängte, sondern sie ihr dann sogar noch klaute und Mandy gab.

Warum sollte ich mit Leuten arbeiten wollen, die so etwas tun?

Weil sie den Job brauchte, deshalb.

Sie brauchte die gute Bezahlung und die Versorgungsleistungen. Sie brauchte die Sicherheit für Grace und für sich selbst. Daheim stapelten sich die Rechnungen. Newslead war eine große Organisation mit Büros überall. Wenn sie das hier durchstand und den Job bekam, hätte sie langfristig vielleicht Aussicht auf ein besseres Büro woanders.

Ich kann nicht aufgeben.

Kate ließ Mandy und die Sache hinter sich.

Die nächsten zehn Minuten durchstreifte sie weiter das Gemeindezentrum, wobei sie sich mit ihrem Notizbuch auf den Oberschenkel schlug. Auf einmal hielt sie inne. Zwei Reihen weiter saß Jenna Cooper mit Cassie auf einer Liege und sprach mit zwei anderen Frauen. Neben ihnen auf der Pritsche lag ein Stapel mit Kleidung, Handtüchern und Toilettenartikeln.

Reporter?

Kate glaubte es nicht. Eine Frau hatte ein Klemmbrett dabei, und ein offiziell wirkender Ausweis hing ihr um den Hals. Hinsichtlich der anderen Frau war Kate sich nicht so sicher. Sie hatte Jenna die Hand auf die Schulter gelegt. Jenna betupfte sich mit einem Tuch die Augen. Cassie hielt einen Teddybären fest.

Eine Sozialarbeiterin und eine Freundin Jennas vielleicht?

Langsam ging Kate auf sie zu, wobei sie eine respektvolle Distanz wahrte, jedoch nahe genug herankam, dass sie Teile ihres Gesprächs mithören konnte.

»Nein, Sie dürfen die Hoffnung nicht aufgeben, aber Sie müssen sich auch darauf konzentrieren, wer Sie jetzt braucht, auf die Dinge, die Sie jetzt tun können und tun sollten«, sagte die Frau.

»Ich versuche, meinen Mann zu erreichen«, sagte Jenna. »Die Leute hier haben mir dieses Handy gegeben. Seit letzter Nacht habe ich mehrere SMS geschrieben, ihm Nachrichten hinterlassen, er solle anrufen. Ich habe seinen Chef erreicht, der mir sagte, Blake sei auf der Rückreise von Alaska. Er ist im Staat Washington, in den Bergen, in einer Gegend, wo das Netz dünn ist.«

Jenna blickte auf, sah Kate und lud sie ein, zu ihnen zu kommen.

»Das ist die Reporterin, mit der ich gesprochen habe.« Jenna nickte zu den Frauen hin.

Kate stellte sich vor und entschuldigte sich für die Einmischung.

»Hallo Kate, ich bin Wendy DeBello, Traumaberaterin.« Die Frau hatte eine zusammengefaltete Ausgabe von USA TODAY auf ihrem Klemmbrett. Die Zeitung hatte Berichte und Bilder von Newslead übernommen.

»Holly Lawrence, Jens Schwester. Ich bin gestern Abend von Atlanta hergekommen.«

»Was haben Sie von Caleb gehört?« Jennas heisere Stimme bebte. »Sind Sie heute am Flohmarkt gewesen? Wir haben heute Morgen nichts Neues gehört. Sie haben den Zugang beschränkt. Familien dürfen jetzt nicht mehr rein, bloß Offizielle und Medienvertreter. Wegen der Sicherheit, hieß es. Wir werden morgen an der Grenze warten. Ich muss so nah wie möglich dran sein. Sagen Sie mir bitte, was Sie wissen!«

»Ich bin gerade dort gewesen. Tut mir leid, es gibt nichts Neues. Sie suchen nach wie vor den Ort ab, den gesamten Flohmarkt, und holen immer noch Leute raus.«

Sämtlicher Schmerz, der in Jenna brodelte, lag in ihren Augen. Hier war eine völlig verstörte Frau, die darum kämpfte, sich an die Hoffnung zu klammern, an jegliche Hoffnung. Und Kate würde, so eklig es ja war, in sie eindringen, wenn sie am verwundbarsten war.

Es war Teil dessen, Reporterin zu sein, und sie hasste das.

»Vergeben Sie mir, Jenna«, setzte Kate an, »aber ich wollte an Ihrer Geschichte dranbleiben. Vielleicht könnten Sie mir mehr über die Fremden sagen, die Ihnen geholfen haben.«

»Hat man sie gefunden? Gibt es neue Informationen?«

»Nein, nein, gar nichts, aber können Sie mir etwas mehr über sie sagen, oder erinnern Sie sich noch an etwas?«

»Okay.«

Kate schaltete ihr kleines digitales Aufzeichnungsgerät ein.

Sie hielt es vor sich, während sie sich bereit machte, ebenfalls Notizen niederzukritzeln. Jenna überlegte, dann erzählte sie mit zittriger Stimme Kate weitere Details, an die sie sich erinnerte. Die Frau war weiß, hatte eine gute Figur, ein nettes Lächeln und war Mitte zwanzig, hatte kurze rote Stoppelhaare, trug Jeans und ein tief ausgeschnittenes Top.

»Und, warten Sie, vielleicht ein Tattoo.« Jenna legte die Hand oben an ihre Brust. »Hier, ein Schmetterling oder ein Vogel, irgendetwas mit Flügeln.«

Kate notierte es.

»Der Mann, mit dem sie zusammen war, war weiß, etwa gleich alt, ungefähr eins neunzig, muskulös. Er trug Jeans und ein T-Shirt mit einem Motorrad oder einem Hund, glaube ich. Viele Tattoos auf den Armen, vielleicht Flammen, ich weiß es nicht. Er hatte einen Dreitagebart und hat keinen Ton gesagt.«

»Sonst noch etwas?«

»Sie sind völlig Fremde. Ich habe sie nie zuvor in meinem Leben gesehen, aber die Frau war etwas aufdringlich, so was wie betört von Caleb.«

»Betört?« Kate notierte das Wort und zeichnete gleich daneben ein Sternchen.

»An dem Tisch, wo ich ein paar Sachen gekauft habe, hat sie ihn betüddelt. Dann haben wir sie im Center gesehen, ich meine, sie waren einfach da in dem ganzen Wahnsinn und so rasch dabei, uns zu helfen, als der Sturm zuschlug. Ich hatte dieses schreckliche Gefühl, dass sie Caleb vielleicht irgendwohin gebracht haben, dass sie völlig durcheinander waren und so, oder – mein Gott! – *vielleicht haben sie ihn einfach nur mitgenommen!«*

»Haben Sie irgendwem etwas von Ihren Eindrücken erzählt?«

»Ja. Ich habe mit ein paar Offiziellen gesprochen und einigen Polizeibeamten. Sie sind völlig überfordert, aber sie haben gesagt, dass Entführung als Möglichkeit nicht ausgeschlossen werden könne. Aber es sei höchst unwahrscheinlich, weil bisher kein Beweis für eine Entführung aufgetaucht ist und so viele Menschen immer noch vermisst werden, dass alles geschehen sein konnte. Sie haben die Theorie, dass Calebs Fall mit dem Sturm zusammenhängt.«

Kate machte sich eine Notiz: *Entführung eine Möglichkeit, jedoch kein Beweis.*

Sie wägte die weiteren Details in einem neuen Licht ab. Das Wort, das Jenna benutzt hatte, *betört,* brachte sie zum Nachdenken, aber ihre Gedanken wurden durch das Läuten von Jennas Handy unterbrochen.

»Hallo?« Sie wiederholte es lauter. »Hallo, Blake?«

Tränen strömten ihr das Gesicht herab.

»Blake, warte, ich verstehe dich nicht, ich muss …« Jenna starrte das Handy hilflos an. Wendy nahm es, erhöhte die Lautstärke und reichte es zurück. Jetzt war es laut genug, dass alle ihr Gespräch mithören konnten.

»Was ist los, Jen? Ich bin außer Reichweite gewesen. Ich habe im Motel die Nachrichten über die Tornados in Dallas gesehen, Jen, alles in Ordnung mit dir und den Kindern?«

»Nein!«, Jenna brach zusammen. »Wir sind in einer Notunterkunft. Ich kann noch nicht nach Hause.«

»Was ist los?«

»Caleb ist verschwunden!«

»Was? Er ist was? Ich verstehe … Jen?«

»Das Haus ist vielleicht auch verschwunden! Oh mein Gott!«

Heftige Schluchzer entrangen sich ihr. Wendy rieb ihr die Schultern. Cassie hatte das kleine Gesicht in ihrem Teddybären vergraben und liebkoste ihre Mutter. Jenna hielt sie ganz fest.

Kate machte ein Foto mit ihrem Handy, wobei sie eine Woge des Schuldgefühls niederkämpfte.

»Wir waren alle auf dem Flohmarkt, als es passierte«, sagte Jenna und erzählte ihrem Mann die Geschichte. »Wir können ihn nicht finden! Er ist so klein, und ich hätte ihn festhalten sollen! Ich hätte ihn zusammen mit Cassie festhalten sollen. Es ist meine Schuld. Es tut mir so leid, Blake. Wir brauchen dich hier. Cassie und ich brauchen dich, Blake!«

Jenna zitterte, und ein mächtiges Stöhnen, das sich zu einem Jammern entwickelte, brach tief aus ihr hervor, und ihr entglitt das Handy aus dem Griff. Kate starrte es an, wie es da auf dem Boden lag und die Lichter blinkten, während Blakes Stimme, jetzt winzig, fern, bettelnd, herausdrang.

»Jen? Jen? Ich komme nach Hause. Ich sag's Arnie. Ich schnappe mir ein Flugzeug. Ich komme nach Hause.«

Kate nahm das Handy auf, legte es Jenna in die Hand und hob es sanft an ihr Ohr.

»Er kommt nach Hause«, sagte Kate leise.

»Beeil dich!« Jenna weinte ins Handy. »Wir brauchen dich.«

Kate wandte sich ab und blinzelte die eigenen Tränen zurück, als Bilder ihres eigenen Lebens – der Verlust ihrer Schwester, Graces funkelnde kleine Finger, ihr Kampf um einen Job – mit Lichtgeschwindigkeit an ihr vorüberjagten. Wie sie da Jennas Verzweiflung lauschte und inmitten des Meers aus leidenden Überlebenden des Sturms stand, stellte sich Kate wiederholt eine Frage:

Was ist Caleb Cooper zugestoßen?

15

Moskau, Russland

Eine Welt entfernt von der Verwüstung in Texas wartete Pawel Gromow in seinem schwarzen Mercedes auf der westlichen Seite der Megacity.

Er stand am Rand des Filewsky-Parks, eines prächtigen Stücks Natur entlang der Moskwa, wo sich Katharina die Große gern aufgehalten hatte, gegenüber vom Palatial-Elite-Hotel. Gromow hielt einen Apparat mit einem kleinen Bildschirm in der Hand, auf dem die Live-Übertragung eines Empfangs anlässlich einer Hochzeit auf der obersten Etage zu sehen war. Die Bilder kamen von einer Kamera, die seine Männer heimlich in der luxuriösen Bankettsuite installiert hatten.

Er wartete mit der Geduld eines Raubtiers.

Gromow war Mitte sechzig und hatte die kleinen, stechenden Augen einer Königskobra. Nie verrieten sie seine Trauer über alles, was er während der Auflösung der Bruderschaft verloren hatte, der *Wory W Zakone.* Das war eine besondere Klasse russischer Krimineller, die alten Gesetzen gehorchten. Über die Jahre hinweg hatte die Bruderschaft sich zersplittert, und die Gesetze wurden ignoriert. In schrecklichen Kriegen kämpfte jetzt die eine gegen die andere Bande.

Selbst Gromow, ein mächtiger alter *Wor* – oder Mafioso – und angesehener Geschäftsmann mit Unternehmen rund um die Welt, der die anderen angefleht hatte, zur Organisation zurückzukehren, hatte einen unerträglichen Preis gezahlt.

Er öffnete das Bild auf seinem Handy und hatte die glücklich lächelnden Gesichter dreier Männer von Mitte zwanzig vor sich, die mit bloßem Oberkörper während eines Urlaubs am Schwarzen Meer posierten. Zwei der drei zeigten stolz ihre Tattoos.

Da war Anton, sein Erstgeborener, ein knallharter, cleverer, kalkulierender Kämpfer, italienischen Maßanzügen verfallen. Gromow war eifrig darauf bedacht gewesen, dass Anton in seine Fußstapfen trat – bis zu jener Nacht vor zwei Jahren, als seine Leiche an einem Haken hängend im Kühlraum einer Metzgerei in einer Seitenstraße in Wolkhonka entdeckt worden war.

Dimitri, der mittlere Sohn, war stets stark angespannt, jedoch von erbitterter Loyalität und geneigt, über jeden herzufallen, der Gromow nicht den nötigen Respekt zollte. Er wollte auf eigene Faust Rache nehmen. Sechs Monate nachdem sie Anton begraben hatten, wurde Dimitri an einer Verkehrsampel in Zentral-Moskau von fünfzig Schüssen durchsiebt.

Auf den Tag genau sechs Monate später wurde Gromow ein Geschenkkarton für einen Kuchen geliefert. Als er die Schachtel in der Küche öffnete, fand er den Kopf von Fjodor vor, seinem jüngsten Sohn. Wiederum durchdrang der Schmerz Gromow bis ins Innerste.

Warum Fjodor?

Fjodor war nie ins Geschäft verwickelt gewesen. Alle wussten es. Fjodor hatte nie ein Tattoo getragen, hatte nie am *Wory*-Leben teilhaben wollen. Fjodor war Bibliothekar, ein Schriftsteller, der die Künste liebte. Sein »weicher Sohn«, der sehr verschlossen und so schüchtern war, dass er nicht einmal ein Mädchen hatte.

Gromow wusste, dass seine Feinde seine Jungen, sogar den sanften, unschuldigen Fjodor, ermordet hatten, um ihm den größtmöglichen Schmerz zuzufügen, um das Ende des Namens »Gromow« sicherzustellen, ihn völlig auszuradieren. Anton und Dimitri waren verheiratet gewesen, hatten aber noch keine Familie gegründet. Gromows Blutlinie endete mit ihm. Seine Feinde wollten, dass er als gepeinigter alter Mann starb, ohne einen Nachfolger auf dem Thron.

Gromow wusste, wer dafür verantwortlich war. Er wartete, und er plante. Im Lauf der Zeit übte er seine Rache aus, tötete seine Feinde einen nach dem anderen durch Methoden, die den Verdacht eindeutig auf andere Feinde lenkten.

Sollen die Schakale doch einander verschlingen.

Heute würde der letzte und größte schuldige Feind bezahlen.

Gromow blickte auf seinen Bildschirm, der die Hochzeit zeigte. Jetzt fuhren sie gerade die vielstöckige Hochzeitstorte herein. *Gut.* Man lachte, man trank. Freude erfüllte den Raum. Jetzt ergriffen die Tochter seines Feindes und ihr neuer Gatte das Messer, um die Torte anzuschneiden. Lächeln und ewige Liebe.

Gromow hob beiläufig den Kopf und spähte mit der Sorgfalt eines gestandenen Chirurgen über den Rand seiner Brille auf sein Handy. Er drückte Zahlen auf die Tastatur, die dabei leise Töne von sich gab. Das Foto seiner drei toten Söhne verschwand vom Bildschirm, als der Detonationscode erschien.

Jetzt.

Gromow drückte auf »Senden«.

Blinzelnd sah er gerade rechtzeitig zur obersten Etage des Hotels hinauf, als er eine leichte Druckwelle spürte und die gewaltige Explosion mitbekam. Aus der Suite schoss ein gewaltiger Feuerball hervor, und Trümmer und Leichen wurden auf die Straße unten geschleudert.

Gromow studierte die Szenerie, wie ein Sargmacher ein frisch geschnittenes Stück Holz studierte. Befriedigt tippte er seinem Fahrer auf die Schulter.

Ein paar ersterbende Sekunden lang spiegelten sich die

Flammen auf der glänzenden schwarzen Karosserie des Wagens, als er in die Nacht hineinglitt.

Spät am nächsten Vormittag saß Gromow auf der Terrasse eines Cafés in der Gorkystraße, trank einen Tee und las dabei eine Zeitung.

Auf der Titelseite stand in dicken, fetten Lettern ein Artikel über den Tod von dreiunddreißig Menschen bei einem Bombenattentat auf eine Hochzeitsgesellschaft. Das Attentat hatte Igor Zelin getötet, einen gefürchteten Mafiaboss.

Gromow konnte den Anblick von Zelins Tochter auf dem Foto nicht ertragen. Sie war eine wunderschöne junge Braut. Ihr Leichnam wurde auf der Straße unten gefunden. Gromows Rache schmeckte bitter. Die Erkenntnis, zu was er geworden war, machte ihn krank, und er trauerte um alles.

Vor allem trauerte er um sich selbst, um den Verlust der direkten Blutlinie. Denn Gromow hatte davon geträumt, dass sein Enkel eines Tages ein legitimes Geschäft gründen würde, eines, bei dem Russen nicht andere Russen umbrachten. Etwas Nobles, das überdauern würde.

Aber dieser Traum war ihm genommen worden.

Er blickte zu den fernen Türmchen des Kreml hinauf.

Was war ihm geblieben?

Ja, er hatte Geld, er hatte Macht, aber ohne seine Söhne, ohne Nachkommen, bedeutete das rein gar nichts. Jetzt erwarteten ihn das Alter und der Tod. Und nach Gromows Tod wäre nichts mehr.

Ein Schatten strich über seinen Tisch, und ein riesiger Mann setzte sich Gromow gegenüber und ließ die vertrauten Goldkronen aufblitzen, als er angesichts der Überschrift lächelte.

»Man sagt, das sei offensichtlich das Werk der Tschetschenen.«

»Könnte sein«, sagte Gromow.

»Zelin hatte sich viele Feinde gemacht.« Der große Mann zwinkerte.

»Schön, dich zu sehen, Alexeij. Ist lange her.«

»Tut mir leid. Ich war etwas weit vom Schuss, hatte mich um Dinge in Istanbul zu kümmern. Ich bin jetzt seit zwei Monaten zurück und bringe mich auf den neuesten Stand. Von den Jungen habe ich gehört. Mein Beileid, Pawel. Kein Mann sollte seine Söhne begraben.«

»Der Preis, den wir für das Leben zahlen, das wir führen.«

Gromow wusste, dass das Mitgefühl in Alexeij Linewitschs Augen von Herzen kam. Die beiden Männer waren seit ihrer Kindheit Freunde. Sie unterhielten sich eine halbe Stunde, bis Alexeijs Handy vibrierte und er die Nachricht las.

»Ich muss los«, sagte Linewitsch, und plötzlich fiel ihm etwas ein. »Ja. Wie dumm von mir. Das ist das Alter. Hätte ich fast vergessen. Meine Frau hat vor kurzem ein wildes Gerücht über Fjodor gehört.«

»Was denn?«

»Sie ist Mitglied einer Puschkin-Literaturgruppe und war letzte Woche auf einer Party der Verleger, als sie den Klatsch von ein paar Frauen mitbekam, die sich erzählten, dass Fjodor Gromow vor seinem Tod eine Freundin hatte und dass sie schwanger mit seinem Kind war. Ist verrückt, ich weiß. Hattest du davon gehört, Pawel?«

Gromow war wie vor den Kopf geschlagen. Er hatte einen Enkel?

»Pawel?«

»Nein, nein, davon hatte ich nichts gehört.«

»Na ja, du weißt, was diese Hennen so gackern. Ist furchtbar, so was zu behaupten, und wahrscheinlich stimmt's auch nicht.«

Während Gromow die Möglichkeit durchdachte, sickerte ihm die Hoffnung ins Herz.

»Könntest du mehr für mich rausfinden, Alexeij?«

Gromows Freund nickte ernst.

»Ich rede mit meiner Frau. Ich besorge dir rasch weitere Informationen.«

»Ja, bitte!« Gromow erhob sich, schüttelte seinem Freund die Hand und sah ihm nach, bevor er sich wieder allein hinsetzte. Nachdachte.

Fjodor, eine Freundin – eine schwangere Freundin? Könnte das stimmen? Nein. Wahrscheinlich ist es, wie Alexeij sagt, hässlicher Klatsch. Aber wie fängt solcher Klatsch an? Was ist, wenn es stimmt?

Ich habe einen Enkel.

16

Moskau, Russland

Das Restaurant »Blue River« lag in einer engen Seitenstraße, zwei Blocks von der Arbat-Fußgängerzone entfernt. Wegen seiner schmalen Fassade und der kleinen getönten Fenster war es dem Blick fast verborgen.

Man konnte daran vorübergehen, ohne von seiner Existenz Kenntnis zu nehmen.

Seine niedrige Decke und die dunkel vertäfelten Wände erzeugten eine Atmosphäre ruhiger Abgeschiedenheit für Pawel Gromow, der allein in einer entfernten Ecke seinen Gast erwartete. Nachdem ihm Alexeij Linewitsch an jenem Morgen von dem Mädchen erzählt hatte, hatte er zwei Stunden gebraucht, bis er Einzelheiten über die junge Frau erfahren hatte, und er hatte rasch ein Treffen für diesen Nachmittag anberaumt.

Ein Gefallen für einen Freund, sagte Alexeij.

Ihr Name war Yanna Petrova, eine siebenundzwanzig Jahre alte Lektorin bei Six-Mountains-Press, einem kleinen Verlag in Kitai-Gorod. Sie hatte das frische Gesicht eines Landmädchens aus dem Ural, wo sie geboren worden war. Sie war attraktiv mit einem Hauch von intelligentem Trotz, dachte Gromow und betrachtete auf seinem Handy das Foto auf ihrem Führerschein, von dem ihm Alexeij einen Abzug besorgt hatte.

Falls nötig, würden Männer wie Gromow und Alexeij geschickt die Vorteile ausspielen, die sie über die Jahre hinweg erworben hatten. Durch Bestechung, Einschüchterung und grässliche Taten hatten sie auf jeder Ebene der Bürokratie, bei der Polizei, der inneren Sicherheit und bei Politikern Gefallen erworben. Es gab nur wenig, was sie nicht an Waren, Dokumenten oder Informationen über jeden und zu jeder Zeit bekommen konnten.

Sobald Yanna einmal kontaktiert worden war, war sie rasch davon überzeugt worden, dass es schlau wäre, Gromows Aufforderung Folge zu leisten und sich sofort mit ihm zu treffen.

Ihr wurde ein Wagen geschickt.

Während der Wartezeit zog Gromow die Idee in Betracht, dass er sich hinsichtlich der sexuellen Neigungen seines Sohnes geirrt hatte. Dann spekulierte er darüber, wie weit diese Yanna Petrova bei seinem Enkel schon wäre – einem Kind, das seine einzige Hoffnung war.

Als einer seiner Männer sie jetzt durch das nahezu leere Restaurant zu seinem Tisch geleitete, war Gromow ernüchtert.

Sie trug einen gut geschnittenen Marineblazer, dazu passende Hosen und ein weißes Top.

Kein Anzeichen für eine Schwangerschaft. Vielleicht hatte sie das Kind bereits bekommen?

Gromow erhob sich, sie begrüßten einander formell, und dann bedeutete er ihr, sich an seinen Tisch zu setzen und etwas zu bestellen. Sie verlangte ein Glas Orangensaft und spielte dann mit den Ringen an ihren Fingern.

Ihr Gesicht zeigte Anspannung.

»Sie sind nervös?«, fragte er.

Nur einen Augenblick lang musterte Yanna schweigend Gromows Gesicht.

»Sie kannten meinen Sohn Fjodor?«

»Ja.«

»Er hatte Geheimnisse vor mir gehabt. Sie sind eines davon, also überrascht es mich nicht, dass wir einander nicht kennen.«

»Ich weiß, wer Sie sind und was Sie sind.«

Gromow entdeckte winzige Flecken von Verachtung in ihren Augenwinkeln. Er betrachtete sie mehrere Sekunden lang und überlegte, ob er ihre Kühnheit tolerieren würde.

»Warum haben Sie mich hergeholt?«, fragte sie. »Was wollen Sie von mir?«

»Ich möchte die Wahrheit wissen.«

»Worüber? Ich bin nicht Teil Ihrer Welt – ebenso wenig wie Fjodor.«

»Ich habe gehört, dass Sie mit seinem Kind, meinem Enkel, schwanger sind oder waren. Ich würde gern dabei helfen, das Kind großzuziehen.«

Yannas Gesicht fiel vor Entsetzen in sich zusammen, aber sie wahrte die Fassung, wandte sich ab und unterdrückte die Tränen.

»Es gibt kein Kind. Ich bin nie schwanger gewesen.«

Das Gefühl von Enttäuschung wälzte sich durch Gromow, und seine Gedanken führten ihn weg vom Restaurant an einen Ort so kalt und dunkel wie eine Grabstätte. Mehrere Herzschläge lang herrschte ein Schweigen zwischen ihnen, bevor er begriff, dass Yanna damit angefangen hatte, ihm Dinge über seinen Sohn zu erzählen, die er nicht wissen wollte.

»Ich habe Fjodor geliebt. Ich vermisse ihn schrecklich«, sagte sie. »Wir sind uns in einer Buchhandlung begegnet. Wir haben großen Gefallen aneinander gefunden. Er war so nett und selbstlos. Er hatte eine sanfte Stärke an sich. Er hörte mir gern zu, wenn ich über meine Jahre an der Universität in Amerika erzählte. Wir sind gute Freunde geworden und haben uns häufig getroffen.«

Yanna konnte Gromow deutlich vom Gesicht ablesen, dass er die Dinge missverstand.

»Nein«, sagte sie. »Es war nicht so, wie Sie glauben.«

Sie sah ihn einen langen Augenblick an.

»Ihr Sohn war *goluboi*. Er war schwul.«

Gromow schloss die Augen.

Vor ihrem Tod auf der Krebsstation, vor all diesen langen Jahren, hatte seine Frau versucht, ihm etwas über Fjodor zu sagen, aber er hatte nicht zuhören wollen. Jetzt ertappte er sich dabei, dass er zu der Bestätigung dessen, was er lange schon gespürt hatte, durch diese junge Frau nickte. Aber das hatte seiner Liebe zu Fjodor niemals Abbruch getan, und er war dazu verdammt, mit dem Bedauern zu leben, dass er es ihm nie gesagt hatte.

»Ja.« Gromow räusperte sich. »Ich weiß.«

»Sie sollten ebenfalls wissen, dass ich eine *rozowaja* bin, eine Lesbe.«

Gromow hob leicht die Hand vom Tisch, eine Geste der Akzeptanz und der Einladung an sie, fortzufahren.

»Ich wollte ein Kind«, sagte Yanna.

Daraufhin erzählte sie Gromow, dass sie Fjodor Monate vor seiner Ermordung gefragt hatte, ob er nicht Samenspender für ihr Kind sein wolle.

»In meinen Augen war er der beste Mensch auf der Welt«, sagte sie. »Ich war völlig aus dem Häuschen vor Freude, als er einverstanden war.«

Yanna und Fjodor hielten die Sache geheim und gingen zu einer Klinik in Moskau.

»Die Sache war ein Fehlschlag. Ich bin nie schwanger geworden.« Sie hielt inne. »Dann wurde er ermordet.«

Ein langer trauriger Augenblick verstrich, während Gromow dasaß und die Enthüllung verarbeitete. Mit jeder verstreichenden Sekunde trauerte er um das, was er verloren hatte, und weigerte sich zu akzeptieren, dass er nichts daran ändern konnte. Wieder und wieder redete Gromow sich ein, dass es unmöglich war, die Zeit zurückzudrehen und seine Verfehlungen auszulöschen. Er konnte die Vergangenheit nicht ungeschehen machen.

Nein, dachte er, aber es lag nach wie vor in seiner Macht, die Zukunft zu gestalten.

»Sagen Sie mir, Yanna, welche Klinik war das?«

Sie zögerte, aber nicht lange.

»Die Regenbogen-Klinik an der Leninsky-Avenue.«

Gromow griff nach seinem Handy und tätigte eine Reihe von Anrufen.

Bald wusste er alles über die Klinik, was er wissen musste, so dass sie ihm gewiss nicht seine Forderung zur Zusammenarbeit verweigern würden.

17

Moskau, Russland

Dr. Irina Aprischko setzte ihre Brille ab und rieb sich die Augen, nachdem sie die Laborergebnisse auf ihrem Tisch in der Regenbogen-Klinik gelesen hatte.

In Vorfreude auf das Wochenende und den Beginn ihres Urlaubs stieß sie die Luft aus, setzte die Brille wieder auf und sah, dass Olga Kotow, ihre Assistentin, in der Tür stand, die Tasche in der Hand und bereit zum Gehen.

»Die anderen sind für heute gegangen, Doktor. Sie sind die Letzte.«

»Ich warte nach wie vor noch auf diesen späten Besucher.«

»Ah ja, Mr Ryazansky. So beharrlich bei seinem Anruf. Soll ich so lange bleiben?«

»Nein. Ich spreche mit ihm und schließe dann ab. Vielen Dank, Olga. Gute Nacht.«

Nachdem ihre Assistentin gegangen war, schloss die Ärztin ihre Berichte in einem der stählernen Tresore an der Wand ein und ging dann zum Fenster. Die Klinik befand sich in einem gelben, zweigeschossigen Bau an einer ruhigen, dreispurigen Straße unweit der Leninsky-Avenue, einer geschäftigen Verkehrsader im Südwesten Moskaus. Während sie auf die Straße hinabsah, wuchs in der Ärztin die Neugier auf diesen Ryazansky.

Warum bestand er so beharrlich darauf, sich jetzt zu treffen – einfach nur, um zu besprechen, womit die Klinik dienen konnte? Sie hatte ihm angeboten, es ihm am Telefon zu erläutern, aber das hatte er abgelehnt. Sie hatte ihm angeboten, einen offiziellen Termin mit einem anderen Mitarbeiter zu vereinbaren, aber auch das hatte er abgelehnt und darauf bestanden, sich jetzt mit ihr zu treffen, da sie heute das einzige diensthabende Mitglied der Klinikgeschäftsführung war.

Wer war dieser Ryazansky? Sie hatte die Akten der Klinik überprüft. Er war weder Stifter noch Patient. War er ein möglicher Investor? Sie musste zugeben, dass die Geschäfte der Klinik sehr gut gelaufen waren.

Oder war er von der Polizei?

Hoffentlich war er kein Polizist – das wäre nicht gut. Es könnte kompliziert werden.

Sie setzte erneut ihre Brille ab, überlegte und tippte dabei mit den Fingern gegen ihre Zähne. Da ertönte die Sicherheitsglocke am Vordereingang. Sie ging zur leeren Rezeption und sah auf dem kleinen Monitor der Videoüberwachung zwei Männer in Anzügen. Über die Sprechanlage bat sie die beiden, sich zu identifizieren.

»Gennady Ryazansky, mit meinem Partner, Viktor Zhulow. Wir wollen zu Dr. Aprischko.«

Sie drückte den Türöffner. Sekunden später standen die beiden Männer in der Rezeption, wo die Ärztin sie begrüßte.

»Vielen Dank, dass Sie sich bereit erklärt haben, mich so spät am Abend zu empfangen«, sagte Ryazansky.

»Ist mir ein Vergnügen. Reden wir doch gleich hier. Das Sofa ist gemütlich, und da die anderen Mitarbeiter für heute gegangen sind, haben wir alles für uns.«

»Gewiss, aber könnte Viktor zuvor Ihre Toilette benutzen? Es war eine lange Fahrt aus der Vorstadt.«

»Natürlich.« Die Ärztin lächelte Vikor an. »Den Flur hinunter nach links.«

Wie sie ihm beim Weggehen zusah, fielen ihr die Narbe auf

seiner Wange und die Ranke einer Tätowierung auf, die unter seinem Kragen hervorkroch. Dann wandte sie sich wieder Ryazansky zu, der sie mit einem gewissen Grad an Eiseskälte betrachtete. Wer waren diese Männer? Gewöhnlich traf sie sich mit jungen Pärchen oder einer jungen Frau oder einem jungen Mann.

»Sagen Sie mir also nochmals, Herr Ryazansky«, begann sie, als sie sich gesetzt hatten. »Woran besteht Ihr Interesse an unserer Klinik? Mir ist Ihre Lage etwas unklar.«

»Bevor ich in die Einzelheiten gehe, würde ich gern etwas über die Strategien und Prozeduren erfahren, wie Sie bei Ihren Dienstleistungen vorgehen.«

»Sehr schön.«

Aprischko erklärte ihm, wie die Experten an der Klinik Patienten bei Unfruchtbarkeit unter Einsatz der neuesten Technik behandelten. Sie erläuterte, dass die Klinik über ein weltweites Netzwerk legaler Dienste auch Leihmutterschaft anbot, dazu In-vitro-Fertilisation und Spermaspendedienste.

»Am wichtigsten ist uns jedoch absolute Vertraulichkeit.«

»Vielen Dank.« Gromow griff in seine Brusttasche und holte ein zusammengefaltetes Blatt Papier heraus und reichte es der Ärztin. Es waren die Farbkopien der Führerscheine von Fjodor Gromow und Yanna Petrova, dazu die ausgedruckten Daten.

»Mein Name ist Pawel Gromow«, sagte er.

»Ich dachte, er wäre Ryazansky? Ich weiß nicht genau, ob ich Ihnen unter diesen Umständen …«

»Bleiben Sie bitte sitzen«, sagte Gromow. »Lassen Sie mich weiterreden, und alles wird klar werden. Der Mann auf diesem Foto hier ist mein Sohn … die Frau seine Freundin. Sie sehen die Daten – an diesen Terminen haben sie diese Klinik aufgesucht, damit sie durch seinen Samen befruchtet werden konnte. Erfolglos.«

Aprischko betrachtete das Blatt.

»Soweit ich Ihre Vorgehensweise verstanden habe«, sagte Gromow, »hat diese Klinik das Sperma meines Sohnes konserviert und immer noch in Besitz. Mein Sohn ist jetzt verstorben, und ich möchte mit seinem Sperma weitere Versuche unternehmen, einen Enkel zu bekommen.«

Die Ärztin blinzelte mehrmals. »Herr Gromow, mein Beileid für Ihren Verlust. Es ist schrecklich, ein Kind zu verlieren. Aber ich fürchte, ich kann Ihnen nicht helfen. Erstens besteht eine absolute Vertraulichkeit hinsichtlich der Patienten, also kann ich nicht einmal bestätigen, dass diese beiden Leute Patienten waren. Zweitens steht in unseren Verträgen, dass Sperma für medizinische Zwecke Eigentum der Klinik wird, jedoch zu keinem anderen Zweck eingesetzt wird, als vom Spender beabsichtigt.«

Gromows Gesicht zeigte nichts. Er sagte nichts. Sein Blick wanderte von der Ärztin weg, die sich plötzlich fragte, warum Gromows Partner so lange gebraucht hatte. Sie drehte den Kopf und sah Viktor hinter sich stehen. Er hatte sein Sakko ausgezogen, so dass sich ein Schulterholster und der Griff einer Waffe zeigten. Aprischko spannte den Kiefer an, als er ihre Brieftasche an Gromow weiterreichte. Sie hatte sie in ihrer Tasche gelassen, in der Schublade ihres Schreibtischs. Dieser Mann war in ihr Büro gegangen und hatte sie gestohlen.

»Was tut er da? Was tun Sie da?«

Viktor trat zu der Ärztin und schlug ihr einmal übers Gesicht, während Gromow völlig ungerührt von der gewalttätigen Handlung den Inhalt ihrer Brieftasche untersuchte.

»Das ist Ihre Anschrift?« Gromow hielt Aprischkos Führerschein und andere Karten hoch.

Das Herz der Ärztin raste, und sie spürte Blut im Mundwinkel. Durch ihre tränenerfüllten Augen sah sie Sterne.

»Und das ist Ihre Tochter?« Gromow hielt das Foto eines etwa zwölfjährigen Mädchens hoch, das in die Kamera strahlte. »Und das ist Ihr Ehemann?« Gromow hielt ein weiteres Foto mit einem lächelnden Mann in die Höhe.

Er ließ mehrere Augenblicke in Schweigen verstreichen.

»Hören Sie genau zu, Irina Aprischko. Bevor ich hergekommen bin, habe ich herausgefunden, wo Sie wohnen und wo Ihre Familie wohnt. Ich weiß von meinen Quellen, dass diese Klinik in illegale Aktivitäten verwickelt ist. Das stimmt doch, oder? Lügen Sie mich nicht an!«

Die Ärztin sah ihn an, sah Viktor an, und Tränen rannen ihr übers Gesicht. Sie nickte langsam.

»Gut. Jetzt sind wir alle hier aufrichtig. Wir werden Ihnen oder Ihrer Familie nichts antun, wenn Sie mir helfen. Möchten Sie mir helfen?«

Ein weiteres Nicken.

»Sie werden mir sagen, ob Sie das Sperma meines Sohnes konserviert oder verwendet haben.«

Sie gingen in Aprischkos Büro. Ihre Finger zitterten derart, dass sie mehrmals auf eine falsche Taste drückte, als sie die Codes für die vertraulichen Daten über Fjodor Gromow und Yanna Petrova eingeben wollte.

Die Ärztin bestätigte, dass die Versuche, Yanna Petrova mit dem Samen von Fjodor Gromow zu schwängern, fehlgeschlagen waren. Die Akte war geschlossen, und nichts von Fjodor Gromows Sperma wurde in dieser Klinik konserviert. Über den anderen Zweig des Geschäfts war es jedoch ohne Fjodors Wissen oder Zustimmung dazu verwendet worden, eine Frau erfolgreich zu schwängern, eine junge Amerikanerin mit Namen Remy Toxton. Die Aufzeichnungen wiesen darauf hin, dass sie etwa zu dieser Zeit gebären sollte.

»Ein Junge«, sagte die Ärztin. »Wir haben sämtliche persönliche Informationen hier, darunter eine eingescannte Kopie ihres Passes.«

Gromow starrte das Foto von Remy Toxton an, der Mutter seines Enkels.

»Geben Sie mir sämtliche Informationen, die Sie über sie haben«, sagte er.

Ein Drucker sprang an. Sämtliche Dokumente wurden gesammelt an Gromow übergeben.

»Hören Sie genau zu, Doktor. Wenn wir gehen, werden Sie die Polizei anrufen und ihnen sagen, dass zwei Männer Sie ausgeraubt haben. Sie haben Ihre Brieftasche mitgenommen und Ihnen ins Gesicht geschlagen. Sie haben Ihre Anschrift, und Sie haben Angst, dass sie Ihrer Familie etwas antun könnten. Achten Sie darauf, dass sie eine Anzeige aufnehmen. Wenn Sie das tun, Irina, und niemals irgendjemandem etwas von unserem Besuch erzählen, wird Ihnen nichts zustoßen. Haben Sie verstanden?«

Sie nickte.

»Ich lasse Sie überwachen. Haben Sie verstanden?«

Sie hatte verstanden.

18

Dallas, Texas

»Sie sind mir völlig unbekannt. Ich habe sie nie zuvor im Leben gesehen, aber die Frau wirkte etwas aufdringlich, so was wie betört von Caleb … Dann haben wir sie im Center gesehen, ich meine, sie waren einfach da in diesem ganzen Wahnsinn …«

Kate drückte auf »Pause« und hielt damit das Interview an, das sie früher an diesem Morgen in der Notunterkunft mit Jenna Cooper geführt hatte. Ihre Finger rasten über die Tastatur, als sie Zitate für ihre Story übertrug.

Es war Viertel vor drei, und Kate musste die Story zu Ende bringen, bevor sie auf Anweisung Dorotheas ihre Spätschicht in der Redaktion antrat. Der Gedanke daran machte sie wütend, aber Kate hatte den ganzen Mist vom Vorfall mit Mandy Lee beiseitegeschoben und konzentrierte sich auf Jenna Coopers Tragödie.

Sie führte sich die Umstände nochmals vor Augen und überdachte das Wenige, was sie über das mysteriöse hilfreiche Paar erfahren hatte: ihre Haltung, ihren Auftritt und ihr Vorgehen. Kate überdachte ebenfalls die Punkte, die ganz allgemein über das Vorgehen bei der Suche nach Vermissten in der Broschüre des »Missing Person Emergency Search System« aufgelistet waren, die sie von Frank Rivera erhalten hatte. Und sie setzte ihre eigene Erfahrung als routinierte Polizeireporterin ein. Das alles führte dazu, dass die Überzeugung in ihr wuchs, an

Caleb Coopers Verschwinden könne mehr sein als anfangs gedacht.

Was, wenn diese Leute das Baby entführt hatten? Oder waren sie vielleicht orientierungslos davongelaufen? Alles war eben etwas seltsam.

Kate entfernte ihre Ohrstöpsel und ging zu Dorotheas Büro. Die Redakteurin stand an ihrem Schreibtisch.

»Da sind Sie ja. Gut«, sagte Dorothea. »Hier haben Sie eine Liste dessen, was Sie erledigen sollen. Tommy arbeitet auch daran.«

Kate überflog die Punkte auf dem Blatt, das Dorothea ihr gereicht hatte und auf dem sämtliche Informationen, Daten und Statistiken zu Tornados standen.

»Graphiken? Ich soll Inhalte für Graphiken zusammensammeln?«

»Unsere Abonnenten rund um den Globus können nicht genug bekommen. Und sobald Chuck reinkommt, werden wir darüber sprechen, was heute Morgen passiert ist und welche Sorgen uns das bereitet.«

»Sie meinen, mit Mandy?« Kate sah sich in der Redaktion um, sah Tommy Koop, den Assistenten, der eine Wandkarte betrachtete und so tat, als würde er sie überhören, sah jedoch keine Mandy. »Wird sie auch da sein?«

»Nein. Sie erledigt nach wie vor ihren Auftrag. Ich habe bereits mit ihr gesprochen.«

»Okay. Ich habe eine starke Nachfolgestory über Jenna Cooper, die Frau, die immer noch ihr Baby sucht. Die Möglichkeit einer Entführung ist nach wie vor vorhanden.«

Eine von Dorotheas Brauen ging überrascht in die Höhe. »Entführung? Haben Sie auch einen Polizeibericht, in dem das steht?«

»Nein, noch nicht. Niemand untersucht wirklich einen Kriminalfall. In diesem Stadium gilt das Baby als im Sturm vermisst, wie so viele andere Opfer des Sturms auch.«

»Nun ja, es kommen bereits viele herzzerreißende Storys herein. Sie konzentrieren sich auf die Graphiken.«

Kate blickte auf das Blatt, auf dem stand, was für eine Aufschlüsselung der zehn größten Tornados in der Geschichte der USA nach Todesfällen, Schäden sowohl materieller als auch finanzieller Art sowie Wegen, die die Stürme genommen hatten, erforderlich war. Sie konnte nicht glauben, dass sie mit einer Aufgabe betraut wurde, für die eigentlich Anfänger zuständig waren. Sie ging in die Küche und bereitete sich einen Becher mit starkem Kaffee. Bei ihrer Rückkehr sah sie Dorothea in der Tür zu Chucks Büro stehen. Sie winkte ihr, sie solle hereinkommen.

»Na gut.« Chuck stieß die Luft aus. »Worum geht's jetzt wieder, Dorothea? Du machst dir Sorgen wegen Kate?«

»Kate ist heute Morgen zum Flohmarkt und zu einer Notunterkunft gegangen, ohne uns etwas davon zu sagen, und hat angefangen, Berichte darüber zu schreiben.«

»Ja, wirklich?«

»Das ist unfair den anderen Kandidaten gegenüber.«

»Unfair, warum? Es zeigt Initiative. Die anderen dürfen das auch gern tun, wenn sie wollen.«

»Da gibt's auch noch den Aspekt von Aufsässigkeit. Ich habe Kate explizit Anweisung gegeben, dass ihre Schicht um drei im Büro beginnt, und sie hat sich nicht daran gehalten.«

Chuck warf einen Blick auf die Uhr.

»Jetzt ist es drei Uhr, und sie ist hier. Noch etwas, Dorothea? Wir beide wissen doch, wie Kate bei Agenturen im ganzen Land gearbeitet hat. Wir können darauf vertrauen, dass sie weiß, was sie tut.«

»Da ist auch die Sache mit der Haftbarkeit, dass bei einer Arbeit ohne Auftrag vielleicht die Haftpflichtversicherung für

Angestellte nicht greift, oder, wie in ihrem Fall, bei Zeitarbeitskräften.«

»Stimmt nicht genau. Das Geschäft mit den Nachrichten läuft rund um die Uhr, und wenn ein UFO um zwei Uhr in der Frühe landet, erwarten wir, dass unsere Mitarbeiter ohne offiziellen Auftrag arbeiten. Sie steht unter Versicherungsschutz. Solange sie das Unternehmen nicht in einer ungesetzlichen oder unethischen Sache falsch darstellt. Hat sie das getan?«

»Nein«, gab Dorothea knurrend zu. »Ich wollte diese Sache ansprechen, um Fairness und Sicherheit des Kandidatenwettbewerbs für unsere Reporterstelle zu gewährleisten.«

»Ich bin einverstanden, dass es fair zugehen muss.« Chucks Telefon läutete, und er ging ran. »Ich rufe Sie gleich zurück.« Dann fuhr er, an Dorothea gewandt, fort: »Was soll Kate also heute Abend tun?«

»Sie hilft Tommy beim Sammeln von Daten für die Graphiken.«

»Hast du Burt oder Sabrina in der Journalistenschule angerufen und Studenten zum Helfen hergeholt? Unsere Reporter müssen berichten. Wir stürzen uns mit voller Kraft auf die Rettungsarbeiten, die Bergungsbemühungen, den finanziellen Schaden, die VIPs, die zu Besuch kommen, und suchen die besten menschlichen Storys. New York verlangt das alles. Kate, haben Sie etwas Neues erfahren, als Sie heute Morgen draußen gewesen sind?«

»Ich habe einen Nachfolgeartikel zu der Mutter, die ihren kleinen Jungen im Sturm verloren hat.«

»Die Story gefällt mir. Das Foto, das Sie zuvor gemacht haben, war klasse. Haben wir ein neues Foto?«

»Ja.«

»Schreiben Sie sie jetzt auf, und ich möchte, dass Sie sie von morgen an bis zum Ende verfolgen, bis diese Mutter ihr Baby wiederfindet. Wie groß ist die Chance, dass dieses Baby entführt wurde?«

»Das ist zur Sprache gekommen, aber bisher ist nichts aufgetaucht, was eine polizeiliche Untersuchung gerechtfertigt hätte.«

Chuck schüttelte langsam den Kopf. »Dennoch eine schreckliche Geschichte, weil wir, falls er tot ist, leider eine weitere Tragödie vor uns haben, die den Tribut widerspiegelt, den der Sturm gefordert hat. Wenn er durch ein Wunder lebend gefunden wird, haben wir eine gewaltige Story von Hoffnung. Und wie wir alle wissen, ist den Leuten Letzteres lieber.«

»Ich möchte Ihren Artikel in einer Stunde«, sagte Dorothea, bevor sie ging, für den Augenblick war sie geschlagen.

Kate kehrte an ihren Schreibtisch zurück, und der Kopf schwirrte ihr vor Verwunderung darüber, was da gerade passiert war. Warum war sie Zeugin von etwas geworden, das eindeutig eine Schlammschlacht zwischen ihren beiden Vorgesetzten war? Erleichtert über das Ergebnis mühte sie sich, wieder in ihre Notizen und den Fluss der Geschichte zu finden, die sie über Jenna Cooper schrieb.

»Entschuldige, Kate.« Tommy Koop stand an ihrem Schreibtisch.

»Ja?«

Er senkte die Stimme. »Ich habe gerade mitbekommen, dass du mir bei den Statistiken nicht hilfst, und das ist cool. Ich fand es reichlich seltsam, dass du das tun solltest. Aber egal, die Nachtschicht bestellt heute Pizza – bist du mit dabei?«

»Wär klasse, danke.« Sie blickte sich um und überlegte. »Tommy, warte mal. Darf ich dich was fragen?«

»Natürlich.«

»Was geht da zwischen Dorothea und Chuck vor?«

»Du weißt es nicht?«

Kate schüttelte den Kopf.

Tommy beugte sich noch näher heran und sagte fast flüsternd: »Sie hassen einander. Sie streiten sich oft vor aller Augen und Ohren. Dorothea ist hinter Chucks Posten als Bürochef her. Übrigens sind Dorothea und Mandy Lee Busenfreundinnen, und einige der Reporter sagen, dass Dorothea dafür sorgen will, dass Mandy den Job bekommt, damit sie hier ihr eigenes Reich aufbauen kann. Es heißt, sie schielt mit einem Auge nach Washington.«

Kate nickte langsam, als alle Teilchen zusammenfielen.

»Und da ist was mit Chuck«, fuhr Tommy fort. »Es geht das Gerücht, dass er persönlich eine große Krise hat. Niemand weiß wirklich genau, was Sache ist, aber Dorothea nutzt sie vielleicht aus, um seinen Job zu bekommen.«

»Wow, das ist ja 'ne Seifenoper. Ich mag Chuck … er ist ein guter Chefredakteur.«

»Alle mögen ihn. Ich komm später für deine Bestellung und das Geld zurück.«

Da sie jetzt Bescheid wusste, wandte sich Kate wieder ihrer Arbeit zu, ein wenig erleichtert darüber, dass diese Redaktion, wie die meisten, in denen sie gearbeitet hatte, ebenfalls ein Schlangennest war.

Sie blätterte langsam durch ihre handgeschriebenen Notizen über Jenna Cooper und kehrte zu Frank Riveras Broschüre zurück, wobei ihr der Punkt auffiel, den sie auf der Checkliste eingekreist hatte: »Frage immer diejenigen Menschen, die einem Fall nahestehen, was ihrer Ansicht nach geschehen ist.«

Wiederum kehrte Kate zu den Anmerkungen in ihrem Notizbuch hinsichtlich des mysteriösen hilfreichen Pärchens zurück, das Kates Wissens nach bislang nicht gefunden worden war. Hilfreich. Kate dachte über die Worte und ihre Notizen nach. *Die Frau schien betört von Caleb … Dann waren sie einfach da in diesem ganzen Wahnsinn.*

Kate fiel eine Story ein, die sie in San Francisco über ein frisch verheiratetes Paar verfasst hatte, das zum Wandern in die Rocky Mountains gefahren war. Die Braut war tödlich abgestürzt. Kate hatte einen pensionierten Ranger erreicht, der ihr das Handbuch für Untersuchungsbeamte bei tödlichen Unfällen in der Wildnis gezeigt hatte: »Gehe zuerst von einer kriminellen Absicht aus«, hieß es darin, und das war an Kate irgendwie hängengeblieben. Ergraute Detektive hatten ihr oft erzählt, dass die Dinge nicht immer das sind, was sie auf den ersten Blick zu sein scheinen. Wie sich herausstellte, hatte der Bräutigam seine Braut während eines Streits über ihren früheren Geliebten hinabgestoßen.

Wiederum schrien die Worte in Kates Notizbuch sie förmlich an.

Betört von Caleb … Dann waren sie einfach da …

19

Duncanville, Texas

Remy Toxton sah zu, wie Groß-Dallas an ihrem Fenster vorbeihuschte, als Mason Varno ihren Pick-up über den Lyndon B. Johnson Freeway zu der Notunterkunft in Duncanville lenkte.

Weit genug weg, dachte sie.

Sie lag mindestens fünfundzwanzig Kilometer westlich des Flohmarkts und war ein guter Ort, um den Zustand des Babys überprüfen zu lassen. Es war wichtig, das zu erledigen, bevor Remy den nächsten Schritt tat und ihn gegen den Rest ihres Geldes eintauschte und damit näher an ihr Traumleben mit Mason heranrückte.

Sie blickte auf Caleb Cooper hinab, der schlafend in ihrem Schoß lag.

Heute Morgen, beim Frühstück mit den Sachen von McDonald's, die Mason ihnen besorgt hatte, hatte sie alles durchdacht. Ein Krankenhaus oder eine Klinik stellte wahrscheinlich mehr Fragen und verfügte über Überwachungskameras, wohingegen es in einer Notunterkunft weniger formell und verständnisvoller zugehen mochte, wenn Überlebende des Tornados nicht sämtliche Antworten parat hatten.

Ich würde mir bloß wünschen, dass diese dämliche Mutter in den Nachrichten aufhören würde, von der Suche nach dem Baby zu quatschen. Sie war nicht imstande, für dieses Baby zu sorgen. Ich bringe ihn an einen besseren Ort.

Dazu waren sie bereit, dachte sie.

Mason hatte seine Stoppeln rasiert, eine neue Schirmmütze der Dallas Cowboys aufgesetzt und ein langärmeliges Hemd über seine Tätowierungen gezogen.

Remys rotes Stachelhaar war jetzt ganz kurz geschnitten und dunkelbraun gefärbt. Sie hatte eine billige Pradabrillenimitation mit schwarzem Rahmen aufgesetzt, die sie auf dem Flohmarkt erstanden hatte. Sie trug auch ein einfaches Baumwolltop, das ihre Tätowierung verbarg. Daher sahen sie nicht im Geringsten wie das Pärchen aus, das dieser dämlichen Mutter geholfen hatte.

Nachdem sie sich etliche Male eingefädelt hatten, abgebogen waren und umgedreht hatten, erreichten sie das Erholungscenter, das als Notunterkunft des Gebiets diente.

»Alles klar, Babe?«, fragte Remy.

Mason nickte.

Sie betraten das Center. Mason trug Caleb, und sie sahen wirklich aus wie junge Eltern, als sie am ersten Tisch stehenblieben, wo drei Frauen den Menschen beistanden.

Eine von ihnen trug ein Sweatshirt mit dem Aufdruck »World's Greatest Grandma«. Sie lächelte Remy und Mason über ihre Brille hinweg an. »Wie kann ich euch helfen?«

»Wir hätten gern eine ärztliche Untersuchung für unser Baby«, begann Remy. »Er wurde im Sturm am Kopf verletzt.« Mason hielt Caleb so, dass die Frau den kleinen Verband sehen konnte. »Wir wollen uns bloß vergewissern, dass er okay ist«, sagte Remy.

»Oje, ja. Man darf bei kleinen Babys kein Risiko eingehen.« Die Frau zeigte mit einem Kugelschreiber in eine Richtung. »Gehen Sie zur medizinischen Versorgung da unten. Sehen Sie das Schild?«

Remy und Mason nickten zum Dank.

»Mehr brauchen Sie wirklich nicht?«

»Nun ja«, erwiderte Remy überlegend. »Wir brauchen ein paar Anziehsachen für ihn, und wir haben seine Babyschale verloren. Aber das ist wohl zu viel verlangt.«

»Ganz und gar nicht, Liebes. Da drüben liegen Spenden von Kinderkleidung und anderen Sachen. Nehmen Sie sich, was Sie brauchen. Unterwegs gibt es auch Lebensmittel und warmes Essen. Wenn Sie einen Platz zum Schlafen benötigen, lassen Sie es uns wissen. Wir haben Freiwillige von überall, die helfen wollen. Rotes Kreuz, Heilsarmee, Kirchen, Gemeindegruppen. Wenn Sie jemanden vermissen oder suchen, können Ihnen Menschen beim Missing Person Emergency Search System da unten helfen. Wenn Sie betroffene Eigentümer sind, wenn Sie eine Genehmigung brauchen, Ihr Haus zu betreten und sich den Schaden anzusehen, damit Sie ihn Ihrer Versicherung melden können, haben wir Leute, die Ihnen dabei helfen können.«

»Vielen Dank«, sagte Mason, »aber wir kommen von außerhalb und reisen nur durch und wollen bloß, dass jemand sich das Baby ansieht.«

»Natürlich. Mary Jo?« Die Frau wandte sich an eine Teenagerin, die ein T-Shirt mit dem Aufdruck »Ich bin zum Helfen hier« trug. »Mary Jo, kannst du diese netten Leute und ihren kleinen Engel bitte hinüber zur medizinischen Abteilung bringen?«

»Natürlich. Folgen Sie mir.«

Als Mary Jo sie zur medizinischen Abteilung führte, wippte ihr Pferdeschwanz fröhlich, ein heftiger Kontrast zu der Atmosphäre einer Notunterkunft voller Tornadoopfer. Die sechs Behandlungsstationen bestanden aus improvisierten Untersuchungsräumen mit Vorhängen als Wänden. Sämtliche waren in Gebrauch. Remy und Mason saßen unter den Menschen auf den zwei Dutzend Klappstühlen, die den Wartebereich darstellten. Eine Frau Mitte zwanzig in T-Shirt und Jeans und einem Klemmbrett in der Hand nahm sie in Empfang.

»Hallo, wer braucht Hilfe?«

»Unser Baby hat vom Sturm eine Schürfwunde am Kopf.«

Die Frau sah es sich an.

»Wie alt ist er?«

»Drei Monate«, log Remy. Wenn sie sein richtiges Alter nannte, würde das Verdacht erregen, weil das vermisste Baby in den Nachrichten genauso alt war.

»Okay«, sagte die Frau, bevor sie Remy ein Klemmbrett nebst Formular reichte. »Füllen Sie das aus, und geben Sie es mir zurück. Jemand aus unserem medizinischen Team wird Sie aufrufen, damit Dr. Butler ihn untersuchen kann. Wird nicht lange dauern.«

Masons Gesicht zeigte beim Anblick des Formulars immer größere Anspannung: Name, Sozialversicherungsnummer, medizinische Historie, Allergien. Er warf Remy einen Blick zu, die sich Zeit nahm und jedes Kästchen mit erfundenen Informationen ausfüllte. Fünfzehn Minuten später reichten sie Klemmbrett und Formular der jungen Frau zurück.

»Das ging glatt«, bemerkte Mason.

»Das wird funktionieren.«

Remy blickte Caleb mehrere Augenblicke lang abschätzend an, bevor die Furcht sie packte, dass sie irgendwo einen Fehler begangen hatte, etwas Wichtiges vergessen hatte. Sie zermarterte sich ihr Gehirn, aber ihr wollte nichts einfallen.

»Spiller?« Eine Frau in geblümtem Kittel, das blonde Haar zu einem Knoten hochgesteckt und mit einem Stethoskop um den Hals, blickte vom Klemmbrett aus zum Wartebereich hinüber. »Isaac Spiller?«

Remy hob die Hand.

»Das sind wir.«

»Hallo. Ich bin Charlene Butler. Gehen wir zu Nummer drei hinüber, und ich sehe ihn mir an.«

Remy und Mason betraten den quadratischen Raum mit den Vorhängen. Charlene wies sie an, Caleb auf den Untersuchungstisch zu legen und ihn festzuhalten, während sie sich Chirurgenhandschuhe überstreifte.

»Sehen wir mal … Also hat er eine kleine Beule im Sturm abbekommen.« Sie nahm das Stethoskop vom Hals und beugte sich über Caleb. »Stammen diese kleinen Blutflecken auch daher?«

Es traf Remy wie ein heftiger Schlag in die Magengrube. Das hatte sie übersehen. Sie hatte vergessen, dem Baby einen frischen Strampler anzuziehen. Sie wusste, dass sie ihm Anziehsachen besorgen musste, aber sie hatte die Tatsache völlig übersehen, dass er immer noch seinen blau-weiß gestreiften Strampler mit dem winzigen Elefanten trug. Das Letzte, was ihm seine Mutter angezogen hatte. Er war als Detail im letzten Artikel aufgeführt, den Remy über Caleb gelesen hatte.

»Entschuldigen Sie bitte«, sagte Remy, »wie war noch mal die Frage?«

Dr. Butler sah erst Remy an, dann einen Augenblick lang Mason, als würde sie die beiden einschätzen.

»Ich habe gefragt, ob einer von Ihnen gesehen hat, was passiert ist?« Charlene entfernte den Verband. »Wie er diesen kleinen Kratzer bekommen hat?«

»Nein.« Remy schüttelte den Kopf und blickte Mason an. »Es war während des Sturms … wir haben nicht mitbekommen, dass ihn etwas getroffen hat. Ich hielt ihn fest, und anschließend hat er ein bisschen geblutet.«

»Nun ja, das ist keine tiefe Schramme. Das ist gut.«

Während die Ärztin die Vitalzeichen des Babys überprüfte, stellte sie weiterhin Fragen.

»Wirkte er seitdem übermäßig müde oder unleidlich?«

»Nein.«

»Haben sich seine Schlafgewohnheiten irgendwie verändert?«

»Nein.«

Charlene zog dem Baby Strampler und Windel aus und machte weiter.

»Hat er an seinen Ohren herumgefummelt, als würde ihn etwas irritieren?«

»Nein, nichts dergleichen.«

»Was ist mit dem Essen? Hat er normalen Appetit?«

»Nein. Nun ja, ich gehe allmählich zu Fertignahrung und Brei über.«

Charlene warf einen Blick auf das Formular, das Remy auf dem Klemmbrett ausgefüllt hatte.

»Nach drei Monaten? Die meisten warten etwas länger. Er ist groß für drei Monate.«

»Er ist ein guter Esser.«

»Stillen Sie?«

»Nein.«

»Mmm.«

Charlene säuberte seine winzige Verletzung und bedeckte sie mit einem frischen Verband. Dann beendete sie die Untersuchung nach mehreren weiteren Minuten.

»Ihm geht's gut.« Beim Abstreifen gaben ihre Handschuhe ein Klatschen von sich. »Reinigen Sie seinen Schnitt regelmäßig, und ersetzen Sie oft den Verband. Sie können ihm den Strampler wieder anziehen.«

»Danke sehr.«

Charlene lächelte, sagte leise etwas zu dem Baby und verließ dann den Raum.

Remy nahm Caleb, der jetzt bloß eine Windel trug, in die

Arme und legte ihre Wange an die seine. Dann schnappte sie sich den Strampler und verließ vor Mason die medizinische Abteilung. Sie sprachen kein Wort, als sie sich quer durch das Center zu der Abteilung mit den Tischen und Reihen von Kunststoffwannen und Kisten mit gespendeten Kindersachen begaben.

Remy reichte Caleb an Mason weiter. Daraufhin warf sie den blutigen Strampler des Babys auf einen Haufen und wühlte in den Kisten mit der Aufschrift »Babykleidung, Jungen, 0–12 Monate«, stapelte etliche Anziehsachen und Windeln aufeinander und verstaute alles in Plastiktüten. Sie zog Caleb einen neuen grünen Strampler an. Er war ihm etwas zu groß, aber er roch frisch gewaschen. Während sie weitere Anziehsachen auswählte, bemerkte Mason ein paar Babyschalen fürs Auto in der Nähe, nahm diejenige, die am stabilsten aussah, und untersuchte das Gurtsystem.

Daraufhin suchte Mason den Tisch mit den Essenssachen auf und griff sich mehrere Schinken-Käse- und Eiersalat-Sandwiches, die in durchsichtige Plastikfolien verpackt waren. Er nahm auch Plätzchen und Donuts mit und stopfte sie in die Taschen mit den Anziehsachen.

Sie gingen zum Parkplatz und zu ihrem Pick-up, wo Mason seine Werkzeuge hervorholte und die Babyschale im Führerhaus des Pick-ups befestigte, die Verankerung und den Haltegurt überprüfte und sich vergewisserte, dass alles sicher befestigt war, bevor Remy Caleb hineinlegte und angurtete.

Mason startete den Pick-up. Remy legte ihren eigenen Sicherheitsgurt an, warf dann den Kopf gegen die Kopfstütze zurück und ließ sich von der Woge der Erleichterung überrollen.

»Wir haben's geschafft, Mason! Er ist gesund, und niemand hat eine Ahnung, wer wir sind.«

»Verdammt richtig – er ist sechzigtausend Dollar wert.«

Sie fuhren davon und begriffen allmählich, dass jeder von ihnen seinen wahren Wünschen immer näher kam.

Während Mason den Pick-up durch die Nachbarschaft lenkte, zog er ein Sandwich aus dem Beutel und machte sich ans Essen. Als sie die Auffahrt zur Autobahn erreicht hatten, um in ihr Motel zurückzukehren, hatte Mason in der Tasche nach einem Donut gegriffen.

»Das Kind ist gesund. Rufen wir sie also an«, sagte er zwischen zwei Bissen. »Arrangieren wir alles, damit wir's hinter uns bringen.«

Mason beschleunigte, und sie fädelten sich in den Verkehr ein.

»Remy? Wirst du sie anrufen?«

»Noch nicht. Eine Sache noch.«

»Was denn? Was für eine Sache noch?« Ungläubig wandte sich Mason zu ihr hin, da vibrierte sein Handy.

Mit einem Auge die Fahrbahn und die Rückspiegel im Blick behaltend, zog er sein Handy heraus und sah nach, wer ihm da eine SMS geschrieben hatte.

Du kannst weglaufen, aber du kannst dich nicht verstecken, alter Fkr.

Sie kam von DOA. Herrgott!

Dann merkte Mason plötzlich, dass ihren Pick-up nur wenige Zentimeter vom Rad eines Sattelschleppers trennten. Genau in diesem Augenblick saugte ihm das Aufblitzen von Sonnenlicht auf Chrom und das panikerfüllte lautstarke Hupen förmlich die Luft aus den Lungen.

Mason nahm den Fuß vom Gas und trat die Bremse durch, während seine Hand das Lenkrad herumriss.

Remy packte das Baby, kreischte auf, schloss die Augen und wappnete sich gegen einen Zusammenstoß.

In letzter Sekunde entging Mason um Haaresbreite einem Unfall.

Remy stieß einen Seufzer der Erleichterung aus.

Der brachte das Fass zum Überlaufen. Das knappe Entkommen entfachte seine Wut – eine Wut auf Remys Zögern, das Baby loszuwerden. Wut auf die SMS von DOA. Wut auf alles. Mason raste mit Vollgas über die Autobahn, und seine Nerven spannten sich bei jedem Auto, das er überholte, weiter an.

»Langsamer!«, sagte Remy.

Starr vor Wut fuhr er wie wild weiter.

»Mason, bitte!«

Wortlos verließ er die Autobahn und jagte durch irgendeine Gemeinde Richtung Südosten.

»Mason, um Gottes willen, was tust du da?«

Er hatte kein klares Ziel vor Augen, lediglich eine bestimmte Absicht loderte in ihm auf. Sie erreichten ein ödes Feld, auf dem sich zerbrochene Zweige und Trümmer vom Sturm häuften. Er parkte den Pick-up, schnappte sich das Baby und sprang hinaus.

»Mason!« Remy sprang ihm nach. »Was tust du da?«

»Ich halte diesen Scheißdreck nicht länger aus, Remy! Ich werde mich ein für alle Mal um die Sache kümmern.«

Masons Kinn zuckte, während er mit dem Baby durch die Trümmer marschierte. Remy rannte ihm nach und hämmerte auf seinen Rücken und seine Schultern ein, während ihr die Tränen das Gesicht herabströmten.

20

Balch Springs, Texas

Am Morgen nach ihrer Nachtschicht befand Kate sich in einer südöstlich gelegenen Vorstadt von Dallas.

Sie hatte ihren Chevy Cobalt vor einem Bungalow aus roten Ziegelsteinen geparkt und blickte über den kurz geschnittenen Rasen und die sauberen, niedrigen Hecken hinweg, die das Grundstück begrenzten. *Gut in Schuss,* dachte sie und blätterte durch ihre Notizen, um sich der Adresse zu vergewissern.

Gestärkt durch Chuck Laneers Unterstützung am Abend zuvor hatte sie sich seit sechs Uhr in der Frühe völlig auf die Story über das Baby gestürzt. Nach dem Aufwachen hatte sie Jenna Cooper in einer SMS nach irgendwelchen Neuigkeiten hinsichtlich der Suche nach Caleb gefragt.

Nichts. Bete, schrieb Jenna zurück.

Daraufhin hatte Kate Frank Rivera angerufen. War das Baby, irgendein Baby, geborgen worden? War irgendwer aufgetrieben worden, der eine Ähnlichkeit mit den hilfreichen Fremden hatte?

»Nichts Neues zu vermelden, Kate, tut mir leid«, sagte Rivera.

»He, Frank, ist es möglich, dass das Baby von diesem Pärchen mitgenommen wurde?«

Ein Augenblick verstrich.

»Sie werden mich nicht zitieren, ja? Wir reden bloß, okay?«

»Genau, wir reden bloß.«

»Okay, na gut, alles ist möglich, aber ich bezweifle, dass das hier der Fall ist.«

»Warum?«

»Menschen versuchen im Chaos, Menschen zu helfen, und dem Sturm haben wir jede Menge solcher Geschichten zu verdanken. Ich glaube, diese eine ist bloß eine sehr tragische, und während ich auch für ein anderes Ergebnis bete, so fürchte ich doch, dass das Baby und die guten Samariter vielleicht kilometerweit vom Flohmarkt aufgefunden werden.«

»Danke, Frank.«

Kate dachte über Riveras Bemerkungen nach und überlegte dann, dass ihre beste Chance, etwas mehr darüber zu erfahren, was Caleb und den Fremden zugestoßen war, darin bestand, eine Aussage von jemandem zu bekommen, der zu der Zeit dort war.

Sie fuhr zum Flohmarkt.

Die Rettungsarbeiten waren immer noch im Gange. Der Zugang war immer noch beschränkt. Kate wurde der Eintritt gewährt, und sie kehrte zum zerstörten Saddle Up Center zurück, wo sie Captain Vern Hamby und den Leiter des Rettungsteams, Steve Pawson, auftrieb. Sie quetschte sie nach irgendwelchen Informationen über die Sache Cooper aus.

Bislang waren aus den Trümmern des Centers keine Babys geborgen worden, und sie hatten niemanden gefunden, der zu den Beschreibungen der Fremden passte, sagten sie.

»Wenn ich es recht verstehe, haben Sie Karten«, sagte Kate, »Grundrisse, die anzeigen, wo die Menschen sich befanden, als der Tornado zuschlug, damit Sie diese identifizieren können.«

»Das stimmt«, sagte Hamby.

»Können Sie mir helfen, eine Stelle auf dem Grundriss zu-

zuordnen?« Kate entfaltete ein Blatt ihres Notizbuchs mit der Skizze, die sie angefertigt hatte, basierend auf Jenna Coopers Aussage, wo sie zusammen mit den Fremden Schutz neben vier Pflanzkübeln aus Beton in der Nähe einer Wand gesucht hatte.

Hamby und Pawson verglichen die Skizze mit dem Grundriss des Centers, der einen Arbeitstisch bedeckte. Pawson tippte mit einem schmutzigen, zerkratzten Finger auf eine Ecke des Plans.

»Das wäre hier«, sagte er.

Kate betrachtete den Plan.

»Welcher Verkäufer befand sich dieser Stelle am nächsten, als der Sturm zuschlug?«

Hamby kratzte sich das Kinn.

»Big Rail World. Sie hätten den besten Blick auf diesen Bereich gehabt.«

»Wer ist der Betreiber von Big Rail?«

»Dem öffentlichen Verzeichnis zufolge Burl Heaton«, erwiderte Pawson.

»Hat Burl Heaton überlebt?«

Pawson sah in seinem Handy nach, und Hamby öffnete einen Ordner.

»Ja, hat er«, entgegnete Hamby. »Hat was abbekommen, aber ihm geht's ansonsten gut.«

»Irgendeine Vorstellung, wo er jetzt gerade ist – Krankenhaus, Notunterkunft, zuhause?«

»Ich glaube, er ist mit seinem Sohn zuhause«, erwiderte Pawson.

Kate ließ sich bestätigen, den Namen richtig buchstabiert zu haben, und suchte seine Adresse heraus.

Jetzt stand sie vor seinem Haus in Balch Springs. Sie schloss ihr Notizbuch. Die Adresse stimmte. Hier war es.

Sie nahm ihre Tasche, ging zu seiner Tür und klingelte, wobei sie hoffte, dass Burl Heaton sie vielleicht näher an das Schicksal von Caleb Cooper heranbringen würde.

Eine weißhaarige Frau von etwa Mitte sechzig öffnete die Tür.

»Ja?«

»Hallo. Ich bin Kate Page, Reporterin von Newslead. Ich habe vorhin angerufen.«

»Oh ja, kommen Sie herein. Burl! Sie ist hier! Keine Sorge wegen Ihrer Schuhe. Hier entlang.«

Ein dicker, altmodischer Teppich bedeckte den Boden des Wohnzimmers. An den mit dunklem Holz vertäfelten Wänden hingen Familienfotos und das große Gemälde eines Güterzugs in den Bergen. Auf dem Beistelltischchen lagen Papiere, Listen, Fotos, Bestandsverzeichnisse und Formulare. Burl Heaton, siebzig, war ein pensionierter Bremser, der auf dem Flohmarkt ein Geschäft für Modelleisenbahnen betrieben hatte. Er verschaffe sich gerade einen Überblick über seine Verluste, sagte er zu Kate.

Sein Gesicht war völlig zerkratzt. »Ich habe alles verloren. Etwa fünfzigtausend an Warenwert«, sagte er. »Meine Arme sind bis auf die Knochen aufgeschürft, ich habe ein paar angeknackste Rippen, aber ich bin am Leben. Nicht wie einige meiner Freunde. Nicht wie … Entschuldigung …«

Er wandte sich ab und weinte, während seine Frau ihn tröstete. In der Stille hörte Kate die Stimme eines Mannes aus der Küche, der am Telefon mit einer Versicherung sprach.

Heaton wischte sich die Tränen ab.

»In meinen neunundvierzig Jahren bei der Bahn habe ich geglaubt, viel gesehen zu haben. Ich habe zwei Entgleisungen und einen Zusammenstoß mitgemacht. Aber ich kann nicht begreifen, was ich am Markt gesehen habe. Das Gebäude wurde auseinandergerissen, Leichen flogen wie Puppen herum, als wäre die Tür zur Hölle aufgetreten worden.«

Kate brach es das Herz, wie Heaton langsam den Kopf schüttelte, bis er wieder Herr seiner selbst war und zurück in sein Wohnzimmer gefunden hatte.

»Am Telefon haben Sie gesagt, sie benötigen Hilfe bei der Suche nach jemandem?«

»Ja. Ich verfolge die Geschichte von Jenna Cooper, deren Baby im Sturm verloren ging.«

Heaton warf seiner Frau einen Blick zu und sagte: »Wir haben was darüber in den Nachrichten gehört. Sie war im Saddle Up. Schrecklich, einfach schrecklich.«

Kate holte die Fotos heraus, die sie von Jenna mit dem Handy gemacht hatte, und zeigte sie Heaton zur Unterstützung seines Gedächtnisses.

»Wir glauben, sie ist am Big Rail vorbeigekommen, um hinter den Pflanzkübeln in der Nähe Ihres Standes Schutz zu suchen. Ich bin daran interessiert zu erfahren, ob Sie gesehen haben, was dort passiert ist, insbesondere mit den beiden Leuten, die ihr geholfen haben, einem Mann und einer Frau von Mitte zwanzig.«

Kate beschrieb das mysteriöse Pärchen, während Heaton sich das Foto mehrere Augenblicke lang ansah.

»Nein, ich kann nichts mit ihnen anfangen. Ich erinnere mich nicht, sie oder diese anderen Leute gesehen zu haben, die Sie erwähnt haben«, sagte er. »Es war so verrückt, und alles ist so schnell gegangen. Viele Menschen sind einfach so dagestanden, unter Schock, und haben einfach nicht geglaubt, was da passiert ist. Man konnte nirgendwo hin, man konnte nichts tun.«

»Was ist mit Lance?«, fragte seine Frau und horchte nach der Küche. »Er war zusammen mit dir dort. Ich glaube, er ist fertig mit Telefonieren. Lance?«

Ein schlanker, verschlossener Mann von Mitte dreißig mit Pflastern auf den Wangen stand in der Tür zum Flur und hörte seiner Mutter zu, die ihm Kates Bitte erklärte. Wortlos nahm er Kates Handy und sah sich die Fotos genau an, bevor er den Kopf schüttelte und ihr das Handy zurückgab.

Enttäuscht darüber, dass ihre Suche sich als Sackgasse erwiesen hatte, dankte sie den Heatons und stand auf, um zu gehen.

»Warten Sie!« Lance betätigte sich mit seinem Handy. »Ich habe etwas anderes. Es ist heute früh gekommen. Vielleicht hilft es Ihnen weiter. Dolores Valdez betreibt den Stand gegenüber dem von Dad, genannt These Boots. Ihr Sohn Tony hat mir eine Aufnahme vom Center geschickt, als der Tornado zuschlug. Er möchte sie den Fernsehleuten verkaufen. Hier ist sie. Sehen Sie mal!« Lance reichte Kate sein Handy.

Sie sah das verwackelte Video von Menschen, die sich im Center drängten, inmitten der Geräusche von etwas, das zerbrach, von Quietschen und Hämmern. Dort erhaschte Kate einen Blick auf Big Rail, den Wald von Menschen, das Aufblitzen eines Kinderwagens, Jennas Profil, einen flüchtigen Blick auf Cassies Kopf und zwei Erwachsene neben ihnen, kaum erkennbar, die sich ihren Weg durch die Menge bahnten. Der Blickwinkel der Kamera wechselte: Einige Menschen kauerten auf dem Boden, riefen anderen zu, sich gleichfalls hinzuhocken. Einige schrien auf, als eine Explosion nach der anderen ertönte, dazu das Geräusch, wie Metall durch unglaubliche Winde zerrieben wurde. Trümmer wirbelten umher, ein Auto landete im Innern, Menschen wurden in die Luft gezogen und in die Dunkelheit geworfen.

Dann wurde der Bildschirm schwarz.

Kate hielt den Atem an und wollte ihr Herz durch Willenskraft dazu bringen, langsamer zu schlagen.

Sie bat Lance, das Video nochmals abzuspielen, das fast fünf Minuten lang war. Beim zweiten Zuschauen ging ihr auf, dass sich unmöglich sagen ließ, was mit Caleb und den Fremden geschehen war. Das Video brach ab, bevor es irgendwelche Hinweise bot.

»Lance, können Sie mir Tonys Nummer geben? Ich frage in der Redaktion nach, aber Newslead könnte ihm das vielleicht abkaufen und auf seine Website stellen.«

21

Pleasant Grove, Southeast Dallas, Texas

Für Pam Carraway hatte der Tag vor dem ersten Licht angefangen.

An diesem Morgen schloss sich Pam, eine Teilzeit-Sportlehrerin, ihrem Rettungsteam auf dem Parkplatz einer Baptistenkirche an. Die fluoreszierenden Jacken leuchteten gelb, orangefarben und grün in den Scheinwerfern ankommender Fahrzeuge.

Man sah es ihr nicht an, und man bemerkte es auch nicht, wenn man mit ihr sprach, aber Pam wusste nicht, ob sie noch einen weiteren Tag durchhalten würde.

Während die Sonne aufging, tranken Mitglieder der Freiwilligengruppe Kaffee aus Thermobechern und erhielten dabei neue Anweisungen aus Funkgeräten und Handys: Sie sollten in die Randbezirke des Friedhofs im Lincoln Memorial Park gehen. Tornados hatten eine Schneise der Verwüstung durch den Friedhof geschlagen und Häuser und Geschäfte in der Umgebung zerstört.

»Wir müssen uns aufs Trümmerfeld konzentrieren«, erklärte Kel Zedler, der Koordinator der Suchmannschaft. »Es ist gestern von Jay Selingers Gruppe durchsucht worden. Man hat uns gebeten, uns einen Quadranten des Gebiets vorzunehmen und erneut zu durchsuchen. Und, Leute, wir müssen es zum wiederholten Mal sagen: Für die Überlebenden läuft die Zeit davon. Leben können von uns abhängen.«

Einige Vierbeiner der Hundestaffeln jaulten auf, als das Team den Schulbus bestieg, der sie zu ihrem Kommandoposten bringen würde. Während sie durch die Dämmerung fuhren, arrangierte sich Pam mit ihren Muskelschmerzen von der gestrigen Marathon-Suchaktion.

Sie konnte das heimliche und überwältigende Gefühl von Verlust und böser Vorahnung nicht abschütteln, das in einer entfernten Ecke ihres Herzens lauerte.

War das posttraumatischer Stress?

Lass gut sein, Carraway. Fürs Auseinanderbrechen ist keine Zeit.

Keine Fehler! Sie ging ihrer Arbeit voller Hingabe nach. Sie hatte vor zwei Jahren als Freiwillige angefangen, nachdem die Gruppe ihren dreiundsiebzigjährigen Vater wiedergefunden hatte, der, an Alzheimer leidend, davongelaufen war.

Sie hatten sein Leben gerettet, und sie hatte das Gefühl, die beste Art und Weise, ihnen zu danken, würde darin bestehen, Teil der Arbeit zu sein, die sie leisteten.

Pam hatte darüber hinaus Kurse in Wiederbelebung und fortgeschrittener Erster Hilfe absolviert. Sie hatte eine ausgezeichnete Kondition. Das Suchteam bildete sie im Umgang mit Kompass, Karten, GPS, Grid-Search-Methoden, verschiedenen fortgeschrittenen Kommunikationsmitteln, Wetter, Indizien und Beweistechniken aus. Sie erlernte Krisenmanagement und konnte aus vier verschiedenen Handbüchern zitieren.

Während ihrer Zeit beim Team hatten sie bei der Suche nach Leichen, vermissten Kindern und Senioren und nach Wanderern geholfen, die sich in der Wildnis verlaufen hatten. Sie hatten der Polizei bei der Suche nach Waffen oder Messern geholfen, die nach einem Verbrechen weggeworfen worden waren.

Als Sucherin war Pam beim Aufspüren von zwölf Leichen beteiligt gewesen. Sie hatte Erfahrung im Umgang mit grausigen Funden, dennoch kam sie nie über den Schock hinweg, den ihr der Anblick von Leichen in unterschiedlichen Stadien der Verwesung verursachte. Es wurde nie, niemals leichter. Jedes Mal starb sie ein wenig beim Gedanken an die Familien der Opfer.

Gestern hatte ihr Team einen Abschnitt von Irving durchsucht, der schwer getroffen worden war. Sie hatten sechzehn Funde gemacht. Acht Tote waren es gewesen, und Pam hatte sieben davon gefunden, darunter einen Mann, der unter dem Schutt begraben war und seine tote Frau festhielt, die ein Dachbalken in zwei Hälften zerteilt hatte.

Die Gruppe hatte auch acht Überlebende gefunden. Die Kraft der Katastrophe war überwältigend. Einige Opfer waren kilometerweit entfernt von dort entdeckt worden, wo sie sich aufgehalten hatten, als der Sturm sie getroffen hatte. Einige hatten in Bäumen gehangen oder auf Dächern gelegen, waren eingequetscht in Autowracks, zerschmettert von Trümmern oder in Stücke gerissen worden.

Ärztlichen Einschätzungen zufolge, wie lange eine Person eine Verletzung oder einen Aufenthalt im Freien ohne Wasser oder Nahrung überleben konnte, sank die Hoffnung rapide, noch Überlebende zu finden. Überall waren Gasleitungen geborsten. Zudem gab es Gesetze zur Gesundheitsvorsorge und Sicherheit, die einen Termin für die Räumung von Gebieten vorsahen, bevor diese von Ungeziefer verseucht wurden. Es bestand die reale Gefahr, dass ein noch lebendes Opfer in einen Schutttransporter geschoben und zu einem Schuttabladeplatz gebracht wurde.

Das war noch nicht alles.

»Du kannst einen Tornado dazu missbrauchen, dich eines Mordopfers zu entledigen«, hatte ein Teammitglied, ein pensionierter Detektiv, zu Pam gesagt, als sie gerade aus dem Bus stiegen. »Lege dein Opfer in den Schutt, und man würde davon ausgehen, dass der Tornado die Todesursache war. Wenn es jemand nicht besser weiß, könntest du damit davonkommen.«

Bei dieser Möglichkeit lief es Pam kalt den Rücken hinab, aber in Wahrheit wusste sie nicht so genau, ob sie es überleben würde, noch einen Leichnam zu finden, dachte sie, als sie sich am Kommandoposten versammelten. Dort wies man ihnen ihre Zonen zu und schickte sie auf die Suche.

Pams Zone umfasste einen Bereich des Friedhofs und eine anliegende Wohnstraße, oder vielmehr, was davon übriggeblieben war.

Die Polizei hatte das Gebiet abgesperrt, so dass die Bergungsbemühungen fortgesetzt werden konnten. Der Friedhof war ein Feld aus umgestürzten Bäumen und Grabsteinen. Große Bereiche gepflegten Rasens waren aus der Erde herausgerissen worden. Auf der anderen Seite hatte es Häuser umgerissen, oder die Dächer waren heruntergefegt worden, so dass Zimmer, Verkabelung und Isolierung frei lagen. Mutterboden war auf Dächer geschleudert und Autos umgestürzt worden.

Pam durchsuchte das Gebiet, während Hundestaffeln in der Nähe sondierten. Kleidung, Spielzeug, Haushaltsgeräte und Mobiliar lagen überall verstreut. Sie fand ein Verkaufsschild aus Duncanville, etwa zwanzig Kilometer westlich gelegen. Bisher jedoch hatte sie weder Leichen noch Überlebende entdeckt.

Darum war sie dankbar.

Jay Selingers Team war gut, dachte sie. Man konnte immer darauf zählen, dass sie einen guten Job erledigten.

Fast zwei Stunden verstrichen, in denen Pam ihre Arbeit inmitten der Zerstörung verrichtete: Autos lagen auf Häusern, auf weiteren Ästen und Baumstümpfen, und Mauerteile hatte es auf die Wohnstraßen geschleudert. Sie erreichte etwas, das eine Kindertagesstätte gewesen sein musste. Ein Haufen Möbel für Kinder und unter Bäumen begrabenes Spielzeug war alles, was davon übriggeblieben war.

Sie sah eine Puppe, schmutzig und schlammbedeckt.

Pam beugte sich herab, wollte das Bein packen und erstarrte.

Es war keine Puppe.

22

Dallas-Fort Worth Metroplex, Texas

Nachdem er das Flugzeug aus Seattle, wo er umgestiegen war, verlassen hatte, traf Blake Cooper seinen Schwager Garrett Keo am Ankunftsgate des DFW International Airport.

Zum ersten Mal überhaupt nahm Garrett, ein zwei Meter großer Mechaniker und Falcons-Fan aus Atlanta, Blake sanft, aber ungeschickt in die Arme.

Diese schlichte Handlung ging weit über den sonstigen zurückhaltenden Umgang der beiden Arbeiter miteinander hinaus, die sich bei Familientreffen und an den Feiertagen lediglich einmal die Hand schüttelten.

Sie unterstrich die Schwere der Tragödie.

»Ist 'ne verteufelte Sache, Blake, 'ne verteufelte Sache. Holly lässt dich grüßen. Wir werden dir und Jen helfen, das durchzustehen«, sagte Garrett, nachdem er Blakes Tasche ergriffen und ihn zu seinem perlmuttfarbenen Ford Escape, einem Leihwagen, geführt hatte. »Du bist ziemlich schnell zurückgekommen«, bemerkte er, als sie den Flughafen verließen.

»Die Fluggesellschaft hat mich bevorzugt behandelt, nachdem ich ihnen gesagt hatte, weshalb ich nach Hause musste«, erwiderte Blake. »Meine Firma hat das Ticket bezahlt und einen Typen aus Tacoma rübergeschickt, der mich vertreten soll. Alles ist gut gelaufen …« Blakes Stimme erstarb. Als sie auf die Schnellstraße kamen und die Stadt vorbeiflog, dachte Blake an jenen ersten Anruf von Jen zurück. Dass er nicht hatte glauben können, was sie ihm sagte, dass er gedacht hatte, sie müsse sich irren.

Caleb ist im Tornado verschwunden. Das ergab keinen Sinn.

Es durfte nicht wahr sein, dachte er, und als sein Jet die Rocky Mountains überflogen hatte, hatte er sich eingeredet, dass in Wirklichkeit alles in Ordnung sei. Jen war bloß wegen des Sturms durcheinander. Caleb war irgendwo in Sicherheit.

Es musste so sein.

Ja, Blake hatte die Berichte im Fernsehen am Airport von Seattle gesehen. Ja, in mehreren Staaten hatte es Tod und Zerstörung gegeben. Ja, Dallas war schwer getroffen worden. Ja, die Leute litten, aber das konnte nicht geschehen, nicht seiner Familie. Wirklich, alles war in Ordnung.

Bitte, lieber Gott, lass alles in Ordnung sein.

Plötzlich bemerkte Blake, dass Garrett an der Ausfahrt zu seinem Haus vorübergefahren war.

»Fahren wir nicht zu meinem Haus? Ist Jen nicht inzwischen aus der Notunterkunft wieder zurück?«

»Nein. Ich war in Lancaster – das sieht nicht gut aus.«

»Was?«

»Blake, dein Haus ist verschwunden. Tut mir leid.« Garretts Stimme war sanft, voller Mitgefühl.

Blake erbleichte, und er strich mit der Hand über sein Gesicht. Dann entfuhr ihm ein Laut zwischen einem Stöhnen und einem Fluch. »Ist … ist irgendwas übriggeblieben?«

Garrett schüttelte feierlich den Kopf. »Deine Nachbarschaft ist völlig zerstört worden, nichts außer Trümmern ist geblieben. Der Zugang zu dem Gebiet ist versperrt, während sie sich um die Elektro- und Gasleitungen kümmern.«

Blake sagte kein Wort. Er blinzelte bloß, als würde er um das Verständnis von etwas Unverständlichem ringen.

»Das ist noch nicht alles, Blake. Da ist noch etwas wegen Caleb.«

»Wovon redest du?«

»Es tut mir so verflucht leid. Ich hätte es dir am Flughafen sagen sollen.« Garretts Stimme brach leicht. »Es ist passiert, als du im Flugzeug gesessen hast, ich …« Die Worte wollten nicht heraus.

»Sag's mir einfach, Garrett!«

»Sie haben einen Leichnam gefunden.«

Blake bekam große Augen, und sein Gesicht spannte sich an. »Wovon redest du? Wessen Leichnam?«

»Von einem Baby. Einem männlichen Baby. Mehr wissen wir nicht.«

Blake hieb mit der Faust auf das Armaturenbrett. »Du täuschst dich besser, Garrett! Besser, du täuschst dich, verdammt!«

Es benötigte zwei Sekunden, bevor die volle Gewalt der Worte Blake wie ein gewaltiger Schlag in die Magengrube traf.

»Oh mein Gott, ist es Caleb?«

»Wir wissen es nicht genau. Jen hat von irgendeinem Offiziellen einen Anruf bekommen, dann sind zwei Polizisten aus Dallas erschienen und haben sie zu dieser Highschool südöstlich von Dallas gebracht.« Garrett tippte auf das Navi des Leihwagens. »Ich habe die Anschrift hier eingegeben. Dahin fahren wir.«

»Eine Schule?«

»Sie haben da ein improvisiertes Leichenschauhaus in der Turnhalle eingerichtet.«

»Ein Leichenschauhaus! Mein Gott!«

Blakes Knie gingen auf und ab, und er hielt sie mit den Handflächen fest. Garrett spürte, dass sein Schwager kurz vor der Explosion stand, und fürchtete, dass er aus dem Ford springen würde.

»Blake. Du musst abwarten. Jen ist in einem schlimmen Zustand – sie braucht dich. Sie wartet mit Holly auf uns in der Schule. Jen hat gesagt, sie wird nichts ohne dich tun.«

Jenna musste glauben, dass sie träumte.

Denn, wenn ich träume, dann ist nichts hiervon wahr.

Sie schloss für einen langen Moment die Augen und öffnete sie dann wieder.

Sie träumte nicht.

Das geschieht wirklich.

Sie wartete zusammen mit mehreren Menschen im Sekretariat einer Highschool. Die Schule war geschlossen worden und glich jetzt einem Geisterschloss. Ein jeder flüsterte wie in einer Kirche oder etwas Ähnlichem.

Jenna hatte Caleb verloren. Es war ihre Schuld, weil sie ihn nicht richtig festgehalten hatte. Aber ihre Gebete wurden erhört. Caleb war gefunden und zu dieser Highschool gebracht worden.

Sie würde ihn ein letztes Mal festhalten.

Es tut mir so leid. Ich habe dich nicht beschützt.

Eine winzige Stimme in ihrem Herzen schrie ihr zu: *Nein. Nein. Es ist nicht wahr. Mein kleiner Junge kann nicht tot sein.*

»Möchtest du noch ein Glas Wasser, Jen?«

Jennas Schwester Holly stand beim Wasserspender. Er gurgelte, als sie einen weiteren Pappbecher füllte. Jenna schmeckte das kalte Wasser, spürte, wie es ihr die raue Kehle hinabrann. Dann sah sie auf den Trophäenschrein mit seinen Medaillen, Statuen und gerahmten Fotos von Lehrern, Trainern und Basketball- und Footballteams. Sie suchte die Bilder der Spieler ab und dachte an Caleb. Würde er je Mitglied eines Teams sein? Die Gesichter dieser jungen Männer schrien ihr ihre Lebendigkeit entgegen, während ihr Herz vor dem zurückschreckte, was sie in der Turnhalle erwartete.

Die Bürotüren öffneten sich. Blake kam herein.

Sie eilte zu ihm, klammerte sich an ihn, sank fast in die Knie, bevor er sie hochzog, so dass sie voreinander standen, einander festhielten und eine scheinbare Ewigkeit lang schluchzten.

Dann erhob sich eine Frau und begann mit dem Prozedere.

»Entschuldigen Sie mich – Sie sind Blake Cooper, Calebs Vater?«

»Ja.«

»Ich bin Lanna Thomas vom medizinischen Untersuchungsbüro«, sagte sie.

Weitere Menschen stellten sich vor: die beiden Beamten, Stroud und Dyer, von der Polizei von Dallas, Wendy DeBello vom Traumaberatungsdienst und Frank Rivera vom Missing Person Emergency Search System.

»Es tut mir so leid«, sagte Thomas zu Blake und Jenna, »aber einer von Ihnen muss jetzt für die Identifizierung mitkommen.«

Blake nickte Thomas zu und räusperte sich.

»Ich gehe.«

»Nein.« Jenna drückte ihn fest an sich. »Wir gehen zusammen.«

»Okay«, sagte Thomas. »Folgen Sie mir.«

Die Beamten folgten gleichfalls zur Turnhalle, wobei ihre ledernen Gürtel leise quietschten und Schlüssel klirrten. In der Luft lag ein schwaches Summen, und Jenna drückte Blakes Hand fester.

»Wo …« Blake setzte erneut an. »Wo hat man ihn gefunden?«

»Eine Frau aus einem freiwilligen Rettungs- und Suchteam hat ihn unter einigen abgebrochenen Baumstämmen in einer Vorstadt um den Lincoln Memorial Park Cemetery gefunden.«

Beim Betreten der Turnhalle wurde das Summen lauter. Die Halle war mit einer Trennwand, die von der Decke bis zum Boden reichte, in zwei Hälften geteilt worden. Thomas führte sie durch die Tür in den abgeschlossenen Bereich.

Jenna trat ein und blieb sogleich stehen.

Im Raum war es kalt. Auf dem polierten Boden der Turnhalle lagen mehrere Reihen körpergroßer Laken. Der Gestank in der Luft war eine Mischung aus Krankenhaus und Feinkostgeschäft. Die surreale Szenerie mit den Toten stand in strengem Kontrast zu den Fahnen an den Wänden.

Go Tigers Go!

Jenna stellte sich im Geiste Basketballspiele, Schulbälle und Examensfeiern vor, die hier stattgefunden hatten, während Thomas sie an einer Reihe von Leichen entlangführte, gefolgt von den Beamten. Sie blieben an einer winzigen Gestalt stehen. Thomas hockte sich hin und sah zu Jenna und Blake auf, als sie das Laken zusammenraffte.

Dies musste sein.

»Bereit?«, fragte Thomas.

Blake zog Jenna fester zu sich, aber sie hörte nicht auf zu zittern.

Er nickte, und Thomas zog das Laken zurück.

Jennas Haut wurde wie taub, sie keuchte auf, und ihr Magen knotete sich zusammen.

Das Baby war ein paar Monate alt und lag mit dem Gesicht nach oben auf einer Kunststoffmatte. Es war ein Junge, der lediglich ein Shirt trug. Ein Teil seines Gesichts war zu einer schleimigen Masse zerfetzt. Seine linke Hand war verschwunden. Jenna war das Shirt fremd.

Sie brachte kaum die Worte hervor: »Können Sie ihn umdrehen?«

Unter Anwendung äußerster Sorgfalt drehte Thomas den

winzigen Leib um. Die kleinen Beinchen waren schlammverschmiert.

»Können Sie den Schlamm von seiner unteren linken Wade entfernen?« Jennas Stimme kiekste.

Sanft strich Thomas mit den Fingern über den betreffenden Abschnitt.

Erleichterung durchfuhr Jenna. »Das ist nicht mein Sohn. Das ist nicht Caleb.«

»Sie sind sich beide sicher?«, fragte Thomas.

»Caleb hat ein kleines raketenförmiges Muttermal auf der linken Wade«, erklärte Jenna. »Der Schlamm hat den Bereich verdeckt, aber darunter ist kein Muttermal. Das Haar dieses Babys hat auch nicht dieselbe Farbe wie Calebs Haar.«

»Ja, das stimmt«, sagte Blake. »Das ist nicht unser Sohn.«

Thomas nickte den Beamten zu und legte das Laken wieder zurück.

Alle kehrten ins Büro zurück, wo die anderen darüber informiert wurden, dass das verstorbene Baby nicht Caleb Cooper war.

»Vielen Dank. Wir wissen, dass das schrecklich war«, sagte Thomas.

Jenna nickte, trauerte jedoch trotz ihrer Erleichterung um den winzigen toten Engel und den Schmerz einer anderen Mutter.

Während Jenna und Blake den Papierkram erledigten, traten die Beamten außer Hörweite zusammen und besprachen sich kurz, bevor Thomas sich wieder an die beiden wandte.

»Jenna, Blake«, setzte Thomas an, »so entsetzlich dies ja war und so quälend es angesichts dessen ist, was Sie vor sich haben, so dürfen Sie doch die Tatsachen nicht außer Acht lassen und müssen sich innerlich vorbereiten.«

»Uns vorbereiten?«

»Die Retter finden immer weniger Überlebende«, sagte Thomas. »Die Chancen, dass jemand, ganz zu schweigen von einem Baby, Winde von vierhundert Kilometern pro Stunde, Verletzungen, dann weitere achtundvierzig Stunden draußen ohne Wasser oder Nahrung übersteht, sind äußerst gering.«

»Wollen Sie mir sagen, ich soll die Hoffnung aufgeben?«, fragte Jenna.

»Nein, nein, ganz und gar nicht. Wir raten Ihnen bloß, nicht zu vergessen, dass uns allmählich die Zeit davonläuft.«

»Das weiß ich sehr genau«, fauchte Jenna. »Versuchen Sie mir bitte nicht zu sagen, dass mein Sohn tot ist! Bis ich ihn sehe, ist Caleb nicht tot! In meinem Herzen wird er niemals tot sein!«

»Das meinen wir doch gar nicht, Jenna.«

»Wir finden ihn. Ich schwöre, wir finden ihn.«

23

London

Die Boeing 767 startete vom Airport London Heathrow und flog westlich durch den nächtlichen Himmel auf die Südspitze Grönlands zu. Ziel: Lester B. Pearson International Airport, Toronto, Kanada. Von seinem gepolsterten Ledersitz in der Executive Class studierte Pawel Gromow die Sternkonstellationen. Wie ein Soldat aus alten Zeiten las er in den Sternen und schwor seiner toten Frau und seinen toten Söhnen, dass er sein Ziel erreichen würde.

Ich werde mit meinem Enkel nach Russland zurückkehren.

Gromow nippte an seinem Wodka und warf Yanna Petrova einen Blick zu, die neben ihm am Fenster saß. Die Nase hatte sie in ihrem E-Reader stecken, aber sie schaute viel öfter zum Fenster hinaus. Ihr Fluchtversuch vor dem Abflug in Moskau war kühn gewesen, war jedoch gescheitert, weil das Sicherheitspersonal, das auf Gromows Gehaltsliste stand, ihn alarmiert hatte.

»Muss ich dich an die Konsequenzen erinnern, wenn du nicht kooperierst, Yanna?«, hatte er sie gewarnt, als sie unter sich waren.

»Sie sind ein Ekel!«, fauchte sie ihn an. Auf dem Aeroflot-Flug von Moskau nach London hatte sie kaum ein Wort mit ihm gesprochen. Dasselbe galt jetzt auf ihrem Flug nach Kanada, bevor sie in die USA einreisten.

Gromow blickte nachdenklich auf das Eis in seinem Glas hinab und war erfreut, dass er mit seinem Plan, seinen Enkelsohn zu finden, so schnell vorangekommen war. Er hatte über seine Verbindungen erstklassig gefälschte Reisedokumente für sie beide besorgt. Hergestellt aus gestohlenen offiziellen Papieren, waren sie makellos. Sie waren äußerst schnell eingetroffen und hatten eine gewaltige Summe gekostet. Er hatte seine besten Quellen eingesetzt, um dafür zu sorgen, dass die entsprechenden Informationen zu den gefälschten Papieren in sämtlichen notwendigen Datenbanken zu finden waren.

Mit Yanna war es nicht so glatt gelaufen.

Sie war zunächst erschrocken und dann wütend gewesen, als sie ihn beim Heimkommen wartend in ihrer Wohnung vorgefunden hatte.

»Warum sind Sie hier? Verschwinden Sie!«

»Fjodor hat ein Kind gezeugt.«

»Das kann nicht wahr sein.«

»Das habe ich in der Klinik erfahren. Ohne dich hätte ich nie gewusst, dass ich einen Enkelsohn habe.«

»Aber wie konnte das sein?«

»Meine Polizeiquellen hatten mich darüber informiert, dass die Klinik an einem Netzwerk des Schwarzmarkts beteiligt ist. Sie haben mit seinem Sperma eine amerikanische Frau befruchtet, die in Texas einen Jungen geboren hat. Du fährst jetzt mit mir, um ihn zu holen.«

»Unmöglich. Sie sind verrückt.«

»Ruf dein Büro an und sage deinem Boss, dass eine Verwandte von dir im Ural gestorben ist und dass du sofort nach Jekaterinenburg reisen musst. Sage, dass du zwei Wochen weg bist. Unser Flug nach London geht in vier Stunden. Rufe sofort an und packe deine Koffer. Es ist heiß in Texas.«

Yanna starrte ihn an und sah sich dann in ihrer Wohnung um. Wahrscheinlich suchte sie einen Weg, ihrer Lage zu entfliehen. »Sie sind ein Verbrecher, und ich weigere mich, Ihnen zu helfen.«

Gromow zeigte ihr auf seinem Handy Fotos ihres Elternhauses und von der Wohnung ihrer jüngeren Schwester. »Diese Entscheidung steht dir nicht frei.«

Er hatte ihr klargemacht, dass ihre Familie umgebracht würde, wenn sie ihm nicht half. Überwältigt von Wut und Angst hatte Yanna sich ihre Situation nochmals vor Augen geführt, ihren Zorn hinuntergeschluckt und daraufhin den Anruf getätigt und ihre Koffer gepackt.

Jetzt legte sie ihren E-Reader beiseite, vergrub das Gesicht in den Händen und begann zu weinen.

»Warum? Warum tun Sie mir das an?«, fragte sie Gromow auf Russisch.

Mit gedämpfter Stimme wies er sie an, ebenfalls leise zu sprechen.

Yanna wandte sich entrüstet zu ihm um. »Ich lasse mir das nach wie vor nicht gefallen! Ich verlange, nach Hause gehen zu können, und zwar jetzt!«

Gromow reagierte nicht.

»Ich könnte ins Gefängnis kommen für das, was Sie mich zwingen zu tun«, sagte sie.

»Tu, was ich dir sage, und du wirst nicht eingesperrt.«

»Sie haben mich praktisch entführt und bedrohen meine Familie, wenn ich Ihnen nicht helfe, jemandes Kind zu stehlen.«

»Nein«, knurrte Gromow durch die zusammengebissenen Zähne. »Ich rette das Baby, das mir gestohlen wurde, mir, Fjodor und dir! Du, Yanna, wirst die Mutter dieses Kindes sein.«

»Ich möchte dieses Kind nicht! Es ist nicht meins!«

»Es ist Fjodors Kind. Du wolltest dieses Kind unbedingt haben. Akzeptiere, dass es vom Schicksal so bestimmt ist. Ich werde für ihn sorgen. Du wirst wohlhabend über alles hinaus sein, was du dir vorstellen kannst. Und in der Zeit, die mir bleibt, werde ich dabei helfen, das Baby großzuziehen.«

»Damit es ein seelenloser Verbrecher wird wie Sie?« Yanna starrte ihn an und atmete schwer vor lauter Widerwillen.

Gromow schwieg.

»Fjodor hatte Recht, sein Leben von Ihrem zu trennen«, sagte Yanna.

Gromow biss die Zähne zusammen und nippte dann an seinem Wodka. Sein Adamsapfel hob und senkte sich, und er blinzelte mehrmals.

»Nein«, sagte er. »Nicht wie ich. Ich lasse die Sitten und Gebräuche der *Wory* hinter mir. Sieh mal, was mich das alles gekostet hat. Ich habe einen Preis für meine Sünden bezahlt.«

»Also suchen Sie jetzt Absolution? Sie sind ein alter *Wor*, der versucht, sich seinen Weg in den Himmel dadurch zu erschleichen, dass er einen verzweifelten, verbrecherischen Akt des Wahnsinns begeht!«

Gromow spürte die Anfänge eines Lächelns, bevor er einen weiteren Schluck Wodka nahm, und kam zum Entschluss, dass ihm Yanna Petrova und ihr Mumm gefielen.

»So etwas in der Art«, sagte er.

»Angenommen, Sie spüren dieses Kind auf«, sagte sie. »Und angenommen, Sie nehmen es dank Ihrer Methoden an sich. Wie werden wir mit einem Baby die USA verlassen und in Russland einreisen, ohne irgendeinen Verdacht zu erregen?«

»Keine Sorge. Ich arrangiere alles.«

Yanna wandte sich zum Fenster hin, zog sich in sich selbst zurück und sprach für den restlichen Flug kein einziges Wort mehr.

Nachdem Gromows und Yannas Maschine am Pearson International Airport von Toronto gelandet war, gingen sie zum

Checkpoint für Passkontrolle und Einwanderung. Als Bürger Kanadas betraten sie das Land problemlos, holten dann ihr Gepäck und begaben sich daraufhin zum Abholbereich, wo sie ein Fahrer mit einem kleinen Pappschild erwartete, auf dem handgeschrieben der Name Popowitsch zu lesen war.

In der luxuriösen Limousine nahm der Fahrer sämtliche von Gromows und Yannas gefälschten Papieren an sich und gab ihnen einen großen Umschlag mit neuen kanadischen Dokumenten, Pässen, Flugtickets und Ausweisen auf neue Namen.

Als sie sich ihre neue kanadische Identität ansah, gab Yanna den Versuch auf, einzuschätzen, wie viele Verbindungen Gromow nun genau hatte. Es erschreckte sie, denn er hatte anscheinend in der ganzen Welt Freunde auf sehr hoher Ebene.

Die Skyline der City, dominiert vom nadelspitzen CN-Tower, erhob sich vor ihnen, während ihr Wagen über Torontos Autobahnen raste. Sie fuhren etwa fünfzehn Kilometer südöstlich ins Herz der Stadt und weiter zu einem zentralen Flughafen, dem Toronto Island Airport.

Dort gingen sie an Bord einer zweimotorigen Turbopropmaschine, die von einer kleinen Fluggesellschaft betrieben wurde, und hoben für einen neunzigminütigen Direktflug nach Newark ab.

Sie schritten durch den Terminal und stellten sich an der Schlange vor dem US-Zoll an. Yanna kam zuerst an die Reihe. Während sie dort am Schalter stand, wollte sie einen flüchtigen Augenblick lang alles den Amerikanern gestehen und um Gnade und einen Rückflug nach Moskau bitten. Bei einem Blick über die Schulter spürte sie die Hitze von Gromows Augen ebenso auf sich liegen wie die volle Gewalt seiner Drohung.

Wenn ich es nach Hause schaffe, muss ich um meine Familie trauern.

Yanna machte ganz normal weiter und erhielt die Erlaubnis

zur Einreise. Beim Eintritt in die Vereinigten Staaten willigte sie schließlich innerlich ein, ihr Martyrium bis zum Ende auf sich zu nehmen, und sie betete, dass sie in ihr gewöhnliches Leben daheim zurückkehren konnte.

Als Gromow an den Schalter herantrat, nahm der Beamte seinen kanadischen Pass, bog ihn auf und steckte ihn in das Lesegerät. Er überprüfte das Foto, um sich zu vergewissern, dass es mit Gromow übereinstimmte. Dann blickte er auf Gromows Zollerklärung.

»Ihr Ziel, Sir?«

»New York City.«

»Was ist der Zweck Ihres Besuchs?«

»Ich mache Ferien, möchte die Museen besuchen, mir vielleicht eine Show auf dem Broadway ansehen.«

»Wo sind Sie geboren worden?«

»Moskau, Russland.«

»Russland?«

»Ich bin als junger Mann zum Studium nach Kanada gegangen und kanadischer Bürger geworden.«

»Haben Sie in Kanadas Hauptstadt Toronto gelebt?«

Gromow sah den Beamten an. Er wurde getestet. »Entschuldigen Sie bitte, aber ich muss Sie korrigieren. Kanadas Hauptstadt ist Ottawa. Dort lebe ich.«

»Stimmt. Habe ich vergessen. Und was tun Sie in Kanada?«

»Ich bin ein emeritierter Professor für Osteuropa an der Carleton University.«

Der Beamte stempelte Gromows Pass ab und gab ihn zusammen mit der Zollerklärung zurück.

»Willkommen in den Vereinigten Staaten.«

Wie in Toronto erwartete sie ein Fahrer mit einem Schild – dieses Mal lautete der Name Budarin – an der Gepäckabholung des Newark Airport, nahm ihr Gepäck an sich und führte sie zu einem neuen Lincoln.

Als sie den Airport verließen, wandte sich Yanna an Gromow. »Wo haben Sie Englisch gelernt?«

Er blickte zum Horizont.

»Hier.«

Ihr Wagen nahm Geschwindigkeit auf und mischte sich unter den Verkehrsstrom, der über den New-Jersey-Expressway floss. Ihr Ziel war New York City. Bald tauchte die majestätische George Washington Bridge mit Manhattans prächtiger Skyline auf, was Gromow rechtzeitig wieder in die Gegenwart zurückholte.

Mit siebzehn hatte er seine Heimat verlassen, war quer durch Europa gereist und hatte in Rotterdam Arbeit auf einem Frachter gefunden, der die Welt umrundete. Nachdem sie in New York angelegt hatten, war Gromow von Bord gegangen. Er hatte illegal am Kai gearbeitet, Englisch gelernt, dazu jeden Aspekt von Import, Export, Schmuggel und illegalem weltweitem Handel. Er war acht Jahre geblieben, hatte Freunde fürs Leben gewonnen und ein weltweites geschäftliches Netzwerk aufgebaut, bevor er nach Russland zurückgekehrt war. Er war in Schwierigkeiten geraten und für mehrere Jahre im Gefängnis gelandet, wo er Mitglieder der Bruderschaft mit seiner Kenntnis von Amerika reich machte. Nach seiner Entlassung hatte er sein Reich in Moskau aufgebaut, während er seine Verbindung zu den Vereinigten Staaten beibehalten hatte.

Der Lincoln kämpfte sich durch den Midtown-Verkehr, bis er das Grand Hyatt gleich neben dem Grand Central Terminal erreichte. Sie checkten ein, bekamen eine Suite mit getrennten Räumen, duschten und trafen dann einen Mann zum Abendessen im hoteleigenen Restaurant.

Sein Name war Juri Korzun.

Er war etwa ähnlich alt wie Gromow, ein Mann mit gewaltigem Brustkorb, kurzem weißen Haar und stechenden schwarzen Augen. Er nahm Gromows Hand in beide Hände und schüttelte sie warm.

»Willkommen zurück in New York, Pawel. Es erquickt meine Seele, dich zu sehen, alter Freund«, sagte Korzun. »Mein Beileid.«

»Vielen Dank. Gut, dich zu sehen, Juri.«

Korzun zog einen Stuhl für Yanna heran.

»Juri«, sagte Gromow, »das ist Yanna Petrova. Sie war eine sehr gute Freundin meines jüngsten Sohnes Fjodor. Sie ist mir wie eine Tochter und hat sich einverstanden erklärt, mich hier in Amerika zu unterstützen.«

Kaum imstande, ihre Feindseligkeit zu verbergen, brachte Yanna es fertig, Korzun ein Lächeln zu schenken.

»Yanna«, sagte Gromow, »Juri Korzun und ich kennen einander, seitdem wir als Jugendliche hier an den Docks gearbeitet haben.«

»Willkommen in New York, Yanna. Schade, dass ihr beide nicht länger bleiben und mehr von der Stadt sehen könnt.«

»Ja, schade«, sagte sie ein wenig scharf.

Beim Essen brachten die beiden Männer einander hinsichtlich ihres Lebens auf den neuesten Stand und sprachen über die Menschen, die sie beide kannten, während Yanna den Anblick des Chrysler Buildings in sich aufnahm und ihre surreale Zwickmühle zu verstehen versuchte. Als die Mahlzeit mit Drinks zu Ende ging, sprachen die Männer über Gromows Fall.

»Deine Freunde in diesem Land würden sich geehrt fühlen, dich jederzeit mit allem zu unterstützen, was du brauchst. Nimm einfach Kontakt mit mir auf«, sagte Korzun.

Gromow nickte anerkennend.

»Wir haben unsere Leute bei der Justiz, bei den staatlichen

Stellen, der Einwanderungsbehörde und anderen Abteilungen alarmiert«, sagte Korzun. »Wir können dich mit den notwendigen Dokumenten ausstatten, wenn du so weit bist, das Land mit deinem Enkelsohn zu verlassen, Pawel.«

»Danke sehr, Juri.«

Korzun griff in die Innentasche seines Jacketts. Zuerst holte er seine Brille heraus, dann ein paar zusammengefaltete Blätter. Er überflog sie kurz, bevor er sie an Gromow weiterreichte.

Er nickte und sah sie sich an.

»Ihr Name ist Remy Toxton«, sagte Korzun. »Ihr Freund heißt Mason Varno. Er ist ein Exknacki und Kleindealer. Er fährt einen Pick-up und arbeitet als Zimmermann. Hier sind die letzten Informationen.«

Yanna rückte ihren Stuhl an Gromow heran und blickte über dessen Schulter auf die Fotos von Remy und Mason. Die Frau, die Fjodors Kind ausgetragen hatte, wirkte so jung. Gromow studierte die Fotos und Dokumente auf eine Weise, wie ein Großmeister im Schach sich eine Eröffnungsstrategie zurechtlegt.

»Ich bin neugierig, Pawel«, sagte Korzun. »Warum lässt du uns nicht zu diesen Babyverkäufern gehen und sie direkt nach dem Mädchen fragen? Wir können sehr überzeugend sein.«

»Ich möchte ohne Vorwarnung direkt zu der Mutter, um mögliche Komplikationen zu vermeiden. Ich mache es rasch und kompromisslos. Nichts soll sich mir bei meiner Suche nach ihr und meinem Enkelsohn in den Weg stellen. Wie du, kann ich sehr überzeugend sein.«

Korzun lächelte. »Ein Delta-Flug direkt nach Houston geht am Morgen von LaGuardia ab.«

24

Dallas-Fort Worth Metroplex, Texas

Caleb Cooper schrie.

Ein einhundert Dezibel lautes, nervenzerfetzendes Jammergeschrei.

Remy versuchte alles, um ihn zu beruhigen, aber eigentlich war Mason derjenige, der beruhigt werden musste. Er war die Ursache für den Aufruhr, weil er wiederum ihre Habseligkeiten durchwühlte und nach Dope oder Gründen suchte, ihretwegen angepisst zu sein.

Sein Wutanfall war eine Wiederholung der gestrigen Explosion nach ihrem Beinahe-Zusammenstoß auf der Autobahn. Mason war durchgedreht, hatte das Baby genommen und war aufs Feld hinausgestapft, um Gott weiß was anzustellen. Mehr als ihn herunterzubringen, ihn zu überreden, ihr das Baby zu geben und zum Pick-up zurückzukehren, hatte Remy nicht tun können.

Der Vorfall hatte sie nicht bloß erschüttert, er hatte Masons Verlangen intensiviert und seine Ängste befeuert, dass sie verfolgt wurden. Es ging so weit, dass Remys Kopf zu pochen begann und sich ein Anfall ankündigte.

»Mason, wenn du nicht aufhörst, schwöre ich, dass mein Kopf explodiert!«

Remy wiegte das Baby, aber in ihrem erregten Zustand verwandelten sich ihre Versuche, ihn zu wiegen, in ein heftiges Umherschleudern, was die Sache noch verschlimmerte.

Mason hatte ihre Kleidung und die Sachen des Babys durchwühlt. Dann griff er sich den größeren Koffer, den sie in ihrer Wohnung vollgepackt hatten. Reißverschlüsse gingen surrend auf, und er durchwühlte ihn ebenfalls.

»Mason. Mason, hör mir zu … pscht, pscht.« Remy hob ihre Stimme über die des Babys und unterbrach sich immer wieder im Versuch, Calebs Gekreisch zu beruhigen. »Ich habe deinen Stoff nicht. Pscht, pscht. Hast du im Pick-up nachgesehen?«

Mason beachtete sie nicht und ging zum Fenster.

Letzte Nacht hatten sie zur Beruhigung seines Argwohns ihre Sachen gepackt, wobei Remy zusätzlich Seife und Shampoo mitgenommen hatte, und waren dann aus ihrem Motel in diese Absteige hier auf der Westseite des Metroplex gezogen, ins Tumbleweed Dreams Motel. Mason stand am Fenster und sah nach, was auf dem Parkplatz los war, wobei er sich die Lippen rieb, sich dann mit beiden Händen die Haare raufte, als er einen Entschluss gefasst hatte.

Er marschierte zu Remys Nachttischchen und schnappte sich ihre Handtasche.

»Was zum Teu … Mason! Was stimmt mit dir nicht?« Remy erhob sich, das Baby in den Armen, und streckte blitzartig eine Hand nach ihrer Tasche aus.

Mason drehte sich um, kippte den Inhalt auf das zweite Bett und hielt Remy von sich weg, bis er die Karte der Leihmutteragentur gefunden hatte, auf der Name und Handynummer standen. Er hielt sie Remy entgegen.

»Ruf sie sofort an!«

Remy entriss ihm die Karte. Mason ließ ihre Tasche los, und Remy machte sich mit einer Hand daran, ihre Sachen wieder hineinzuwerfen.

»Ich habe dir gesagt, ich werde sie anrufen, wenn es Zeit dafür ist.«

»Worauf wartest du, zum Teufel?«

»Darauf, dass diese idiotische Mutter ihre Suche nach dem Baby aufgibt.«

»Sie wird nie aufgeben. Welche Mutter täte das schon? Uns läuft die Zeit davon. Ruf die Agentur an, erledige das Geschäft und fertig, Schluss, aus.«

»Ich erledige das auf meine Weise. Bisher hat es funktioniert, nicht wahr?«

»Je länger wir warten, desto riskanter wird es. Uns laufen Zeit und Geld davon. Die Agentur hat wahrscheinlich Leute auf uns angesetzt, seitdem wir weg sind. Du hast einen Vertrag mit ihnen geschlossen, viel Geld angenommen und bist dann ohne ein Baby verschwunden. Und es besteht die Chance, dass auch die Polizei nach diesem Baby sucht, nachdem es in den Nachrichten gekommen ist.«

Was alles stimmte, aber Remy zog eine Grimasse.

»Und«, fügte Mason hinzu, »wie zum Teufel willst du dieses fünf Monate alte Baby als ein drei Monate altes weitergeben? Selbst die Ärztin in der Notunterkunft hat gesagt, für sein Alter wäre er sehr groß.«

»Hör auf, alles so negativ zu sehen, Mason. Es wird schon funktionieren«, sagte Remy. »Wir müssen bloß ein wenig warten, dann haben wir unser Geld, dann beginnen wir das Leben, von dem wir geträumt haben, das Leben, das wir verdienen. Vertrau mir, Babe.«

»Ich kann nicht mehr *ein wenig warten.* Alles gleitet uns aus den Händen. Ich möchte bloß unser Geld und wie der Teufel von hier weg!«

»Wir brauchen bloß noch ein wenig länger.«

»Weißt du, was ich glaube, Remy? Ich glaube, in Wahrheit möchtest du dieses Baby nicht hergeben.«

Sie sagte nichts dazu.

»Ich glaube, nachdem du dein Baby verloren hast, machst du etwas durch. Du gewinnst Zuneigung zu dem da, und du schiebst alles hinaus, weil du ihn tief im Innern behalten willst.«

»Das stimmt nicht.«

Mason holte seine Waffe aus der Tasche, zog den Schlitten zurück und ließ ihn los. Klickend schob sich eine Patrone aus dem Magazin in den Lauf.

»Daraus wird nichts.« Mason richtete die Waffe auf das Baby.

»Mason, nein!«

»Wir werden dieses Balg unter keinen Umständen behalten, Remy. Ist das klar?«

»Leg die Waffe hin, Mason! Hör auf, dich wie ein Arschloch zu benehmen!« Ohne mit der Wimper zu zucken, schob Remy die Waffe zur Seite. »Wenn wir dieses Kind verlieren, verlieren wir alles.«

Mehrere Sekunden lang stand Mason da, bis seine Erregung abgeflaut war, dann senkte er die Hand, entfernte das Magazin und die Patrone und warf beides zusammen mit der Waffe aufs Bett.

Das Geschrei des Babys zwang Remy dazu, sich wieder ihm zu widmen. Sie legte ihn aufs Bett und machte sich daran, eine Flasche für ihn zuzubereiten, da klopfte es an der Zimmertür.

Die Kette war vorgelegt und die Tür verriegelt. Mason ging zum Spion. Ein fischäugiger Anblick des Hotelmanagers in seinem schmutzigen T-Shirt bot sich ihm.

»Was ist los?«, fragte Mason.

»Sie müssen etwas leiser sein da drin – die Leute beschweren sich. Wenn das so weitergeht, rufe ich die Polizei.«

Mason schüttelte den Kopf.

»Ja, kapiert. Tut mir leid, Kumpel«, sagte er.

Mason ging zum Bett und nahm seine Waffe und das Magazin wieder an sich.

»Mason, warte. Was hast du vor?«

»Etwas, das ich schon längst hätte tun sollen. Ich übernehme das Kommando.«

»Mason!«

»Unternimm nichts, rufe auch niemanden an. Bin bald zurück.«

Er wartete am Fenster, bis der Manager den vorderen Gehweg verlassen hatte, und ließ Remy dann trotz ihrer Proteste allein mit dem Baby zurück.

25

Chicago, Illinois

Der Michigan-See erstreckte sich unter einem kristallklaren Himmel nach Norden, aber Hedda Knight hatte kein Auge für den Ausblick aus ihrer Kanzlei in der fünfundsiebzigsten Etage des Aon Center.

Sie sah lediglich einen See voller Probleme.

Eine ihrer Mütter war Wochen, bevor sie ausgerechnet war, von der Bildfläche verschwunden, was Heddas größtes Geschäft in Gefahr brachte.

Sie klopfte mit ihrem Kugelschreiber auf den Schreibtisch und hielt den Hörer ihres Telefons ans Ohr gedrückt, während Ed Bascom, der leitende Agent der Privatdetektei, die sie angeheuert hatte, sie auf den neuesten Stand brachte.

»Uns ist bestätigt worden, dass ein Krankenwagen zu Remy Toxtons Wohnung in Texas beordert wurde und dass sie ins Krankenhaus gebracht wurde.«

»Wo ist sie?«

»Wir haben einen neuen Hinweis erhalten, dass sie aus dem Staat weggebracht worden ist.«

»Wohin?«

»Arkansas.«

»Arkansas? Was haben Sie in Arkansas herausgefunden?«

»Nichts. Unsere Nachforschungen sind in eine Sackgasse geraten. Wir wissen nicht, welches Krankenhaus oder welche Stadt. Wir haben den Verdacht, dass wir von den Kirchenleuten, die ihren Freund Mason Varno unterstützen, falsche Informationen erhalten haben. Sie sind sehr fürsorglich.«

»Mir egal. Hat Remy das Baby oder nicht?«

»Das haben wir nicht bestätigen können.«

»Warum nicht? Wozu bezahlen wir Sie?«

»Haben Sie je in Betracht gezogen, dass sie Opfer der Tornados hätten sein können?«

»Ja, aber sie wohnen in Lufkin, und laut dem, was ich in den Nachrichten gelesen habe, wurde Lufkin nicht von den Stürmen getroffen.«

»Was ist, wenn sie zufällig an dem Tag, als der Sturm zuschlug, einen Trip nach Dallas unternommen haben?«

»Das herauszufinden ist Ihr Job.«

»Erinnert sich Ihre Krankenschwester, die ihrem Fall zugeteilt war, an noch etwas?«, fragte Bascom.

»Nein! Sie hat Ihnen alles gesagt. Sie ist zu der Wohnung, und sie waren weg. Remy geht nicht ans Telefon, beantwortet keine E-Mails. Sie haben keine Anschrift hinterlassen, keine Kontaktinformationen, nichts. Das haben wir doch alles schon durchgekaut.«

»Sie haben ihre Spuren verwischt«, sagte Bascom. »Wir haben nach wie vor keine Kreditkartenverwendung oder Banktätigkeit von Toxton oder Varno.«

»Verdammt, Ed, Sie sind ihnen jetzt nicht näher als am Anfang. Können Sie irgendwas tun, oder soll ich jemand anders anheuern?«

»Wir arbeiten an einer anderen Spur. Varno ist ein Exknacki.«

»Ein Exknacki. Oh, großartig.«

»Er hat demnächst einen Termin bei seinem Bewährungshelfer. Wir überwachen das Büro, und er wird uns zu Toxton führen.«

»Tun Sie das. Ich möchte dieses Baby. Aber finden Sie Remy in aller Stille. Wir möchten nicht, dass jemand damit an die Öffentlichkeit oder zur Polizei geht. Kapiert?«

Hedda hörte ein Grummeln.

»Ed? Haben Sie das kapiert?«

»Ja. Ich hab's kapiert.«

Hedda legte auf, warf ihren Kuli auf den Schreibtisch, wandte sich ihrem Computerbildschirm zu und studierte den Ordner mit den Fotos von Remy Toxton und Fjodor Gromow, den biologischen Eltern eines weißen Babys.

Wo ist Remy?

Hedda kannte die wahrscheinlichen Szenarien. Remy hätte das Baby verlieren können, hätte es mit der Angst zu tun bekommen und abgehauen sein können, um die Überreste ihres Vorschusses von fünfzehntausend Dollar einzusacken. Sie hätte es sich anders überlegen und sich entschließen können, das Kind zu behalten. Oder sie arbeitete vielleicht für eine andere Agentur, für mehr Geld.

Hedda war das egal. Wenn dieses Baby am Leben war, wollte sie es haben. Musste sie es haben.

Beruhige dich. Sei vorsichtig, ermahnte sie sich.

Sie musste sich ihrer eigenen Regeln erinnern. Die Mädchen nie unter Druck setzen. Jeder Fall war heikel. Jeder Fall hatte seine eigenen Komplikationen. Keine zwei waren je gleich. Die meisten endeten gut, aber wenn es Zeit für die Geburt war, ließ sich nie vorhersagen, wie einige Mütter reagieren würden. Ein paar wurden emotional. Aber Hedda bekam stets alles hin. Sie sorgte dafür, dass die Mütter glücklich waren und daher nicht einmal in Betracht ziehen würden, zu den Behörden zu gehen. Das durfte Hedda nie zulassen, insbesondere jetzt nicht, wo sie dicht davorstand, ihr Leihmutter- und Adoptionsunternehmen in ungeahnte lukrative Höhen zu führen.

Wenn Hedda zurückdachte, so erinnerte sie sich an eine andere Zeit, da ihr Leben von einem anderen Traum gelenkt wurde.

Sie war in Virginia aufgewachsen, am Rand von Washington, D.C. Ihre Eltern waren beide Pflichtverteidiger gewesen. Hedda, ein leistungsorientierter Mensch, hatte in Yale Jura studiert und dort ihren zukünftigen Ehemann kennengelernt. Als junge, aufstrebende Stars waren sie in Kanzleien in New York eingetreten. Als Hedda von einer Familie sprach, hatte ihr Ehemann ihr gestanden, sich in eine andere Frau verliebt zu haben.

Heddas Traum war gestorben.

Nach der Scheidung verließ sie die Kanzlei, verließ New York und zog nach Los Angeles, wo sie sich auf Adoptionen spezialisierte. Sie wurde Expertin in den Gesetzen zur Adoption und Leihmutterschaft jedes Bundesstaats und der meisten Länder auf der ganzen Welt. Sie kannte die Nuancen, die Lücken, die Schlupflöcher und die Grauzonen.

Darüber hinaus wusste Hedda, dass es mehr Eltern gab, die gesunde Babys suchten, als Babys, um die Nachfrage zu befriedigen. Sie erkannte ihre Gelegenheit und eröffnete ihre eigene Kanzlei in einem Einkaufszentrum in Long Beach, wo die Mieten nicht hoch waren und wo sie unermüdlich daran arbeitete, ein Netzwerk an Kontakten im ganzen Land und auf der ganzen Welt aufzubauen.

Heddas Agentur bot Menschen Dienste in den Bereichen von Adoption und Leihmutterschaft an, die verzweifelt ein Baby wollten. Gleichzeitig inserierte sie online nach Leihmüttern. Kandidatinnen waren Akademikerinnen, Supermarktkassiererinnen, Friseurinnen und Hausfrauen.

Hedda erklärte ihnen, dass ihre Agentur wegen ihrer internationalen Verbindungen die Dinge etwas anders handhabte. Nachdem die Bewerberinnen einen Vertrag über Leihmutterschaft unterzeichnet hatten, unterzogen sie sich einer Embryonenverpflanzung oder künstlichen Befruchtung in Europa, weil ihre Agentur mit den führenden Spezialisten dort Vereinbarungen getroffen hatte.

Hedda versicherte den Kandidatinnen, dass alles in Übereinstimmung mit den Gesetzen ablief, dass sämtliche ihrer Kosten gedeckt seien und dass sie ihnen ein medizinisches Team zur Verfügung stellen würde, das die Schwangerschaft überwachte. Die Leihmütter würden die Eltern nie direkt treffen müssen. In dieser Hinsicht war Heddas Politik unerbittlich.

Jede Leihmutter erhielt ein Honorar von insgesamt 60 000 Dollar – 15 000 Dollar bei Vertragsunterzeichnung, dann 45 000 Dollar nach der Geburt. Die Zahlungen waren an gewisse Bedingungen geknüpft, hauptsächlich daran, ein gesundes Baby zu gebären. Es gab jedoch keinerlei Bezahlung, falls die Schwangerschaft erfolglos verlief, und Hedda deutete immer an, dass die Leihmutter unter gewissen Bedingungen einen Anteil der Vorauszahlung zurückzuerstatten habe – obwohl Hedda es nie wagen würde, dies mit Gewalt durchzusetzen, weil sie Angst hatte, eine Leihmutter würde sich an die Behörden wenden. Sie deutete das bloß aus psychologischen Gründen bei den Frauen an, die es sich vielleicht doch anders überlegen würden.

Wiederum würde Hedda unterstreichen, dass das gesamte Unternehmen völlig legal sei.

Aber das war es nicht.

Um gewisse staatliche Gesetze über Leihmutterschaft und Adoption zu umgehen, führte Hedda die Leihmütter und die erwartungsvollen Eltern über die Umstände der an der Sache beteiligten Parteien in die Irre. Sie suchte hoffnungsvolle Eltern und garantierte ihnen das Baby ihrer Träume, ein Mädchen oder einen Jungen von fast jeder Hautfarbe. Dann würde sie falsche Dokumente herstellen, die die Arrangements in Übereinstimmung mit Adoptions- oder Leihmutterschaftsgesetzen erscheinen ließen. In Wirklichkeit jedoch hatte Hedda etwas getan, das sich als illegale Erzeugung und illegaler Verkauf von Babys beschreiben ließ. Sie heuerte Frauen an, damit diese einzig und allein schwanger wurden, um das Baby an diejenigen zu verkaufen, die sich den Preis leisten konnten.

Inzwischen bekam sie 200 000 Dollar für jedes Baby.

Heddas Geschäft wuchs, und sie zog nach Chicago um, das zentraler gelegen war. Und sie achtete sorgfältigst darauf, jedes mögliche Risiko zu vermeiden, das dazu führen konnte, dass sie aufflog. Gleichzeitig wurde sie von einem Verlangen getrieben, wohlhabendere Kunden zu finden, die Nummer eins im Babyhandel zu werden, wenn auch auf dem Schwarzmarkt. Hedda wusste, dass es Leute gab, die jeden Preis für ein gesundes Baby zahlen würden.

Und Remys Baby war die Fahrkarte zu einer Liste von Kunden, die mehr zahlen würden.

So viel hing von diesem Geschäft ab.

Normalerweise hätte Hedda ein weiteres Baby zur Verfügung, aber in diesem Fall war auf ein Problem immer das nächste gefolgt.

Was ist also passiert, zum Teufel?

Bis zu Remys Verschwinden war alles gut gegangen. Ich kann nicht zu einer anderen Mutter gehen und ein Baby holen, um diese heikle Bestellung zu erfüllen. Sie ist bereits überfällig, und ich habe keine anderen passenden Babys an der Hand. Zwei meiner anderen Leihmütter haben gerade ihre Babys verloren. Zwei. Für mehr als zwei Monate habe ich keine weiteren weißen Babys parat. Alles hängt von Remys Baby ab.

Hedda klickte die E-Mail ihrer Kundin an und las sie nochmals.

Chelsea Drew-Flynn, neunundvierzigjährige Erbin eines Gold-Imperiums, wohnhaft in Denver. Sie schrieb:

Wie steht es mit der Geburt, Hedda? Hat sie das Baby bekommen? Wir sind über den errechneten Geburtstermin hinaus.

Nach dem Gespräch mit Ed Bascom und nachdem sie verarbeitet hatte, was auf dem Spiel stand, brachte sie folgende Antwort zustande:

Ein paar routinemäßige medizinische Untersuchungen verzögern die Lieferung etwas. Ich versichere Ihnen, dass alles in Ordnung ist.

Hedda drückte auf »Senden«, blickte dann auf den See hinaus und wägte alle Umstände ab. Alles hinge von diesem einen Baby ab. Chelsea Drew-Flynn übertraf Heddas Satz, denn sie zahlte 250 000 Dollar für ein männliches Baby. Aber dieses Geschäft barg noch einen größeren Schatz. Chelsea hatte Hedda gegenüber angedeutet, dass sie rund um den Globus Frauen kannte, wohlhabende Frauen in ihrer sozialen Klasse, die daran interessiert wären, eine Agentur für Leihmütter einzuschalten. Hedda interpretierte das so, dass Chelsea, sollte mit ihrem Baby alles gut verlaufen, Hedda auf eine ganz neue Ebene möglicher Kunden hieven würde.

Heddas Computer zeigte durch ein Signal an, dass eine Antwort eingetroffen war.

Nur damit wir einander verstehen, Hedda. Ich habe Ihnen vertraut, dass Sie mein Baby wie versprochen liefern. Der Himmel weiß, wie ich reagieren würde, wenn Sie dieses Versprechen brechen.

Hedda fluchte in sich hinein und sah auf den weiten See hinaus.

Ich muss dieses Baby finden.

26

Dallas-Fort Worth Metroplex, Texas

Kate fuhr mit ihrem Chevy Cobalt auf der Lyndon-B.-Johnson-Autobahn nach Westen.

Es gab so viele Notunterkünfte, die sie überprüfen musste.

Während der Asphalt unter ihr wegrollte, machte sie eine Bestandsaufnahme der letzten vierundzwanzig Stunden und akzeptierte, dass eine Story ihre Höhen und Tiefen hatte.

Die einzelnen Elemente waren in beständigem Fluss. Daran konnte sie wenig ändern.

Außerdem wartete sie auf eine Antwort auf die vielen Anrufe, die sie getätigt hatte – Frank Rivera, Jenna Cooper und deren Schwester Holly –, und sorgte unterdessen dafür, dass Newslead Tony Valdez' dramatische Aufnahmen von der Zerstörung des Saddle Up Center erwarb. Die Nachrichtenagentur postete sie auf ihrer Website mit einer Warnung, dass der Inhalt verstörend sein könne. Das Video war ein Riesenerfolg, was Chuck und New York sehr erfreute.

Spät am gestrigen Nachmittag war Kate zur Notunterkunft im Gemeindesaal von Rivergreen gefahren und hatte Jenna Cooper gesucht. Freiwillige und andere Überlebende des Tornados hatten ihr gesagt, dass Jenna, Cassie und Holly gegangen waren.

Niemand wusste, wohin.

Am Ende des Tags war Kate etwas ratlos gewesen, und am vergangenen Abend hatte sie online mit ihrer Tochter gesprochen. Grace zeigte ihr Bilder von Vögeln, die sie gezeichnet hatte, und dabei spürte Kate Schuldgefühle, und es verlangte sie schmerzlich, Grace in die Arme zu nehmen.

»Das ist eine Eule.«

»Ah ja. Die ist sehr gut, Schatz.«

An diesem Morgen dann, Kate kam gerade aus der Dusche, klingelte ihr Telefon. Es war ein überfälliger Anruf von Frank.

Sie erstarrte, triefend, als er sie auf den neuesten Stand brachte und ihr von dem Schrecken berichtete, den Jenna und Blake Cooper gestern in der Turnhalle einer Highschool erlitten hatten.

»Gestern Abend sind mit Hilfe der Polizei von Dallas die Eltern des gestorbenen Babys aufgespürt worden, und sie haben ihn identifiziert«, berichtete Frank. »Es sind Touristen aus der Schweiz. Sie waren in einem Park, als der Sturm zuschlug.«

Tränen standen Kate in den Augen.

»Oh nein, das ist so traurig.«

»Sie haben alle Vorbereitungen getroffen, mit ihm nach Hause zu fliegen, und sprechen nicht mit der Presse.«

»Es tut mir so leid für sie.« Kate suchte nach einem Taschentuch und verwendete dann ihr Badetuch. »Was ist mit Jenna und ihrem Mann? Wie geht's ihnen? Ich würde sie gern interviewen.«

»Nicht sonderlich gut. Sie haben die letzte Nacht zusammen mit Jennas Schwester in einem Hotel verbracht. Ich glaube nicht, dass ihnen nach einem Gespräch mit irgendwem zumute ist. Man hat sie darüber informiert, dass die Zeit davonläuft und die Chancen, ihren Sohn lebend zu bergen, immer geringer werden.«

Ein Augenblick des Schweigens verstrich.

»Okay. Danke sehr, Frank.«

»Wenn ich Ihnen mit irgendetwas helfen kann, rufen Sie mich an.«

Nachdem Kate sich angezogen hatte, suchte sie online nach Neuigkeiten und Ideen, um die Story weiterzuverfolgen. Die neuesten Zahlen für die Tornados, die Texas, Alabama, Arkansas und Mississippi getroffen hatten, waren ernüchternd. Die Zahl der Toten war auf siebenhundert gestiegen, die meisten davon nach wie vor im Dallas-Fort Worth Metroplex. Die Zahl der Vermissten in sämtlichen Staaten betrug jetzt vierzehnhundert, erneut die meisten um Dallas herum. Die Zahl der Verletzten war auf siebentausend Menschen angestiegen, und die geschätzte Zahl der zerstörten Häuser, Geschäfte und Anwesen lag inzwischen bei mindestens zwanzigtausend.

»Bleiben Sie an der Story von dem verschwundenen Baby dran«, wies Chuck sie an, als sie im Büro wegen ihres Einsatzes anrief. »New York gefällt sie. Sie repräsentiert den Kampf des Menschen gegen den Sturm. Ein Baby, seiner Mutter entrissen, eine hart arbeitende Familie, die die Fahne der Hoffnung gehisst hält. Sie endet erst, wenn Sie herausfinden, was ihrem Sohn zugestoßen ist, Kate.«

Na gut, sie würde weiter bohren.

Heute Morgen war sie mit dem festen Entschluss losgezogen, die Kette der Ereignisse weiter zu verfolgen, die zu Calebs Verschwinden geführt hatten. Vor allem musste sie die Leute finden, die Caleb vor dessen Verschwinden am nächsten gewesen waren.

Es läuft alles auf diese mysteriösen Fremden hinaus, die helfen wollten.

Beim Durchblättern ihrer Notizen fokussierte Kate sich erneut auf die Worte, mit denen Jenna ihre Begegnung mit ihnen beschrieben hatte.

Es sind völlig Fremde. Sie sind mir völlig unbekannt. Ich

habe sie nie zuvor im Leben gesehen, aber die Frau wirkte etwas aufdringlich, so was wie betört von Caleb … Dann haben wir sie im Center gesehen, ich will sagen, sie waren einfach da …

Das Video von Valdez war stark, aber Tony und seine Mutter Dolores erinnerten sich nicht, Jenna und die Fremden gesehen zu haben. Was auch für alle anderen Verkäufer galt, die Kate erreicht hatte.

»Die meisten der Menschen, die lebend da rausgekommen sind, sind einfach irgendwohin gegangen«, hatte Tony Valdez zu Kate gesagt. »Nach Hause oder zu den Schulen, um nach ihren Kindern zu sehen, oder zu anderen Notunterkünften in anderen Stadtteilen, um nach Familienangehörigen zu suchen. Es war ein einziges Chaos.«

Also arbeitete Kate den ganzen Vormittag über auf die gute alte Art und Weise an ihrer Story.

Alles nacheinander abklappern.

Im Hinterkopf wägte sie beständig die Möglichkeit ab, dass die Fremden Caleb vielleicht entführt hatten. Aber dafür gab es keinen Beweis. Sie hatte jede Notunterkunft aufgesucht, die sie finden konnte, und den Freiwilligen dort von Caleb, der Frau und dem Mann erzählt, die zuletzt in seiner Nähe gesehen worden waren. Sie hatte sie gefragt, ob etwas vertraut klingen würde oder etwas aufgetaucht wäre, das vielleicht mit ihnen in Verbindung zu bringen wäre.

Sie hatte in den Notunterkünften in Hutchins, Lancaster und DeSolo nachgeforscht.

Jede einzelne strich Kate von der Liste.

Duncanville war die nächste.

27

Duncanville, Texas

Die meisten Bäume entlang des James Collins Boulevard hatten den Sturm überlebt.

Während Kate daran vorüberfuhr, trank sie einen Schluck Wasser aus ihrer Flasche, stellte den Wagen ab und betrat dann das Duncanville Recreation Center, das als Notunterkunft diente.

»Guten Tag.« Kate zeigte ihren Ausweis einer der älteren Frauen am Informationstisch am Eingang. »Kate Page. Ich bin Reporterin von Newslead.«

»Und was können wir für Sie tun?« Die Frau lächelte über ihre Brille hinweg.

»Ich arbeitete an einer Story über eine Familie, die ihr Baby sucht, das im Sturm verloren ging.«

»Mein Gott, es hat so viele Tragödien gegeben. Zu viele.«

»Hätten Sie etwas dagegen, wenn ich etwas herumgehe, mit Leuten in der Unterkunft spreche und sehe, ob irgendwer vielleicht etwas weiß, das mit dieser Sache in Verbindung steht?«

»Ganz und gar nicht, wenn's hilft.«

»Danke sehr. Vielleicht fange ich bei Ihnen und Ihren Leuten am Tisch hier an? Vermutlich sehen Sie jeden, der hier um Hilfe anfragt.«

»Allerdings.«

Kate holte ihr Notizbuch, das Aufnahmegerät und ein Flugblatt aus ihrer Tasche, das Frank Riveras Leute in der Sache

Cooper verteilt hatten. Sie fasste die Ereignisse im Saddle Up Center auf dem Old Southern Glory Flea Market kurz zusammen. Während die ältere Frau das Flugblatt studierte, lenkte sie die Aufmerksamkeit anderer Freiwilliger in der Nähe auf sich.

Kate teilte die Einzelheiten über die Fremden mit, die Jenna Cooper geholfen hatten. »Es waren Weiße, etwa Mitte zwanzig. Die Frau hatte kurzes rotes Stachelhaar, trug ein tief ausgeschnittenes Top, Jeans und hatte vielleicht eine Tätowierung unter dem Hals in Form eines Schmetterlings oder Vogels«, erklärte sie. »Der Mann war etwa zwei Meter groß und muskulös. Er trug Jeans und ein T-Shirt mit einem Motorrad oder Hund, hatte Tätowierungen auf den Armen, vielleicht Flammen, und einen Stoppelbart. War ein Mann der leisen Töne, gewissermaßen.«

Die Frauen schüttelten den Kopf.

»Vielleicht sind sie mit dem Baby unterwegs gewesen«, fügte Kate hinzu, die spürte, dass alles vergebens war.

»Wir haben vielen Leuten mit Babys geholfen«, sagte die Frau, »aber ich erinnere mich an keine, die zu dieser Beschreibung passen. Dann wiederum ist mein Gedächtnis nicht mehr das, was es einmal war.«

»Gestern Morgen hatten wir das Pärchen mit dem Baby hier«, sagte eine Jugendliche mit Pferdeschwanz, die hinter der Frau stand.

»Stimmt, Mary Jo, und du hast ihnen geholfen.«

»Wie alt war das Baby?«, fragte Kate die Jugendliche.

»Sechs Monate, ein Jahr«, erwiderte Mary Jo. »Sie haben gesagt, es hätte eine Beule am Kopf vom Sturm, und ich habe sie zur medizinischen Abteilung gebracht. Aber die Frau hatte dunkle Haare und trug eine Brille.«

»Stimmt«, sagte die ältere Frau, der es wieder einfiel. »Sie haben gesagt, sie seien aus einem anderen Staat. Der junge Kerl hat das gesagt.«

Kate biss sich nachdenklich auf die Unterlippe. »Vielleicht rede ich mal mit den Leuten in der medizinischen Abteilung.«

»Die ist da unten«, sagte Mary Jo.

Auf ihrem Weg dorthin warf Kate einen Blick auf die hektische Aktivität in der großen Turnhalle. Liegen standen dicht an dicht in vielen Reihen, gedacht für Menschen, die ihre Häuser verloren hatten. Die medizinische Abteilung bestand aus Behandlungsräumen, die durch Vorhänge abgeschirmt waren, und einem Wartebereich mit Klappstühlen. Bei Kates Eintreffen war nicht viel los.

Kate wies sich gegenüber der jungen Frau Mitte zwanzig mit Namen Maggie Prentice aus. Sie hatte ein Klemmbrett in Händen, und Kate hielt sie für eine Arzthelferin, die alles koordinierte.

Kate erklärte die Lage und leierte die Details routiniert herunter.

»Schrecklich«, sagte Maggie. »Aber dazu fällt mir nichts ein. Wir haben so viele Menschen behandelt, seitdem wir die Abteilung nach dem Sturm hier errichtet haben.«

»Verstehe. Nun, die anderen Freiwilligen vorn am Empfang haben erwähnt, dass sie gestern ein Pärchen mit einem Baby zwischen sechs Monaten und einem Jahr zu Ihnen geschickt haben, das wegen einer Beule am Kopf behandelt werden sollte. Können Sie mir etwas darüber sagen?«

Unbewusst drückte Maggie das Klemmbrett an ihre Brust und legte die Arme darum, so dass sie das, was darauf stand, vor Kate abschirmte, als ob es ein Geheimnis sei.

»Wir müssen die Patientendaten vertraulich behandeln, also können wir Ihnen wirklich nichts sagen.«

»Was ist hier los?«

Eine Frau von etwas über dreißig, die einen geblümten Arztkittel trug, das Haar zu einem Knoten hochgesteckt hatte und der ein Stethoskop um den Hals baumelte, kam heraus. Sie verströmte Autorität und trank gerade Kaffee aus einem Becher.

»Ich bin Kate Page, eine Reporterin von Newslead.«

»Dr. Charlene Butler. Wonach suchen Sie?«

Kate erklärte die Angelegenheit erneut und beendete ihren Vortrag damit, dass sie der Ärztin ein Flugblatt reichte, das diese einen langen Augenblick studierte, was Kate davon überzeugte, dass sie in Wirklichkeit die Informationen in sich aufnahm.

»Wir haben nichts hierzu Passendes gesehen«, sagte Butler. »Aber selbst im anderen Fall könnten wir die Informationen über die Patienten nicht weitergeben. Sie sind vertraulich.«

»Das respektiere ich«, sagte Kate. »Ich verstehe auch, dass das Missing Person Emergency Search System mit Notunterkünften, Krankenhäusern und Suchdiensten zusammenarbeitet.«

»Allerdings. Uns sind mehrere verirrte und desorientierte Patienten aus anderen Unglücksorten gebracht worden, und wir haben die Leute vom Suchdienst alarmiert. Ergebnis waren ein paar glückliche Wiedervereinigungen.«

Kate nickte.

»Haben Sie mit dem Team von Missing Persons gesprochen?«, fragte Butler. »Sie haben ihre Zelte auf der anderen Seite drüben aufgeschlagen.«

»Das werde ich noch, aber könnten Sie mir so ganz allgemein – keine Namen oder Adressen, so was – etwas über das Baby sagen, das Sie gestern behandelt haben, und über das Pärchen?«

Butler lächelte warm und freundlich. »Sie geben nicht auf, stimmt's?«

»Vermutlich nicht. Diese Story liegt mir ziemlich am Herzen.«

»Okay, dann sehen wir mal.« Butler stieß die Luft aus und blickte zur Decke. »Nun ja, ganz allgemein ausgedrückt, ohne Namen zu nennen, war das Baby drei Monate alt. Ein Großer für dieses Alter.«

Kate nickte und machte sich Notizen. »Und die Mutter und der Vater?«

»Mitte zwanzig, aber kein rotes Haar bei der Mama. Dunkles Haar und Brille.«

»Was ist mit dem Vater – irgendwelche Tätowierungen?«

»Ich habe keine bemerkt. Du, Maggie?«

Maggie schüttelte den Kopf.

»Sehen Sie«, sagte Butler, »ich glaube, das führt zu nichts.«

»Nun ja, ich recherchiere ja bloß«, sagte Kate. »Fällt Ihnen ganz bestimmt nichts mehr zu ihnen ein, das bei Ihnen hängengeblieben ist?«

»Nein. Mm, ja, da war …«, setzte sie an und hielt inne. »Nein.«

»Was denn?«

»Nichts.«

»Da muss was sein.«

»Es war etwas nur ein klein bisschen seltsam an ihnen.«

»Was meinen Sie damit?«

»Zuerst einmal war das Baby groß für sein Alter. Ich hätte wetten können, dass es älter war.«

»Etwa fünf Monate?«

»Könnte sein, ja.«

»Noch etwas?«

»Sie sagte, sie würde ihm feste Nahrung geben, was ich für

ein Baby dieses Alters merkwürdig fand. Und als ich sie fragte, wie das Baby den kleinen Kratzer am Kopf bekommen hatte, wirkte die Mutter nur für einen Augenblick sehr unverbindlich, vage.«

»Wie beurteilen Sie das?«

»Konnte ein Trauma vom Sturm sein. Davon haben wir viel zu sehen bekommen.«

Kate überlegte kurz. »Erinnern Sie sich, was das Baby trug, als sie es behandelt haben?«

»Einen Strampler. Einen weißen.«

»Er war gestreift«, sagte die jüngere Frau.

»Blau?«

»Das weiß ich nicht.«

Kate starrte Maggie an, dann die Ärztin, während sie die Details zusammensetzte und ihre mögliche Bedeutung verarbeitete.

Das könnte nichts sein. Das könnte alles sein.

»Können Sie mir noch etwas sagen, etwa, wo sie sich aufhalten oder wohin sie gegangen sind? Ich habe gehört, sie kamen aus einem anderen Bundesstaat.«

Die beiden Frauen sahen einander an.

»Ich fürchte, nein«, sagte die Ärztin. »Hier kommt die Vertraulichkeit ins Spiel. Abgesehen davon ist Ihre Sache in Wildhorse Heights passiert. Das ist, was, fünfundzwanzig Kilometer von hier? Wie groß ist die Chance, dass das Baby mit Fremden hierherkommt?«

»Ich glaube, sie haben den Strampler des Babys hiergelassen«, sagte die junge Frau.

»Was meinen Sie damit, sie haben ihn hiergelassen?«, fragte Kate. »Wo gelassen?«

Maggie zeigte zu einem Bereich auf der anderen Seite hinüber.

»Nachdem sie bei uns fertig waren, sind sie zu den Kleiderspenden hinüber. Ich bin hinter ihnen gegangen, weil ich Pause hatte und mir einen Tee holen wollte.«

»Was haben sie mit dem Strampler getan?«

»Ich glaube, sie haben ihn weggeworfen und ein paar gespendete Sachen für das Baby mitgenommen. Er hatte Blutflecken, nicht wahr, Doktor?«

»Blutflecken?«, fragte Kate.

»Sehr kleine, von dem Kratzer am Kopf«, erwiderte Butler. »Das Baby muss erst mit der Hand an den Kopf und dann an den Strampler gekommen sein.«

»Zeigen Sie mir, wo sie den Strampler gelassen haben. Ich muss ihn finden.«

Maggie führte Kate und Butler zu den Tischen an der Wand, auf denen Haufen von Kinderkleidung in Schachteln, Plastikkörben und Wannen lagen, und brachte sie zu dem Bereich, der mit »Baby, 0–12 Monate« gekennzeichnet war.

»Ich bin mir ziemlich sicher, dass sie ihn gestern hiergelassen und ein paar neue Sachen ausgesucht haben, aber dann bin ich rasch vorbeigegangen.«

Kate wühlte durch die Behälter. Sie begann mit dem ersten am Ende der Reihe. Als sie sah, dass Maggie und Butler es ihr nachtaten, wiederholte sie die Details.

»Es wäre ein weißer Strampler mit blauen Streifen und einem kleinen Elefanten darauf. Die Einzelheiten stehen auf dem Flugblatt.«

Es waren Kates Schätzung nach alles in allem etwa zwanzig Behälter, jeder von der Größe eines Wäschekorbs. Da sie die Farbe des Stramplers kannten, hatten sie alle rasch durchsucht.

Die Suche ergab nichts.

Kate verarbeitete den Rückschlag und war gerade dabei,

Butler und Maggie für ihre Hilfe zu danken, als eine erschöpft wirkende Frau einen Korb vom Tisch nahm.

»Entschuldigung. Werden sämtliche Kleiderspenden hier aufbewahrt?«, fragte Kate.

»Nein, wir haben einen weiteren Tisch an dieser Wand für Sachen, die gewaschen werden müssen. Es braucht so seine Zeit, aber wir waschen alles zunächst. Sehen Sie diese Reihe von Körben?« Die Frau zeigte hin, und Kate sah sechs Wäschekörbe.

»Ja.«

»Die sind noch nicht gewaschen worden. Müssen Sie die auch durchsuchen?«

»Ja.« Kate und die anderen eilten zu dem Tisch.

Butler sah es zuerst – ein blau-weiß gemustertes Kleidungsstück, das unten aus dem Korb herausragte. Sorgfältig holte sie einen zusammengeknüllten Strampler hervor, entfaltete ihn und hielt ihn hoch. Er war weiß mit blauen Streifen und mit einem kleinen blauen Elefanten darauf. Sie betrachtete die winzigen braunen Blutflecken.

»Das ist er«, sagte sie.

Kates Herz schlug schneller. Sie zog ihr Handy aus der Tasche.

»Ich muss einige Anrufe tätigen. Nein, warten Sie. Zuerst muss ich ein Foto dieses Stramplers machen und es jemandem schicken. Könnten Sie ihn bitte noch mal hochhalten, Doktor?«

28

Duncanville, Texas

Jenna Cooper drückte den Babystrampler an ihre Wange und weinte.

Sie strich sanft mit den Fingern über den weichen Baumwollstoff und betrachtete eindringlich die blau-weißen Streifen, bevor sie ihn wieder ans Gesicht hielt und den süßen Duft des Babys einatmete.

»Der gehört meinem Sohn. Der gehört Caleb.«

Ein Kreis ernster Gesichter beobachtete sie schweigend.

Jenna hatte gezittert, seit Hollys Handy vor fünfundvierzig Minuten geklingelt hatte. Ein Mitarbeiter, der dabei half, im Sturm vermisste Personen zu finden, war am Apparat gewesen. Jenna und Blake waren mit Holly und Garrett in den Embassy Suites gleich neben dem Flohmarkt geblieben. Jenna glaubte zunächst, der Anruf käme von Hollys Familie in Atlanta, aber dann sagte Holly: »Nein, Jennas Handy ist im Sturm verloren gegangen. Sie hat eine neue Nummer und meine angegeben für … Ja, ich bin ihre Schwester, und sie ist bei mir.«

Holly hörte zu, legte dann eine Hand über das Handy und sagte zu Jenna: »Sie haben in einer Notunterkunft etwas gefunden, das Caleb gehören könnte, und sie brauchen dich dort, um es zu identifizieren.«

Garrett musste wohl einen Rekord aufgestellt haben, sie nach Duncanville zu bringen, wobei er sein Navi einsetzte und Blakes Anweisungen folgte. Während ihr Leihwagen durch die

Stadt fuhr, hielt Jenna Hollys Hand. In Anbetracht dessen, was sie am vorherigen Abend in der Highschool-Turnhalle durchgemacht hatte, bemühte sich Jenna, ihre Hoffnung nicht allzu hoch zu hängen, und flehte den Himmel um gute Nachrichten an.

Jetzt stand sie da in der Notunterkunft und versuchte, die Tatsache zu begreifen, dass Caleb hier an dieser Stelle gewesen sein musste, wo sie das Letzte in der Hand hielt, was er getragen hatte, bevor sie ihn verloren hatte. In ihrem Kopf schwirrten die Fragen.

»Wo ist er? Ist er verletzt?«

»Jenna?«, sagte ein Mann aus dem Kreis der Umstehenden.

»Wie kann es sein, dass ihn niemand für mich hierbehalten hat?«, fuhr sie fort. »Wo ist er?«

»Jenna, ich bin Frank Rivera vom Missing Person Emergency Search System. Wir helfen der Polizei, Leute zu finden, die im Sturm vermisst oder an einen falschen Ort geraten sind.«

Benommen starrte Jenna Rivera an, der zwei Polizisten in Uniform zunickte.

»Das sind Officer Soria und Officer Burns von der Polizei Duncanville. Dr. Charlene Butler arbeitet in der medizinischen Abteilung hier, und ich glaube, Kate Page von Newslead kennen Sie?«

Jenna schenkte Kate ein schwaches Lächeln.

In den nächsten paar Momenten verschaffte Rivera Jenna und Blake einen Überblick über das, was in der Notunterkunft vorgefallen war – dass ein Pärchen ein Baby mitgebracht hatte, dass Dr. Butler es untersucht hatte, bevor das Pärchen wieder gegangen war, und wie die Sache zur Entdeckung des Stramplers geführt hatte.

»Es war Kate, die uns auf den Strampler aufmerksam gemacht hat«, erklärte Rivera.

Jenna warf Kate kurz einen anerkennenden Blick zu.

»Nun, wir fangen gerade erst an, alles zu sortieren.« Officer Soria hielt ein geöffnetes Notizbuch in der Hand. »Jenna, vielleicht können Sie uns sagen, weshalb Sie so sicher sind, dass dies ein Kleidungsstück Ihres Sohnes ist?«

»Die Farbe, der Stil, der Scheitel des Elefanten, der rechts etwas höher ist«, erwiderte sie durch ihre Tränen. »Und der Druckknopf unten ist locker. Ich habe das der Dame, Belle, am Flohmarkt gesagt – sie hat es alles in ihren Computer eingegeben, als ich ihn als verschollen gemeldet habe.«

Rivera nickte den Polizisten zu. »Ist alles da, jede Einzelheit«, sagte er. »Und ich glaube, es wurde an die Polizei von Dallas und die staatliche Datenbank weitergegeben, um es ins NCIC einzugeben.«

»Was ist das?«, fragte Blake.

»Das ist das National Crime Information Center des FBI«, erwiderte Rivera. »Eine nationale Datenbank. Angesichts von Calebs Alter und der Tatsache, dass er nach einer Katastrophe verschwunden ist, wird sein Fall in der Akte über vermisste Personen im System aufgeführt.«

»Wie Tausende anderer neuer Fälle nach dem Sturm«, sagte Officer Soria. »Wir haben die Abteilung Dallas vom FBI alarmiert. Sie schicken uns ein paar Leute, aber in den letzten Tagen ist einfach etwas viel passiert.«

»Etwas viel?«, fragte Blake. »Haben Sie eine Ahnung, was wir durchgemacht haben?«

»Das verstehe ich«, sagte Soria. »So war es auch nicht gemeint, Sir. Es ist bloß so, dass wir inzwischen mit unseren Ressourcen am Limit angelangt sind – das muss jeder akzeptieren.«

»Wir sprechen von unserem Sohn!«, rief Blake.

»Blake, Blake.« Garrett ging dazwischen. »Beruhige dich!

Das Gute ist, dass wir ein Zeichen dafür gefunden haben, dass Caleb lebt und dass Leute an der Sache arbeiten.«

»Was ich nicht verstehe …« Jenna schüttelte langsam den Kopf. »Was ich nicht akzeptiere, ist, dass Ihren Worten zufolge …«, sie nickte Frank zu, »… Caleb mit Fremden hier war und niemand etwas unternommen hat. Man ließ sie einfach herein, in die medizinische Abteilung, und mit unserem Baby wieder hinaus. Als wäre das nichts.«

Dr. Butler schluckte heftig, warf den Polizisten einen Blick zu, dass Kate vielleicht gehen sollte, aber Jenna bekam es mit.

»Nein, Kate soll bleiben«, sagte sie. »Sie soll hören, wie und warum das passiert ist.«

Butler räusperte sich. »Das Pärchen stammte aus einem anderen Bundesstaat und kam mit der Bitte, dass wir nach dem Baby sehen sollten«, erklärte sie. »Ein männliches Baby, das als drei Monate alt aufgelistet war.«

»War er verletzt?«

»Nein, er hatte eine leichte Hautabschürfung am Kopf, hier.« Sie berührte sich an der Stirn. »Kein Anzeichen für eine Gehirnerschütterung. Er war in guter Verfassung.«

Tränen rollten Jenna das Gesicht herab. »Haben Sie das Muttermal auf seiner Wade gesehen?«

»Ich habe das Mal gesehen, ja.«

»Sie hatten meinen Sohn hier! Sie hatten meinen Sohn in Ihrer Obhut, und Sie haben diese Leute mit ihm weggehen lassen! Diese Leute, die so getan haben, als wollten sie mir helfen, während sie die ganze Zeit über mein Baby haben wollten! Sie sind böse, und Sie haben sie einfach davongehen lassen. Ich verstehe nicht, wie Sie das tun konnten!« Jenna ballte die Hände zu Fäusten und hob beide Arme, wie um Butler zu schlagen, aber Blake, Garrett, Rivera und die Polizisten hielten sie zurück.

»Das tut mir aufrichtig leid«, sagte Butler. »Seit dem Sturm arbeiten wir hier rund um die Uhr. An diesem Pärchen war nichts Verdächtiges. Die Frau hatte kurzes dunkles Haar, nicht rotes. Wir sind keine Polizei – wir sind medizinisches Personal. Wir haben wirklich nichts gewusst, bis diese Reporterin kam und uns befragte. Wäre sie nicht gewesen, dann hätte niemand etwas gewusst. Es tut mir so schrecklich leid.«

Jenna schwieg.

Sie starrte Butler an, bis sie sie nicht mehr sah. Schluchzend sank sie an Blakes Brust in sich zusammen, bevor Rivera sie in eine abgeschiedene Ecke in der Vermisstenstation der Notunterkunft brachte. Dort warteten sie auf die Ankunft des FBI. Jenna beobachtete das Gewusel an den Spendentischen auf der anderen Seite.

Die Polizeibeamten von Duncanville entrollten gelbes Plastikband und sperrten den Bereich ab, wo Calebs Strampler gefunden worden war.

29

Duncanville, Texas

»Gehen wir das Ganze noch mal durch.«

FBI-Agentin Nicole Quinn las die Akten vom NCIC, von der Polizei aus Duncanville und dem Missing Person Search System über den Fall Caleb Cooper erneut.

Sie fuhren von der FBI-Abteilung Dallas über den Justice Way nach Süden zu der Notunterkunft in Duncanville, und Grogan saß am Steuer.

Beide Agenten waren auf ihre Aufgabe konzentriert, aber es war schon eine Herausforderung. Das Büro hatte in den Tornados Leute verloren. Grogan und Quinn hatten Freunde verloren, und einige Häuser von Angestellten des FBI waren zerstört. Die Ressourcen des Büros waren am Limit angelangt. Allerdings musste trotz des Sturms die Arbeit des FBI weitergehen. Von überall aus dem Gebiet der Abteilung und den umliegenden Staaten kamen Agenten zur Verstärkung.

»Was meinst du, Phil?«, fragte Quinn, nachdem sie die Lektüre beendet hatte.

Grogan, der in den Programmen für Flüchtlinge und Gewaltverbrecher gearbeitet hatte, analysierte die Sache.

»Die Tatsache, dass ein Beweismittel in über fünfundzwanzig Kilometern Entfernung von der Stelle auftaucht, wo das Baby der Mutter zufolge zuletzt gesehen wurde, wirft Fragen auf.«

Quinn überprüfte ihr Handy auf Nachrichten. Sie war ebenfalls Koordinatorin bei einer anderen Abteilung des FBI, dem National Center for Analysis of Violent Crime, dem nationalen Zentrum für die Analyse von Gewaltverbrechen, und versuchte, bei ihren anderen Akten auf dem Laufenden zu bleiben.

»Was denkst du darüber, Nicole?«

»Die allererste Begegnung der Mutter mit den beiden Fremden ist ein Faktor. Die ganze Sache könnte eine geplante Entführung gewesen sein.«

»Oder eine ungewöhnliche Reihe von Umständen und Zufällen. So etwas habe ich früher schon erlebt – ein Fall, da haben wir geschworen, es war Mord, und er erwies sich als Selbstmord. Ein weiterer war eine Kindsentführung, bei der am Ende herauskam, dass es sich um ein Kind handelte, das weggelaufen und in einem weggeworfenen Kühlschrank gefangen war.«

»Ich weiß. Ich sage bloß, wir müssen allem gegenüber offen sein. Ich meine, unser Babyfall ist genau in dem Moment passiert, als wir von Tornados der Stärke fünf getroffen wurden, also ist alles möglich.«

Bei der Ankunft im Freizeitcenter hielten sie den Beamten von Duncanville ihre Ausweise hin und wurden in dem abgeschotteten Bereich neben den Spendentischen kurz auf den neuesten Stand gebracht.

»Tut uns leid mit den Babysachen«, sagte Officer Soria. »Viele Leute haben sie in der Hand gehabt, aber wir brauchten die Mutter, um sie zu identifizieren. Wir haben den Bereich abgesperrt und das Ding in eine Papiertüte gesteckt.«

»Können Sie uns eine Liste derjenigen geben, die es in der Hand hatten?«, bat Quinn.

»Natürlich«, erwiderte Soria.

Daraufhin gingen die beiden Agenten in die Ecke der Station des Missing Person Emergency Search System und stellten sich rasch vor. Frank Rivera brachte sie anschließend zu Jenna Cooper, die mit ihrem Ehemann, ihrer Schwester und ihrem Schwager zusammen war. Jenna saß auf einem Stuhl und knetete ein Taschentuch in ihren Fäusten. Nachdem sich die Agenten vorgestellt hatten, sagte Grogan: »Jenna, Blake, wir werden alles tun, um Ihr Baby zu finden.«

Jennas Haar war völlig zerzaust. Sie schaute mit geröteten Augen zu Grogan auf. »Vielen Dank.«

Dann trennten Grogan und Quinn alle voneinander und nahmen erste Aussagen der wesentlichen Beteiligten des Falls auf: Jenna, Dr. Butler und andere Angestellte und Freiwillige der Notunterkunft.

Die Agenten stellten viele Fragen. Einige waren offensichtlich, andere nicht.

Warum hielt Jenna die Fremde für betört von Caleb? Hatte sie vor dem Ereignis irgendwelche merkwürdigen Anrufe oder E-Mails erhalten? Kannte sie jemanden, der vor kurzem ein Baby verloren hatte? Hatte sie eine Lösegeldforderung erhalten oder sonst einen Hinweis auf eine Forderung? Waren Jenna die Fremden jemals vor dem Ereignis auf dem Flohmarkt aufgefallen, zum Beispiel in einem Einkaufszentrum oder an einem anderen öffentlichen Platz? Schuldeten Jenna oder Blake irgendjemandem Geld? Hatten sie Spiel- oder Drogenschulden?

Nachdem sie die Ergebnisse eingeschätzt hatten, tätigten die FBI-Agenten Anrufe, um ein beschleunigtes Verfahren in Gang zu setzen, damit sie die Genehmigung zur Sicherung entscheidender Beweismittel erhielten, darunter sämtlicher Aufzeichnungen der Überwachungskameras aus dem Center.

Dann forderte Grogan die Spurensicherung der Abteilung Dallas an, die zur Notunterkunft kommen und den Strampler, das Formular, das das Pärchen ausgefüllt hatte, und andere Dinge auf irgendwelche Spuren untersuchen sollte.

Als sie wieder allein waren, verglichen Grogan und Quinn ihre Notizen.

»Ich glaube, unsere Fremden, die Leute, die das Baby für die Untersuchung hergebracht haben, sind die Verdächtigen«, sagte Quinn.

Grogan nickte und tätigte einen weiteren Anruf. »Wir holen einen Polizeizeichner her, um die Beschreibung Jennas von den Fremden aufzunehmen, die sie gesehen hat, und dann von Dr. Butler vom Pärchen, das sie gesehen hat. Dann geben wir sie zusammen mit den Details über das Baby heraus.«

Der Fall hatte eine dramatische Wendung genommen. Daran bestand für Kate kein Zweifel. Während eines guten Teils der Untersuchungen hatte sie respektvoll Distanz gewahrt, hatte beobachtet und geduldig auf eine Möglichkeit gewartet, den FBI-Agenten ein paar Fragen zu stellen.

Da sie Quinn und Grogan jetzt in einem ruhigen Bereich stehen sah, entschloss sich Kate, an sie heranzutreten.

»Entschuldigen Sie bitte, Sie sind beide vom FBI?«

Quinn, mit Pokerface, und Grogan nahmen sie zur Kenntnis.

»Ich bin Kate Page, Reporterin von Newslead. Ich habe diese Story von Anfang an verfolgt. Hätten Sie Zeit für ein paar Fragen?«

»Eigentlich nicht«, erwiderte Grogan.

»Ich mach's rasch.«

»Sie sollten sich wirklich an unser Pressebüro wenden«, sagte Quinn. »Die Nummer finden Sie im Internet.«

»Wimmeln Sie mich bitte nicht ab. Ich bin der Grund, weswegen Sie hier sind. Ich weiß, wie das so läuft. Früher oder später werden Sie die Presse für einen Aufruf an die Öffentlichkeit brauchen. Wie wäre es also mit etwas Höflichkeit, so dass wir einander helfen können?«

Quinn und Grogan wechselten rasch einen Blick, rührten sich jedoch nicht und änderten ihren Gesichtsausdruck auch nicht. Das war ihre Weise, Kate aufzufordern, fortzufahren.

»Wie würden Sie den Fall nach den Gesprächen mit den Zeugen einordnen?«, fragte Kate.

Grogan fuhr sich mit dem Finger über den Mund. »Die Umstände sind in diesem Fall beunruhigend. Wir wissen nicht genau, was geschehen ist, aber wir schließen nichts aus.«

Kate nickte und schrieb seine Kommentare in ihr Notizbuch.

»Was ist Ihrer Ansicht nach geschehen?«

»Ich werde nicht spekulieren.«

»Haben Sie irgendeinen Verdacht?«

»Kein weiterer Kommentar.«

Kate drängte nicht weiter, außer dass sie nach der korrekten Schreibweise von Grogans Namen fragte.

»Sie sind von Newslead – das ist diese Nachrichtenagentur?«, fragte er, während er Visitenkarten mit Kate austauschte.

»Ja. Unsere Artikel gehen überall hin – in die Printmedien, zum Rundfunk, zum Fernsehen, ins Internet.«

»Wenn Sie dichthalten, sagen wir, ein paar Stunden lang, könnten wir vielleicht etwas für Sie haben, das Sie in Ihrem Artikel verwenden können«, sagte er.

»Und das wäre, damit ich es meinen Vorgesetzten sagen kann?«

»Phantombilder der Leute, die wir suchen.«

30

Lufkin, Texas

Der heruntergekommene Bungalow lag ein gutes Stück von der Fahrbahn entfernt im Schatten des baumübersäten Grundstücks an einer Sackgasse hinter einer Mauer aus Gebüsch, das ungehindert wucherte.

Ein ausgeschlachteter Ford Mustang, dessen Motorhaube offen stand, als hätte er seinen letzten Atemzug getan, ruhte auf Ziegelsteinblöcken neben einer ungepflasterten Auffahrt.

Kein Anzeichen für ein anderes Fahrzeug, dachte Gromow und setzte seine Sonnenbrille ab. Er und Yanna stiegen aus dem blauen Chevy, den er am Flughafen gemietet hatte.

Es war ein langer Flug von New York nach Houston gewesen, gefolgt von einer zweistündigen Fahrt nach Norden auf der 59, und das mit dröhnender Klimaanlage. Außer einem Halt in Huntsville für einen Lunch aus Cheeseburgern und Fritten, der Gromow geschmeckt hatte, ging es direkt zu der Adresse, die er für Remy Toxton erhalten hatte.

Abgesehen vom Gesang der Vögel und dem fernen Gebell eines Hundes war es still in der Nachbarschaft. Lose Bretter auf der vorderen Veranda quietschten, wenn sie darauf traten. Gromow zog den Fliegenschutz auf, klopfte fest an die solide Holztür und wartete.

Zehn Sekunden, fünfzehn. Nichts.

Wieder klopfte er und drückte das Ohr an die Tür. Kein Geräusch von drinnen. Mehrere Umschläge ragten aus dem Briefkasten hervor. Gromow durchsuchte sie und nahm an sich, was nach Rechnungen aussah, die an Remy Toxton adressiert waren.

»Ich glaube, das sollten Sie nicht tun«, sagte Yanna.

Gromow starrte sie an, ließ die Umschläge ungeachtet ihres Protests in seine Tasche gleiten und steckte die Reklamezettel zurück.

»Versuchen wir es hinten rum«, sagte er.

Ein alter Colaautomat stand Wache an der Hintertür.

Gromow klopfte und blickte dann prüfend über den Hinterhof. Eine verrostete Stahltrommel zum Verbrennen von Abfall und ein vergessener Stapel ausrangiertes Holz beschworen ein Gefühl von Niederlage herauf.

»Niemand zuhause. Gehen wir nach nebenan«, sagte er.

Auf dem angrenzenden Grundstück fanden sie ein großes, zweigeschossiges Haus. Den Hof umgab ein verzierter Metallzaun. Der üppige Rasen war gut gepflegt. Die Blumenbeete waren ein Aufruhr an Farbe. Gromow stieß das unverschlossene Törchen auf, und sie traten ein und nahmen den gepflasterten Weg zum Vordereingang.

Niemand reagierte auf die Klingel.

Sie hörten das Klirren von Metall auf Stein und gingen zur Seite, wo ein Mann von über sechzig auf den Knien einen Rosenbusch beschnitt. Er sah ihre Schatten und wandte sich um.

»Kann ich etwas für Sie tun?« Er stand auf und wischte sich Erde von den Knien.

»Ich bin auf der Suche nach Remy Toxton, der Frau nebenan. Da ist anscheinend niemand zuhause. Wissen Sie, wo wir sie oder ihren Partner finden können?«

»Ah, nein, eigentlich nicht. Vielleicht weiß es meine Frau. Sie ist hinten im Hof. Martha! Woher kommt ihr?«

»Aus Kanada.«

»Kanada? Ihr hört euch nicht wie Kanadier an.«

»Ich bin in Europa aufgewachsen.«

»Aha.«

Eine Frau mit einem großen Sonnenhut auf dem Kopf und einem Rechen in der Hand erschien vom Hinterhof.

»Martha, diese netten Leute sind den ganzen Weg von Kanada hergekommen. Sie suchen unsere Nachbarin von links, die das alte Madisonhaus gemietet hat.«

»Oh, das schwangere Mädchen und ihr Liebhaber«, sagte Martha.

»Ist sie immer noch schwanger?«, fragte Gromow.

»Oh, ich denke nicht. Sie war schon vor einigen Wochen ziemlich weit. Dann sind sie einfach weg. Vielleicht haben sie ihre Familie mit dem Baby besucht?«

»Ja«, fügte der Mann hinzu, »der Pick-up des Jungen ist ebenfalls schon seit längerer Zeit nicht mehr da.«

»Ich habe gehört, ihr Freund ist Schreiner?«

»Stimmt«, erwiderte der Mann. »Manchmal habe ich einen Firmenwagen auf ihrer Auffahrt gesehen. Triple-E-Schreinerei, glaube ich, unten neben dem Walmart. Dort können Sie nach ihnen fragen. Die können Ihnen vielleicht weiterhelfen.«

Triple E hatte seinen Sitz in einem Gewerbegebiet von Lufkin, in einem Wellblechbau mit einem korrodierten Dach. Die Rückseite erinnerte an ein Holzlager, wo verschiedene Hölzer in verschiedenen Längen sauber gestapelt waren. Fahrzeuge von Angestellten parkten an der Seite des Gebäudes.

Im Empfangsbüro, wo ein paar Leute an mehreren Schreibtischen arbeiteten, roch es nach frisch gesägtem Holz. Die Geräusche von elektrischen Kreissägen und klingelnder Telefone erfüllten die Luft. Poster von Baustoffhändlern und Kalender von Werkzeughändlern pflasterten die Wände, dazu gab es ein Brett mit den Namen der Angestellten.

Gromow wies Yanna subtil an, die Namen abzuschreiben. Die Zähne vor Ärger zusammengebissen, setzte sie sich in einen Vinylsessel im Empfangsbereich und nahm sich eine veraltete Zeitschrift. Sie gab vor, am Kreuzworträtsel interessiert zu sein, während sie heimlich Namen vom Brett auf einer Abokarte notierte.

Gromow ging zur Theke.

»Was kann ich für Sie tun?«, fragte der Mann, dessen Name – Bobby – auf seinem Hemd eingestickt war.

»Ich würde gern mit Mason Varno sprechen.«

»Mace? Fürchte, er ist nicht hier. Er ist ein paar Wochen weg.«

»Hat seine Frau nicht dieses Baby bekommen?« Einer der Männer an einem Schreibtisch, der das Gespräch mitgehört hatte, mischte sich ein.

»Weiß ich nicht. Ich glaube, sie war fällig«, erwiderte Bobby. »Das muss es sein. Ich war die letzten paar Wochen selbst weg.«

»Kann ich ihn irgendwie erreichen?«

Bobby zuckte die Schultern. »Sie haben seine Handynummer probiert?«

»Ich habe die Nummer nicht.«

Bobby trat zurück und schaute unter der Theke nach.

»Warum geben Sie mir nicht Ihre Nummer, und ich sehe, ob ich ihn erreichen und ihm sagen kann, er soll Sie anrufen, wenn Sie wollen. Können Sie mir sagen, worum es geht?«

Gromow nahm eine der Triple-Es-Geschäftskarten und kritzelte eine der Nummern seiner Handys darauf, die er benutzte.

»Nur was Geschäftliches, das ich mit ihm besprechen muss.«

»Na ja, geht's um einen Auftrag?« Bobby bewahrte die Karte in seiner Handfläche auf. »Waren Sie nicht zufrieden damit? Denn, wir könnten uns darum kümmern, solange er weg ist.«

»Nein, nein, kein Auftrag.«

»Ist es eine kirchliche Sache, weil unser Mann von der Gemeinde gerade draußen ist.«

»Nein, vielen Dank. Ich rede lieber nicht darüber. Es ist eher etwas Persönliches. Ich wollte nicht so viel Staub aufwirbeln.«

»Schon gut. Okay, ich werd sehen, ob ich ihn erreichen kann. Oh, ich habe Ihren Namen nicht verstanden.«

»Viktor Kaschin.«

»Kapiert. Sagen Sie, woher kommen Sie?«

»Aus Europa. Bin gerade geschäftlich unterwegs.«

»Okay, Sir. Ich rufe Mace mal an und sage ihm Bescheid.«

Auf dem Weg zurück zu ihrem Wagen reichte Gromow Yanna einen kleinen Videorekorder und wies sie an, sämtliche Nummerschilder der Autos aufzunehmen, die unter den Schildern der Parkplätze für Angestellte parkten, ohne dass es auffiel. Gromow setzte den blauen Chevy rückwärts und fuhr langsam im Kreis, als würde er diesen Abschnitt des Grundstücks zum Wenden benutzen.

Niemandem fiel etwas auf.

Kurze Zeit später saßen Gromow und Yanna an einem ruhigen Tisch in einem Restaurant.

»Ich hätte gern einen Cheeseburger und eine Cherry Coke«, bestellte er bei der Bedienung.

»Ein Salat nach Art des Hauses und eine Cola Light wären nett«, sagte Yanna.

Während sie auf ihr Essen warteten, schickte Gromow über sein Tablet eine Liste mit Nummernschildern und Namen an Juri in New York.

»Juri wird mir helfen, näher an diesen Mason Varno heranzukommen.«

»Warum versuchen Sie es nicht bei Remys Verwandten? Darin sind Sie doch gut.«

»Juri hat's versucht. Anscheinend hat sie keine.«

Ihre Bestellung traf ein, und Gromow hatte noch nicht den ersten Bissen seines Cheeseburgers genommen, da klingelte eines seiner Handys.

»Mr Kaschin, Bobby Jensen von Triple E. Sie haben Mason gesucht?«

»Ja.«

»Schlechte Nachrichten. Ich habe versucht, ihn auf seinem Handy zu erreichen, aber seine Mailbox quillt über. Ich konnte keine Nachricht hinterlassen. Tut mir leid.«

Gromow überlegte einen Augenblick. »Verstehe. Vielen Dank, dass Sie es versucht haben. Haben Sie irgendwelche Vorschläge, wie ich ihn erreichen könnte?«

»Nö. Ich habe herumgefragt, nachdem Sie weg waren, mit einem Typen von der Bruderschaft gesprochen.« Er senkte die Stimme. »Sie helfen Burschen, die mal gesessen haben, wieder auf den rechten Weg zu kommen. Nun ja, ich vermute mal, Mason und seine Freundin hatten Probleme, als das Baby da war, und er hat sich eine Zeit freigenommen.«

»Was für Probleme?«

»Ich kann es wirklich nicht sagen. Ich weiß es nicht. Ich habe ein paar seiner Freunde gefragt – niemand weiß sonderlich viel. Sie waren ganz schön zurückhaltend.«

Gromow dankte ihm, schaltete ab, dachte über den Anruf nach und erklärte dann Yanna, worum es ging und was ihrer Ansicht nach wohl »Probleme« bedeuten konnte.

»Es könnte alles bedeuten. Sie könnte es verloren haben. Vielleicht wurde das Baby mit Problemen geboren, oder sie hatte schlicht eine schwere Geburt.« Weil sie sah, wie Sorge und Kummer seine Augen umwölkten, schlug Yanna eine andere Möglichkeit vor. »Wenn diese Remy Toxton Teil seiner Unternehmungen auf dem Schwarzmarkt ist, ist sie wahrscheinlich eine Leihmutter. *Probleme* könnte eine Tarngeschichte sein. Sie könnte es sich mit der Freigabe ihres Babys zur Adoption anders überlegt haben.«

Gromows Gesicht verzerrte sich vor Furcht und Ärger, bevor er die Selbstbeherrschung zurückgewann. Er ballte eine seiner Hände zur Faust, legte sie auf den Tisch und starrte zur Straße hinaus.

»Wir werden meinen Enkelsohn finden. Wo er auch sein mag, wir werden ihn finden.«

31

Dallas, Texas

VERMISSTES BABY – Das FBI leitet jetzt die Untersuchung im Fall eines Babys, das im Sturm verschwand, nachdem seine Kleidung fünfundzwanzig Kilometer entfernt unter verdächtigen Umständen aufgefunden wurde.

Kate hielt inne, um noch einmal zu lesen, was sie an ihrem Schreibtisch im Büro geschrieben hatte, und trank daraufhin einen Schluck Kaffee.

Sie war seit einer Viertelstunde zurück von der Notunterkunft in Duncanville. Es war spät am Nachmittag, und der Morgen war bereits Geschichte. So viel war mit der Story geschehen: die Entdeckung der Babysachen, das mysteriöse Paar mit einem Baby, das Caleb Cooper gewesen sein musste, und jetzt die FBI-Untersuchung.

Auf der Fahrt zurück von Duncanville hatte ihr Herz gerast, wie es das immer tat, wenn sie hinter einer starken Story her war. Bei der Rückkehr in die Redaktion konnte sie Chuck Laneer oder Dorothea Pick nicht finden, also hatte sie sich an ihren Schreibtisch gesetzt und losgelegt.

Kate packte die Überreste des Putensandwichs aus, das sie aus der Notunterkunft mitgenommen hatte, und biss hinein. Während sie aß, steckte sie sich die Stöpsel ins Ohr, spielte die aufgezeichneten Interviews ab und überprüfte, ob die Zitate von FBI-Agent Phil Grogan, Jenna und Blake Cooper, Dr. Butler und Frank Rivera korrekt waren, die sie in ihrem Notizbuch besonders vermerkt hatte. Dann rundete sie ihren Artikel mit den Zitaten ab.

»Kopfzeilen! Her mit euren Kopfzeilen, alle!« Tommy Koop verkündete eine Deadline, um eine kurze Beschreibung der hereinkommenden Artikel für die Budgetliste zu erhalten. Tommy würde das Budget des Büros aus Dallas ans Hauptquartier von Newslead in New York schicken, das daraufhin eine revidierte, gekürzte Version der Leitartikel an Abonnenten im ganzen Land und rund um den Globus schicken würde. Tommy machte immer eine Show daraus, im Büro umherzustiefeln, das sich jetzt fast vollständig mit Reportern gefüllt hatte, die an sämtlichen Schreibtischen arbeiteten, um die Artikel auf die Budgetliste zu bekommen.

»Ist sie nicht auf der Budgetliste, geht sie nicht raus, Leute. Hallo Kate, hab dich gar nicht reinkommen sehen. Kann ich deine Kopfzeile so bald wie möglich haben, bitte?«

Kate überlas sie nochmals rasch, optimierte sie und drückte dann auf »Senden«. »Da hast du sie. Wo sind Chuck und Dorothea?«

»Bei einer Versammlung zur Vorbereitung auf den Besuch des Präsidenten.«

Kate schluckte das letzte Stück ihres Sandwichs herunter und machte sich dann wieder anhand ihrer Notizen und Überlegungen des Tages an die Arbeit. Während die Minuten vergingen, hörte sie die Gespräche und anderen Geräusche in der Redaktion nicht mehr, weil sie so in ihr Schreiben vertieft war und alles so schnell zusammenfasste, wie sie konnte.

Ihr Apparat klingelte.

»Kate Page, Newslead.«

»Chuck hier. Kannst du bitte gleich zu mir ins Büro kommen?«

Chuck saß an seinem Schreibtisch und las etwas auf seinem Bildschirm. Dorothea auf dem kleinen Sofa überflog ein paar bedruckte Seiten. Kate blieb stehen.

»Wir haben Ihre Kopfzeile gelesen«, sagte Chuck. »Diese Story über das vermisste Baby hat ja eine verteufelte Wendung genommen. Ist unser Stoff exklusiv?«

»Mehr oder weniger.«

»Was soll das heißen?«, fragte Dorothea.

»Niemand verfügt über die Details und die Interviews, die wir haben, aber ich habe den starken Verdacht, dass das FBI bald eine Pressemitteilung und eine Vermisstenmeldung herausgeben wird.«

»Teufel, das ist ganz und gar nicht exklusiv«, sagte Dorothea. »Und in Ihrer Kopfzeile heißt es *vermisst.* Ist das eine Entführung oder einer der Hunderte von tragischen Vermisstenfälle, wie sie dem Sturm zu verdanken sind?«

»Das weiß niemand genau. Die kürzlichen Entwicklungen umgibt noch ein ziemliches Geheimnis«, erwiderte Kate.

Dorothea verdrehte die Augen. »Also wissen wir nicht genau, was das ist?«

»Nein. Es ist ein Geheimnis mit jeder Menge beunruhigender Elemente, die das FBI zusammenzusetzen versucht.«

»Genau das gefällt mir daran«, sagte Chuck. »Die Leser lieben ein Geheimnis, und dieses ist mit Qual und Herzschmerz geladen. Was ist mit den Fotos? Wo sind sie?«

»Wir haben die Mama und das Baby.«

»Die sind alt«, sagte Dorothea. »Sie hätten sie als *file pix* und nicht als *pix* in Ihrer Kopfzeile markieren sollen. Ihr Artikel hier erfordert neue Fotos.«

»Ich erwarte Phantombilder der Verdächtigen vom FBI.«

»Sie erwarten sie?« Dorothea hob die Brauen. »Also könnten sie mit der Pressemitteilung des FBI herausgegeben werden?

Also haben Sie in Wirklichkeit gar keinen Exklusivzugriff auf diese Story, hm? Sie haben sie offenbar zu teuer verkauft. Wir sollten New York Bescheid geben und sie aus der Budgetliste streichen. Diese ganze Sache könnte den Bach runtergehen.« Um Zustimmung heischend wandte Dorothea sich an Chuck.

Er hatte seine Brille abgesetzt und tippte damit gegen sein Kinn.

»Chuck«, fuhr Dorothea fort, »das hier könnte auf lediglich einen Aufguss einer polizeilichen Pressemitteilung hinauslaufen. Mandy hat eine Story in petto. Eine wunderschöne Story über eine Erzieherin, die fünfundzwanzig kleine Kinder dadurch gerettet hat, dass sie sie im Keller …«

»Das ist gestern Abend im Fernsehsender Fort Worth gekommen, Dorothea. Was Mandy hat, ist ein Nachklatsch. Was Kate hier hat, ist das Ergebnis von Eigeninitiative. New York hat bereits gesagt, dass es ihnen gefällt.«

Chuck setzte seine Brille wieder auf, setzte sich gerade hin und blickte auf seinen Bildschirm. »Kate«, sagte er, »wie rasch können Sie fertig sein?«

»In ein paar Minuten.«

»Rufen Sie Ihren FBI-Kontakt an. Drängen Sie sie, uns ihre Bilder so bald wie möglich zu überlassen und uns einen dreißigminütigen Vorsprung zu geben. Können Sie das hinbekommen?«

»Kann ich.«

»So geht unsere Story mit den FBI-Phantombildern an alle raus, bevor unsere Konkurrenten ein Wort schreiben können. Auf diese Weise können wir behaupten, dass Newslead die Story als Erste gebracht hat. Einverstanden?«

»Schön, wenn sie nur nicht versagt«, sagte Dorothea und streifte Kate im Hinausgehen.

»Kate?« Chuck sah sie an.

»Ja?«

»Mach dir nichts draus. Der Sturm fordert von uns allen seinen Tribut.«

»Verstehe.« Kate wandte sich zum Gehen.

»Noch etwas.«

»Ja?«

»Gute Arbeit.«

32

Dallas-Fort Worth Metroplex, Texas

Mason fuhr den ganzen Tag über, nachdem er Remy und das schreiende Balg im Motel zurückgelassen hatte.

Er rieb sich die Lippen und bekämpfte sein Verlangen, das mit jedem Kilometer auf der LBJ-Autobahn stärker wurde. Remys Weigerung, sich die Kohle für das Kind zu holen, und seine zunehmenden Verstöße gegen die Bewährungsauflagen, wie zum Beispiel das Nichterscheinen zu einem Test auf Drogen und Alkohol, waren da nicht hilfreich. Sein Traum glitt ihm durch die Finger. Er erreichte den Rand eines schwarzen Lochs. Fluchend hämmerte er mit den Fäusten auf das Armaturenbrett ein.

Unmöglich würde er diese Sache aufgeben, ohne darum zu kämpfen.

Ich muss mir eine Möglichkeit ausdenken, das durchzustehen! Denk nach!

Er fuhr sich mit dem Handrücken über den Mund.

Schritt eins: Lass den Traum nicht sterben.

Er verließ die Autobahn, hielt vor einem Drugstore, besorgte sich ein Handy und rief damit Garza an.

Nach fünfmaligem Läuten schaltete sich die Mailbox ein.

»Ich bin's, Varno. Ich habe eine neue Nummer. Du bist der Einzige, der sie hat. Ruf mich an, damit wir über meinen Einkauf reden können.«

Daraufhin fuhr Mason seinen Pick-up auf den Parkplatz. Er

nahm den kleinen Beutel mit den Überresten ihres Bargelds und fächerte die Scheine mit dem Daumen auf. Knapp neuntausend waren übrig von den ursprünglich fünfzehntausend, die die Agentur Remy gezahlt hatte. Sie hatte ihm das Geld anvertraut und geglaubt, dass er es aufbewahrt hatte. Sie hatte keine Ahnung, dass er viel davon für Dope verwendet hatte. Was sie noch übrig hatten, würde nicht lange reichen, insbesondere, weil er in diesen letzten paar Wochen nicht gearbeitet hatte.

Mason versuchte nachzudenken, aber sein Verlangen entwickelte sich zu einem Schmerz. Mit einer Hand griff er sich an die Schläfen und drückte fest zu, damit sein Schädel nicht zerplatzte. Mit quietschenden Reifen jagte er zurück auf die Autobahn und fuhr zu einem Ort am westlichen Rand der Downtown von Dallas, den er kannte.

Dort erstreckte sich eine Reihe bedrohlich aussehender, heruntergekommener und abbruchreifer Häuser und gut gesicherter Schnapsläden an den Straßen entlang, zudem gab es Huren und die wandelnden Toten. Er fuhr durch den Bereich und hielt nach irgendwelcher Polizei Ausschau, Streife oder zivil, wie zum Beispiel die verräterischen Lieferwagen von Elektrogeschäften, die sie für Verhaftungen benutzten.

Es sah gut aus.

Er lenkte zu den verrosteten Zeitungsständern von Bill's Second Chance Pawnshop. Ein Junge mit einem Mavericks-T-Shirt, zur Seite gedrehter Baseballkappe und herabhängender Hose, so dass sich seine Unterwäsche zeigte, beugte sich zu Mason ins Fenster.

»Hallo, wie geht's, wie steht's heute, Sir?«, fragte der Junge.

»Ich brauche 'nen Schuss.«

Die Augen des Jungen erfassten Masons Gefängnistätowierungen. Das Dealen auf der Straße machte ihn schnell und clever. Alles war cool.

»Hab nur allerfeinste Qualität. Wie viel willste?«

Mason rieb sich heftig das Kinn. Er brauchte etwas für den Augenblick und als Rücklage für später.

»Vierzehn Gramm.«

»Wow!«

»Ist das 'n Problem?«

»Krieg ich hin. Krieg ich hin. Kostet dich eineinhalb Riesen.«

Mason griff in seine Tasche, zählte fünfzehnhundert Dollar ab und hielt sie dem Jungen hin, wobei er den Griff seiner Waffe sehen ließ.

»Denk ja nicht dran, mich zu verarschen, kapiert?«

»Nö. Ich weiß, wo du herkommst. Das ist ein ehrlicher Deal. Ein guter Deal für dich und ein guter Deal für mich.«

Der Junge reichte ihm ein teebeutelgroßes Kissen aus Alufolie. Mason öffnete es, inspizierte den Inhalt und leckte einen winzigen Kristall mit der Zunge auf. Zufrieden fuhr er mehrere Häuserblocks weiter und blieb in der schattigen Ecke eines verlassenen Parkplatzes stehen.

Keine zehn Minuten später schwebte er auf einer Wolke der Glückseligkeit und sah seine Probleme um sich herumtreiben wie heliumgefüllte Ballons. Er schloss die Augen und lächelte zum Himmel auf.

Jetzt kann ich nachdenken. Überlegen und abschätzen.

Masons Haupthindernis, sein Ziel zu erreichen, war Remy.

Er war davon überzeugt, dass sie den Abschluss ihres Geschäfts mit der Leihmutteragentur deshalb hinauszögerte, weil sie völlig durcheinander war. Angefangen hatte es mit dem Verlust ihres Babys. Die Ärztin hatte diesen ganzen Hokuspokus über postpartale Psychose, Halluzinationen und Täuschungen aufgeboten, um Mason zu sagen, dass sie völlig durcheinandergeraten könnte. Na ja, sie war durcheinander, mit ihren Kopfschmerzen, ihrer Heulerei und ihren Sprüchen.

Dann hatte sie sich das neue Baby geschnappt.

Sie war fertig, na gut.

Dennoch hatte Mason allmählich geglaubt – hatte glauben müssen –, dass Remys abgedrehte Idee funktionieren würde. Es war die einzige Möglichkeit, wie sie ihr Geld erhalten konnten. Jetzt aber war er davon überzeugt, dass sie das Baby nicht weggeben wollte, dass sie eine Art Zuneigung zu ihm aufbaute. Er erkannte es daran, wie sie es hielt, wie sie es anschaute, wie sie sich darum kümmerte.

Es bemutterte.

Es war alles eine einzige Scheiße.

Er musste es hinbiegen.

Das Baby war sein Fünfundvierzigtausend-Dollar-Ticket zum süßen Leben.

Masons neues Handy klingelte.

Überrascht versuchte er herauszubekommen, wie viel Zeit verstrichen war. War er eingeschlafen? Das Telefon klingelte erneut, und er antwortete.

»Du hast mich angerufen?« Es war Garza.

»Ich möchte immer noch rein.«

»Du hast das Geld?«

»Ich arbeite daran.«

»Tschüs.«

»Moment, Moment! Ich verschaff mir das Geld.«

»Du redest bloß. Dieser Deal hat ein Verfallsdatum. Leute haben für dich gebürgt, haben gesagt, du wärst zuverlässig.«

»Ich verschaff's mir. Ich brauche bloß noch etwas Zeit.«

»Die Summe geht hoch. Jetzt sind's fünfunddreißig.«

»Was? Das ist zu viel!«

»Das ist die Summe. Die Uhr tickt.« Die Verbindung starb.

Mason strich sich mit der Hand übers Gesicht.

Er würde das hinbekommen. Ihm blieb nichts anderes übrig.

Wie? Wie krieg ich das hin?, fragte er sich eine halbe Stunde später, als er auf einem Hocker am leeren Ende der Purple Sage Cantina saß.

Er betrachtete den Schaum, der an seinem Bierglas herabrann, und wartete auf seine Nachos und eine Lösung, wie er Remy davon überzeugen konnte, die Agentur anzurufen und das Geschäft abzuschließen.

Die Bedienung stellte ihm einen billigen Teller hin. Mason biss in den ersten Chip, schaute zu dem großen Fernseher hinter der Bar auf und erstarrte.

Was war das, zum Teufel?

Der Bildschirm füllte sich mit Phantombildern von Personen, die eine Rolle bei dem Geheimnis um ein Baby spielten und verdächtigt wurden, es dessen Mutter während des Sturms am Old Southern Glory Flea Market im südöstlichen Dallas weggenommen zu haben.

Die Fernsehnachrichten zitierten Newslead, die Nachrichtenagentur, die berichtet hatte, dass das FBI jetzt den Fall übernommen habe, und appellierte an jeden, der Informationen hatte, sich zu melden.

Masons Magen zog sich zusammen.

Er zog seine Baseballkappe tiefer ins Gesicht.

Oh, Scheiße! Das FBI.

33

Dallas-Fort Worth Metroplex, Texas

Mason zwang sich zur Ruhe.

Er aß etwa die Hälfte seiner Nachos auf, zahlte und verließ die Bar wie ein gewöhnlicher Gast.

In der hellen Sonne von Texas kniff er die Augen zusammen und stieg wieder in seinen Pick-up. Allmählich kam er von seinem High wieder herunter, und der Bericht im Fernsehen hatte ihn wie ein Schlag in die Magengrube getroffen.

Die Nachrichten verändern alles – verdammt noch mal, einfach alles. Bleib dran. Sei cool. Sei cool. Sei cool. Wir müssen das durchziehen. Wir haben keine andere Wahl.

Er holte lange und tief Luft und stieß sie dann wieder aus.

Er wusste genau, was er zu tun hatte – kannte die neuen Risiken, die er eingehen musste.

Mason drehte den Zündschlüssel und berechnete, dass ihm immer noch Zeit blieb.

Binnen Minuten war er zurück auf der Autobahn und fuhr Richtung Osten. Seine Knöchel auf dem Lenkrad waren weiß, als er sich durch die Reihen von Fahrzeugen schlängelte. Bremslichter leuchteten auf, Hupen ertönten, und er streifte große Sattelschlepper.

Der Faden seiner Selbstbeherrschung franste aus.

Bei einem Blick in den Rückspiegel reiste er im Geiste durch die Probleme, die ihn verfolgten. Die Leihmutteragentur wollte bestimmt ihr Geld zurück, DOA war ihm auf den Fersen, die Leute von der Bewährungshilfe würden bald seine Regelverstöße vermerken, und jetzt hatte er auch noch das FBI am Hals.

Verdammt. Verdammt. Verdammt.

Mason war sein ganzes Leben lang davongelaufen.

Er hatte versucht, von Jerry wegzulaufen, diesem Monster, das mit seiner Mutter zusammengelebt hatte. Er würde nie vergessen, wie Jerrys Ledergürtel geklungen hatte, als er ihn sich aus der Hose gerissen und den Jungen damit vor seinen betrunkenen Freunden ausgepeitscht hatte.

»Seht mal, wie dieser Hosenscheißer gehorcht! Hol mir ein Bier aus dem Kühlschrank.«

»Ja.«

»Ja, was?«

Der Gürtel hinterließ eine brennende Spur auf Masons Armen.

»JA, WAS?«

»Ja, Sir.«

Jerry war nicht Masons Vater, bloß der Mann, der bei seiner Mutter blieb, ein Junkie und Stricher, der jede Menge seltsamer Männer mit nach Hause gebracht hatte. Eines Abends, da war Mason fünfzehn gewesen, und Jerry war auf dem Sofa weggetreten, hatte er mit einem Kugelhammer über ihm gestanden, entschlossen, ihm den Schädel einzuschlagen.

Stattdessen hatte er ihn mit einer Notiz auf Jerry liegen lassen:

Hab mich entschieden, dich am Leben zu lassen, du altes Stück Scheiße.

Dann war Mason gegangen und hatte nie zurückgeschaut, nie die Schande und die Schläge für die Fehler akzeptiert, die seine Mutter und Jerry in ihrem Leben gemacht hatten. Und er wäre verdammt, wenn er für Remys Fehler zahlen müsste.

Das Problem war, dass er und Remy nie einen Plan gehabt hatten.

Nachdem Remy das Baby verloren hatte, waren sie zuerst davongelaufen, um der Krankenschwester aus dem Weg zu gehen, damit sie nicht das Geld zurückzahlen müssten. Dann war Remy wegen ihrer postpartalen Psychose völlig durchgeknallt und hatte sich das Baby geschnappt. Teufel, vielleicht nahm sie es jetzt völlig in Besitz, während das FBI sie suchte.

Dafür werde ich nicht untergehen. Ich gehe nicht in den Knast zurück. Remy hat uns hier reingebracht. Ich hole uns raus. Dann lasse ich sie fallen.

Auf der Ostseite von Dallas lenkte Mason in die Randgebiete des Metroplex, die vom Sturm unberührt geblieben, jedoch aus anderen Gründen höllisch waren. Er fuhr an einer Reihe Tacohütten vorbei, an Big Bobby Jay's Gebrauchtmöbeln, der Famous Glitter Hair und Nail Boutique.

Er fuhr zu Ray's Right Fix Autoreparaturwerkstatt.

Vom wettergegerbten Holzschild über der Garage blätterte die Farbe ab. Das Grundstück war gesprenkelt mit Fahrzeugen in unterschiedlichen Stadien der Reparatur. Die Pflasterung war ein Mosaik aus Öl, Schmiere und Flecken der Flüssigkeit, die den Film über der Garage mit den zwei Gruben speiste.

Mason stieg aus und ging auf die offenen Türen zu.

Ein Song von Toby Keith schallte aus einem Radio.

Die Luft roch nach Gummi, Kompressoren dröhnten und Eisenwerkzeuge fielen klirrend auf den Betonboden. Ein Mann in schmutzigen Jeans mit einem fleckigen Tuch um den Kopf schob sich unter der Haube eines Olds hervor.

»Tut mir leid, Mister, wir machen für heute zu. Kommen Sie morgen wieder.«

»Ich muss bloß zu Lamont. Ist er noch hier?«

Ein Steckschlüssel surrte, und der Mann kehrte an seine Arbeit zurück, bevor er Antwort gab.

»Hinten rum.«

Die Türen im hinteren Teil öffneten sich zur Rückseite des Grundstücks.

Ein Wohnmobil mit einer Kunststoffverkleidung stand wie verlassen in einer Ecke. Ein Zwinger auf der anderen Hofseite beherbergte einen großen Hund. Der hintere Bereich war ein Friedhof aus Autoteilen und Ausrüstung, Motorhebern, Metallfässern, Ketten und Batterien. Inmitten all dessen war ein großer Mann über einen Amboss gebeugt und hämmerte auf ein Metallstück ein. Der Hund knurrte Mason an, und ihm fiel auf, dass dem Tier das linke Auge fehlte und dass das Fell von den Hinterläufen herabgerissen war. Das gutturale Knurren des Hunds wurde lauter, bis der Mann aufhörte zu hämmern und sich umdrehte.

Er war über zwei Meter groß und trug einen verdreckten Overall und eine Schweißerkappe. Sein Stoppelbart war grau durchsetzt, das lange Haar hatte er sich hinter die Ohren geschoben, und es gab ein Gesicht frei, das aus kaltem Stein gemeißelt sein konnte. Er sah Mason einen langen Augenblick schweigend und mit zusammengebissenen Zähnen an, wobei er den Hammer in der Hand umherwirbelte, während der Hund knurrte.

Blitzschnell wie eine zuschlagende Kobra schleuderte der Mann den Hammer auf den Zaun des Zwingers, so dass der Hund aufjaulte und Mason zusammenzuckte.

»Hör auf, verdammt noch mal!« Die schwarzen Zahnstümpfe des Mannes zeigten sich, als er sich Mason zuwandte. »Was zum Teufel tust du denn hier?«

»Ich brauche Hilfe, Lamont. Ich stecke schlimm in der Scheiße.«

»Warum sollte mich das auch nur im Geringsten interessieren?«

Mason zeigte auf eine Rolle Geldscheine in seiner Hand. Einen Moment lang ruhte Lamonts Blick darauf. Er hörte zu.

»Als wir drinnen saßen, hast du gesagt, wenn ein Bruder jemals einen Ort zum Verschwinden braucht, weil es ihm zu heiß geworden ist, dann hättest du einen. Ich brauche diesen Ort, Lamont. Ich brauche ihn jetzt.«

Lamont kratzte sich das Kinn.

»Ich weiß nicht, in was für 'ner Scheiße du steckst, und ich will nichts damit zu tun haben.«

»Wirst du nicht, das schwöre ich dir. Ich und meine Alte brauchen einen Ort.«

»Heutzutage bleibe ich für mich.«

»Ich brauche diesen Ort. Es geht ums Überleben, Lamont. Ich kann nicht nach Hightower zurück. Ich kann nicht wieder in den Knast.«

Lamont warf der Rolle Scheine, die Mason ihm zeigte, einen Blick zu und nahm sich mehrere lange Momente, um seine eigenen Schwachstellen und die eigene Lage abzuschätzen, bevor er eine Entscheidung traf, die unwiderruflich Leben verändern konnte.

»Wie lange brauchst du ihn?«

»Vier oder fünf Tage, höchstens eine Woche.«

»Ich will eintausend sofort.«

»Abgemacht.«

»Und eintausend, wenn du da angekommen bist.«

»Ja.«

»Und ich brauche eine nicht rückverfolgbare Nummer. Ich rufe dich innerhalb von vierundzwanzig Stunden an und sage dir, wo der Ort ist.«

Mason schüttelte Lamont die Hand, wobei er zehn Fünfziger und fünf Hunderter darin zurückließ.

Als Mason ins Hotel zurückkehrte, schlug ihm das Herz bis zum Hals.

Er umkreiste den Block ein paar Mal und suchte irgendein Anzeichen dafür, dass die Polizei im Hotel hockte. Zufrieden, dass er nichts fand, parkte er vor ihrer Einheit.

Er fühlte sich bestärkt, weil er für sich und Remy eine Möglichkeit gefunden hatte, zu fliehen, sich neu zu organisieren und sich das Geld zu holen. Aber er zitterte noch immer. Das waren die Auswirkungen der Nachrichtensendung, und er benötigte zwei Versuche, um den Schlüssel ins Schloss ihres Zimmers zu bekommen.

Er öffnete die Tür.

Was ist das denn, zum Teufel?

Mason stand in dem leeren Zimmer. Remy und das Baby waren verschwunden. Ihr Gepäck war nach wie vor da. Er ging zum Nachttisch neben dem Telefon, nachsehen, ob sie eine Notiz hinterlassen hatte. Nichts. Auch nichts auf dem Schreibtisch.

Ich habe ihr gesagt, sie soll nichts unternehmen. Ich habe ihr gesagt, sie soll warten. Wo ist sie, verflucht?

Verschiedene Szenarien spulten sich in seinem Kopf ab, und sein Puls beschleunigte sich.

Vielleicht hatte die Polizei sie geholt? Nein, sie hätten auf ihn gewartet. Vielleicht hatte sie die Agentur angerufen und schließt das Geschäft ab? Nein, das täte sie nicht ohne ihn. Oder doch? Vielleicht war es etwas anderes? Das Baby hatte geweint. Vielleicht war es krank, und sie hatte ein Taxi zu einem Arzt oder Krankenhaus genommen? Würde sie dieses Risiko eingehen?

Er versuchte, sie über ihr Handy zu erreichen, bekam jedoch bloß ihre Mailbox.

»Wo bist du? Ruf sofort zurück!«

Er legte auf und fluchte.

Er musste sie finden.

34

Dallas-Fort Worth Metroplex, Texas

Was habe ich getan?

Tränen rannen Remy über das Gesicht.

Sie schaute Caleb an, der schließlich auf der Decke eingeschlafen war, die sie im weichen Gras unter einem Baum ausgebreitet hatte.

Die Sonne ging unter.

Er ist so wunderschön, dachte sie, und in ihrem Kopf pochte es. *Er ist wie ein Engel. Vielleicht ist er das auch, ein echter, vom Himmel gesandter Engel.*

Remy hob das Gesicht dem Himmel entgegen.

Was soll ich tun?

Bilder von Mason blitzten in ihrem Kopf auf. Mason mit Drogen, dann mit der Waffe, die er auf das Baby richtete. *Ja, er hat Probleme, aber ich kann ihm helfen. Wir bauen unseren Traum gemeinsam auf.* Aber wie hatte er sie einfach so im Motel zurücklassen können? Remy war so wütend auf ihn, dass sie rausmusste, wegmusste. Sie hatte das Baby genommen und war ein paar Häuserblocks zu einem Park gegangen. Hier gab es nicht viele Menschen – eine Frau mit ihrem Kleinkind, ein paar Kinder, die einen Football warfen. Es war friedlich, und sie konnte …

Oh, mein Kopf … mein Kopf wird explodieren!

Alles ging viel zu schnell, verlief rückwärts, zog sie zurück.

Wegen Daddy sind wir immer von Stadt zu Stadt gezogen,

von Wohnwagen zu Wohnwagen. »Bitte, Daddy, können wir nicht einfach hier bleiben? Ich gehöre nie richtig dazu. Ich bin hässlich.« Remy sagt ihm, dass die Jungs sie bloß für Sex wollen. Dann sagt sie ihm, dass sie schwanger ist. »Tut mir leid, Daddy.« Er wirft seine Bierflasche an die Wand, und das Bier tropft wie Gift herab.

»Du bist fünfzehn! Mach es weg! Sage dem Vater, er soll dafür zahlen, dass du es wegmachst, weil du es nicht aufziehen kannst!« Remy ist in der Klinik. Es ist kalt und riecht nicht gut, wie Reinigungsalkohol. Sie hat Angst, und sie möchte sterben. Dann ist es vorüber, und sie ziehen erneut um. Mit siebzehn ist sie schwanger.

Wieder.

Ihr Vater steht in der Tür und wirft ihre Kleidung auf die Straße. »Verschwinde aus meinem Haus! Du bist eine Nutte, genau wie deine Mutter!« Die Krankenschwester im Büro des Social Service sagt Remy, sie habe verschiedene Möglichkeiten. Das Büro hilft ihr, eine Wohnung und eine Teilzeitstelle in einem Burgerrestaurant zu finden. Dann bringt sie ein Mädchen zur Welt und gibt es weg. »Du hast den neuen Eltern solche Freude bereitet«, sagt die Krankenschwester zu ihr. Das Baby ist in einem guten, liebevollen Zuhause.

Jetzt hier im Park wischte Remy sich die Tränen ab. Sie dachte daran, wie sie von einem Job zum anderen gewechselt hatte, von einem Mann zum anderen. Sie hatte als Kassiererin in einem Supermarkt in Lufkin gearbeitet und sich einsam gefühlt. Da hatte ihr eines der anderen Mädchen von einer Website erzählt, auf der man Brieffreundschaften mit Gefängnisinsassen eingehen konnte. So war sie an Mason Varno geraten. Es war das Schicksal, das sie zu ihm gebracht hatte. Seine Augen auf den Fotos auf der Website waren die traurigsten, die sie jemals gesehen hatte. Sie hatten ihr das Herz gebrochen, aber sie hatten ihr gesagt, dass sie und Mason füreinander bestimmt waren.

Sie teilten Träume.

Remy würde alles für ihn tun. Mason hatte ihr von seinem Ziel erzählt, eine Schreinerei zu eröffnen, und dass sie ihm dabei helfen könnte, dass sie gemeinsam eine Familie gründen könnten, eine richtige Familie. Remy hatte die Anzeige für Leihmutterschaft gesehen. Sie war zuvor schon schwanger gewesen und hatte das Baby nicht behalten können. Sie konnte das tun. Sie konnte damit zurechtkommen. Sie rief die Nummer an und ergriff die Chance, sechzigtausend Dollar zu verdienen. Die würden ihr und Mason ein neues Leben schenken.

Remy täte etwas Gutes.

Die Leute von der Agentur waren nett, richtig professionell. Sie überprüften ihren Gesundheitszustand, erklärten, dass sie eine globale Agentur seien, und nachdem sie einen Vertrag unterschrieben hatte, flogen sie sie für das Prozedere nach Moskau, weil sie ein besonderes Arrangement mit den Ärzten dort getroffen hatten.

Die Agentur hatte ihr versichert, dass alles absolut legal sei.

Remy wurde schwanger, und während der ersten Monate überlegte sie, wer der russische Vater wohl war – war er nett, klug, gutaussehend? Sie überlegte, wer wohl die zukünftigen Eltern des Babys waren.

Des Nachts wurde Remy von Albträumen von dem Baby heimgesucht, das sie abgetrieben hatte, von Erinnerungen an die schrecklichen Geräusche, wie die Ärzte in ihr am Werk gewesen waren, an das entsetzliche Gefühl von Leere. Sie hatte ebenfalls seltsame Träume von der Tochter, die sie weggegeben hatte, und von ihrer Leihmutterschaft.

Tue ich das Richtige?

Als Mason aus Hightower entlassen wurde, war er immer noch erfreut über die sechzigtausend Dollar, aber etwas unter der Oberfläche stimmte nicht. Der Sex war für sie nicht gut, weil Mason im Zwiespalt war, »es zu tun, während das Baby da drin war«. Nachdem er so lange weggesperrt gewesen war, war er frustriert. Remy hatte ihm versprochen, der Sex wäre besser nach dem Baby, aber Mason stand unter Stress: wegen seines neuen Jobs, wegen der Bewährung und wegen seiner alten Feinde.

Er nahm wieder Drogen.

Sie bettelte ihn an, damit aufzuhören, und versuchte, ihm zu helfen.

Dann ging irgendetwas in ihr schief, etwas mit dem Baby. Es war eine Totgeburt. Tot in ihr. Ein Junge.

Mein Gott.

Sie war völlig außer sich wegen des gewaltigen Schocks und des Schmerzes. Die Ärzte, die Krankenschwester in dem kleinen Krankenhaus, das sie aufgesucht hatten, und sogar Mason, alle versuchten, sie zu trösten.

Sie wollte ihr Baby im Arm halten. Er war so winzig. Er sah aus, als wenn er schlafen würde. Sie badete ihn, zog ihn an und schnitt ihm eine Locke seines Haars ab. Die Krankenschwester nahm Hand- und Fußabdrücke von ihm ab, die Remy behalten sollte.

Dann besorgte das Krankenhaus einen Geistlichen, der Remy und Mason bei der Beerdigung in einer kleinen Ecke des örtlichen Friedhofs unterstützen sollte. Das Beerdigungsinstitut hatte kostenlos einen winzigen Sarg zur Verfügung gestellt.

Als sie vor dem Grab des Babys auf dem Friedhof gestanden hatte, war Remy überwältigt worden. *Warum ist das so gekommen? Warum werde ich bestraft?*

Später hatten ein Berater und ein Arzt des Krankenhauses mit Remy über die Veränderungen gesprochen, die ihr Körper durchmachen würde. Dass ihre Brüste sich mit Milch füllen würden, dass sie Schmerzen haben würde, dass sie wütend werden würde. Sie hatten sie gewarnt, dass sie wahrscheinlich eine akute postpartale Depression bekommen würde, sogar eine Psychose. Sie hatten sie mit Medikamenten versorgt, die sie nie genommen hatte.

Remy und Mason kehrten in ihre Wohnung in Lufkin zurück, packten ihre Sachen und gingen. Mason sagte seinem Chef, dass es Probleme gegeben habe und dass sie eine Weile wegmüssten. Mason verlor niemandem gegenüber ein Wort darüber, was wirklich geschehen war, weil die Agentur niemals erfahren sollte, dass sie das Baby verloren hatten.

Aber als Nachwirkung wurde Remy verwirrt und zwiegespalten.

Während sie von einem billigen Motel zum nächsten zogen, kämpften sie mit dem Verlust und den Konsequenzen. Sie konnten nur wenig tun, während Remy mit ihrem wachsenden Gefühl von Isolation zurechtkommen musste. Niemand konnte verstehen, was sie durchmachte, während Gefühle der Sinnlosigkeit und Leere sie verzehrten.

Es gab Augenblicke, glückselige, flüchtige Augenblicke, da sah Remy ihren Traum wahr werden, Augenblicke, in denen sie mit Mason in ihrem kleinen Haus mit ihren Kindern lebte, ihrer Familie, und er seine Schreinerei führte.

Dann zerschlug sich das alles.

Da sie jetzt das Baby verloren hatte, bestand das Risiko, alles zu verlieren.

Warum?

Warum wurde sie bestraft, wo es doch so viele schlechte Mütter dort draußen gab?

Remy sah sie in Parks, an öffentlichen Plätzen, in Einkaufszentren, wie sie ihre Kinder vernachlässigten, sich nicht richtig um sie kümmerten.

Es ist so unfair. Es ist nicht richtig. Sie sollte es richten. Das ist die Antwort.

Das ist die Lösung – die Überzeugung, der sie und Mason folgten.

Was dir das Leben auch nimmt, du holst es dir zurück.

Damit ihr Traum auch wirklich wahr würde, müsste Remy ein vernachlässigtes Kind finden, und es sollte dasjenige ersetzen, das sie verloren hatte. Das müsste sie der Agentur geben, damit sie ihr neues Leben, ihr wahres Leben mit Mason beginnen könnte. Sie hatten Einkaufszentren und Parks durchsucht, bis sie das richtige Baby auf dem Flohmarkt gefunden und sich tapfer um seine Rettung bemüht hatten.

Der Tornado war biblisch gewesen – ein Wirbelsturm – ein Zeichen.

Als sie jetzt auf Caleb hinabsah, lächelte sie.

Du bist nicht gestorben. Ich habe dich nicht gestohlen. Ich habe dich vor einer schrecklichen Mutter gerettet, die dich nicht verdient hat. Ich verdiene dich. Du bist so wunderschön, wie ein Engel. Dich einfach nur zu haben, dich in diesen Tagen im Arm zu halten hat meine Leere gefüllt. Du bist mein Sohn, der Sohn, den ich getragen habe, mein süßer, wunderschöner, verlorener Engel.

Sie holte aus ihrer Tasche ein besonderes, winziges Schmuckkästchen, öffnete es und nahm ein kleines, zusammengefaltetes Stück Tuch heraus, das von der Decke stammte, in der ihr totgeborener Sohn begraben worden war. Sie berührte damit ihr Gesicht.

Du brauchst mich. Ich brauche dich. Ich weiß nicht, ob ich dich wirklich aufgeben kann.

Ein Schatten fiel über Remy und das Baby.

Mason stand vor ihnen.

»Ich habe dich überall gesucht. Warum bist du weggelaufen?«

Remy schwieg.

»Alles in Ordnung?«, fragte er und sah sich ungeduldig um.

Sie schüttelte den Kopf.

»Hast du die Nachrichten gesehen? Die neuesten Nachrichten vom FBI?«, fragte er.

Sie schüttelte den Kopf.

»Hattest du einen deiner Anfälle?«

»Ich glaube, ja«, erwiderte Remy. »Sieh ihn dir an, Mason. Er ist so süß, ein süßer kleiner Engel. Er braucht mich, nicht wahr?«

Mason hielt einen Moment inne und sah Remy abschätzend an. »Ich denke, schon. Er braucht dich, damit du dich um ihn kümmerst, damit du ihn der Mutter übergibst, die in der Agentur auf ihn wartet. Wahrscheinlich ist sie in großer Sorge, nachdem sie so lange gewartet hat. Was meinst du, Remy?«

Sie starrte Caleb an, immer noch schweigend.

»Liebling …« Mason hockte sich hin und sprach sanfter. Es war lange her, dass er sie so genannt hatte. Sie liebte es, wenn er es tat. »Liebling, das FBI sucht uns. Sie haben gerade im Fernsehen Zeichnungen gezeigt, die aussehen wie wir.«

Remy sah Mason blinzelnd an. Sie bemühte sich, seine Worte zu verstehen.

»Wir müssen jetzt weg«, sagte er. »Wir müssen zum Motel zurück, unsere Sachen holen und verschwinden. Sofort! Ich habe uns einen Ort bei einem alten Freund aus Hightower besorgt, wo wir in Sicherheit sind und die Agentur anrufen können. Wir können das Geschäft mit dem Baby abschließen und dann unseren Traum leben, wie du immer gewollt hast. Okay?«

Remy sah ihm in die Augen. »Nein, Mason.«

»Nein?«

»Ich glaube, es ist keine gute Idee, bei einem deiner Exknacki-Freunde zu bleiben. Ich vertraue ihnen nicht.«

»Hast du mir richtig zugehört?«

»Du hörst mir zu, Mason Varno. Ich habe keine Lust mehr, davonzulaufen. Ich will ins Motel zurück und etwas mehr nachdenken, während ich mich um mein Baby kümmere.«

»Dein Baby?«

»Ja, mein Baby. Und wir gehen nirgendwohin. Ist das klar?«

Er starrte sie mehrere Sekunden lang eiskalt an, bevor er lächelte.

»Natürlich, Liebling.«

35

Bel Air, Kalifornien

Chelsea Drew-Flynn benötigte eine Schulter zum Anlehnen.

Sie rief Tara Powell an, ihre Busenfreundin und Vertraute, und Tara lud sie, ohne zu zögern, nach Kalifornien ein. So beschäftigt sie auch mit ihrem neuen Baby, einem Mädchen, und ihrem Job war, Tara hatte immer Zeit für Chelsea.

Sie hatten sich vor einer halben Ewigkeit bei einer Wohltätigkeitsgala in San Francisco kennengelernt, und obwohl Tara zehn Jahre jünger als Chelsea war, waren sie doch so gut miteinander ausgekommen, als ob sie schon ihr Leben lang Freundinnen gewesen wären.

Chelsea nahm nicht den Firmenjet aus Denver, sondern einen Linienflug in der Business-Class, und am Flughafen von L. A. nahm sie ein Taxi.

Tara und ihr Mann Worthington betrieben ihre eigene Produktionsfirma. Ihre letzten drei Filme hatten jeder über einhundert Millionen Dollar eingespielt, und sie hatten ebenfalls ein erfolgreiches Krimidrama bei HBO laufen.

Chelsea liebte ihr Haus, das inmitten einer abgeschlossenen Siedlung an einer gewundenen luxuriösen Straße stand und tief hinter Gebüsch verborgen war.

Ihr Grundstück bot atemberaubende Blicke über Los Angeles. Das Haus verfügte über acht Schlafzimmer, und jedes Zimmer hatte einen herrlichen Ausblick. Das Foyer bestand aus italienischem Kalkstein, und sie hatten einen riesigen Pool hinter dem Haus mit einem verblüffenden Panorama der Stadt. Das Grundstück war abgeschottet, dicht mit Grünzeug bewachsen und umgeben von Palmen, Avocado- und Zitronenbäumen.

Auf der Zufahrt standen überreichlich luxuriöse Autos. Chelseas Fahrer brachte ihre Taschen an die Tür, wo Chelsea von Tara begrüßt wurde. Sie umarmten einander und tauschten Küsse aus, während zusammen mit der Musik das lebhafte Gesumm einer Party ertönte, die in vollem Gange war.

»Toll, dich zu sehen«, sagte Tara.

»Ich störe, nicht wahr?«

»Du bist genau richtig gekommen. Wie war dein Flug?«

»Gut.«

Tara trug eine elegante, wenn auch halb formelle türkisfarbene Kombination.

»Die Schuhe finde ich klasse«, sagte Chelsea.

»Die habe ich aus Venedig, als wir dort beim Filmfestival waren. Sie sind superbequem.«

Über das Gespräch und das Gelächter hinweg, das sich aus dem großen Wohnzimmer ergoss, wo die Glaswände zurückgeschoben worden waren und den Weg zum Pool freigaben, erhaschte Chelsea einen Blick auf eine Anzahl weltberühmter Gesichter.

»Worth gibt gerade eine Party für die Investoren unseres nächsten Projekts. Ich hole Miguel, der deine Taschen in dein Zimmer hinaufbringen soll, damit du dich etwas frisch machen kannst, wenn du magst. Dann kannst du ein paar Leute hier treffen, dir etwas zu essen nehmen, und wir schleichen uns davon und reden, okay?«

»Hört sich großartig an. Wie geht's Cheyenne? Kann ich sie sehen?«

»Aber natürlich. Sie sollte bald aufwachen, und sie freut sich bestimmt unheimlich, Tante Chelsea zu sehen.«

»He, da ist sie ja – meine Lieblings-Goldgräberin!« Gebräunt und lächelnd nahm Worthington Chelsea in eine bärenhafte Umarmung.

»Hallo, Worth.«

»Wenn du mal eine Pause brauchst von der Leitung deines Minen-Empires kann ich dich in einen Film bringen.«

»Das kannst du dir nicht leisten.«

»Jeder hat seinen Preis, Chelsea.« Er zwinkerte ihr zu. »Können wir dir etwas anbieten, einen Drink?«

»Vielleicht später. Ich werde mich erst etwas frisch machen.«

Chelsea duschte rasch, schminkte sich, zog ein Kleid mit Blümchenmuster an und ging dann hinunter zur Party. Tara führte sie durch die Menschen, die im Wohnzimmer und am Pool verstreut waren, stellte ihr Schauspieler, Regisseure, Drehbuchautoren und Agenten vor, während Diener mit Tabletts voller Getränke und Häppchen umhergingen.

Nach etwa zwanzig Minuten erhielt Tara eine SMS auf ihrem Handy und beugte sich dann nahe an Chelseas Ohr.

»Cheyenne ist wach. Gehen wir.«

Tara führte Chelsea nach oben zum Schlafzimmer ihrer Tochter, wo die elf Monate alte Cheyenne in ihrem Laufstall stand, das Kindermädchen daneben.

»Ich habe bereits ihre Windeln gewechselt, Ma'am«, sagte das Kindermädchen.

»Danke sehr, Aisah.« Tara nahm das Baby auf die Arme. »Wir werden eine Weile bei ihr bleiben. Ich sage dir Bescheid, wenn wir fertig sind.«

Das Kindermädchen ging, und Tara reichte Cheyenne an Chelsea weiter, die ihr die Wange küsste und ihren süßen Babyduft inhalierte.

»Ohh«, sagte Chelsea, »kann ich sie mit zu mir nach Denver nehmen?«

Tara lächelte, während ihre Freundin weiter das Baby betüddelte. Seitdem Tara mit Cheyenne schwanger geworden war, ihrem einzigen Kind bislang, hatte Chelsea ihr anvertraut, wie verzweifelt sie sich ein Baby wünschte. Sie konnte keine Kinder haben. Ihre einzige Ehe hatte ein schlechtes Ende genommen, und jetzt, mit neunundvierzig, verlangte es Chelsea danach, Mutter zu sein. Nach vielem Hin und Her hatte sie sich entschlossen, eine Leihmutter über eine Agentur einzusetzen.

»Wie läuft's? Du hast dich besorgt angehört bei deinem Anruf«, sagte Tara.

»Da hat's Verzögerungen gegeben.«

»Bist du argwöhnisch wegen dieser Agentur?«

»Enttäuscht.«

»Aber du hast sie von deinen Anwälten überprüfen lassen.«

»Ja. Howard hat eine Unternehmensbewertung für mich durchgeführt. Die Agentur hat einen guten Ruf. Vergiss nicht, ich habe dir gesagt, dass Isabel Hardwick von ihnen gehört und mir versichert hatte, dass sie einen guten Ruf haben, weil sie über ein weltweites Netzwerk verfügen.«

»Aber die Verzögerungen machen dir Sorgen?«

»Ja. Hedda Knight, die Anwältin und Inhaberin der Agentur in Chicago, hatte mich gewarnt, dass es sich eine Leihmutter hin und wieder anders überlegt.«

»Du hast deine bisher noch nicht getroffen?«

»Nein, die Agentur ist in dieser Hinsicht etwas eigen. Das ist ihre Politik. Ich habe angeboten, mich um sämtliche ihrer Bedürfnisse zu kümmern, um alles, aber die Agentur hat gesagt, sie würde sich selbst um diese Dinge kümmern. Ich habe Fotos der Mutter und des Samenspenders gesehen, ihre Akten gelesen. Ich weiß nicht, woher sie stammen, aber sie sind völlig gesund. Es sind prächtige junge Leute. Sie sollte einen Jungen bekommen, meinen Sohn.« Chelseas Stimme brach, und ihre Augen füllten sich auf einmal mit Tränen. »Entschuldige.«

»Schon okay, Liebes.« Tara reichte ihr ein Taschentuch.

»Danke. Sie sollte vor vier Wochen das Kind bekommen, und jetzt ist alles völlig unsicher.«

»Hast du dir überlegt, zu einer anderen Agentur zu gehen?«

»Ja, aber die Wartelisten sind so lang.«

»Warum suchst du dir nicht selbst eine Leihmutter und kümmerst dich selbst darum?«

»Daran habe ich gedacht, aber es würde ein weiteres Jahr Wartezeit bedeuten, wo ich nach wie vor nicht weiß, warum es in meinem Fall so lange dauert.«

»Hast du eine Klage in Betracht gezogen?«

»Ja, aber ich möchte die Mutter nicht abschrecken. Ich will bloß meinen Sohn.«

»Was ist da deiner Ansicht nach wirklich los?«

»Ich weiß es nicht. Ich glaube, sie hat Hintergedanken.«

»Könnte die Agentur dich wegen eines Kunden hinhalten, der mehr bezahlt?«

»Das wäre illegal. Ich meine, Howard hat angedeutet, dass es da viele Grauzonen gibt, aber das ist mir gleichgültig. Ich möchte bloß ein Kind, weißt du?«

»Allerdings, Chelsea.«

Nachdem sie ein wenig über die Situation nachgedacht hatte, sagte Tara: »Biete der Agentur mehr Geld an, ein Geschenk, einen Bonus … nenne es, wie du willst, aber biete ihr mehr. Und erinnere diese Hedda Knight daran, was du mir früher gesagt hast, dass du ihr bei der Suche nach weiteren Kunden helfen wirst.«

Während Chelsea den Vorschlag abwägte, fuhr Tara fort: »Auf diese Weise bleibst du am Ball, auch wenn diese Hedda dich hinhält, weil sie mehr will, oder wenn die Leihmutter Hinterdanken hat. Und du kannst einen Hinweis auf Sula Bartholomew geben, ohne ihren Namen zu nennen. Kennst du sie? Ihrer Familie gehört das Kartoffelchips-Unternehmen.«

»Ja.«

»Sula ist auf der Suche nach einer Leihmutter, und sie hat gestreut, dass sie gewillt ist, einen siebenstelligen Betrag dafür hinzublättern. Das erzählst du alles Hedda, und dann siehst du, was passiert.«

36

Chicago, Illinois

Krystal hatte etwas zu viel Make-up aufgelegt.

Was von einer zweiundzwanzigjährigen Kosmetikerin, die in einem Einkaufszentrum von Indianapolis arbeitete, eigentlich zu erwarten war, dachte Hedda Knight.

Sie war einverstanden gewesen, sich mit Krystal in einem Café in der Downtown von Chicago zu treffen, nachdem die junge Frau auf eine von Heddas Internetanzeigen geantwortet hatte.

Krystal war es »ganz furchtbar ernst« damit, eine Leihmutter zu werden, weil sie ihr Gehalt etwas aufstocken musste. Ihr Freund »Dack« hatte ihr den Laufpass gegeben. Sie wollte nach L. A., um dort Schauspiel zu studieren. Ein Wahrsager – *ein echter* – hatte ihr gesagt, es sei ihr bestimmt, berühmt zu werden.

»Ich war Spitze in *Pygmalion* … mein Theaterkurs in der Highschool hatte das inszeniert«, erzählte Krystal. »Eine letzte Frage – was geschieht mit dem Baby, wenn es sich die Eltern anders überlegen? Muss ich es dann etwa behalten?«

»Das kommt nie vor. Wir haben eine lange Warteliste von Eltern. Also nein, Sie müssten es nicht behalten.«

Krystal kaute an ihrer Lippe. Sie hatte sich auf einem kleinen Block Notizen gemacht. Das Sonnenlicht glitzerte auf ihren neonmetallic lackierten Nägeln, als sie damit herumspielte, während sie überlegte. Hedda sah übertrieben deutlich auf ihrem Handy nach der Uhrzeit, ein nicht mehr so diskreter Hinweis, dass ihr Treffen beendet war.

»Sind es wirklich sechzigtausend?«, fragte Krystal.

»Wenn alles glattgeht, und gewöhnlich geht alles glatt, ja. Das ist die Summe, die Sie erhalten. Jetzt müssen Sie mich leider entschuldigen.« Hedda sammelte ihre Sachen zusammen. »Ich muss gehen. War nett, Sie zu treffen, Krystal. Überlegen Sie's sich und setzen Sie sich mit mir in Verbindung, wenn Sie noch weitere Fragen haben.«

Sobald sie draußen war, verschwendete Hedda keinen weiteren Gedanken mehr an Krystal.

Heutzutage traf sie sich nur selten mit Leihmüttern, aber dieses Treffen war eine Möglichkeit gewesen, die Zeit sinnvoll zu verbringen, während sie auf eine Nachricht in ihrem Problemfall wartete: Chelsea Drew-Flynn und Remy Toxton.

Hedda ging über die Randolph Street und überprüfte dabei ihr Handy auf Nachrichten.

Nichts von ihrem Detektiv Ed Bascom.

Über ihren Auftrag an Bascom hinaus, Remy und ihren Freund aufzuspüren, hatte Hedda weitere Bemühungen in Gang gesetzt, den Fall zu lösen. Sie hatte mehrere Mitglieder ihres Teams damit beauftragt, so zu tun, als wollten sie verzweifelt einen kleinen weißen Jungen haben. Sie hatte sie angewiesen, bei mehreren ihrer Konkurrenten anzurufen, ob binnen kürzester Zeit einer lieferbar wäre, und eine Andeutung über eine »Bonuszahlung« fallenzulassen, damit sie irgendwelche Wartelisten umgehen könnten.

Bisher waren sämtliche Bemühungen fruchtlos gewesen. Die Wartezeiten waren zu lang. Eine Agentur außerhalb von Europa hatte Andeutungen gemacht, es würde etwa sechs Monate dauern. Selbst wenn es Hedda erfolgreich gelungen wäre, ein neues Baby zu finden, betrachtete Chelsea rechtmäßig Remys und Fjodors Baby als ihres. Sie hatte sich in dieses Pärchen verliebt. Ein Ersatz wäre eine Herausforderung, aber die hatte sie früher schon gemeistert.

In Hedda wuchs zunehmend die Furcht, dass sich Remy vielleicht unter den Toten oder Vermissten nach den Tornados befinden könnte, die Teile von Texas und anderer Staaten verwüstet hatten.

Es wäre ein Grund dafür, weshalb Bascom keinerlei Hinweise darauf hatte entdecken können, dass Remy oder Mason Gebrauch von ihren Kreditkarten, Bankkarten oder Handys gemacht hatten.

Ich weiß nicht, dachte Hedda. *Wir haben keinen Beweis für so etwas.*

Wenn Remy das Baby verloren hätte, hätte ihr Freund sie vielleicht zur Flucht animiert, um die fünfzehntausend behalten zu können. Oder sie hatte sich vielleicht entschlossen, das Baby zu behalten, eine Möglichkeit, die Hedda auf Basis ihrer Erfahrungen mit Leihmüttern jedoch bezweifelte.

Heddas Handy vibrierte. Es war eine Nachricht von Chelsea Drew-Flynn:

Ich möchte mit Ihnen reden. Kann ich Sie jetzt anrufen?

Hedda blieb stehen und sammelte ihre Gedanken. *Sei vorsichtig, du wirst das nicht vermasseln.* Sie zögerte einen Moment und erwiderte:

Ja, rufen Sie mich an.

Wenige Sekunden später klingelte Heddas Handy.

»Irgendwelche Neuigkeiten?«, fragte Chelsea.

»Nichts Konkretes, aber wir hoffen doch sehr.«

»Glauben Sie, die Mutter überlegt es sich anders?«

»Es ist … eine Möglichkeit. Aber wie ich gesagt habe, wir hoffen sehr.«

Chelsea am anderen Ende der Leitung seufzte schwer. »Na schön, Sie können eine Lösung für Ihren Auftrag austüfteln, oder was Sie da tun, aber ich bin bereit, ihr siebenhundertfünfzigtausend zu bieten, wenn sie es sich anders überlegt, unter der Bedingung, dass ich meinen Sohn binnen zwei Wochen in den Armen halte.«

Hedda stützte sich an einem Zeitungsständer der *Chicago Tribune* ab. Sie schluckte, versuchte, diese Worte zu verarbeiten, und räusperte sich. »Die Vereinbarung lautete zweihunderttausend. Wir müssen …«

»Ja, ja, ändern Sie alles, wie es nötig ist, damit ich es paraphiere, unterschreibe, was auch immer. Nennen Sie die Erhöhung ein Geschenk, nennen Sie sie, wie Sie mögen, aber ich möchte meinen Sohn, und ich unternehme alles, was nötig ist. Ist das klar?«

»Verstanden.«

»Darüber hinaus hatte ich angedeutet, dass ich andere Frauen kenne, die verzweifelt ein Baby wollen, darunter eine, tatsächlich sogar zwei, die mehr als siebenstellige Beträge zahlen würden.«

»Ja.«

»Gut. Ich bin gewillt, denen Ihre Agentur zu empfehlen, wenn Sie diese Sache hier nicht vermasseln. Meine Freundinnen verfügen über sehr weit reichende Netzwerke an wohlhabenden Leuten.«

»Na gut.«

»Wenn Sie unsere Vereinbarung nicht einhalten, werde ich sämtliche meiner Möglichkeiten erkunden müssen. Habe ich mich deutlich ausgedrückt?«

»Absolut.«

Der Anruf endete.

Mehrere Sekunden lang stand Hedda auf der geschäftigen Straße und starrte ungläubig ihr Handy an. Die Einsätze waren in die Höhe gegangen.

Beträchtlich in die Höhe.

37

Dallas-Fort Worth Metroplex, Texas

Shelby Nix kratzte sich seinen Dreitagebart, während er die Registrierungsformulare für das Tumbleweed Dreams Motel durchsah. Im Großbildfernseher lief Werbung.

In den letzten acht Jahren war er Manager des zweigeschossigen Hotels am südöstlichen Rand der Stadt gewesen. Hin und wieder dachte der ehemalige Marinekoch daran, den Eigentümern, die in Florida wohnten, den Betrieb abzukaufen. Der Ruhm des alten Motels verblasste ebenso wie die abgenutzten, bestickten Handtücher, und es spielte kaum die Kosten ein.

Diese Woche war gut, dachte er, dank der Tornados waren sie zu neunzig Prozent belegt, aber heute waren leider viele Gäste abgereist. Shelby klickte gerade durch das Gästebuch auf seinem Computer, der auf der Theke stand, da klingelte das Telefon.

»Tumbleweed Motel«, meldete er sich.

»Shell, ich schaff's heute nicht.«

Reflexhaft packte er den Apparat fester, als er Daisy Culpeppers weinerliche Stimme vernahm. Sie war die älteste seiner vier Zimmermädchen, aber selbst mit Unterstützung des Allmächtigen und seiner sämtlichen zwölf Apostel war Daisy außerstande, eine volle Woche zu arbeiten. Er hatte sie mehrmals gewarnt.

»Ist wieder mal mein Rücken. Der tut weh.«

»Daisy, das war's dann. Ich schicke dir einen letzten Scheck und die Kündigung zu.«

»Was?«

»Du bist gefeuert.«

»Aber Shell … mein Arzt …«

Shelby beendete das Gespräch und fing ein neues mit seinem jüngeren Zimmermädchen an, Maria Medosa.

»Hallo, Maria, Shelby vom Motel«, sagte er auf Spanisch.

»Hallo Shelby.«

»Wenn deine Kusine immer noch Arbeit sucht, sag ihr, sie soll heute mit dir zusammen kommen.«

»Oh, fantastisch! Ich werd's ihr sagen! Danke sehr, vielen, vielen Dank.«

Maria fehlte an keinem Tag, und ihre Arbeit war spitzenmäßig. Er war zuversichtlich, dass ihre Kusine eine gute Kraft wäre. Als er auflegte, schob er jegliches Bedauern beiseite, Daisy gefeuert zu haben. Teufel, die Frau wohnte einen Häuserblock vom Motel entfernt, hatte jedoch immer eine Ausrede parat, es nicht zur Arbeit zu schaffen. In den nächsten paar Augenblicken überprüfte er ihre Fehlzeiten.

Sie waren schrecklich.

Nein, dachte er, es musste sein. Sie ist weg.

Daraufhin flackerte Shelbys Blick zum Fernseher, wo er das Gesicht des Präsidenten sah. Es liefen die Nachrichten. Mit der Fernbedienung erhöhte er die Lautstärke. Das Weiße Haus bestätigte den Besuch des Präsidenten im Metroplex und in den am schwersten betroffenen Regionen.

Der Kapitän kommt in die Stadt. Wer hätte das gedacht, überlegte Shelby.

Dem Bericht folgten Phantombilder zweier von der Polizei gesuchter Personen.

»Das FBI untersucht den Fall eines männlichen Babys, des

fünf Monate alten Caleb Cooper aus Dallas, der während des Sturms am Old Southern Glory Flea Market nahe Kleberg aus der Obhut seiner Mutter verschwunden ist.

Das FBI sagt, die Kleidung des Babys wurde unter verdächtigen Umständen etwa fünfundzwanzig Kilometer entfernt in Duncanville gefunden. Es bittet die Öffentlichkeit um Unterstützung bei der Suche nach zwei Verdächtigen – ein weißer Mann und eine weiße Frau, die vielleicht mit dem Baby umherreisen.

Nachdem der Sender die Personenbeschreibung durchgegeben hatte, zeigte er zwei Phantombilder der Frau und zwei des Mannes.

Shelby drückte den Rückspulknopf, um die Einzelheiten nochmals abzuspielen.

Die Frau konnte kurzes rotes Haar oder noch kürzeres dunkles Haar haben und eine Brille mit dunklem Rahmen tragen.

Erneut spielte Shelby die Einzelheiten ab, immer wieder. Dann drückte er auf den Pausenknopf, um sich den Teil des Berichts anzusehen, der alle vier Phantombilder auf einmal zeigte.

»Verdammt«, sagte er laut.

»Entschuldigen Sie bitte?«

Zwei ältere Frauen standen an der Theke und warteten darauf, auschecken zu können.

»Tut mir leid, meine Damen, war nur gerade mit den Nachrichten beschäftigt«, sagte Shelby. »Alles zu Ihrer Zufriedenheit?«

»Ja«, erwiderte die größere der Frauen.

»Das Bett war uneben – Sie müssen neue Matratzen besorgen«, sagte ihre Freundin.

»Entschuldigung. Ich gebe Ihnen zehn Prozent Rabatt. Und wie begleichen Sie Ihre Rechnung?«

Die Größere legte ihre Kreditkarte auf die Theke. Shelby verarbeitete ihre Rechnung, stellte eine Quittung aus und dankte ihnen. Dann studierte er wieder den Bericht.

Teufel, ich glaube, das sind sie, sagte er zu sich. *Ich glaube, die sind hier.*

Einheit 21. Das Paar mit dem Baby. Gestern hatten sie Streit gehabt, hatten alle in der näheren Umgebung gestört, waren Ursache für Beschwerden gewesen.

Shelbys Finger klickten über die Tastatur, und er holte ihre Anmeldung heraus. Luke und Ashley Johnson. Den Namen des Babys hatten sie nicht angegeben, was in Ordnung war. Als Adresse gaben sie Houston an, keine weiteren Einzelheiten. Sie zahlten bar für fünf Nächte im Voraus.

Sie hatten noch nicht ausgecheckt.

Shelby kratzte sich den Bart.

Er schaute unter die Theke auf den kleinen Fernsehmonitor, der Bilder aus der Überwachungskamera des Motels zeigte. Die Versicherung bestand darauf, dass die Besitzer sie installierten, aber sie hatten ein billigeres System. Shelby manipulierte die Bilder, so dass sie den Hof und die Türen an der Nordseite zeigten, darunter Einheit 21. Der Pick-up war verschwunden.

Blinzelnd überlegte sich Shelby die Sache genauer.

Dann griff er unter der Theke nach dem kleinen laminierten Ziffernblatt und stellte es so ein, dass darauf zu lesen war: Bin in zehn Minuten zurück.

Er ging an der Nordseite des Motels entlang zu Einheit 21. Dort legte er das Ohr an die Tür und hörte Stimmen. Rasch merkte er, dass sie aus dem Fernseher kamen und das Surren der Lüftung übertönten.

Jemand ist da drin.

Bei der Rückkehr zu seinem Büro fiel Shelby ein, dass die

Frau bei der Anmeldung tatsächlich rotes stacheliges Haar gehabt hatte und dass sie es vielleicht verändert, dunkler getönt hatte – er war sich nicht sicher, aber sie hatte ganz bestimmt ein Baby, das schrie. Sie war ganz bestimmt mit einem Mann zusammen, der hinsichtlich Größe, Körperbau und Tätowierung der Beschreibung entsprach. Wieder in seinem Büro, war er davon überzeugt, dass die junge Frau und der junge Mann, die vom FBI gesucht wurden, in Einheit 21 waren.

Zuerst musste sich Shelby um die Gäste kümmern, die an seiner Theke auschecken wollten. Sobald er alles erledigt hatte, griff er nach seinem Handy.

Sein Puls schlug schneller, als er den Notruf wählte.

38

Dallas, Texas

Am Tag, nachdem Kate Page den Artikel über die Untersuchungen des FBI im Fall des Babys geschrieben hatte, war sie um Viertel vor sieben an ihrem Schreibtisch.

Der Strom von Funkmeldungen aus den Notrufscannern hallte durch die morgendliche Stille der menschenleeren Redaktion. Zu dieser Stunde war die einzige weitere Person im Büro Tommy Koop, der Redaktionsassistent, der die Ticker abhörte.

Nachdem sie sich gesetzt hatte, sah sie sich ihre Notizen und die Visitenkarten durch, die sie erhalten hatte. Wie ein Goldgräber bei der Goldwäsche suchte sie nach einem neuen roten Faden für ihre Story. Angesichts dessen, dass das FBI sich gestern Abend mit einem Appell zur Hilfe in Caleb Coopers Fall an die Presse gewandt hatte, war die erste Person, die sie zu erreichen versuchte, FBI Special Agent Phil Grogan. In der Notunterkunft hatte sie eine gute Beziehung zu ihm aufgebaut und schickte ihm jetzt eine E-Mail.

Hallo, Agent Grogan: Gibt es irgendwelche Durchbrüche auf Grund des Appells zu vermelden? Ich lasse mich gern auf jeden Austausch von Daten ein, über die wir stolpern. Kate Page, Newslead.

Die meisten Untersuchungsbeamten, die guten nämlich, wollten sich sämtliche verfügbaren Infokanäle offenhalten.

Kate ging ins Internet und starrte die Phantombilder der Frau und des Mannes an, die vom FBI gesucht wurden.

Wer sind diese Leute? Wir kommen wohl allmählich dem näher, was dem Baby zugestoßen ist. Etwas muss den Durchbruch bringen.

Dr. Butler von der Notunterkunft hatte Kate ihre Handynummer gegeben, also schickte sie ihr ebenfalls eine E-Mail.

Weiterhin schickte sie Mails an Jenna und Blake Cooper sowie Jennas Schwester Holly mit der Frage, ob es irgendwelche neuen Entwicklungen gäbe. Als sie sich daranmachte, die Nachrichten der hiesigen Zeitungen und anderer Agenturen darauf durchzusehen, ob jemand ihre Story übernommen hatte, tauchte ein großer Becher mit dampfendem Kaffee auf ihrem Schreibtisch auf.

»Glückwunsch.« Tommy stand vor ihr. »Dein Artikel wird überall zitiert – *Boston Globe, Miami Herald, New York Daily News, Denver Post, Los Angeles Times.* Ist wie verrückt herumposaunt worden. Gute Arbeit.«

»Danke, Tommy. Was ist an den Scannern los?«

»Nicht viel, die üblichen Probleme beim Berufsverkehr.«

»Mehr nicht?«

»Mehr nicht bisher. Weißt du, Kate, deine Story hat Roy und Mandy von der Bildfläche verschwinden lassen. Ich glaube, Dorothea hatte nicht damit gerechnet, dass du so gut bist.«

»Nett, dass du das sagst. Aber in diesem Geschäft bist du nur so gut wie dein letzter Artikel. Roy und Mandy sind gute Reporter.«

»Die wären verrückt, wenn sie dich nach dem Ende des Praktikums nicht nehmen würden.«

Die Ticker meldeten sich.

»Ist was los?« Kate hatte genügend Jahre Polizeinachrichten geschrieben, um zu wissen, wann man ein Ohr auf die verräterischen Anzeichen von Emotionen oder Dringlichkeit haben musste, die in die Stimme des Menschen in der Einsatzzentrale einflossen.

Tommy wandte sich den Scannern zu.

»Weiß nicht genau«, sagte er. »Auf der LBJ hat es einen Unfall ohne Verletzte gegeben. Vier Wagen waren beteiligt, und er hat einige Probleme bereitet. Ich seh mal nach.«

Er kehrte an seinen Schreibtisch zurück.

Mehrere lange Minuten verstrichen, und alles schien ruhig zu sein. Tommy konzentrierte sich weiter auf den Fluss von Meldungen.

Als Kate ihre Arbeit wieder aufnahm, zeigte ihr Bildschirmschoner das lächelnde Gesicht ihrer Tochter, und ein jähes, überwältigendes Bedürfnis überkam sie, ihr Mädchen in den Armen zu halten. Es war ein Gefühl, als wären sie schon endlos lange voneinander getrennt. Kate warf einen Blick auf die Uhr. In Ohio war es eine Stunde später. Sie sah nach, ob eine ihrer Quellen bereits reagiert hatte. Keine.

Sie schrieb ihrer Freundin Heather in Canton eine SMS:

Hi, Heather, ich vermisse Grace. Ist jetzt eine passende Zeit für einen Anruf?

Heathers Antwort kam prompt.

Natürlich. Ich gebe ihr das Handy. Alles gut bei dir?

Geb mein Bestes. Rufe jetzt an.

Einen Augenblick später vernahm Kate die Stimme ihrer Tochter, und ihr Herz wurde weit.

»Hi, Mom.«

»Hi, Liebling. Hast du gut geschlafen?«

»Ja.«

»Ich habe gestern Abend vergessen zu fragen, ob du Spaß mit Aubrey und deinen Freundinnen im Kino hattest.«

»Ja-aaa, und rate mal, was passiert ist.«

Auf Kates Computer erschien eine Nachricht von Chuck:

Guter Artikel, Kate. Was haben Sie heute als Dreingabe?

Kate hielt sich mit der Schulter das Handy ans Ohr und tippte:

Arbeite dran. Frage meine Quellen.

»Was ist passiert, Liebes?«, fragte sie ihre Tochter.

»Na ja«, erwiderte Grace. »Billy Franklin hat versucht, Aubreys Hand zu halten. Ich glaube, er ist in sie verliebt, weil er gesagt hat, sie ist hübsch.«

Chuck antwortete:

Bohren Sie weiter. Die Story gehört uns, und wir müssen die Nase vorn behalten.

Kates Konzentration ging zu Tommy, der die Lautstärke der Ticker erhöht hatte und sich jetzt von der Durchsage eines der Einsatzleiter Notizen machte.

»Und was hat Aubrey getan?«

»Sie hat ihm gesagt, Jungs würden stinken.«

Tommy steuerte mit einer Notiz in den Händen Kates Schreibtisch an.

»Oh, das ist alles so dumm. Hör mal, Liebes, tut mir leid, aber ich muss jetzt aufhören. Ich vermisse dich, und ich liebe dich ganz, ganz doll.«

»Ich vermisse dich, und ich liebe dich auch.«

Kate legte auf. »Was gibt's, Tommy?«

»Das Einsatzkommando von Dallas mischt einen Ort im Südosten auf. Ist gerade über den Notruf reingekommen. Sie glauben, die beiden Leute sind in einem Motel.«

»Hast du eine Adresse?« Kate stand auf und sammelte ihre Sachen zusammen.

»Ich arbeite dran. Ich habe Mark Danson alarmiert. Er war hierher unterwegs, als er es auf seinem Ticker gehört hat. Er gabelt dich unten auf, Vordereingang, in zehn Minuten.«

39

Dallas-Fort Worth Metroplex, Texas

Fenster und Tür von Einheit 21 des Tumbleweed Dreams Motel erfüllten den Sucher von Mark Dansons Kamera.

Auf dem Gesicht dahinter bemerkte Kate die Fältchen um das Auge, als er an dem langen Objektiv die Schärfe einstellte. Sie beide standen über hundert Meter von der Einheit entfernt in einem kleinen Park. Die Polizei von Dallas hatte das Gebiet weiträumig abgesperrt und bereitete alles für das Einsatzkommando vor.

Kates Puls schlug immer noch ebenso heftig wie in dem Moment, als die Nachricht durch den Ticker gekommen war.

Danson hatte sie am Büro aufgegabelt, und Tommy Koop hatte ihnen die Adresse des Motels im Südosten zugeschickt.

»Das kenne ich«, sagte Danson, gab die Koordinaten in sein Navi und stellte dann sein tragbares Abhörgerät für den Polizeifunk ein, so dass sie alle Neuigkeiten mitbekamen.

Kate hatte den Metroplex am Seitenfenster vorbeihuschen sehen, während Dansons Jeep über die Schnellstraßen zum Schauplatz des Geschehens gejagt war. Einsatzwagen der Polizei von Dallas waren ohne Blaulicht und Sirenen in das Gebiet gefahren und hatten ein paar Häuserblocks vom Motel entfernt einen äußeren Absperrring gezogen. Sie hinderten sämtlichen Verkehr daran, in die heiße Zone einzufahren. Danson fuhr an diesem Ring entlang bis zu einem Park, von wo aus sie Sicht auf das Motel hatten.

Er steckte den tragbaren Ticker in eine Tasche seiner Fotografenweste und schloss einen Ohrhörer an, um den Funk zu überwachen. Dann hockte er sich vor eine Parkbank und stützte die Kamera auf der Rückenlehne ab.

»Sie sind immer noch bei der Vorbereitung«, sagte Danson. »Wirf mal einen Blick drauf, Kate.«

Er hielt die Kamera fest, und Kate legte das Auge an den Sucher. Das Bild der Tür und des Fensters, vor dem die Vorhänge zugezogen waren, war beeindruckend. Nah und scharf, schweigend und bedrohlich, bis …

»Die Vorhänge bewegen sich!«, sagte sie.

»Ja«, sagte Danson. »Da ist eindeutig jemand drin.«

Kate klebte weiterhin an der Kamera, während ihr Puls heftig schlug.

Sind sie das? Ist das Baby da drin?

Einen Häuserblock nördlich des Motels, außer Sichtweite, errichtete das Einsatzkommando eine Leitstelle auf dem Parkplatz des Diamond Lake Flooring Depot. Einsatzleiter Mitch Osweiler entfaltete auf der Motorhaube eines Dodge eine Karte des Motelgrundstücks und einen Gebäudegrundriss, während er die inneren Parameter des Motels umriss und eine Strategie für Eindringen und Festnahme in Einheit 21 entwickelte.

Zur gleichen Zeit klopften Beamte in Zivil an den Türen sämtlicher bewohnter Einheiten und geleiteten dann die Gäste rasch und leise in eine Sicherheitszone jenseits der Absperrung.

Während die Vorbereitungen weitergingen, traten Einsatzleiter Steve Elling und Verhandlungsführer Andre Kuper zu den FBI-Agenten Phil Grogan und Nicole Quinn im Büro des Motels, um mit dem Hotelmanager Shelby Nix zu sprechen.

Nach einer raschen Vorstellung fragte Grogan: »Wo stehen wir in dieser Sache?«

»Mr Nix glaubt, unsere Gesuchten sind Gäste seines Motels.«

Grogan warf einen Blick auf das FBI-Flugblatt, das Elling bereits vor Nix auf der Theke ausgebreitet hatte.

»Sie sind sich sicher, Mr Nix?«, fragte Grogan.

»Ich bin mir ziemlich sicher, ja. Sie haben ein Baby, und sie haben gestern gewaltigen Lärm veranstaltet und sich gestritten. Leute haben sich beschwert. Es ist Einheit 21, Luke und Ashley Johnson aus Houston. Sie haben in bar bezahlt.«

»Wir haben die Namen mit der Polizei in Houston abgleichen lassen«, sagte Elling. »Keine Treffer, nichts.«

»Wahrscheinlich ein falscher Name«, sagte Grogan. »Haben sie ein Fahrzeug und ein Nummernschild?«

»Mr Nix hier sagt, dass er glaubt, das Fahrzeug ist ein Ford Pick-up, aber das Nummernschild gehört zu einem Toyota 2010 in Fort Worth. Die Polizei von Fort Worth bestätigt, dass der Besitzer das Nummernschild als gestohlen gemeldet hat, von einem kleinen Parkplatz.«

»Wie wir sehen, haben Sie eine Videoüberwachung, Mr Nix. Würden Sie die Aufzeichnungen dem FBI zur Analyse zur Verfügung stellen?«

»Das muss ich mit den Besitzern absprechen. Aber ich würde sagen, es ist kein gutes System.«

»Wir können immer eine richterliche Anordnung holen«, sagte Grogan und wandte sich an Elling. »Okay, wir sind fertig, wenn Sie es sind.«

»Warten Sie noch«, sagte Quinn. »Wann haben Sie diese Leute tatsächlich zum letzten Mal gesehen, Mr Nix?«

»Gestern. Ich habe gesehen, wie der Bursche in seinen Pick-up gestiegen ist. Später habe ich dann die Mutter auf der Straße gesehen, als würde sie mit dem Baby einen Spazierung machen.«

»Wie würden Sie den Zustand des Babys beschreiben?«

»Weiß nicht. Neulich habe ich es lautstark schreien hören. Abgesehen davon …« Nix zuckte die Schultern. »… okay, würde ich sagen, aber ich hab's nicht genau zu sehen bekommen.«

»Okay«, sagte Elling. »Aber Sie haben dem Mann in der Zentrale gesagt, Sie hätten vor weniger als einer Stunde jemanden im Zimmer gehört. Der Fernseher lief?«

»Ja.«

»Na gut, wenn wir bereit sind, dann rufen wir mal das Zimmer an, und unser Unterhändler, Andre, wird sie bitten, herauszukommen, und wir erledigen das ohne Gewalt. Zuerst möchte ich mich vergewissern, dass die Leute unseres Einsatzkommandos auf Position sind.«

Commander Mitch Osweiler wies sein Einsatzkommando an, eine innere Zone aufzubauen, von wo aus sie zuschlagen konnten. Dazu schickte er zunächst Scouts hinein, die die Feuerlinie und sichere Stellungen bestimmen sollten. Sobald sie eindringen konnten, nahmen Kommandomitglieder mit Helmen, Panzerung, Headsetfunk, Sturmgewehren und Handfeuerwaffen ihre Positionen ein. Scharfschützen besetzten Schlüsselpunkte, während sich die Spezialisten und die anderen Teammitglieder vor der Wohneinheit aufstellten. An die abblätternden Wände des Motels gedrückt schob sich die Schwadron von beiden Seiten zentimeterweise an den Raum heran. Auf der anderen Hofseite nahm Scharfschütze L. C. Stonewood hinter einem Blumenkübel aus Beton Deckung.

Fenster und Tür von Einheit 21 erfüllten sein Zielfernrohr.

Eine gespannte Stille hing in der Luft.

»Bereit«, sagte Osweiler in sein Headset.

»Verstanden«, erwiderte Elling in sein Funksprechgerät im Motelbüro. Er nickte Andre Kuper zu, er solle im Raum anrufen.

Kuper wählte die Nummer, aber es hob niemand ab. Eine Minute später trat er aus dem Büro, nahm hinter einem Polizeifahrzeug Deckung und sprach durch sein Megafon: »An Luke und Ashley Johnson.« Seine Stimme schallte knisternd durch den kleinen Innenhof. »An Wohneinheit 21. Luke und Ashley Johnson in Wohneinheit 21. Hier ist die Polizei von Dallas. Wir möchten mit Ihnen reden. Um Ihrer eigenen Sicherheit willen treten Sie bitte mit erhobenen Händen heraus, Handflächen nach vorn.«

Mehrere lange Augenblicke verstrichen.

Kuper versuchte es mit einem erneuten Anruf, dann wiederholte er die polizeiliche Aufforderung durch sein Megafon.

Keine Reaktion.

Nachdem mehrere Minuten verstrichen waren, traf Elling eine Entscheidung.

»Du kannst reingehen, Mitch.«

Osweiler sprach über sein Headset mit seinem Team. »Los! Los! Los!«

Das Entry Team trat die Tür ein und rannte in das kleine Zimmer, schwenkte die Waffen, sah in den Schrank und warf die Matratzen und das Sofabett um.

Nichts.

Der Raum war leer.

Der Fernseher lief. Die Badezimmertür war geschlossen.

Ein leises Geräusch war aus dem Bad zu vernehmen.

»Polizei! Verlassen Sie sofort mit erhobenen Händen den Raum!«

Von drinnen war eine Bewegung zu hören, aber nichts geschah.

Der Befehl wurde wiederholt.

Nichts geschah.

Das Team trat die Tür ein, und ein Mitglied, ein weiteres hinter sich, ging mit bereitgehaltener Waffe hinein und entdeckte eine Frau, die weinend auf dem Fußboden vor der Duschkabine hockte. Teammitglieder durchsuchten sie nach Waffen und legten ihr dann Handschellen an.

»Raum sauber. Eine weibliche Person in Gewahrsam«, berichtete der Leiter der Schwadron.

»Hat sie einen Ausweis dabei?«, fragte Elling über Funk.

Wenige Sekunden später erwiderte Osweiler: »Sie sagt, sie sei Daisy Culpepper. Sie ist betrunken.«

Elling wiederholte den Namen für die Anwesenden im Motelbüro.

»Daisy?« Nix, der Manager, war überrascht. »Das ist Daisy, das Zimmermädchen. Ich habe sie gefeuert, weil sie zu häufig gefehlt hat.«

Im Park surrte Dansons Kamera mit rasender Geschwindigkeit. Sie klickte und klickte, während er Foto um Foto der Aktion schoss. Er hatte dramatische Bilder einer verstörten Frau in Handschellen aufgenommen, die von den imposanten, schwer bewaffneten Mitgliedern des Einsatzkommandos über den Komplex geleitet wurde.

»Gehen wir, Kate.« Danson riss sich den Ohrhörer heraus, schob den Riemen der Kamera zurecht und trabte auf das Motel zu.

»He! Sie da, bleiben Sie dort stehen!«, befahl ihnen ein uniformierter Polizist aus seinem Wagen in etwa dreißig Metern Entfernung.

Kate erstarrte.

»Sie haben gerade ›alles in Ordnung‹ gegeben!«, rief Danson

dem Polizisten zu. Er hielt seinen Presseausweis hoch und zeigte auf ein Fernsehteam und einen Nachrichtenfotografen, die ebenfalls aus verborgenen Stellungen hervorkamen und auf das Motel zueilten. »Komm schon, Kate!«

Kate stand wie gelähmt da und sah den Polizisten an, dann Danson, dann die anderen Nachrichtenleute, die den Befehl ignorierten und auf das Büro des Motels zurannten, wohin das Einsatzkommando die Frau brachte.

Ich werde nicht die Einzige sein, die nicht dabei ist, dachte Kate, bevor sie mit Danson und den anderen zum Hotel lief.

Sie waren auf halbem Weg zum Büro, als Kate mehrere Leute bemerkte, die herauskamen, um die Frau in Empfang zu nehmen. Unter ihnen erkannte sie die FBI-Agenten Grogan und Quinn.

Plötzlich vernahm Kate den lauten Schrei. Verschliffene, bettelnde Worte, selbstmitleidig wie ein Betrunkener, und sie begriff, dass die festgenommene Frau einen der Leute in der Gruppe anschrie.

»Schmeiß mich nicht raus, Shelby! Ich bin zur Arbeit gekommen! Ich habe dieses Zimmer saubergemacht! Ich habe jede verdammte Ecke geputzt, jeden verdammten Zentimeter! Zweimal!«

Als Kate näher kam, hatten sich weitere Nachrichtenleute zusammen mit Polizeibeamten vor ihr aufgebaut und versperrten ihr den Weg zum Büro. Fotografen schossen weiterhin Aufnahmen. Während die zunehmend wachsende Menge über das Gebiet ausschwärmte, fielen Kate mehrere neue Gestalten auf, die nicht von der Presse kamen: Jenna und Blake Cooper, dazu Jennas Schwester und Schwager.

»Wo ist Caleb?«, schrieb Jenna die Frau an. »Was hast du mit meinem Sohn angestellt?«

Da erblickte Jenna Grogan.

»Agent Grogan!«, rief Jenna. »Wo ist mein Sohn? Haben Sie ihn gefunden? Sie haben von dieser Sache hier gewusst – warum haben Sie es uns nicht mitgeteilt?«

»Es sind die Eltern«, sagte jemand aus der Menge.

Die Nachrichtenfotografen, auch Danson, richteten ihre Aufmerksamkeit auf Jenna und Blake.

»Bitte!«, schrie Jenna. »Jemand soll uns was sagen. Wo ist unser Baby? Wir haben ein Recht, es zu wissen! Warum mussten wir das aus den Fernsehnachrichten erfahren? Er ist mein Sohn!«

Grogan sagte einem der älteren Polizisten etwas ins Ohr, und der stellte uniformierte Beamte dazu ab, die Coopers vor der Presse abzuschirmen und ins Büro zu bringen. Dabei entdeckte Jenna Kate.

»Sie haben es auch gewusst und uns nichts gesagt!«, kreischte Jenna. »Aber ich sollte Ihnen alles sagen, und das habe ich getan.«

Es stimmte.

In Kate brannte die Scham über Jennas Vorwurf. Der Anruf war so rasch hereingekommen, sie hatte so schnell handeln müssen, dass sie ihr Versprechen vergessen hatte, die Coopers auf dem Laufenden zu halten. Jennas Worte, die unter dem überdachten Rezeptionsbereich des Motels hervor über den Innenhof schallten, zerrten heftig an ihr.

40

Fort Worth, Texas

Jedes Mal, wenn die Glastüren aufgingen, drang Kindergeschrei aus dem umschlossenen Bereich in dem Fast-Food-Restaurant.

Ein Junge namens T. J. war, dem Fähnchen zufolge, sieben Jahre alt geworden, und ein Dutzend seiner Freunde feierte völlig aufgedreht. Wie Wettkämpfer in einem Käfigspiel gingen sie die Netze, die Tunnel, die Rutschen und das Kugelbad in dem abgetrennten Bereich an, der »Playworld« genannt wurde.

Der Großvater eines der kleinen Partyteilnehmer beobachtete das alles von seinem Tisch aus und hob gelegentlich den Blick von der *Dallas Morning News,* um einen Schluck Kaffee zu trinken und sich zu vergewissern, dass die Sache nicht aus dem Ruder lief. Dichtes, silberweißes Haar betonte sein Gesicht mit den wie gemeißelten Zügen. Er trug ein marineblaues Polohemd.

Eli Maddick.

Das ist er, dachte Pawel Gromow, nachdem er das Restaurant betreten und den Speisesaal nach dem Mann durchsucht hatte, der eine Beschreibung seiner selbst bei einem Telefonat mit Gromow am vergangenen Abend gegeben hatte.

Weißes Haar, Mitte sechzig, sagte, er würde ein marineblaues Polohemd tragen. Ja, er ist der Mann, den ich suche.

Seitdem Gromow und Yanna tags zuvor in Texas eingetroffen waren, war Gromow bis spät in die Nacht tätig gewesen und hatte mit Juri Korzun in New York gesprochen. Korzun hatte mit seinen Verbündeten Kontakt aufgenommen, hatte Gefallen eingefordert, um Gromow bei der Suche nach dem Exknacki Mason Varno, dessen Freundin Remy Toxton und letztlich seinem Enkelsohn zu helfen.

Sie hatten die Liste der Namen von Mason Varnos Mitarbeitern abgeklappert, die Gromow und Yanna bei Triple E Carpenters gesammelt hatten. Korzun brachte Telefonnummern in Erfahrung, und Yanna rief auf Gromows Anweisung hin überall an und behauptete, sie sei eine entfernte Verwandte Remys und müsse sie unbedingt treffen.

Yanna hatte Gromow mit ihrem Schauspieltalent überrascht. Er hörte, wie sie emotionale Kniffe anwandte, wie sie glatt Namen der Ehegatten von Arbeitskollegen abspulte, so von Frau zu Frau.

»Suzie, Bills Frau dachte, du könntest mir vielleicht helfen. Ich muss Remy unbedingt erreichen, weißt du, Masons Freundin. Ja, sie sollte vor ein paar Wochen ihr Kind haben. Remy und ich waren Freundinnen, vor langer Zeit jedenfalls, als ich in Amerika lebte, und wir haben uns aus den Augen verloren …«

Aber Yannas Anrufe brachten nichts ein.

Was Gromow zunehmend zur Annahme führte, dass Masons Arbeitskollegen nicht wussten, wo Mason oder Remy sich aufhielten. Und Gromow hatte auch an einer anderen Front eine Niederlage erlitten. Er konnte die Person bei der Unterstützungsgesellschaft ehemaliger Häftlinge nicht erreichen, der Bruderschaft der guten Diebe. Nachdem er sich eine neue Herangehensweise überlegt hatte, rief er wieder Juri an und bat ihn dieses Mal um Hilfe bei der Suche nach anderen Exknackis, die mit Varno gesessen hatten.

Es dauerte mehrere Stunden, bevor Korzun zurückrief und Gromow eine Kontaktperson nannte.

»Sein Name ist Eli Maddick, und er erwartet deinen Anruf.«

Juri berichtete Gromow von Maddicks Hintergrund und sagte, dass sämtliche seiner Verbündeten in Miami, New Orleans, Houston und Dallas sich für den Mann als »Berater« verbürgt hätten. Schnelligkeit und Qualität seiner Informationen seien unübertroffen.

Korzun sagte, dass Maddick Gefängnisbeamter gewesen und vor fünf Jahren vorzeitig in den Ruhestand versetzt worden war, nachdem Anschuldigungen erhoben worden waren, er habe mehreren Insassen befohlen, andere Insassen brutal zusammenzuschlagen. Diese Männer hatten Anwälte eingeschaltet, die behauptet hatten, die Bürgerrechte ihrer Mandanten seien verletzt worden. Das FBI setzte eine Untersuchung in Gang, aber sämtliche Behauptungen wurden rasch auf mysteriöse Weise widerrufen und sämtliche Beschwerden zurückgezogen.

Maddick war zu einer einvernehmlichen vorzeitigen Versetzung in den Ruhestand bereit gewesen.

Nichts war je bewiesen worden.

Seit seiner Pensionierung war Maddick so etwas wie ein »Sicherheitsberater«, der seine Kenntnisse und Kontakte nutzte, um Kunden Informationen über das Justizsystem zu verschaffen.

Es war spät am Abend, als Gromow ihn über die Handynummer anrief, die Korzun ihm gegeben hatte, und ihm von seiner Lage hinsichtlich Mason Varno berichtete. Maddick hörte zu und sprach wenig. Dann gab er Gromow Anweisungen, nannte Details und die Uhrzeit ihres Treffens, bevor er sein Beraterhonorar verlangte, das in bar zu bezahlen war, Scheine mit nicht rückverfolgbaren Nummern. »Ich habe die Informationen, die Sie brauchen.«

Gromow und Yanna standen früh auf, um die rund vierstündige Fahrt von Lufkin nach Fort Worth zu schaffen und rechtzeitig in dem vorstädtischen Fast-Food-Restaurant einzutreffen, wo Maddick jetzt wartete.

»Eli?«, fragte Gromow.

Maddick blickte von seiner Zeitung zu Gromow und Yanna hoch.

»Ich bin Sergej, und das ist meine Nichte Tatjana.« Gromow blieb seiner Gewohnheit treu, falsche Namen zu verwenden. »Wir haben am Telefon miteinander gesprochen.«

»Ja. Nehmen Sie doch Platz, bitte.«

Yanna hielt inne und schob eine Kinderjacke, eine Baseballkappe und ein kleines Paar Schuhe die Bank hinab, auf der sie und Gromow sich niederließen.

»Wie war die Fahrt – von Kanada, nicht wahr?«

»Ohne besondere Vorkommnisse«, erwiderte Gromow. »Vielen Dank, dass Sie uns helfen wollen. Sie sind mir wärmstens empfohlen worden.«

»Sie mir auch.« Maddick zeigte Anfänge eines bitteren Lächelns. »Man hat mir sehr deutlich zu verstehen gegeben, dass ich Ihnen helfen soll.«

»Schön. Sie haben die Informationen?«

Maddick hob die Ecke des zusammengefalteten Sportteils der Zeitung an und gab dadurch einen kurzen Blick auf einen großen, einfachen braunen Umschlag frei.

»Alles hier drin.«

»Danke sehr.« Gromow nickte Yanna zu. »Wir haben Ihnen eine Schachtel mit Ihrer Lieblingsschokolade mitgebracht.«

Yanna reichte Maddick eine kleine Pappschachtel. Der alte Mann warf einen Blick hinein. Darin befanden sich fünftausend Dollar in ungekennzeichneten Fünfzig- und Zwanzigdollarscheinen.

»Die mag ich sehr, vielen Dank. Ich gebe Ihnen noch etwas zusätzlichen Hintergrund zu den Informationen. Möchten Sie zuerst einen Kaffee?«

Maddick, Gromow und Yanna sahen wie jede andere Gruppe von Vorstadtbewohnern aus, die anlässlich eines Kindergeburtstags Umgang miteinander pflegten. Nur dass das Thema das texanische Justizsystem war und Maddick ihnen die Grundzüge erläuterte.

»Kennen Sie sich mit Gefängnissen aus, Sergej?«

»Nein, viel weiß ich nicht darüber.«

Yanna sah weg, damit ihr Ausdruck nicht seine Lüge verriet.

Maddick sagte, dass in Texas etwa 150 000 Gesetzesbrecher in über einhundertfünfzig Gefängnissen und anderen Einrichtungen einsaßen und dass er nötigenfalls über alles Auskunft geben könne.

»Für den Augenblick bin ich daran interessiert, Mason Varno ausfindig zu machen«, sagte Gromow.

Vor seiner vorzeitigen Entlassung, sagte Maddick, habe Mason Varno eine fünfjährige Haftstrafe wegen eines Raubüberfalls in Hightower abgesessen. Das Gefängnis lag in der Nähe von Dayton, nordöstlich von Houston. Es beherbergte etwa eintausendvierhundert Gefangene, mehr oder weniger. Wie in Gefängnissen überall hatte diese Einrichtung mit Gangs, Schlägereien und anderen Dingen zu kämpfen. Während Varno einsaß, nahm er an verschiedenen Programmen teil und suchte ebenfalls die Hilfe der Bruderschaft der Guten Diebe, eine religiöse Unterstützungsgruppierung.

»Er ist für sich allein geblieben, und es ist ihm gelungen, sich aus Schwierigkeiten herauszuhalten«, sagte Maddick. »Ich habe jedoch herausfinden können, dass er sich mit vier Häftlingen zusammengetan hatte, und das vielleicht nicht unter den besten Bedingungen, aber es waren vier.«

Maddicks Informationen deuteten darauf hin, dass es in Varnos Kreis Gerede über Pläne für verschiedene Unternehmungen draußen gab und dass Varno sich drinnen vor Vergeltung wegen eines Drogendeals fürchtete, der vor seiner Inhaftierung völlig misslungen war.

»Das hörte sich an, als wäre er fast glücklich gewesen, drinnen zu sein«, sagte Maddick.

»Wo sind diese vier Geschäftspartner?«, fragte Gromow.

»Sie sitzen immer noch im Gefängnis. Einer ist bei einem Arbeitsunfall ums Leben gekommen. Nur einer ist entlassen worden. Sämtliche Informationen über sie befinden sich in dem Umschlag.«

Gromow machte sich daran, ihn zu öffnen.

»Zwar wäre es eine Verletzung der Bedingung für ihre vorzeitige Entlassung, wenn sich die Insassen während der Bewährung miteinander treffen. Aber wir wissen doch alle, dass die Regeln täglich gebrochen werden.« Maddick lächelte.

Gromow sah sich die erste Seite der Aufzeichnungen an. Der Name des Exknackis: Lamont Harley Faulk.

»Eine kleine Warnung vor Faulk«, sagte Maddick. »Wie Sie sehen, hat er seine Zeit für brutale Übergriffe abgesessen. Im Gefängnis war er berüchtigt dafür, alles über alle zu wissen. Er fühlte sich von weißen rechtsextremen Gruppierungen angezogen. Einmal hat er einem Mann ein Auge mit dem Daumen ausgedrückt, ihm ein Ohr abgebissen und gegessen und ihn dann mit einer Nagelpistole an die Wand einer Scheune genagelt. Das ist nach einem Vorfall von Rowdytum auf der Straße passiert. Der Mann hatte Faulk geschnitten. Faulk hatte ihn an einer roten Ampel gestellt, ihn zu der Scheune geschleift und ihn dort fast umgebracht. Faulk ist nicht ganz richtig im Kopf. Er bekommt Wutanfälle. Er hasst die meisten Lebewesen, hält anscheinend jedoch sein Wort. In dieser Hinsicht verhält er sich fast pathologisch. Steht alles da in den Berichten über seine Psyche.«

Gromow studierte die Berichte über Faulk.

»Ich weiß nicht, wie Sie ihn dazu überreden wollen, Ihnen etwas über Mason Varno zu sagen«, meinte Maddick und nickte zu Yanna hin. »Oh, könnten Sie mir bitte die Sachen meines Enkels auf dem Sitz da rüberreichen? Ich fürchte, es ist Zeit zu gehen.«

Yanna reichte ihm die kleinen Schuhe, die Jacke und die Baseballkappe.

»Danke sehr und viel Glück«, sagte Maddick.

Nachdem Maddick gegangen war, wechselte Yanna auf den Platz Gromow gegenüber.

Sie trank ihren Tee, während er sich die Brille aufsetzte und die Dokumente genauer studierte. Sie hielt es für einen merkwürdigen Gegensatz, dass dieser mächtige russische Mafiaboss, zweifelsohne selbst ein Mörder, hier inmitten des Gelächters amerikanischer Kinder saß und sich darauf vorbereitete, einen gewalttätigen Psychopathen zu jagen.

41

Garland, Texas

Ein üppiger Hain aus Eichen schenkte Remy und Mason etwas Kühle auf der Raststätte an der I-30 südwestlich von Garland.

Sie waren fast nicht zu sehen, wie sie da im Schatten des weichen Grases saßen. Das Baby lag zufrieden auf seiner Decke. Remy hatte es gerade gefüttert und war in die Nachrichten vertieft, die sie auf ihrem Laptop las. Mason studierte eine neue Karte, die er präzise gefaltet hatte. Verpackungen, Getränkebecher und verschmierte Tüten waren über die Decke verstreut.

Sie waren während der letzten paar Stunden quer durch den Metroplex gefahren.

Ihr Pick-up war das einzige Fahrzeug am entfernten Ende des Parkplatzes. Jeder, der sie sah, konnte sie für eine junge Familie halten, die ein kleines Picknick genoss.

Das Geräusch der Autos, die über Lake Ray Hubbard rasten, war durchsetzt vom Brummen und Knirschen der Sattelschlepper, die die Tankstelle anfuhren und wieder verließen. Remy hob das Gesicht der Brise entgegen. Es war beruhigend, und sie hielt inne und gestattete sich zu glauben, dass sie und Mason jetzt wirklich auf dem Weg zum Ziel waren. Sie waren wirklich ihrem Traum nahe. Sie streckte die Hand nach Caleb aus, um ihm liebevoll die Wange zu streicheln. Aber die Berührung verstärkte das Gefühl einer schmerzhaften Leere, ihre überwältigende Traurigkeit über den Verlust des Babys und über alles, was sie durchgemacht hatte.

Beim Anblick Calebs kämpfte Remy gegen ihre schmerzlichen Muttergefühle an.

Deine Mutter verdient dich nicht. Niemand verdient dich mehr als ich. Ich habe dich gerettet. Es hat alles so sein sollen. Du bist mein Engel!

Ja, es hat alles so sein sollen.

Genauso, wie es bei Mason war. Er hatte gewusst, genau gewusst, dass wir zur rechten Zeit das Motel verlassen mussten. Gott sei Dank hat er mich zur Vernunft gebracht. Er war so schlau, uns aus unserem Motel herauszuholen, bevor die Polizei uns gefunden hätte.

Remy kehrte zu dem Bericht über das Einsatzkommando am Tumbleweed Motel zurück. Es war so knapp gewesen. Dennoch war sie der Ansicht, dass die Phantombilder, die den Berichten beigefügt waren, ihr und Mason nicht sehr ähnlich waren. Er hatte sich einen Bart wachsen lassen, trug eine Sonnenbrille und lange Ärmel, um seine Tätowierungen zu verbergen. Sie berührte ihr kurzes dunkles Haar, während sie über andere Möglichkeiten nachdachte, wie sie es hinbekommen konnte, dass sie der gesuchten Frau auf den Phantombildern nicht mehr im Geringsten ähnelte.

Remy entdeckte eine neue Story von der Associated Press, in der es hieß, dass das FBI immer noch sehr auf die öffentliche Unterstützung im Falle des Tornado-Babys setzte. Die Agenten hatten nur wenige Informationen zu den beiden Leuten mit den Pseudonymen Luke und Ashley Johnson aus Houston. Remy wusste, dass Mason ihr Nummernschild erneut ausgewechselt hatte, nachdem sie vom Motel weggefahren waren. Er war vorsichtig gewesen, hatte sogar einen Ort für sie organisiert, wo sie hinkonnten, und nach allem zu urteilen, was sie gelesen hatte, hatten sie und Mason immer noch einen Vorsprung.

»Wir hatten Glück, rechtzeitig das Motel zu verlassen. Es war ein guter Zug, Babe«, sagte Remy.

»Allerdings verdammt knapp.« Mason hob seinen Blick von der Karte, aber als er sah, wie sie das Baby liebkoste, spannte er die Kinnlade an. »Hör auf damit«, sagte er.

»Womit?«

Mason schlug Remys Hand von Caleb weg.

»He!«, sagte sie.

»Du wirst ihn nicht behalten, also binde dich nicht an ihn.«

»Schlage mich nie, niemals!« Remys Atem ging rascher, und sie funkelte Mason an. Seitdem sie das Motel verlassen hatten, war er angespannt und reizbar, und er schwitzte. Anzeichen dafür, dass er Drogen brauchte. Sie hasste es, wenn er so wurde. Sie warf einen Blick auf die Beule in der Decke neben ihm, wo er seine Waffe hingelegt hatte. Sie hasste es auch, wenn er dieses Ding mit sich herumtrug.

Er starrte sie einen langen, kühlen Augenblick lang an.

»Wir stehen mächtig unter Druck«, sagte er. »Sobald wir bei meinem Freund sind, sind wir völlig von der Bildfläche verschwunden. Dann rufen wir die Agentur an, schließen den Handel ab, holen unser Geld und hauen ab. Ich kenne einen Typen, der uns neue Identitäten verschaffen kann, gute, mit Sozialversicherung, Pässen, allem. Wir verschwinden einfach.« Mason blickte auf sein Handy auf der Decke neben seinem Mineralwasser und schürzte dann die Lippen. »Lamont sagt uns besser, wo wir hinmüssen. Ich habe dem Arschloch viel Kohle gegeben.«

Er sah zu den Sattelschleppern hinüber und rieb sich die Lippen.

»Ich weiß nicht, wie lange wir das noch durchhalten können«, sagte er. »Früher oder später kriegen sie uns, und wenn deine Agentur in Chicago das rausfindet, werden sie den Jungen kaum nehmen. Wir müssen aus der Schusslinie und warten, bis die Sache abgekühlt ist.«

»Ich finde, die Phantombilder sehen uns nicht sehr ähnlich.« Remy arbeitete an ihrem Laptop. »Abgesehen davon habe ich mir was ausgedacht. Ich kann was tun, das uns helfen könnte. Ist etwas riskant, aber wenn du die Ruhe bewahrst, kannst du es durchziehen.«

Sie drehte den Bildschirm, und ihm gefiel, was er da sah.

»Na gut, das ist hier in der Nähe. Fahren wir los«, sagte er.

Keine drei Kilometer vom Rastplatz entfernt fuhren Mason und Remy auf den Parkplatz eines kleinen Einkaufszentrums. Eingezwängt zwischen Aunt Marva's Donuts und On-the-Spot Payday Loans war Flo's Fabulous Hair Emporium. Remy blieb mit dem Baby im Pick-up, während Mason den Friseurladen betrat.

An der Tür oben klingelten Glöckchen.

Reihen leerer Gesichter von Schaufensterpuppen, gekrönt mit jedem Frisuren- und Farbstil, den man sich nur denken konnte, starrten Mason von Schaukästen und Regalen an.

Es war unheimlich.

Im Geschäft war nichts los. Eine Frau hinter der Theke legte eine neue Papierrolle in ein kleines Kreditkartenterminal ein. Sie hatte langes, glattes schwarzes Haar, dunkle Haut und zeigte strahlend weiße Zähne, wenn sie lächelte.

»Was kann ich für Sie tun, Sir?«

»Na ja, ich hätte gern ein paar Perücken für meine Frau.«

»Da sind Sie hier genau richtig. Kommt sie auch noch herein?«

»Nein. Sie hat mir gesagt, was ich besorgen soll.«

»Nun, welche Farbe und welchen Stil sucht sie? Kurz, lang, lockig, glatt?«

»Sie hat gesagt, sie möchte eine blonde, lang und wellig, und eine kastanienbraune, ähnlich und auch irgendwie gewellt.«

»Hm.« Die Frau verließ die Theke und führte Mason zu einem Schaukasten an der Seite. Mason entdeckte eine Spur von Zitrusduft an ihr. »Wissen Sie, ob sie synthetisches oder menschliches Haar bevorzugt?«

»Was ist der Unterschied?«

»Sind beide ganz nett, aber bei Spitzenqualität bleibt Synthetikhaar sogar im Regen wellig, während menschliches Haar sich eher natürlich verhält.«

»Ich schätze, das spielt dann keine Rolle.«

Die Frau griff nach einem Kopf mit einer blonden Perücke.

»Wie wär's mit der hier? Sie hat stufig geschnittene Spiralwellen von circa dreißig Zentimetern Länge, das ist etwa schulterlang, und sie hat eine Stretchkappe aus Synthetikmaterial.«

»Sieht gut aus. Die nehme ich.«

»Das war einfach.« Daraufhin ging sie die Reihe entlang und hob einen Kopf mit einer dunklen Perücke auf, die kürzer, jedoch voller war.

»Die hier ist kastanienbraun, synthetisch, stufig geschnittener Bob mit geschwungenem Pony und …«, sie drehte den Kopf, »… weichen Locken hinten.«

»Mir gefällt sie. Die nehme ich auch.«

»Sie wollen sich ganz bestimmt keine anderen ansehen?«

»Nein, die beiden sind gut.«

»Na schön, dann packe ich sie Ihnen ein.«

Die Frau nahm die beiden Köpfe mit den Perücken, setzte sie vorn auf die Theke und warf dann einen Blick durch ihr Schaufenster auf den Pick-up, der draußen parkte.

»Ist das Ihre Frau in dem Wagen da, mit dem Baby?«

Mason folgte ihrer Blickrichtung und sah dann Remy mit dem Baby. »Oh, ja.«

Sie zögerte, als wollte sie eine jähe Sorge nicht ansprechen.

»Gibt's ein Problem?«, fragte Mason.

»Öh, nein.« Die Frau lächelte und wandte sich wieder der Theke zu. »Die meisten Frauen möchten sie maßgefertigt. Will Ihre Frau wirklich nicht zum Anpassen und Stylen hereinkommen? Das machen wir kostenlos.«

»Nein, ich glaube, so ist es schon gut.«

Mason beobachtete sie genau, während sie sich wieder auf die Waren konzentrierte.

»Okay. Ich hole bloß ein paar Schaumstoffköpfe und packe sie dann für Sie ein. Sie kosten jeweils einhundertfünfzig, plus Steuer. Aber wenn Sie Soldat sind oder Opfer des Tornados, geben wir Ihnen zwanzig Prozent Rabatt.«

»Ich bin kein Soldat – mein Vater war Soldat. Aber uns hat der Sturm erwischt.«

»Alles in Ordnung?«

»Wir sind immer noch etwas zittrig, aber ich muss weiterfahren.«

»Natürlich. Und wie möchten Sie gern zahlen, Sir?«

»Ist Barzahlung in Ordnung?«

»Aber natürlich.«

Mason verließ die Frau, die ihn durch das Schaufenster beobachtete. An der Fahrertür des Pick-ups angekommen, wechselten sie einen kurzen Moment lang einen Blick.

Als der Kunde in die Kabine seines Pick-ups stieg, biss sich die Verkäuferin auf die Lippe.

Das war sehr merkwürdig, dachte sie.

Dann griff sie nach ihrem Telefon und suchte die Nachricht von dem Baby, das im Sturm entführt worden war.

Sie fand die Nummer, die die Polizei für Hinweise bereitgestellt hatte.

Vielleicht sollte sie anrufen.

Nein. Sie legte ihren Apparat hin. Aber es war eindeutig merkwürdig.

Mason kehrte zum Pick-up zurück und reichte die Schachteln Remy, die sich mit dem Baby in seiner Babyschale beschäftigte. Bevor er den Zündschlüssel drehte, sah Mason auf sein Handy und fluchte. Keine Nachrichten von Lamont. Einen Moment lang überlegte er, wohin sie gehen könnten, startete dann den Pick-up und fuhr vom Einkaufszentrum weg.

Remy öffnete die Schachteln mit den Perücken.

»Oh, die sind hübsch. Sie werden ihren Zweck erfüllen, Babe.«

Aber Mason hörte nicht zu.

Er war ein wenig besorgt über den seltsamen Blick der Verkäuferin in dem Perückengeschäft, schüttelte jedoch seine Besorgnis ab. Er hatte größere Probleme, kurz gesagt, die Tatsache, dass Lamont noch immer keinen Kontakt zu ihm aufgenommen hatte. Mason rätselte über die Gründe hierfür. Hatte Lamont ihn beschissen? Hatte er ihn verraten? Mason fuhr sich mit dem Handrücken über den Mund. Sie waren etwa sechs Häuserblocks weit gefahren und bogen von einer ruhigen Seitenstraße auf eine belebte Durchgangsstraße.

Da hörten sie hinter sich das Jaulen einer Polizeisirene.

42

Garland, Texas

Rote und blaue Warnlichter blitzten in Masons Rückspiegel.

»Oh mein Gott, was tun wir jetzt?« Remy blickte über die Schulter.

Mason packte das Lenkrad fester und hielt ein Auge auf den Spiegel gerichtet, auf den Kühler eines Polizeifahrzeugs, das rasch hinter ihnen herankam.

»Hör auf, ihn anzuglotzen«, sagte Mason zu Remy. »Das betrifft unmöglich uns. Er fährt an uns vorbei.«

Aber der Streifenwagen fuhr nicht an ihnen vorbei. Er hielt sich unmittelbar hinter ihrem Pick-up, bis der Polizist nahe genug heran war, um das Nummernschild erkennen zu können.

Wenn er das auch wirklich tut.

Das Jaulen der Sirene zerriss Masons Nerven. Sein Reflex bestand darin, um die nächste Ecke zu biegen, während ihm sein Bauch zuschrie, er solle fliehen. Drück aufs Gas und hau ab, weil ich auf keinen Fall wieder ins Kittchen will.

Verdammt, warum fährt der Kerl nicht an uns vorbei?

In Masons Kopf huschten die Optionen vorüber. Er warf einen Blick in den Rückspiegel und suchte nach irgendeinem verräterischen Anzeichen dafür, dass der Polizist sein Nummernschild gelesen und erkannt hatte. Er hatte nicht nach seinem Mikrofon gegriffen. Er hing nicht am Handy. Sein Mund bewegte sich nicht, wie er es täte, wenn er über eine Freisprechanlage mit dem Mann in der Zentrale sprechen würde.

Nichts in dieser Hinsicht.

Warum hängt er mir dann so auf der Pelle?

»Mason, Achtung!«

Auf der Straße direkt vor ihnen stand ein weiterer Polizeibeamter, der mit ausgestrecktem Arm direkt auf Mason zeigte. Seine freie Hand schwebte über dem Holster seiner Waffe. Den Blick hielt er auf Mason gerichtet. Mason bremste hart, und der Polizist wies ihn an, rechts heranzufahren und den Motor abzustellen, dicht neben einem weiteren Fahrzeug, das dort parkte, ein weißer Toyota.

Die Sirene hinter ihm jaulte ein letztes Mal kurz auf, bevor sie verstummte. Der Streifenwagen fuhr eng hinter den Pick-up, so dass Mason nicht herausfahren konnte. Die Polizeilichter erleuchteten die Fahrerkabine mit ihrem pulsierenden intensiven Schein.

»Gottverdammt noch mal«, knurrte Mason unterdrückt. »Gott-ver-dammt-noch-mal!«

Alles war so rasch den Bach runtergegangen.

»Das ist nicht gut.« Remy zog das Baby aus seiner Babyschale und hielt es fest, während sie mit gerecktem Hals in beide Richtungen blickte. »Was zum Teufel ist da los?«

Während er den Polizisten auf der Straße und den Polizisten im Wagen hinter sich beobachtete, fuhr sich Mason mit dem Handrücken über den Mund und überlegte, was ihnen da widerfahren war. Plötzlich griff er unter seinen Sitz, holte die Waffe hervor und steckte sie sich unter das linke Bein.

»Mason, nein! Oh mein Gott, was tust du da?«

»Ich gehe nicht wieder in den Knast!«

»Mason, nicht! Ich flehe dich an.«

Die Fahrertür des Wagens hinter ihnen öffnete sich, und der Beamte stieg rasch aus. »Bleiben Sie bitte in Ihrem Fahrzeug!«, sagte er und hielt die Hand am Griff seiner Waffe, als er an ihnen vorbeitrabte und dabei in sein Schultermikrofon sprach.

Mason überblickte die Lage und bemerkte, dass die Leute in dem Toyota vor ihnen in ihrem Fahrzeug warteten. Dann merkte er, dass weitere Leute in der Schlange von Fahrzeugen und Trucks, die vor ihm angehalten worden waren, dasselbe taten.

Andere Polizeifahrzeuge blockierten die Kreuzung.

Das ist eine Absperrung. Da geht was vor sich, dachte Mason.

Der rennende Beamte gesellte sich zu dem anderen Beamten auf der Straße. Dann rannten zwei weitere Polizisten von hinten an Masons Pick-up vorbei. Die Lautstärke ihrer tragbaren Funkgeräte war hochgedreht, und es ertönten krächzende Funksprüche.

Mehrere lange Augenblicke verstrichen. Alles in allem vergingen fünfzehn Minuten Herzklopfen, bevor Mason und Remy einen der Streifenwagen auf der Straße mit quietschenden Reifen davonfahren sahen.

Einer der Polizisten auf der Straße winkte die Autoschlange zurück in den fließenden Verkehr, während andere entspannt am Pick-up vorübergingen.

»Ich glaube, es ist vorbei, Mason«, sagte Remy.

»Entschuldigen Sie bitte?« Die Frau in dem Toyota wandte sich an einen von ihnen.

Ein Beamter blieb an dem Toyota stehen, nahe genug, dass Mason ihn verstehen konnte.

»Was ist da los?«, fragte die Frau. »Was ist passiert?«

»Eine Bank wurde ausgeraubt«, erwiderte der junge Polizist. »Der Verdächtige befand sich in diesem Gebiet. Sie haben ihn etwa sieben Häuserblocks von hier entfernt geschnappt.«

»Wow, freut mich zu hören. Gute Arbeit, danke.« Die Frau startete ihren Wagen.

»Warten Sie!« Der Polizist trat heran und zeigte auf Mason, dem das Herz in die Hose fiel.

»Sie sollten Ihr Baby in die Babyschale legen, bevor Sie weiterfahren«, sagte der Beamte.

»Ja, Sir.« Remy lächelte und schnallte Caleb Cooper fest.

43

Lancaster, Texas

Ich war Caleb in diesem Motel so nahe.

Jenna konnte ihren Jungen fast spüren, ihn fast riechen und die Süße seiner Wange schmecken. Wie es sie schmerzhaft danach verlangte, ihn wieder in den Armen zu halten! Sie hatte fast die ganze Nacht lang in ihrem Zimmer in den Embassy Suites wachgelegen, über Cassie und Blake gewacht und aus dem Fenster in die Nacht gestarrt.

Caleb ist da draußen. Bitte pass auf, dass ihm nichts zustößt. Ich brauche ihn zurück. Bitte.

Gestern waren sie so nahe dran gewesen, diese kranke, hinterhältige rothaarige Frau und ihren Freund in dem Motel zu erwischen. Jetzt, in den Stunden vor der Morgendämmerung, betete Jenna mit jeder verstreichenden Minute darum, dass ihr Telefon klingeln und sie etwas Neues vom FBI, von Kate oder Frank erfahren würde. Von irgendwem.

Im Hotel war sie aus Furcht, aus Zorn und Panik fast wahnsinnig geworden, bevor die FBI-Agenten Grogan und Quinn sie und Blake hineingeführt und ihnen alles gesagt hatten, was sie sagen konnten.

Grogan sagte, dass der Motelmanager den Notruf gewählt habe, weil er sich sicher gewesen sei, dass ein Mann und eine Frau mit einem Baby, die auf die Beschreibung in der Presse gepasst hatten, Gäste waren. Das Einsatzkommando der Polizei von Dallas war gekommen, aber die Leute blieben flüchtig.

Die Kriminalexperten des FBI durchsuchten das Zimmer, was Zeit erfordern würde. Es war eine Herausforderung, weil eine Motelangestellte den Raum gründlich gesäubert hatte. Das FBI setzte seine Untersuchungen fort.

»Wir wissen, es ist schwer für Sie, aber ich gebe Ihnen mein Wort, dass wir Sie auf dem Laufenden halten«, sagte Grogan. »Aber vorrangig konzentrieren wir uns darauf, sofort wertvolle Spuren zu verfolgen, um Caleb zu finden und ihn sicher zu Ihnen nach Hause zu bringen.«

Nicht lange nach Sonnenaufgang standen Holly und Garrett im angrenzenden Zimmer auf, aber Jenna bemerkte die Geräusche nicht, die sie dabei verursachten. Sie bemerkte auch kaum, dass Blake und Cassie ebenfalls aufstanden und sich anzogen, ebenso wenig den Duft nach Kaffee und Rührei.

»Jen, wir haben dir etwas zum Frühstück von unten geholt«, sagte Holly.

»Du schläfst nicht, und du isst nichts«, sagte Blake. »Komm schon, Liebes. Nimm etwas zu dir.«

»Ich kann nicht«, sagte sie. »Ich kann nicht.«

»Ich bin auch traurig, Mama. Nur einen Bissen«, sagte Cassie und verwendete einen Satz, den Jenna benutzt hatte, wenn ihre Tochter nicht essen wollte.

»Bitte, Jen«, sagte Blake, bevor sein Handy klingelte und er den Anruf annahm. »Hallo, Doug. Ja … Danke. Wir tun unser Bestes. Danke … Nein, sprich weiter … Wirklich? Jetzt, heute? Okay, danke.«

Blake schaltete aus und wandte sich dann Jenna zu, als Holly und Garrett hereinkamen.

»Was ist los?«, fragte Jenna.

»Das war Doug Carlin, unser Nachbar. Wir müssen zu unserem Haus fahren.«

Seit dem Sturm und Calebs Verschwinden war Jenna noch

nicht an ihrem Haus gewesen. Es war verschwunden, und sie war völlig auf Caleb konzentriert.

»Verstehe ich nicht«, sagte sie. »Warum? Warum müssen wir jetzt hin?«

»Doug hat gesagt, in unserer Nachbarschaft sind Leute von den Behörden, und heute Morgen ist der letzte Termin für die Genehmigungsbescheide und Versicherungen.«

»Nein«, sagte Jenna. »Ist mir egal. Ohne Caleb haben wir kein Heim. Unser Heim ist hier.« Jenna zeigte mit ihrem Daumen auf ihr Herz. »Wo wir sind. Und wir setzen es wieder zusammen, wenn wir ihn haben.«

»Jen.« Blake ging vor ihr auf ein Knie. »Ich weiß. Wir alle möchten Caleb mehr als alles andere zurück. Aber wir müssen hin. Sie brauchen uns beide für eine Unterschrift, und es gibt Dinge, die wir behalten wollen, Dinge, die Caleb gehören.«

Tränen strömten Jenna das Gesicht herab, aber dann spürte sie die kleinen starken Arme Cassies um sich.

»Nicht weinen, Mama.«

Garrett und Blake saßen vorn in ihrem Leihwagen.

Jenna und Holly saßen hinten und hielten Cassies Hände, als sie zum südlichen Ende des Metroplex und nach Lancaster fuhren.

Sie lebten im One-Mile-River-Viertel, einer Gegend mit bescheidenen Bungalows, in denen hauptsächlich Familien wohnten und die an gewundenen, kinderfreundlichen Straßen lagen, geschützt von hohen grünen Eschen und Pappeln. Aber als sie sich One Mile näherten, war Jennas erster Gedanke, dass sie die falsche Ausfahrt genommen haben mussten.

Das ist nicht hier.

Sie erkannte die Gemeinde nicht wieder. Alles war eingeebnet.

Ein Lancaster-Streifenwagen und ein paar Rettungsfahrzeuge der Stadt waren an einer Absperrung postiert und blockierten die Zufahrt zur Straße, wo Jenna und Blake lebten. Dahinter war nichts außer einer Wüste aus Trümmern.

»Tut mir leid«, sagte ein Polizist. »Der Zugang ist untersagt. Nur Bewohner mit einer Erlaubnis können einfahren, oder Leute vom Rettungsdienst oder der Presse.«

»Meine Frau und ich sind Bewohner«, sagte Blake.

»Okay, dann müssen Sie Folgendes tun.«

Blake hatte einem Beamten der Stadt in einem Lastwagen in der Nähe akzeptable Beweise vorlegen müssen, dass er hier wohnte, wie zum Beispiel seinen Führerschein. Der Beamte stellte den Coopers eine vorübergehende Zufahrtsgenehmigung aus und wies sie an, den Schaden einzuschätzen und zu notieren. Andere städtische Mitarbeiter in Warnwesten kamen heraus und verwiesen sie zur Erfassungsstelle, wobei sie anmerkten, dass von den meisten Versicherungsgesellschaften Berater anwesend seien. Man sprach von Inspektionen, Wiederbeschaffung, Anträgen auf Unterstützung für den Lebensunterhalt, Versicherungsformularen, Vorschriften, Deadlines und sämtlichen erhältlichen Diensten von Institutionen wie dem Roten Kreuz und der Heilsarmee.

»Es gibt weder Gas noch Wasser noch elektrischen Strom, also achten Sie darauf, dass Sie Taschenlampen dabeihaben und dass Ihre Handys geladen sind«, sagte einer der Mitarbeiter. »Und wie Sie auf der Genehmigung sehen, ist der Zutritt zeitlich begrenzt.«

Garrett hatte daran gedacht, eine Taschenlampe mitzunehmen, falls sie eine brauchen würden. Blake hatte dafür gesorgt, dass sie die Handys in der Nacht im Hotel aufgeladen hatten. Sobald alle bereit waren, gingen sie los, hatten allerdings Probleme, ihr Haus zu finden.

Ihre Nachbarschaft war ausgelöscht, Straßenschilder und Grenzsteine waren verschwunden. Die Bäume waren zerschreddert, ihrer Äste beraubt, entwurzelt, und es waren zackenförmige Zweige zurückgeblieben, die den Himmel durchbohrten und an Fotos aus Berichten über ein Kriegsgebiet gemahnten.

Autos waren umgekippt und völlig verbeult wie leere Coladosen, Dächer hatte es von Häusern herabgerissen. Einige Häuser lagen offen und zeigten Schlafzimmer, Wohnzimmer, Badezimmer. Möbel waren auf Rasenflächen geworfen worden, die an Mülldeponien erinnerten. Die Luft roch nach feuchter Erde, Abfall, Abwasserkanälen und Verlust.

Jenna, Blake, Cassie, Holly und Garrett gingen schweigend dahin und beobachteten voller Ehrfurcht Nachbarn, die sich ihren Weg durch die Überreste bis hin zu den aufgerissenen Verschalungen bahnten, die zerschmettert oder weggeweht worden waren, immer wieder durchsetzt von leisem Weinen, dann von der gedämpften Freude, wenn jemand einen Schatz geborgen hatte. »Ich habe die Schachtel mit den Eheringen von Mama und Papa gefunden!«, oder: »Ich habe das Fotoalbum gefunden!«

Sie erreichten ihre Adresse.

Jenna und Blake starrten den Haufen an, der einmal ihr Heim gewesen war.

Jennas Kinn zitterte. Blake zog sie und Cassie eng an sich, während sie sich gemeinsam der Tatsache stellten, dass ihr Heim verschwunden war.

Garrett und Holly legten ihnen tröstend die Hand auf die Schulter. Es gab nichts zu sagen, und die kleine Gruppe stand einen langen Augenblick trauernd da, bis ein Nachbar sie begrüßte.

»Es tut mir so verdammt leid«, sagte Doug Carlin, ein siebzigjähriger pensionierter U.S. Marine Sergeant. »Wegen Caleb, wegen des Hauses. Bev und ich haben zum Herrn gebetet, sich eurer Sache anzunehmen, Blake.«

»Danke sehr, Doug«, sagte er. »Und danke, dass du mich angerufen hast.«

»Auch wir haben unser Haus verloren, und da unten …«, Carlin zeigte mit seinem hölzernen Spazierstock hin, »… die McKinleys und die Franklins, die haben es nicht geschafft. Sie sind im Sturm umgekommen. Wir haben Del und Sam in den Armen des anderen in der Küche gefunden. Das Dach ist auf sie gekracht. Der Ort hier ist schwer getroffen worden, daran besteht kein Zweifel.« Carlin sah sich um. »Ich will euch nicht länger aufhalten. Ich habe deine Handynummer, du hast meine. Ich halte dich auf dem Laufenden über das, was hier passiert, während ihr tut, was ihr tun müsst, um euer Baby zu finden. Gott segne euch!«

Jenna umarmte ihn, und nachdem Carlin gegangen war, fragte Garrett Blake nach dem Namen ihrer Versicherungsgesellschaft.

»Ich geh die Straße runter und frage herum, ob ein Sachbearbeiter herüberkommt und mit dir spricht«, sagte Garrett.

»Ich habe eine Geschäftskarte.« Blake suchte nach seiner Brieftasche. »Wir haben die Police letztes Jahr erneuert, als wir wussten, dass wir … Nun ja, als wir wussten, dass wir ein weiteres Kind bekämen.«

Blake reichte Garrett die Karte, und nachdem er Cassie ermahnt hatte, vorsichtig im Schutt zu sein, machten er und Holly sich daran, die Überreste nach Wertsachen zu durchwühlen.

»Ca-leb!« Cassie hockte sich nieder und rief in den Überresten nach ihrem kleinen Bruder. »Bist du da drin, Ca-leb?«

Jenna rührte sich nicht.

Das ist unser altes Leben, dachte sie, *das alte Leben, das ich gelebt habe. Das Leben, das ich geliebt habe, ist verschwunden – es wird nie zurückkehren. Dieses Leben hat aufgehört. Es hat in dem Moment aufgehört, als Caleb mir genommen worden ist. Unser neues Leben wird nicht anfangen. Es kann erst wieder anfangen, wenn ich mein Baby in den Armen halte. Unser altes Haus ist mir egal, ebenso die Sachen. Caleb zu finden und unsere Familie wieder zusammenzusetzen, das ist es, was wir tun müssen.*

In diesem Augenblick setzte Jennas Herz einen Schlag lang aus, denn sie hörte das vertraute leise Geräusch von Calebs Rassel und wandte sich um.

»Sieh mal, Mama!« Cassie hielt den kleinen gelben Kunststoffball an seinem Griff fest. »Ich habe Calebs Rassel gefunden.«

Sie zu hören war Balsam für Jennas gebrochenes Herz, und sie hob Cassie in die Arme und gab ihr einen Kuss. »Gut gemacht, Liebes.«

»Ich glaube, wir sollten sie für ihn aufheben, wenn wir unser Haus wieder aufbauen.«

»Das glaube ich auch.«

Jenna wandte sich um und sah Kate Page an der Grenze ihres Grundstücks stehen.

44

Lancaster, Texas

Mit Cassie in den Armen ging Jenna verhalten einige Schritte auf Kate zu.

»Gibt es etwas Neues zu Caleb?«

»Nein, tut mir leid.«

»Woher haben Sie gewusst, dass wir hier sind?«

»Haben wir nicht.« Kate wandte sich zu Mark Danson um, dem Fotografen, der von der anderen Straßenseite aus Fotos gemacht hatte und nun herantrat. »Wir sind heute Morgen für ein Feature über Ihre Umgebung hergekommen. Sie hatten mir gesagt, dass Sie nicht mehr hier waren, seitdem alles passierte.«

Angesichts von Kate verhärteten sich Blakes Züge, dann warf er Jenna einen Blick zu.

Danson traf ein, und nachdem er die Situation erfasst hatte, stellte er sich hinter Kate und sagte und tat nichts, während die Spannung anstieg.

Sie wurde unerträglich, bis Kate das Wort ergriff. »Wir waren unten an der Straße, als ich Sie hier gesehen habe, Jenna. Es tut mir leid wegen allem mit Caleb, Ihrem Haus, wegen allem, was Sie zu mir gestern am Motel gesagt haben – es ist alles so rasch gegangen.«

Blake schüttelte langsam und enttäuscht den Kopf.

»Sie ist genau wie das FBI, Jen.« Blake machte sich wieder daran, die Überreste seines Hauses zu durchsuchen. »Sie sind nicht deine Freunde. Du kannst nicht von ihnen erwarten, dass sie dich anrufen, wenn sie Informationen über unser Baby haben, weil bei ihnen alles eine Einbahnstraße ist. Sie erledigen bloß ihre Jobs. Dafür werden sie bezahlt.«

»Das stimmt nicht, Blake«, sagte Kate. »Ja, ich bin Reporterin, aber ich bin auch eine Mutter. Und ich habe … ich habe jemanden verloren, der mir sehr nahe war. Ich mache mir mehr Sorgen, als Sie glauben, und ich tue mein Möglichstes, damit sich alle darum kümmern, dass Sie Ihren Caleb wiederfinden. Ich erwarte nicht, dass Sie mir das abnehmen, aber es ist die Wahrheit, und ich möchte, dass Sie das wissen.«

Jenna starrte sie an, dann setzte sie Cassie ab. Eine Strähne ihres Haars fiel ihr übers Gesicht, und sie schob sie zurück.

»Ich weiß, dass Sie sich Sorgen machen«, sagte Jenna. »Ich habe es gewusst, als Sie Calebs Strampler in der Notunterkunft gefunden haben. Denn wenn Sie das nicht getan hätten …« Ihre Stimme brach fast »… hätten wir überhaupt nichts gewusst. Aber ich habe ein Recht, wütend zu sein. Sie haben mich enttäuscht.«

»Tut mir leid«, sagte Kate leise.

Jenna nickte.

Nachdem sie einen Moment hatte verstreichen lassen, fragte Kate: »Würden Sie etwas mit mir reden, für eine Story heute?«

Blake sah Kate an, dann seine Frau, die traurig die Zerstörung überblickte, während sie Calebs Rassel in der Hand hielt.

»Ich muss immer daran denken, wie ich seinen Kinderwagen festgehalten habe. Ich hatte ihn, aber ich habe losgelassen.«

Blake ging zu ihr und nahm sie bei den Schultern. »Nicht, Jen. Mach dir keine Vorwürfe.« Er schoss Kate einen anklagenden Blick zu.

Aber Jenna wahrte ihre Fassung und fuhr fort: »Es gibt nur eines zu sagen. Unser Haus können wir wieder aufbauen, aber unser Leben nicht, bevor wir unser Baby finden. Und ich flehe die Leute an, die ihn haben, ihn mir zurückzugeben.«

Kate schrieb das nieder und fragte, als sie Calebs Rassel bemerkte: »Gehört die Caleb?«

»Ja. Cassie hat sie hier gefunden.«

In diesem Moment hörte Kate Dansons Kamera und wusste, dass er ein fesselndes Foto für die Nachrichten gemacht hatte: Jenna Cooper, die liebevoll das Spielzeug ihres verschwundenen Babys festhielt, während sie inmitten der Ruinen ihres Hauses stand.

45

Dallas, Texas

»Das ist es.«

Mark Danson sah die Fotos durch, als er und Kate wieder in seinem Jeep saßen, bevor sie die niedergewalzte Nachbarschaft der Coopers verließen. Er hielt die Kamera so, dass er ihr sein Lieblingsfoto zeigen konnte.

»Ist ein emotionales Bild«, sagte er. »Was meinst du?« Es zeigte Jenna Cooper, die inmitten der Ruinen ihres Hauses stand und liebevoll die Spielzeugrassel ihres vermissten Jungen festhielt. »Ja, das ist beeindruckend«, gab Kate zu.

Danson ließ den Motor an, und auf der Fahrt zur Autobahn spürte er, dass Kate nach wie vor etwas angespannt wegen des Gesprächs mit Jenny Cooper war. »Du hast das gut gemacht«, sagte er.

»Was meinst du damit?«

»Wie du die Mutter zum Reden gebracht hast, wo sie doch eindeutig stinksauer auf dich war, wegen der Sache da im Motel. Es war gut geschauspielert.«

»Gut geschauspielert. Was soll das denn heißen?«

»Du weißt schon.«

»Nein, weiß ich nicht.«

»Komm schon. In diesem Gewerbe müssen wir alles sagen oder tun, was nötig ist, damit wir bekommen, was wir brauchen. Ihr Mann hatte Recht. Über solche Tragödien zu berichten, wie wir es tun, ist Teil unseres Jobs.«

»So zu tun, als würde ich mir Sorgen machen, so gehe ich nicht da ran.«

»Das ist das A und O, gib's zu.«

»Mein Gott, Mark. Hältst du mich wirklich für dermaßen herzlos?«

Danson zuckte die Achseln und schaltete im Radio einen örtlichen Sender ein. Kate drehte sich zum Fenster, zog sich in ihre Gedanken zurück und stellte sich der Wahrheit.

Danson mochte ein Blödmann sein, aber zum Teil hatte er Recht. Über Tragödien zu berichten, bedeutete auch, zum schmerzlichsten Zeitpunkt in das Privatleben von Menschen einzudringen und es auszubeuten, und Kate verabscheute das. Sie gab stets alles, um so ehrlich, mitfühlend und professionell wie möglich zu sein.

Aber Jenna Coopers Fall war einer der quälendsten, über den sie je berichtet hatte. Allein das, was Jenna durchgemacht hatte: ihr Baby verschollen, ihr Haus verschwunden. Wie viel sollte diese arme Frau denn noch erdulden? Und noch herzzerreißender war Jennas Glaube, sie sei an allem schuld.

Während die Stadt vorüberzog, hallten ihre Worte in Kate nach: *Ich hatte ihn, aber ich habe ihn losgelassen. Es ist meine Schuld, dass ich ihn verloren habe.*

Deswegen war die Geschichte für Kate mehr als bloß eine Story. Nicht, weil so viel von ihrem Praktikum bei Newslead abhing – sie ging tiefer, zwang sie, sich mit ihrem eigenen Schuldgefühl wegen ihrer kleinen Schwester auseinanderzusetzen … sie zog sie zurück in die Jahre des Unfalls, als sie Vanessas Hand gepackt hatte …

… die Kälte betäubte ihre Finger, sie spürte, wie sie sich lösten, außerstande waren, festzuhalten … bis Vanessa davonglitt …

Ich habe sie losgelassen.

Sie zwang Kate ebenfalls, sich dem Schuldgefühl gegenüber ihrer Tochter zu stellen.

Sie schaute auf ihr Handy und strich mit ihren Fingern über Graces liebes Gesicht auf dem Schirm. Oh mein Gott, wie sehr sie ihre Tochter vermisste! Es war entsetzlich, sie verlassen zu haben. *Tut mir so leid!* Aber es gab keine Stellen für sie in Ohio. Ihnen waren Geld und Möglichkeiten ausgegangen.

Kate wusste nicht, was die Zukunft für sie bereithielt. Sie engagierte sich in dieser Story mit allem, was sie hatte, aber die Geschichte forderte ihren Tribut. Sie war erschöpft und fühlte sich schuldig, weil sie an sich dachte. Sie akzeptierte etwas, das sie seit ihren ersten Tagen als Reporterin gewusst hatte: Wenn man über Tragödien berichtete, starb ein Teil seiner selbst.

Bald nachdem Kate in die nahezu verlassene Redaktion zurückgekehrt war und sich an die Arbeit an ihrer Story gemacht hatte, tauchte Tommy Koop neben ihrem Schreibtisch auf.

»Hallo Tommy, wo sind die alle?«

Er schaute sich um. »Chuck ist außer Haus. Heute leitet Dorothea die Redaktion. Sei sehr vorsichtig!«

»Warum?«

Tommy beugte sich herab und senkte die Stimme. »Sie hat heute ein paar zusätzliche Löffel Gift in ihren Kaffee gegeben.«

Als Kate zum Dank für die Warnung nickte, rief Dorothea sie in ihr Büro.

Die Chefredakteurin saß an ihrem Schreibtisch, die Augen auf ihren Monitor gerichtet und die Brauen gehoben, während sie die auf den neuesten Stand gebrachte Budgetliste durchsah.

»Ich lese gerade Ihre Kopfzeile für die heutige Story.« Sie wandte sich Kate zu. »Mehr haben Sie nicht zu bieten?«

»Nein. Sie haben gerade entdeckt, dass sie ihr Haus verloren haben, während sie sich weiter mit dem vermissten Jungen herumquälen.«

»Tragisch, aber ein bisschen flau.«

»Das ist nicht flau. Und es ist exklusiv. Haben Sie Mark Dansons Fotos gesehen? Die sind gut.«

»Noch nicht. Könnten Sie nicht etwas Nachrichtengerechteres, Knalligeres finden?«

»Ich habe jede Quelle und jeden Offiziellen kontaktiert, der mit der Geschichte zu tun hat – bislang gibt es nichts Neues.«

»Was ist mit dem FBI? Irgendwelche Spuren aus dem Motel, irgendwelche neuen Hinweise bei ihrer Suche nach den Verdächtigen?«

»Nichts. Sie werten nach wie vor die Spuren aus dem Motelzimmer aus. Bislang haben sie mir nichts gesagt.«

Dorotheas Brauen gingen noch ein Stück weiter in die Höhe, und sie wandte sich wieder ihrem Monitor zu.

»Schön, müssen wir halt damit vorliebnehmen«, sagte sie. »Ich brauche Sie ja wirklich nicht daran zu erinnern, dass die Zeit fürs Praktikum abläuft. In ein paar Tagen müssen Chuck und ich eine Entscheidung hinsichtlich des erfolgreichsten Kandidaten treffen.«

»Das weiß ich genau.«

»Mandy und Ron werden mit dem Bericht über den Besuch des Präsidenten beauftragt. Für Sie werden wir bestimmt auch etwas finden.«

»Aber ich habe gedacht, Chuck will, dass ich an dieser Story dranbleibe, bis sie abgeschlossen ist?«

»Ja, das ist etwas, worüber ich mit ihm sprechen will, wenn er von seiner Versammlung zurückkommt. Das ist alles, Kate, danke.«

46

Shreveport, Louisiana

Ed Bascom saß auf einer Bank im Park gegenüber des Beau Soleil West Medical Center, wie ihn seine Zielperson angewiesen hatte.

Ihr Name war Jan Marie Cross, und sie war Krankenschwester in der Klinik.

Bascom war zuversichtlich, dass sie ihm sagen würde, was er für seine Klientin Hedda Knight aus Chicago wissen musste.

Ich hoffe es doch sehr.

Die Adoptionsanwältin hatte ihn geradezu krankhaft mit ihren SMS und Anrufen bedrängt, er solle bestätigen, dass Remy Toxton das Baby zur Welt gebracht hatte, und das Kind auffinden.

»Bieten Sie den Leuten Geld, Ed. Mir egal, wie Sie das anstellen. Tun Sie's einfach!«

Seitdem sich die zuvor erhaltenen Informationen hinsichtlich Arkansas als Sackgasse erwiesen hatten, hatte sich Bascom voll auf den Fall gestürzt. Er war nach Lufkin, Texas, zurückgekehrt, hatte weiterhin Remys Nachbarschaft abgeklappert und dabei einen Nachbarn getroffen, den er beim ersten Mal verfehlt hatte.

Ned Weller, ein pensionierter Elektriker, hatte seinen Hund ausgeführt, als er gesehen hatte, wie Sanitäter vom All Aid Ambulance Service nachts eine junge Frau aus dem Haus geholt hatten. Keine Sirene oder Blaulichter, also hätten es nur wenige bemerkt. Ned war sich der Zeit und des Datums völlig sicher, weil er Rider, seinen Retriever, nach der Fernsehsendung *Letterman* ausgeführt hatte. An dem Abend war nämlich Clooney Gast der Show gewesen.

Wie alle Privatdetektive wussten, sind medizinische Informationen vertraulich, und es gibt Gesetze, die den Erwerb der medizinischen Geschichte oder von medizinischen Aufzeichnungen verbieten. Bascom beherzigte das bei seinem Besuch im Büro von All Aid. Er hatte sich einen Trick ausgedacht, wie er herausfinden konnte, wohin ihr Rettungswagen Remy gebracht hatte und in welchem Zustand sie gewesen war.

Er behauptete, ihr Vater zu sein, von dem sie sich entfremdet habe. Dass Remys Mutter unheilbar erkrankt sei und er mehr über den Zustand ihrer Tochter und möglicherweise ihres Enkelkinds in Erfahrung bringen müsse, bevor seine Frau starb, und dass er betete, dass es die Leute übers Herz bringen würden, ihm zu helfen.

»Oh nein, das ist so traurig.« Die Bürokraft blinzelte rasch, als Bascom ein altes Foto seiner selbst mit seiner Frau und Tochter zeigte und sagte, das sei Remy.

Daraufhin war die Angestellte in die Datenbanken gegangen, hatte den Anruf herausgeholt und Bascom anschließend die Kontaktdaten der beiden Sanitäter gegeben, die seine »Tochter« aus dem Bundesstaat hinausgefahren hatten. »Sie sollten mit ihnen sprechen«, sagte sie und kritzelte Telefonnummern auf ein Stück Papier. »Warten Sie einen Moment. Ich rufe sie zuerst an und erkläre es ihnen.«

Bascoms Erfolg bei der Bürokraft führte ihn zu Don Dunlap, einem der Sanitäter, der sich von Bascoms Geschichte nicht so leicht rühren ließ. Tatsächlich wollte sich Dunlap sogar weigern zu helfen. Aber nachdem Bascom ihm vorgeschlagen hatte, ihm die Zeit zu vergüten, war Dunlap damit einverstanden, ihn am folgenden Abend privat beim Baseballtraining seines Sohns zu treffen.

Dunlap war nervös. »Sehen Sie«, sagte er, »woher weiß ich, dass Sie ihr Vater sind? Über einen Patienten zu sprechen ist riskant für mich.«

»Verstehe ich. Sie hat einen Freund, Mason«, sagte Bascom. »Er war damals vielleicht mit ihr zusammen. Er ist ein Exknacki. Wir sind besorgt. Remys Mutter liegt im Sterben, und wir haben in unserem Leben so viel Schmerzliches erfahren, dass wir es wiedergutmachen wollen. Und falls Remy jetzt ein Baby hat, nun ja, dann kann meine Frau vielleicht im Wissen sterben, dass wir einen neuen Anfang gemacht haben, wissen Sie?«

Bascom schaute auf die lachenden Kinder, die auf dem Feld spielten.

Dunlap blickte zu Boden und trat leicht gegen ein Steinchen, während er überlegte.

»Okay«, sagte er. »Ich werde Ihnen nicht viel sagen, und ich werde Ihnen nichts schriftlich geben.«

»Jede Art von Hilfe wäre willkommen.«

»Bevor ich heute zur Arbeit gegangen bin, habe ich einen Blick in meinen Patientenbericht für diese Tour geworfen. Sie hatte Probleme mit der Atmung, was im letzten Drittel vorkommen kann. Sie hatte keine Blutungen, und der Ultraschall des Fötus war in Ordnung. Aber die Vitalzeichen der Mutter nicht. Sie hatte Schmerzen. Wir haben ihr Sauerstoff verabreicht, sie stabilisiert. Wir haben sie ins Krankenhaus gebracht – das ist wirklich alles, was ich Ihnen sagen kann.«

»Warten Sie, wohin? In welches Krankenhaus?«

»Außerhalb des Bundesstaats. Wir wurden angewiesen, sie nach Shreveport zu bringen, ins Beau Soleil West Medical Center. Das ist eine religiöse Non-Profit-Einrichtung, die vielleicht eine Verbindung zum Arbeitgeber ihres Freunds hatte. Ich glaube, er ist Schreiner.«

Bascom danke Dunlap und bot ihm etwas Geld, das er zurückwies.

»Ich habe meine Meinung geändert. Mein Vater hat uns verlassen, als ich ein Kind war, und nie versucht, mich zu erreichen, wie Sie es jetzt tun. Das hat mich einfach zum Nachdenken gebracht.«

Bascom sah ihn an, nickte und wandte sich zum Gehen.

»Noch etwas«, sagte Dunlap. »Ich gehe davon aus, dass Sie nach Louisiana gehen, um mehr zu erfahren.«

»Allerdings.«

»Eine der Kontaktpersonen im Krankenhaus war eine Jan Marie Cross. Vielleicht fangen Sie bei der an. Sie war Krankenschwester in dem Team, das Remy bei ihrer Einlieferung dort in Empfang genommen hat.«

»Vielen Dank. Darf ich Sie um noch einen Gefallen bitten?«

»Nur zu.«

»Würde es Ihnen etwas ausmachen, sie, natürlich vertraulich, sozusagen im Nachhinein in Kenntnis zu setzen, dass meine Familie wegen Remy sehr besorgt ist? Ihr Bescheid zu geben, dass ich unterwegs nach Shreveport bin und Hilfe benötige.«

Bascom gab Dunlap seine Handynummer.

»Wenn es dabei hilft, eine Familie zusammenzuführen«, sagte Dunlap. »Ich überleg's mir.«

Bascoms Treffen mit Dunlap resultierte in mehreren herzlichen Telefongesprächen mit Jan Marie Cross, einer Krankenschwester am Beau Soleil West Medical Center.

Bei jedem Anruf eröffnete Bascom immer mehr, was bei ihm und seiner Frau in ihrer Beziehung zu ihrer Tochter Remy alles schiefgegangen war. Schließlich gestand ihm Cross, dass sie alleinerziehende Mutter war, und berichtete ihm von den Problemen ihres Sohns im Teenageralter mit Onlinespielen und dass er dreitausend Dollar Schulden auf ihrer Kreditkarte gemacht habe. Geld hatte sie keines. Bascom sagte, er würde ihr als Gegenleistung für ihre Hilfe das Geld geben, damit auch sie wieder ruhig schlafen könne.

An diesem Punkt war Cross, die extrem nervös gewesen war, weil sie die Schweigepflicht hinsichtlich ihrer Patienten brechen sollte, schließlich einverstanden gewesen.

»Sie klingen wie ein freundlicher Mann«, sagte sie. »Auf der gegenüberliegenden Seite der Straße zum Krankenhaus ist ein Park. Warten Sie dort auf mich.«

Also saß er jetzt hier und wartete.

Bascom war Cross' Anweisungen gefolgt, er solle sie zu dieser Zeit und auf dieser Bank treffen und eine *Shreveport Times* lesen.

Fünf Minuten verstrichen, dann zehn.

Er wusste, wie unbehaglich Cross sich fühlte und dass der Umgang mit Menschen in dieser Lage immer ein Vabanque-Spiel war. Er war zu einer Bank gegangen und hatte dreitausend Dollar in bar von dem Konto abgehoben, das Hedda für diesen Fall eingerichtet hatte.

Trotzdem konnte alles Mögliche passieren.

Während er auf der Bank wartete, überblickte Bascom das Gebiet und bemerkte ein älteres Pärchen, das in der Ferne über die Wiese schlenderte, dann einen Mann mit einem E-Reader, bevor er eine Frau von Mitte vierzig sah, die vom Krankenhaus her auf ihn zukam. Sie trug blaue Arbeitskleidung, wie sie es beschrieben hatte.

Sie hatte ein einfaches, vor Sorge angespanntes Gesicht.

»Ed?«, fragte sie.

»Ja. Jan?«

»Ja.«

Bascom legte seine Zeitung zur Seite, damit sie sich neben ihn setzen konnte, aber sie lehnte ab.

»Ich kann nicht lange bleiben. Ich war im Zweifel, ob ich kommen sollte.«

»Das weiß ich.«

»Es ist kompliziert geworden. Ich hatte das Gefühl, ich müsste Sie treffen, weil Sie von so weit hergekommen sind.« Sie legte die hohlen Hände übers Gesicht. »Es tut mir so leid, aber ich kann Ihnen nicht helfen.«

»Das verstehe ich jetzt nicht.«

»Ich habe hin und her überlegt, und ich kann einfach nichts tun, was meine Stelle in Gefahr bringt. Es tut mir leid.«

»Selbst nachdem ich Ihnen alles über meine Frau und meine Tochter erzählt habe? Meinen Sie nicht, wir haben ein Recht, es zu erfahren? Wir sind eine Familie.«

»Sie sind in ihrer Akte nicht aufgeführt. Ich kann das nicht tun. Tut mir leid. Ich möchte meine Stelle nicht verlieren.«

Verblüfft über ihre Meinungsänderung griff Bascom in seiner Jackentasche nach dem Umschlag.

»Ich verstehe. Dennoch möchte ich Ihnen helfen, Jan.«

Sie sah den dicken Umschlag voller Bargeld an.

»Nein, bitte«, sagte sie. »Ich kann's nicht.«

Bascom hielt ihr weiter den Umschlag entgegen.

»Ich kann Ihnen lediglich sagen, Ed, dass sie zu uns gebracht wurde. Sie war stabil, und der Herzschlag des Babys bei ihrer Ankunft war stabil.«

»Dann ist was geschehen? Hat sie das Baby bekommen? Wohin sind sie gefahren? Haben sie eine Anschrift …«

»Nein. Bitte. Ich kann Ihnen nichts weiter sagen. Und was Sie wissen, haben Sie von den Sanitätern. Ich muss die Schweigepflicht wahren. Es tut mir so leid – bitte, vergeben Sie mir.«

Sie wandte sich ab und eilte zum Krankenhaus zurück.

Nachdem sie verschwunden war, saß Bascom einen langen Augenblick dort, bevor er geschlagen den Umschlag in die Tasche zurückschob.

Mehrere Minuten lang starrte er sein Handy an, wobei er sich eine Strategie auszudenken versuchte, wie er Hedda auf den neuesten Stand bringen könnte. Er würde ihr sagen, dass Remy nach Shreveport gekommen war, um das Baby dort zur Welt zu bringen, und dass die Spur bislang hier endete.

Eine sanfte Brise strich durch den Park, so dass die Seiten seiner Zeitung raschelten, und sie wollte sie schon davontragen. Bascom griff danach.

Sein Blick fiel auf einen Artikel im Innern der Zeitung.

Er kam aus Dallas, und es ging um ein Baby, das seit dem Sturm vermisst wurde. Das FBI suchte nach zwei verdächtigen Personen, und es gab Phantombilder von ihnen, wie sie vielleicht aussahen. Sie hatten keine Namen, und es gab nur wenig weitere Einzelheiten.

Zuerst dachte Bascom, dass die Frau Remy ähnelte.

Das konnte jedoch nicht sein.

Sie stammten aus Lufkin, und sie waren hergekommen, damit Remy das Baby zur Welt bringen sollte.

Es ist höchst unwahrscheinlich, dachte er, bevor er Hedda anrief. Damit er trotzdem auf der sicheren Seite stand, erwähnte er die Sache ihr gegenüber.

47

Dallas, Texas

Die Pathologie von Dallas war ein dreigeschossiger Komplex, der im Nordwesten der Innenstadt auf dem Stemmons Freeway lag.

Das Institut war technisch auf dem neuesten Stand und umfasste ein Spektrum an Abteilungen: ballistische Testeinheit, DNA, forensische Biologie, Toxikologie und Autopsie, dazu ein Leichenschauhaus – weswegen es eines der beschäftigsten Kriminallabore im Land war.

Angela Clark, eine forensische Analystin, war Leiterin der Abteilung für Spurensicherung. Sie war verantwortlich für die Untersuchung der Spuren aus dem Tumbleweed Dreams Motel.

Die Spurensicherung des FBI hatte den Schauplatz untersucht. Sie hatte Haare und Fasern aus dem Teppich, vom Badezimmerboden, den Vorhängen, den Möbeln und ebenso aus den Abflüssen von Spülbecken und Wanne geborgen.

Die Kriminalisten hatten ebenfalls versteckte Spuren von der Fernbedienung des Fernsehers, von Türklinken, dem Fernseher selbst, dem Waschbecken, der Toilette, von Spiegeln, der Theke, Tischplatten, Lichtschaltern, der Kaffeemaschine, dem Telefon, der Bibel und dem »Bitte nicht stören«-Schild gesichert. Sie hatten auch den Müll und das Bettzeug mitgenommen, das wohl aus dem Zimmer stammte.

Sämtliche Beweismittel waren in Umschlägen, Taschen, Päckchen und Papier- und Kunststoffbehältern gesammelt worden. Das biologische Material wurde in luftdurchlässigen Behältern aufbewahrt und getrocknet, um das Risiko einer Kontamination durch Schimmel zu vermindern. Sämtliche erforderlichen Dokumente der Beweiskette waren mit Zeichen, Fall- und Inventarnummern versehen worden.

Der Fall hatte oberste Priorität, sowohl für das FBI als auch für die Polizei von Dallas.

Die Arbeit im Labor war aufgelaufen.

Angelas Chef war für einen Monat zum FBI Quantico versetzt worden, so dass sie jetzt mehr Verantwortung trug. Das bedeutete auch, dass sie, eine Mutter von zwei Jungen im Alter von zehn und acht, ein paar Fußballspiele versäumte.

Sie rückte ihre Brille zurecht und studierte ihren Bildschirm und das Hauptverzeichnis des Inventars. Sie hatte die Spurensicherung den entsprechenden Teammitgliedern zugewiesen: Experten in der Analyse von Haaren, Fasern, biologischen Spuren, DNA und Flüssigkeiten.

Angela war auf mehreren Gebieten ausgebildet. Sie war Expertin im Bereich der Untersuchung verwischter Fingerabdrücke. Sie hatte ebenfalls zwei Abschlüsse in forensischer Wissenschaft und einen Doktorgrad von Caltech erworben. Vor Gericht konnte sie Expertengutachten über forensische Angelegenheiten abgeben.

Alle hatten sich mächtig ins Zeug gelegt und Überstunden eingelegt.

Viele hatten auf einer persönlichen Ebene mit den Auswirkungen der Tornados zu kämpfen. Angelas Nachbarschaft war verschont geblieben, aber fast jeder im Labor kannte jemanden, der Verwandte, Freunde oder Eigentum verloren hatte. Und jetzt war mit der offensichtlichen Entführung eines Babys von seiner Mutter während des Sturms ein weiterer Stressfaktor für sie hinzugekommen.

Handfeste Beweise aus einem Motel zu erhalten war im günstigsten Fall eine Herausforderung. Motelzimmer waren Bereiche mit hohem Verkehr. Wenn man nicht gerade Beweise von außerhalb hatte, für die man eine Entsprechung erhalten oder eine Vergleichsanalyse anstellen wollte, ließ sich bei Gericht alles anfechten. Dennoch sollte das nicht heißen, dass man nicht starke und handfeste Beweise erhalten konnte, die einen Untersuchungsbeamten in die richtige Richtung lenken konnten. Angela und ihr Team hatten jedoch begriffen, dass in diesem Fall weitere unselige Aspekte hinzukamen. Zunächst einmal hatte die Überwachungskamera des Motels keine Aufnahmen gemacht. Und was diesen Umstand noch weitaus schlimmer machte: Unmittelbar, nachdem die Verdächtigen das Zimmer verlassen hatten, hatte eine betrunkene, gefeuerte Angestellte – in einer Bemühung, ihre Stelle zurückzubekommen – das Zimmer gesäubert, was die Spurensicherung des FBI und Angelas Team vor eine ganze Reihe neuer Probleme und Umstände stellte, mit denen sie zu kämpfen hatten.

Während Angela ihre Analyse der Fingerabdrücke fortsetzte, hatten einige ihrer Kollegen bereits ihre vorläufigen Ergebnisse geschickt.

Sie blickte auf ihren Bildschirm. Das letzte Ergebnis betraf die Haare.

Das Vorhandensein von 4-Amino-2-Hydroxytoluol und m-Aminophenol auf den Haarsträhnen, die im Waschbecken gefunden worden waren, war Hinweis auf die Anwendung eines Färbemittels. Das Blut an einem zusammengeknüllten Taschentuch unter dem Bett entsprach der Blutgruppe an dem Babystrampler, der in der Notunterkunft gefunden worden war.

Einige der Puzzleteilchen fielen zusammen, dachte Angela, während sie die letzten Fingerabdrücke untersuchte, die das KTU-Team des FBI genommen hatte. Unter Berücksichtigung sämtlicher Umstände wussten sie alle, dass die Qualität der Abdrücke sehr gering wäre und von nur ein paar wenigen deutlich sichtbaren Teilstücken abhinge.

Angela scannte die ersten beiden in ihren PC ein und schickte sie zum automatischen Fingerabdruck-Abgleich, AFIS, der eine rasend schnelle Suche in den gewaltigen lokalen, bundesstaatlichen und nationenweiten Datenbanken durchführte.

Es dauerte nicht lange, bis sie Treffer für zwei Autofahrer in Texas erhielt: Arb Winston, ein neunundsechzigjähriger Mann aus San Antonio, und Ella Winston, eine achtundsechzigjährige Frau aus San Antonio. Sie hatten dieselbe Anschrift. Keine Verhaftungen, keine Strafen. In keiner anderen Datenbank tauchte etwas für die Winstons auf.

Angela ging daher davon aus, dass die Winstons wahrscheinlich nicht in die Sache verwickelt waren. Aber sie würde die Daten trotzdem ans FBI weitergeben.

Der dritte und am wenigsten brauchbare Abdruck benötigte etwas länger. Angela studierte die Bögen, Wirbel und Schleifen. Er stammte vom rechten Daumen, der auf der Standardkarte die Nummer eins trägt. Sie kodierte sorgfältig seine Charakteristika, scannte den Abdruck in ihren Computer und schickte ihn dann ans AFIS.

Innerhalb einer Minute erhielt Angela nach und nach Treffer, während ihre Sendung durch die lokalen und regionalen Netzwerke und die Mutter sämtlicher Datenbanken, das IAFIS des FBI, geschickt wurde, das fast siebenhundert Millionen Abdrücke von Institutionen im ganzen Land aufbewahrte.

Während der Prozess weiterlief, verließ Angela ihren Schreibtisch, um sich frischen Kaffee zu holen.

Bei ihrer Rückkehr hatte sie ihre Ergebnisse: Vier Akten zeigten eine hohe Übereinstimmung mit ihrer unidentifizierten Sendung.

Angela trank einen Schluck Kaffee und machte sich anschließend daran, Punkt für Punkt einen visuellen Abgleich zwischen dem Abdruck im Motel und den vieren auf der Liste vorzunehmen. Sie zoomte die kritischen Detailpunkte heran, wie zum Beispiel den Kamm nahe der Spitze.

Wegen der Unähnlichkeiten schieden die ersten beiden Kandidaten auf der Stelle aus. Für die letzten beiden vergrößerte Angela die Proben noch weiter, um die Zahl der Kämme und die Unterschiede zu bestimmen, die bei einem von ihnen auftraten.

So blieb einer.

Angela konzentrierte sich auf ihre Sendung und verglich sie mit der verbliebenen, vom Computer vorgeschlagenen. Sämtliche Detailpunkte passten. Die Verzweigung der Kämme. Ihr Atem ging rascher, als sie die eindeutigen Vergleichspunkte zählte, an denen die Probe übereinstimmte.

Das sieht gut aus.

In manchen Bezirken forderten die Gerichte zehn bis fünfzehn eindeutige Übereinstimmungen. Sie hatte fünfzehn und zählte immer noch, wobei sie wusste, dass ein einziger Punkt der Nichtübereinstimmung einen Fingerabdruck ausschied.

Wir haben einen passenden.

Daraufhin holte Angela die Identifikationsnummer ihres neuen Verdächtigen hervor und stellte eine Anfrage bei einer Anzahl von Datenbanken.

Sie wusste, dass die staatliche Bewährungshilfe mit anderen Agenturen zusammenarbeitete, um dafür zu sorgen, dass die Fingerabdrücke von Kriminellen auf Bewährung in den Akten lagen, damit ihre Fälle nachverfolgt werden konnten.

Angela sah zu, wie bei ihrer Anfrage die Geschichte der Bewährung, die Identifikation des Kriminellen, die Haftaufzeichnungen, die Strafen verifiziert wurden, und prüfte auf andere Inhaftierungen und Festnahmen anderer Dienststellen.

Binnen Minuten starrte Angela das harte Gesicht eines Weißen auf ihrem Bildschirm an.

Sie holte die Zusammenfassung der Zentralakte des Kriminellen heraus und überflog rasch das Vorstrafenregister, dann griff sie nach dem Telefon und rief Spezialagent Phil Grogan vom FBI an.

Das könnte unseren Durchbruch bedeuten.

48

Dallas, Texas

Nachdem er eine Schüssel mit aufgewärmtem Chili con Carne in seinem Wohnwagen hinter der Werkstatt aufgegessen hatte, machte es sich Lamont Harley Faulk mit seinem Laptop auf dem Sofa gemütlich.

Die Werkstatt war geschlossen. Alles war ruhig.

Er klickte auf seine Lieblingswebsites, rülpste und genoss ein weiteres kühles Bier und den netten Handel, den er abgeschlossen hatte. Er betrieb Ray's Right Fix Auto Repair für Ray, einen alten Exknacki, der jetzt, an den Rollstuhl gefesselt, in einem Seniorenheim lebte. Lamont bekam ein Gehalt, und er hatte lebenslanges freies Wohnen in dem Wohnwagen. Er strich ebenfalls ein nettes Sümmchen dadurch ein, dass er gewissen Leuten, die unbedingt von der Bildfläche verschwinden mussten, wie diesem Idioten Mason Varno und seiner Frau, erlaubte, sich im Haus seines verstorbenen Onkels zu verstecken.

Das alte Haus wurde richtig voll.

Lamont war hier glücklich – mit dem Herumwerkeln an Autos, und dass er selten mit Menschen zu tun hatte und seinen heimlichen Freuden allein nachgehen konnte. Er klickte ein Video aus Thailand an, das hübsche kleine Jungs zeigte. Er mochte die ganz jungen.

Je jünger, desto besser.

Er rülpste, trank einen ordentlichen Schluck Bier und legte sich wieder zurück, um die Nummer zu genießen, die zwei junge Dinger mit dem alten Knaben anstellten. Lamont war leicht beschwipst und wurde allmählich erregt, als das Jaulen des Hunds die Stimmung tötete.

Er knallte seinen Laptop zu.

Blöder Köter. Hat wahrscheinlich das Chili gerochen. Dafür wird er bezahlen.

Lamont verließ den Wohnwagen, schaltete die Hofbeleuchtung ein und griff sich seinen Baseballschläger. Er ging zum Zwinger, öffnete die Tür und nahm sich den Hund vor, hämmerte auf seinen Rücken ein, seinen Bauch, seine Beine. Keuchend vor Qual humpelte das Tier in seine Hütte, wobei es Lamont einen wütenden Blick zuwarf.

»Bleib da drin und halt dein verdammtes Maul!«

Er stapfte zur Werkstatt, öffnete die Tore, schaltete die Lampen ein und nahm die Arbeit an der Wiederherstellung des Chassis eines Model T wieder auf. Er schaltete die Schleifmaschine ein, um den Rost zu entfernen, da sah er einen Schatten und hörte ein Klopfen.

Was war das jetzt wieder?

Er ging zu der verschlossenen Bürotür und sah einen älteren Mann und eine jüngere Frau draußen stehen.

»Geschlossen!«, rief Lamont durch die verriegelte Glastür hinaus.

»Sie sind Mr Faulk, Lamont Faulk?«, rief der Mann zurück.

Lamont zögerte.

»Wir brauchen nur einen Augenblick, Sir.«

Lamont suchte hinter ihnen nach einem Auto oder anderen Leuten. *Wer sind die?* Voller Unbehagen wägte er Möglichkeiten und Optionen ab. War das ein Überraschungsbesuch von den Leuten der Bewährungshilfe? Er hatte bei keinem Treffen gefehlt. Aber der Typ hatte einen Akzent. Europäisch? *Was soll das?* Vielleicht waren es religiöse Bekloppte. Aber woher würden sie seinen Namen wissen?

»Wir benötigen nur Ihre Hilfe – es wird nicht lange dauern.«

»Worum geht's?«

»Dürfen wir hereinkommen?«

Wenn es Leute von der Bewährungshilfe waren, würden sie seine Reaktion vermerken.

Lamont schloss die Tür auf und ließ sie in den Bereich ein, der den Empfang darstellen sollte. Darin standen zwei Sofas mit Löchern im Bezug, die mit Klebeband überklebt waren, und zwei ramponierte Sessel.

Der Mann war ungefähr Mitte sechzig, trug ein Polohemd, Jackett und Jeans. Er war etwa so groß wie Lamont und wirkte gut in Form. Die Frau mochte Ende zwanzig sein. So was wie hübsch, wenn auch auf schlichte Art.

»Wer sind Sie? Sind Sie von der Bewährungshilfe?«, fragte Lamont.

»Nein, nein. Wir brauchen bloß Ihre Hilfe, nur einen Augenblick Ihrer Zeit.«

»Hilfe wobei?«

Die Augen des alten Mannes glitten über das Büro, die Werkstatt und die Arbeitsbänke. »Ist noch jemand hier? Wir würden die Sache gern unter uns besprechen.«

»Wir haben geschlossen … Bin nur ich hier. Sagen Sie, was Sie wollen.«

»Was ist mit dem Wohnwagen, den wir hinten gesehen haben und in dem die Lampen brennen?«

»Der ist meiner. Was wollen Sie?«

Der Mann holte einige zusammengefaltete Papiere aus seinem Jackett, und Lamont fiel zum ersten Mal auf, dass er Handschuhe trug. Er entfaltete Aufnahmen vom Hightower-Gefängnis.

»Wenn ich es recht verstehe, kennen Sie diesen Mann, Mason Varno, der viele Decknamen verwendet?«

Lamont schüttelte den Kopf. »Nein, ich glaube nicht.«

Die Augen des alten Mannes strahlten, und die Haut darum legte sich in Falten, als er Lamont anlächelte.

»Mr Faulk. Überlegen Sie bitte noch einmal. Wenn ich es recht verstehe, kennen Sie diesen Mann, und ich muss ihn finden.«

Lamonts Gesicht verhärtete sich. »Ich habe Ihre Frage beantwortet.«

Der Mann ließ Lamont nicht aus den Augen. »Mr Faulk, ich bin höflich gewesen, und es ist ein Unglück, dass Sie mich lieber anlügen wollen.«

»Ich kenne Sie nicht – diesen Scheiß habe ich nicht nötig. Verschwinden Sie!«

»Entschuldigen Sie, aber ich kann nicht gehen, ohne dass Sie mir zuvor geholfen haben, diesen Mann zu finden. Ich habe etwas mit ihm zu erledigen.«

»Ich schulde Ihnen einen Scheißdreck. Woher zum Teufel kommen Sie überhaupt? Sie hören sich an wie diese Russen, diese Roten, im Fernsehen. Sind Sie ein Roter? Ich hasse Rote.«

Der Mann trat dicht an Lamont heran. »Und so sehr Sie die Roten hassen, genauso verachte ich Lügner.«

Für wen hält sich dieses verdammte Arschloch eigentlich?

Lamonts Kinnlade zuckte, sein Herz schlug schneller, und seine Stimmung kippte. Er schloss die Hand zur Faust, holte mit dem rechten Arm aus und wollte sie dem Schwein ins Gesicht knallen, traf jedoch nur leere Luft. Wie eine Schlange duckte sich der alte Knabe weg, kam rasend schnell wieder hoch, rammte seine Schädeldecke Lamont ins Gesicht und brach ihm dadurch die Nase und drei seiner verfaulten Zähne, was eine betäubende Explosion aus Blut und Knochen zur Folge hatte. Einen Herzschlag später schloss sich die riesige rechte Hand des Manns um Lamonts Eier und verursachte ihm einen neuen Grad an Schmerzen.

Lamonts Eier weiterhin fest im Griff haltend, packte der alte Mann mit der anderen Hand Lamonts zermatschtes Gesicht, schob ihn rasch zu einer Werkbank und hob ihn hinauf, so dass er mit dem Rücken auf der Bank lag und sich vor Schmerzen wand. Dann trieb der alte Mann seine Faust in Lamonts Geschlechtsteil, er wäre fast ohnmächtig geworden.

Mit der rasend schnellen Präzision eines Experten öffnete der alte Mann die Backen einer stählernen Zwinge, packte Lamonts Schultern und positionierte Lamonts Kopf zwischen die Backen der Zwinge.

Dann schloss er sie.

Bevor Pawel Gromow den nächsten Schritt tat, um Informationen aus Lamont herauszuholen, wandte er sich an Yanna.

Angesichts dessen, wobei sie gerade Zeuge geworden war, hatte sie immer noch große Augen. Gromows Atem ging, als hätte er eben eine Trainingseinheit absolviert, und er sprach rasch auf Russisch mit ihr.

»Zieh die Handschuhe an und durchsuche seinen Wohnwagen nach Handys, kleinen Computern, nach allem, was uns helfen könnte. Los, los!«

Während Yanna durch den vermüllten Hof zu dem Wohnwagen eilte, durchwühlte Gromow den Haufen Autoteile und Werkzeuge in einer Ecke und fand eine große stählerne Schraubzwinge. Damit schraubte er Lamonts rechtes Handgelenk fest an die Bank. Anschließend entdeckte Gromow einen Hammer und hielt ihn Lamont so vors Gesicht, dass er ihn sehen konnte.

»Jetzt, Mr Faulk, hören Sie mir wohl zu?«

Die blutende, zermatschte Masse von Haut, Bart, Haar, Blut, Schnodder, Speichel und Zähnen in den Backen des Schraubstocks, die Lamonts Gesicht darstellte, deutete ein Nicken an.

»Chjaaa«, sagte Lamont.

»Gut. So geht es jetzt weiter. Sie werden mir sagen, was ich wissen möchte, und keinen weiteren Schmerz erleiden. Oder ich werde sehr rasch dafür sorgen, dass Sie Ihre rechte Hand nie wieder verwenden können. Das wäre Schritt eins. Verstanden?«

»Chjaa.«

»Sie kennen Mason Varno, korrekt?«

»Chjaa.«

»Haben Sie ihn vor kurzem gesehen?«

»Chjaa.«

»Sagen Sie mir, wo er ist!«

Die Worte waren unverständlich, also lockerte Gromow den Schraubstock ein wenig, jedoch nicht so weit, dass Lamont freikam.

»Er ist im alten Haus meines Onkels, zusammen mit seiner Frau.« Seine Worte kamen langsam, undeutlich, matschig. »Er ist hergekommen und hat gesagt, er müsste sich verstecken. Ich gebe Ihnen die Anschrift.«

»Hatte die Frau ein Baby?«

Lamont nahm gewaltige, gurgelnde Atemzüge. »Ich weiß es nicht. Ich habe nur Mason gesehen, als er zu mir gekommen ist.« Er stöhnte. »Ich brauche einen Arzt.«

»Hat er gesagt, seine Frau würde Remy heißen?«

»Nein, aber es ist die Frau, die ihn in Hightower besucht hat … Bitte!«

»Warum haben sie sich verstecken müssen?«

»Hat er nicht gesagt, aber in Hightower haben wir gewusst,

dass Mason einen Drogendealer namens DOA beschissen hat. Ich brauche einen Arzt … bitte … ich könnte mir vorstellen, dass Mason sich versteckt, weil das Gerücht umging, dass ihn DOA jetzt nach seiner Freilassung suchen würde.«

»Hast du eine Anschrift von DOA?«

»Nein. Oh Gott, mein Kopf!«

»Was sonst sollte ich noch über Mason wissen?«

»Ich habe gehört, er wollte sich in eine große Sache bei Garza einkaufen, einem großen Spieler.«

»Hast du eine Anschrift von diesem Garza?«

»In meinem Computer, ohhh …«

Im Wohnwagen stank es nach Körperausdünstungen, und er versprühte den Charme einer Toilette an einem Busbahnhof.

Yanna durchsuchte die Küche und den Wohnbereich, wobei sie sich eine behandschuhte Hand vor den Mund hielt. Geschah das hier wirklich? Träumte sie? Würde sie aufwachen und an ihrem Schreibtisch in Moskau sitzen und ein Manuskript lesen? Es war, als wäre sie Alice und in den Kaninchenbau hinabgestürzt und in eine Unterwelt voller Gewalt geraten.

Ungespültes Geschirr, Tüten von Essen zum Mitnehmen und leere Bierflaschen bedeckten Theken und Tische. Sie entdeckte ein Handy inmitten von Haufen ekelerregender Pornohefte.

Unter einem davon fand sie einen zusammengeklappten Laptop. Das leuchtende Lämpchen zeigte an, dass er eingeschaltet war. Sie drückte die Enter-Taste und die Leertaste, der Bildschirm erhellte sich, und ein Videofilm spulte sich ab. Die Galle stieg ihr in die Kehle hoch, und sie musste sich festhalten. Die Bilder – *mein Gott, Kinder* – waren ekelhaft. Yanna würgte mehrmals, spuckte ins Waschbecken, schloss den Laptop daraufhin wieder, nahm ihn zusammen mit dem Handy und wandte sich zum Gehen.

Sie erstarrte in der Tür.

Ein großer Hund, dem Blut aus der Schnauze und von den Zähnen tropfte, stand an der Tür und knurrte, als wollte er eine Rechnung begleichen.

Yanna eilte zum Kühlschrank, entdeckte eine Packung mit alten Fleischstückchen, ging zur Tür und riss sie auf, so dass der Hund das Fleisch riechen konnte. Sie warf ein Stück über seinen Kopf hinweg. Der Hund jagte ihm nach. Sie warf ein weiteres Stück Richtung Zwinger, und der Hund trabte zu ihm hin und verschlang es. Sie machte so lange weiter, bis sie den hungrigen Hund in seinen Zwinger gelockt hatte.

Sie schloss die Tür ab.

Bei Yannas Rückkehr mit dem Computer und dem Handy lag Lamont nach wie vor auf der Werkbank, den Kopf in den Schraubstock geklemmt.

Gromow nahm Lamonts persönliche Daten unter die Lupe: seine E-Mail-Accounts, seine Bankverbindung und die Rechnungen für das Eigentum seines Onkels.

Außerstande, den Schraubstock mit der freien Hand zu erreichen, bettelte Lamont stöhnend darum, einen Rettungswagen zu rufen.

Gromow ignorierte seine Bitte und studierte Lamonts Situation.

Bevor sie gingen, stieß Gromow auf die obszönen Bilder auf Lamonts Laptop. Angewidert zog der Russe den Schraubstock weiter zusammen, bis er Lamonts Schädel knacken hörte.

49

Dallas-Fort Worth Metroplex, Texas

Es war ein vernachlässigter Bungalow, etwas von der Straße entfernt.

Eine unbefestigte Auffahrt führte durch eine Reihe verdrehter Pappeln und über Flecken von Gras und Erde. Ein Fahrzeug, das mit einer Plane getarnt war, stand zwischen dem heruntergekommenen Carport und einer Mauer aus Gebüsch entlang der Grenze des Grundstücks.

Steine knirschten unter Masons Pick-up, als er und Remy hinauf zum Haus fuhren. Beide benötigten eine Dusche. Sie waren schmutzig, und sämtliche Knochen taten ihnen weh, nachdem sie eine unruhige Nacht in dem Pick-up auf einem Parkplatz an der Straße verbracht hatten, wo Mason das Fahrzeug tief in die Bäume hineingelenkt hatte.

Zum Glück hatte ihm Lamont Anweisungen gegeben, als er neulich nachts angerufen hatte.

»Heizung, Wasser, Strom, ein Kühlschrank, ein Herd, eine Waschmaschine und ein Trockner sind vorhanden. Kein Kabelanschluss. Die Satellitenschüssel ist kaputt, und oh, du wirst den Ort mit zwei weiteren Leuten teilen müssen«, hatte Lamont gesagt. »Du musst mit ihnen auskommen. Ich komme morgen raus und hole mir, was du mir schuldest.«

Mason war reichlich angepisst, dass sie nicht allein waren, aber ihnen blieb keine andere Wahl. Sie mussten von der Bildfläche verschwinden. Sobald sie den Pick-up entladen hatten, fuhr Mason ihn in den Carport und würde ihn mit etwas zudecken.

Remy schnallte das Baby los, nahm ihre Tasche und stieg aus. Mason trug einige ihrer Sachen, und bevor sie die Tür erreicht hatten, trat ein Mann von etwa Ende zwanzig mit zerzaustem Haar heraus und begrüßte sie.

»Ich bin Brice.« Beim Lächeln zeigte sich ein lückenhaftes Gebiss mit Zähnen, die einer Reinigung bedurft hätten.

»Ich bin Misty«, sagte Remy. »Das ist mein Mann, John, und unser Baby.«

»Ich kann euch helfen, die Sachen hereinzuholen.« Brice lächelte.

»Nein, vielen Dank«, sagte Mason. »Ich kümmere mich darum.«

Das Gebäude befand sich in bedrohlichem Zustand. Die Wände waren rissig und löchrig. Zigarettenqualm, Ausdünstungen wie in einem Umkleideraum sowie der Geruch nach schalem Bier zogen sich durchs ganze Haus. Ein riesiger Plastikmülleimer voller Pizzakartons zeigte an, dass jemand den Versuch unternommen hatte, die Küche aufzuräumen.

Im Wohnzimmer saß ein Mann von Anfang dreißig auf einem Sessel, aus dem die Füllung herausquoll. Zwischen den Beinen hatte er eine Bierflasche, in der Hand hielt er eine Zigarette, und er sah zu, wie im Fernsehen Männer einander traten und boxten.

Er drehte sich zu ihnen um und grinste höhnisch.

»Hallo, Mason.«

Mason erstarrte.

Überall auf seinen Händen, seinem Arm und am Hals war der Mann tätowiert, und sein Gesichtsausdruck war finster.

»Na, ist das nicht eine Überraschung, Arlen?«

»Lamont hat mir gesagt, ich soll dich erwarten.«

»Zu mir hat er kein Sterbenswörtchen über dich oder deinen Freund verlauten lassen.«

»Sei vorsichtig, Mason. Brice ist mein kleiner Bruder.«

Brice nickte und zeigte glücklich sein lückenhaftes Lächeln.

»Mach dir nichts draus, dass er die ganze Zeit über grinst. Was anderes tut er nicht. Als er sechs war, ist er von einem Dach gefallen. Er ist, was du einen Inselbegabten nennen würdest. Er ist ein Experte für Computer und solchen Scheiß, und er hat ein unglaubliches Gedächtnis.«

»Ich mag dein Baby.« Brice lächelte Remy an. »Darf ich ihn halten?«

»Nein.« Remy wandte sich beschützend mit dem Baby ab.

Lächelnd ging Brice in sein Zimmer. Als er die Tür auf der anderen Flurseite öffnete, sah Remy zwei Laptops, ein Tablet sowie Haufen von Sachen mit Drähten und Kabeln auf seinem Tisch. Wahrscheinlich spielte er den ganzen Tag lang Videospiele, während Arlen mit Drogen dealte oder gestohlene Sachen vertickte oder so einen Scheiß, dachte sie.

»Bevor ihr hier einzieht«, sagte Arlen, »ist da noch die Sache mit eurer Bezahlung dafür, dass ich damit einverstanden bin, die Bude mit euch zu teilen. Meine Gebühr beträgt einen Riesen.«

»Den Teufel werd ich tun«, sagte Mason. »Ich habe Lamont bezahlt.«

»Ich an deiner Stelle würde mir meine Lage noch mal genau überlegen, mein Junge, weil wir beide alles über dich wissen.«

Mason spürte Remys hitzigen Blick auf sich ruhen, der sagen sollte: *In was für 'ne beschissene Lage hast du uns reingebracht, zum Teufel?*

»Na gut«, gab Mason nach. »Wir kümmern uns darum, nachdem wir eingezogen sind.«

Arlen erhob sich. Er war fünf Zentimeter größer und über zehn Kilo schwerer als Mason.

»Wir kümmern uns jetzt darum.«

Mason überlegte, ob er sich auf einen Kampf gegen Arlen einlassen sollte. Unter den gegebenen Umständen würde das nicht viel bringen. Dennoch musste er auf alles gefasst sein.

»Na gut, Arlen, lass mich zu meinem Pick-up zurück und die Knete holen.«

»Tu das.«

Während Mason draußen war, musterte Arlens eiskalter Blick Remy von oben bis unten, wobei er heftig an seiner Zigarette zog.

»Ich habe dich zuerst kaum wiedererkannt. Du hast deine Haare verändert. Gefällt mir. Und wie ich sehe, hast du nach dem Baby deine Figur wieder zurück.«

Remy schwieg.

»Weißt du, ich habe dich jedes Mal im Auge behalten, wenn du Mason in Hightower besucht hast. Und später, wenn ich nachts auf meiner Pritsche gelegen habe, konnte ich nie verstehen, was eine hübsche Frau wie du in diesem Versager gesehen hat. Es hat mir wehgetan, weil ich daran gedacht habe, dass du für mich genau die Richtige wärst. Jetzt hat uns das Schicksal zusammengebracht. Das muss dir doch gefallen.«

Remy schwieg weiterhin. Caleb quengelte, und sie wiegte ihn.

»Ich fände es besser, wenn du vor dem Baby nicht rauchen würdest.«

Arlen nahm einen tiefen Schluck Bier, wobei er die Augen auf Remy gerichtet hielt, bis Mason zurückkehrte und ihm eintausend Dollar in bar gab.

»Lamont hat gesagt, du wärst in einer Woche wieder hier raus«, sagte Arlen.

»Ich tu alles, was ich kann, damit das früher passiert.«

Arlen trank den letzten Rest Bier, zog an seiner Zigarette und ließ den Stummel in die leere Flasche fallen.

»Wir überlassen euch das große Schlafzimmer. Es hat sein eigenes Bad«, sagte er, bevor er sich das Hemd auszog und einen verblüffend mächtig gebauten Körper mit kunstvollen Verzierungen zeigte. »Ich werde duschen. Sorgt einfach dafür, dass das Baby ruhig bleibt, respektiert unser Privatleben, und wir werden prima miteinander zurechtkommen, wie im Knast auch.«

Arlen schloss seine Tür. Als er das hörte, stand Brice auf und tat es ihm gleich. Nachdem sie jetzt allein waren, ging Remy mit Mason hinaus, und er lud ihre Einkäufe und Taschen vom Pick-up.

»Ich mag ihn nicht«, sagte sie. »Warum hast du uns hierher gebracht, Mason?«

»Uns bleiben im Augenblick nicht viele Möglichkeiten. Wir müssen alles tun, was wir können, um aus dem Schussbereich zu bleiben, selbst wenn das bedeutet, Hilfe von Leuten anzunehmen, die ich nicht sonderlich mag oder denen ich nicht sonderlich vertraue.«

»Wir können nicht lange hier bleiben.«

»Hab ich auch nicht vor, glaub mir.«

Nachdem sie sich in ihrem Zimmer eingerichtet und Remy dem Baby einen Platz bereitet hatte, badete und fütterte sie es. Anschließend duschten sie und Mason. Dann machte sie ihm Spaghetti und gab dem Baby die Flasche. Daraufhin wusch sie das Bettzeug, die Kissenbezüge und sämtliche Handtücher, die sie aus dem Motel gestohlen hatte. Sie gingen hinaus in den Hinterhof und besprachen mit leiser Stimme den Anruf bei der Agentur und das Arrangement für die Übergabe.

»Es ist Zeit. Wir müssen es tun, Remy. Wir müssen sie anrufen und ihn aufgeben.«

»Ich weiß, aber es fällt mir schwer.« Sie blickte das Baby in ihren Armen an.

»Und es wird immer schwerer, je länger wir warten.«

»Okay, okay.« Tränen rollten ihr das Gesicht herab, und sie ging wieder zum Haus.

In diesem Augenblick vernahm sie dröhnendes Gelächter aus dem Wohnzimmer, wo Arlen und Brice ein Videospiel spielten.

Ich bete zu Gott, dass wir hier in Sicherheit sind.

50

Dallas-Fort Worth Metroplex, Texas

Die Straße war verlassen, und ein unheimliches Schweigen legte sich über die Nachbarschaft.

FBI-Spezialagent Phil Grogan musterte die Eingangstür eines heruntergekommenen, einstöckigen Hauses durch sein Hochleistungsfernglas.

Die Polizei von Dallas hatte einen äußeren Ring gezogen, die Straße abgesperrt und den Weg für das Spezialeinsatzkommando des FBI frei geräumt. Das Einsatzkommando war Teil des »Critical Incident Response Team« von Dallas – eine Abteilung des FBI, zu der auch Krisenmanager, Männer vom Kampfmittelräumdienst und Kriminaltechniker gehörten.

Grogan sah eine Bewegung. Das waren Mitglieder des Einsatzkommandos in militärischer Schutzkleidung, die leise hinter Büschen, geparkten Fahrzeugen und in Hausecken in Deckung gingen. Binnen weniger Augenblicke trafen Scharfschützen vom FBI an verborgenen, nicht weit entfernten Orten ein und richteten ihre Waffen auf die Türen und Fenster des Hauses.

Aus einer sicheren Position hinter der Haube eines Kommandofahrzeugs und inmitten einer Ansammlung anderer Polizeifahrzeuge weiter unten an der Straße beobachteten Grogan und seine Partnerin Nicole Quinn die letzten Stadien der Inszenierung.

Das war bis heute die deutlichste Spur des FBI.

Viele Menschen hatten sich rasch darauf gestürzt.

Den Aufzeichnungen zufolge, die auf einem Fingerabdruck aus Einheit 21 im Tumblewood Dreams Motel beruhten, war der erste Verdächtige ein verurteilter Krimineller, der auf Bewährung aus einem Gefängnis in Texas entlassen worden war. Nachdem er seine Zeit in der Ellis Unit abgesessen hatte, war er nach Hightower gebracht und schließlich vor seiner Entlassung nach Clemens überführt worden.

Aber Grogan und Quinn waren frustriert von der Tatsache gewesen, dass die Bewährungsunterlagen ihres Verdächtigen nicht auf dem neuesten Stand waren, und zwar aufgrund zweier Faktoren: Sein Bewährungshelfer war vor kurzem an einem Herzinfarkt gestorben, und ein Brand in einem Regionalbüro hatte einige Aufzeichnungen vernichtet. Eine Wiederherstellung sämtlicher vernichteter Aufzeichnungen war im Gange.

Gleichzeitig hatten Grogan und Quinn die einzigen anderen deutlichen Fingerabdrücke aus der Moteleinheit ausfindig gemacht – jene, die zu Arb und Ella Winston aus San Antonio gehörten. Das FBI in Arizona, das mit der Polizei von Tucson zusammenarbeitete, bestätigte, dass die Winstons, die sich vor kurzem nach Tucson zurückgezogen hatten, die Stadt in den letzten vier Wochen nicht verlassen hatten. Sie stellten freiwillig Kreditkartenaufzeichnungen zur Verfügung, die zeigten, dass sie drei Monate zuvor in dem Motel in Dallas gewesen waren, während sie in der Stadt Freunde besucht hatten.

Die Untersuchungsbeamten hatten das alte Pärchen als Verdächtige ausgeschlossen.

Als Grogan und Quinn jedoch dem Motelmanager Shelby Nix Fotos des ehemaligen Häftlings zeigten, sagte er, er würde den Mann eindeutig wiedererkennen und er würde eindeutig dem Verdächtigen auf den Phantombildern ähneln.

Auf Grundlage dieser Faktoren sowie von Informationen, die andere Dienststellen zur Verfügung gestellt hatten, hatte das FBI in weniger als einer Stunde einen Durchsuchungsbefehl für die letzten Wohnorte des Verdächtigen erwirkt und die Prozedur für die Verhaftung eines gefährlichen Verdächtigen in Gang gesetzt.

Nachdem der Kommandant des Einsatzkommandos Steve Elling seine Brille abgesetzt hatte, fragte er flüsternd über Funk, ob alles bereit war.

Alles war bereit. Er nickte Agent Andre Kuper zu, dem Verhandlungsführer des Kommandos.

»Ruf an, Andre.«

Kuper rief die Festnetznummer der Adresse an, und nachdem es vier Mal geläutet hatte, ging eine Frau an den Apparat. Erst nach etwas Druck seitens Kuper teilte sie ihren Namen mit: Monica Jefferies.

»Hier ist Spezialagent Andre Kuper vom FBI. Wir haben einen Haftbefehl für Samuel James Laster.«

»Meinen Bruder? Was? Nein, nein, da stimmt etwas nicht.«

Gedämpfte, ärgerliche Worte gingen zwischen ihnen hin und her.

»Warum tun Sie das? Ist das ein Witz?«

»Ma'am, das werden wir Mr Laster erklären. Im Augenblick fordern wir Mr Laster auf, sofort zur Eingangstür zu kommen, die Hände gehoben, die Handflächen nach außen, und weiter zum Rasen vorn zu gehen.«

Der Aufforderung folgte ein langes Schweigen, dann ein Schluchzen.

»Mein Bruder ist tot, Sie Arschloch«, sagte Jefferies.

Manchmal sagen Familienangehörige so etwas oder lügen in anderer Hinsicht, um gesuchte Verwandte zu schützen, dachte Kuper. Er wiederholte seine Aufforderung.

»Ma'am, bestätigen Sie bitte, dass Sie der Aufforderung Folge leisten.«

»Das ist verrückt! Bitte, gehen Sie einfach weg.«

»Wie viele Menschen befinden sich im Haus, Ma'am?«

»Lassen Sie mich in Ruhe!«, schluchzte sie.

»Ma'am, bitte holen Sie tief Luft«, sagte Kuper. »Um Ihrer Sicherheit willen kommen Sie bitte jetzt durch den Vordereingang, die Hände ausgestreckt, die Handflächen nach vorn, und wir können reden.«

Monica Jefferies benötigte einen Augenblick, um sich wieder etwas zu fassen, dann kooperierte sie. Das FBI nahm sie zu dem Kommandoposten mit, während das Einsatzkommando eine taktische Durchsuchung ihres Hauses durchführte, Zimmer nach Zimmer.

Verstört und zitternd sagte sie den Untersuchungsbeamten in dem Kommandoposten, dass ihr Bruder vor drei Wochen an Lungenkrebs gestorben sei, sechs Monate nach seiner Entlassung auf Bewährung.

»Er hatte sein Leben gerade wieder in ordentliche Bahnen gebracht.«

Auf Grundlage ihrer neuen, nicht verifizierten Informationen stellten Grogan und Quinn, unterstützt von der Polizei von Dallas, mehrere dringliche Anfragen an verschiedene Regierungsstellen und Agenturen. Während sie auf die Antworten warteten, erklärte Monica Jefferies, dass ihr Bruder etwa eine Woche lang im Tumbleweed Motel gewohnt habe, nachdem er eine vorübergehende Anstellung in einer Lagerhalle in dem Gebiet erhalten hatte.

Knisternd kamen über Funk die neuesten Nachrichten vom Leiter des FBI-Einsatzkommandos in dem Haus.

»Wohnbereich, Garage und Hof sind sauber. Niemand sonst hier.«

Nicht lange danach zeigte Quinn Grogan eine Nachricht, die bestätigte, dass Samuel James Laster gestorben war. Sein Tod war wegen eines Computerfehlers nicht verzeichnet, aber der Todeszeitpunkt lag weit vor dem Augenblick, als der Sturm Dallas traf und Caleb verschwand.

Bevor sie sich bei Monica Jefferies entschuldigten und sie wieder entließen, wechselten die beiden Agenten Blicke. Sie waren wieder am Ausgangspunkt angekommen.

51

Dallas-Fort Worth Metroplex, Texas

An diesem Morgen war Kate gerade auf dem Weg vom Marriott City zum Büro im Bryn Tower, da vibrierte ihr Handy. Tommy Koop hatte ihr eine SMS geschickt.

Etwas ist da auf den Tickern von wegen FBI-Einsatzkommando und Verdächtiger. Wo bist du?

Ihr Herz setzte einen Schlag aus.

Bin in fünf Minuten da. Bitte weitere Details!

Danson ist jetzt in der Nähe. Sagt, könnte eine Verhaftung sein. Warte auf die Adresse.

Kates Gedanken rasten. Gestern Abend hatte Dorothea ihr gesagt, sie solle sich am Vormittag im Büro für ihre Arbeitsanweisung melden. Der Besuch des Präsidenten stand am heutigen Tag an, und das Büro würde einen großen Bericht darüber bringen. Angesichts einer möglichen Story, die den Durchbruch bringen würde, und ihres Verlangens, sich darauf zu stürzen, schrieb Kate an Chuck und Dorothea:

Möglicherweise Verhaftung im Fall des Babys. Mache mich dorthin auf. Okay?

Die Adresse mit Tommys Absender tauchte auf ihrem Bildschirm auf, dazu eine Karte mit dem Weg dorthin. Als Kate zum Aufzug rannte, um zum Parkhaus und zu ihrem Wagen zu kommen, rief ihr eine Stimme im Hinterkopf etwas in Erinnerung.

Jenna Cooper.

Kate hatte ihr versprochen, sie auf jeden Durchbruch in dem Fall aufmerksam zu machen. Sie hatte dieses Versprechen einmal gebrochen, und sie würde diesen Fehler kaum ein zweites Mal begehen. Nicht nach allem, was Jenna durchgemacht hatte.

Sie verdient es zu wissen. Ich habe ihr mein Wort gegeben.

Sogleich schrieb Kate eine SMS an Jenna und deren Schwester.

Vielleicht gibt es gerade eine neue Entwicklung. Mehr, wenn ich Genaues weiß.

Bevor sie den Aufzug betrat, brachte sie eine SMS von Dorothea dazu, wie angewurzelt stehenzubleiben.

Kate, bitte sofort im Büro melden.

Kate sackte in sich zusammen.

Was ist da los? Warum ignorieren wir einen Durchbruch? Sie machte sich daran, eine SMS an Dorothea zu schreiben, hielt jedoch inne, als sie eine von Tommy erhielt.

Bleib hier. Es ist vorbei.

Dann kam eine von Mark Danson.

Vor Ort. Polizei sagte mir, dass sie falsche Informationen hatten. Brauchst nicht auf den Anruf zu reagieren. Fahre nach Arlington.

Kate stieß die Luft aus.

Eine Sackgasse. Alles Teil des Nachrichtengeschäfts, dachte sie und sagte Jenna Cooper und deren Schwester Bescheid, dass der Anruf falscher Alarm gewesen sei.

Dann betrat sie den Aufzug.

Auf der Fahrt nach oben ging sie noch einmal durch, was sie zu erledigen hatte. Sie musste Agent Grogan oder Quinn erreichen und sie nach dem Stand der Fahndung, nach Beweisen, anderen Spuren, der Zahl der eintreffenden Tipps, nach allem fragen, dachte sie, als sie im Büro ankam. Die Redaktion war fast leer. Sämtliche Fernsehbildschirme zeigten die Vorabsendungen zum Besuch des Präsidenten. Sie winkte Tommy zu und ging an ihren Arbeitsplatz. Keine Minute nachdem sie sich eingeloggt hatte, stand ein Mann an ihrem Schreibtisch, der ihr bekannt vorkam.

»Hallo Kate, Burt Wilson vom Büro in Houston«, sagte er. »Kommen Sie doch, sobald Sie können, zu mir in Chucks Büro.«

»Okay, natürlich.«

Er ging, und Kate warf Tommy, der mit einem Kaffee zu ihr herüberkam, einen fragenden Blick zu.

»Wilson ist heute Chef vom Dienst. Alle anderen sind beim Besuch des Präsidenten«, sagte er, bevor er ging, um einen Anruf entgegenzunehmen.

Nachdem sie ihre Nachrichten und die Telegramme durchgesehen hatte, nahm Kate Notizbuch und Stift und ging zu Wilson. In diesem Moment rief Jenna Cooper an.

»Haben Sie schon etwas wegen des falschen Alarms herausgefunden?«, fragte Jenna.

»Ich glaube, die Informationen waren unsicher. Ich gehe dem nach.«

Wenige Sekunden des Schweigens verstrichen zwischen ihnen.

»Vielen Dank, dass Sie an uns gedacht und angerufen haben«, sagte Jenna. »Ich möchte Ihnen etwas mitteilen. Etwas für den Augenblick Vertrauliches, okay?«

»Okay.«

»Das Büro des Gouverneurs hat uns eingeladen, uns der Gruppe Überlebender des Sturms anzuschließen, die den Präsidenten beim Gedenkgottesdienst für die Opfer im Cowboys-Stadion trifft.«

»Das ist eine große Ehre.«

»Und sie haben uns gesagt, dass der Präsident Caleb vielleicht in seiner Ansprache während des Gedenkgottesdienstes erwähnen wird.«

»Jenna, eine solche Aufmerksamkeit wird hilfreich sein.«

»Wir beten darum.«

»Werden Sie hinterher für einen Artikel mit mir sprechen?«

»Ja. Ich schicke Ihnen eine SMS, wo wir uns im Stadion treffen können.«

»Danke sehr.«

Kate beendete den Anruf und ging nun endgültig zu Wilson, der sie auf den neuesten Stand brachte. Er sagte ihr, dass der Besuch des Präsidenten die Topstory des Landes sei, dass Newslead im Cowboys-Stadion in Arlington zusätzliches Personal einsetzte, Reporter und Fotografen, um die Gedenkfeier abzudecken, außerdem an den verwüsteten Orten und den anderen Gebieten, die der Präsident besuchen würde.

»Wo brauchen Sie mich?«

»Wir brauchen Sie hier.«

»Hier? Das verstehe ich nicht. Ich dachte, ich würde ins Stadion gehen.«

»Nein, wir brauchen Sie zur Unterstützung beim Sammeln und Bearbeiten des Rohmaterials, das unsere Leute senden, bevor wir es durchsehen und nach New York schicken.«

»Also berichte ich nicht direkt?«

»Nein. Dorothea hat für die Akkreditierungen und Aufgaben der anderen gesorgt und mir gesagt, dass sie Ihnen heute die Schreibtischarbeit zugewiesen hat.«

»Schreibtischarbeit? Wo ist sie? Und wo ist Chuck?«

»Sie werden bei den Leuten sein, denen der Gouverneur und der Präsident heute ihren Dank für ihre Arbeit aussprechen, Ersthelfer, Retter, Freiwillige sowie, glauben Sie's oder glauben Sie's nicht, den Medien. Der Gouverneur hat immer gesagt, dass die Presse wesentlich bei der Verbreitung wichtiger Informationen sei.«

Kate überlegte einen Augenblick, bevor sie von Jenna Coopers Anruf erzählte.

»Hören Sie, Burt. Ich sollte im Stadion sein und mit Jenna sprechen, nachdem sie und ihr Mann den Präsidenten getroffen haben. Vielleicht erwähnt er ihr Baby in seiner Ansprache. Das könnte der nächste Teil meiner Story sein.«

»Großartig, Kate. Aber Sie sind nicht akkreditiert. Sie kommen nicht in den Medienbereich des Stadions«, sagte Wilson. »Tut mir leid, aber Sie müssen das an Mandy oder Roy abgeben, damit sie es für uns im Stadion weiterverfolgen.«

Einen Augenblick lang starrte sie Wilson an, dann nickte sie.

Also sollte sie das, was die Essenz ihrer Arbeit war, an die Leute weitergeben, die mit ihr um eine Stelle kämpften? Kate bemühte sich verzweifelt, die Sache zu begreifen.

Noch immer schwankend kehrte sie an ihren Schreibtisch zurück. Sie war mehr als ernüchtert, von der Reportage über den Präsidentenbesuch ausgeschlossen zu sein. Das konnte lediglich bedeuten, dass sie für eine Vollzeitstelle als Reporterin nicht vorgesehen war.

Während sie darauf warteten, dass Air Force One landete, durchsuchte Kate ihr Handy nach Nachrichten, durchblätterte ihre Notizen nach Aufmachern für ihren Bericht und rang dabei mit ihrem Zorn und ihrem Gewissen.

Sie sollte nicht wieder an sich selbst denken. Sie sollte an die Menschen denken, die in den Stürmen gestorben waren, und an deren Familien. Was wäre also, wenn sie keine Stelle bei Newslead erhielte? Es gab weitaus Schlimmeres.

Sie bedauerte, nicht im Stadion zu sein und mit Jenna sprechen zu können, und dachte zugleich an Bilder aus der Reportage, die sie nie vergessen würde: Jenna, die auf dem eingeebneten Flohmarkt nach Caleb suchte, an den Fund von Calebs Strampler in der Notunterkunft, an das Einsatzkommando im Motel und an Jenna, die inmitten der Ruinen ihres Hauses Calebs Rassel festhielt.

Während Kate die Nachrichtensendungen durchsuchte, stieß sie auf die Phantombilder des FBI von dem Mann und der Frau, die Caleb mutmaßlich mitgenommen hatten.

Warum haben sie ihn mitgenommen? Wo ist er? Wird das FBI ihn finden?

Kate musste diese Story zu Ende bringen. Sie konnte sie nicht aufgeben.

»Los geht's«, sagte einer der Redakteure.

Die großen Fernsehbildschirme, die überall in der Redaktion von der Decke herabhingen, waren auf verschiedene Sender eingestellt. Alle zeigten die Landung von Air Force One am DFW International, dann den Präsidenten, wie er das Flugzeug verließ und von den Würdenträgern begrüßt wurde. Dann folgten der Autokorso nach Arlington und das vollbesetzte Stadion.

Alles ging reibungslos vonstatten.

Der Präsident begrüßte mehrere Offizielle, dann gab es Ansprachen, Gebete, Lieder, Trauerreden und zum Gedenken an alle Betroffenen eine Montage auf dem gigantischen Videoschirm des Stadions aus inspirierenden Fotos und Videos vom Sturm, der Zerstörung, den Rettungsarbeiten, den Tragödien und den Triumphen.

Während sie den Ereignissen aus der fast leeren Redaktion zuschaute, fühlte Kate sich so verlassen wie nie zuvor. Schmerzlich verlangte es sie, daheim bei ihrer Tochter zu sein. Sie berührte Graces Bild auf ihrem Handy. Dann dachte sie an ihre kleine Schwester Vanessa und an jenen entsetzlichen Augenblick im Fluss vor all den Jahren.

Warum konnte ich sie nicht festhalten?

Der Präsident ging zum Podium. Seine Rede war kraftvoll. Er sprach ehrend über die Toten, die Verletzten, jene, die noch immer vermisst wurden, und deren Familien. Er lobte die Menschen dafür, dass sie zusammengehalten hatten, als ihre Welt aus den Fugen geraten war. Die Frage, warum Menschen umgekommen und warum die Überlebenden geblieben waren, um so viel Schmerz zu ertragen, war nicht leicht zu beantworten.

»Aber der Weg voran besteht darin, vereint auf einen der schmerzlichsten Augenblicke unseres Lebens zu reagieren. Eine Heilung besteht darin, sich von den selbstlosen mutigen Handlungen derjenigen inspirieren zu lassen, die unter den schweren und quälenden Bedingungen gegen den Sturm angekämpft haben.

Gewöhnliche Menschen wie Victor Sanchez, der Vater, der Rosario, seine blinde Tochter, in einem Abzugskanal beschützte, oder Billy Dean Brooks, der Sohn, der sich über seine Mutter Agnes warf, während ihre Wohnung rings um sie her explodierte.

Und der herzzerreißende Fall einer jungen Mutter namens Jenna Cooper, die alles tat, was sie konnte, um ihren kleinen Jungen Caleb zu beschützen, und der ihr von jemandem entrissen wurde, der sich als guter Samariter ausgegeben hatte.«

Kameras schwenkten zu Jenna herum, die sich die Augen betupfte, während sie Cassie in den Armen hielt und von Blake getröstet wurde.

»Sie alle sollen unser Leitstrahl der Hoffnung werden. Und lasset uns dafür beten, dass die Untersuchungsbeamten bald den kleinen Caleb Cooper mit seiner Mama Jenna, seinem Vater Blake und seiner großen Schwester Cassie vereinen werden.«

Dann füllte sich der gigantische Bildschirm mit Fotos von Jenna mit Caleb, Cassie und Blake, wie sie alle in glücklicheren Zeiten lachten. Fotos von einem Familienpicknick in einem Park in Dallas, die Jennas Kirche zur Verfügung gestellt hatte.

Der Präsident sprach weiter über den heldenhaften Geist und den menschlichen Willen, durchzuhalten, und beendete seine Ansprache.

Es folgten ein Gospelchor, der ein bewegendes Lied sang, und eine weitere Montage der Zerstörung. Noch bevor die Zeremonie damit schloss, dass der Präsident Überlebende traf und ihnen sein Mitgefühl aussprach, flutete das Rohmaterial für Artikel ins Büro.

»Also gut, ran ans Werk«, sagte Wilson.

Kate wurde damit beauftragt, Berichte von der Ansprache, der Reaktion und Storys von Menschen im Publikum zu bearbeiten. Als sie eine SMS von Jenna erhielt, wo sie sich mit ihr treffen solle, erwiderte Kate, dass ihre Kollegin von Newslead, Mandy Lee, sie aufsuchen würde, und gab den Ort der Zusammenkunft dann an Mandy weiter. Kate kämpfte darum, sich aus dem Kopf zu schlagen, dass sie gerade nicht bloß eine größere

Story abgegeben hatte, die sie begonnen hatte, sondern wahrscheinlich ebenso ihre letzte Hoffnung auf eine Stelle.

Sie nahm ihre Arbeit wieder auf, Datei für Datei mit Rohmaterial zu bereinigen und zusammenzufügen. Weiteres Rohmaterial floss herein, als der Präsident erst die verletzten Opfer des Sturms in einem Krankenhaus und dann vom Sturm verwüstete Gemeinden besuchte, wo er jene in die Arme nahm, die am Boden zerstört waren.

Kate legte gerade letzte Hand an eine Datei, als Tommy zu ihrem Schreibtisch geeilt kam.

»Ich weiß, du hast alle Hände voll zu tun, aber ich habe einen Anruf für dich.«

Kate hob den Blick nicht von ihrem Bildschirm. »Danke, Tommy. Kannst du ihn annehmen?«

»Ich glaube, das solltest du tun.«

»Wirklich, ich habe gut zu tun.«

»Die Anruferin sagt, sie weiß, wo Caleb Cooper ist.«

Kate hörte auf zu tippen und sah ihn an.

52

Fate, Texas

Hazel Hill hielt sich das schnurlose Telefon ans Ohr und spähte durch die Vorhänge auf den Hof ihrer Nachbarn.

Dieses vermisste Baby, von dem der Präsident gesprochen hat, befindet sich gleich nebenan.

Jemand muss da etwas unternehmen.

Hazel hatte bereits bei der Polizei angerufen. Wie üblich kamen sie nicht, so dass sie es dieses Mal bei der Presse versuchte. Wenn die sich darum kümmerte, würde vielleicht etwas geschehen. Die Nachrichtenleute schienen interessiert zu sein, bevor sie baten, dranzubleiben. Geduld ist eine Tugend, sagte sich Hazel, während sie der Musik lauschte. Es war *Rhinestone Cowboy.* Sie mochte Glen Campbell.

Von ihrem Schlafzimmerfenster hatte Hazel einen guten Blick durch die Bäume hinab auf das Haus und den Hof, auf alles.

Während sie das Telefon festhielt und das Haus beobachtete, sah sie zu dem Wasserglas auf ihrem Nachttisch hinüber und versuchte, sich zu erinnern. Hatte sie heute die grün-weißen Pillen genommen? Oder waren die blau-gelben Pillen an der Reihe? Sie musste einen Blick in ihren Tablettenfahrplan und die Tageszeitung werfen, um sich zu vergewissern, welcher Tag es war. Hazel las jeden Tag die Zeitung und sah sich die Fernsehnachrichten an – die Musik hörte auf, und es klickte in der Leitung.

»Kate Page von Newslead. Kann ich Ihnen helfen?«

»Hallo, ja, sind Sie die Reporterin, die von dem vermissten Baby geschrieben hat, das vom FBI gesucht wird? Ich habe dem netten jungen Mann gesagt, ich möchte mit dieser Reporterin sprechen.«

»Ja, Ma'am, ich bin diejenige, welche. Darf ich Sie um Ihren Namen und Ihre Anschrift bitten?«

»Hazel Hill, 164 Briscoe Street, Fate, Texas.«

»Sie rufen an, weil Sie glauben, dass Sie wissen, wo Caleb Cooper ist?«

»Ja. Er ist im Haus meiner Nachbarn.«

»Wie können Sie sich so sicher sein?«

»Ich habe sie ankommen sehen.«

»Wer sind ›sie‹? Und woher wissen Sie, dass sie Caleb haben?«

»Ich werd's Ihnen sagen. Ich habe seit fünfundvierzig Jahren gleich neben dem Haus der Faulks gewohnt. Langston Faulk und seine Frau, Lillian, waren unsere besten Freunde. Sie haben sich so liebevoll darum gekümmert. Lillians Rosen waren einfach wunderschön. Dann ist sie gestorben, und ein Jahr später ist Langston gestorben …«

»Ja. Entschuldigen Sie, Ma'am, aber …«

»Da hat ihr Neffe, ein Nichtsnutz, das Haus übernommen und angefangen, es an Pöbel zu vermieten. Ein ständiges Kommen und Gehen, und dadurch ist diese Ungeheuerlichkeit entstanden, die es heute ist. Wenn mein Royce das noch sehen könnte, würde er Ihnen sagen, dass es einfach eine Schande ist, eine erbärmliche Schande und eine schwere Entehrung von Langston und Lillian.«

»Verstehe, Hazel, aber wie können Sie sich so sicher sein, dass das Baby dort ist?«

»Weil ich es gesehen habe.«

»Wie können Sie sicher sein, dass es Caleb Cooper ist?«

»Ich sag's Ihnen. Ich kenne Lillians Haus wie mein eigenes. Ich weiß, wenn der Kies auf der Zufahrt knirscht, wenn jemand kommt oder geht, und zwar zu jeder Tages- oder Nachtzeit. Seit etwa einem Monat leben zwei Jungs da. Sie trinken viel Bier und essen viel Pizza und Hähnchen. Ich sehe ihre leeren Dosen und Schachteln im Müll. Aber im Allgemeinen bleiben sie für sich. Dann kommt dieser Pick-up, und ein junger Mann und eine junge Frau mit einem kleinen Baby kommen.«

»Wirklich?«

»Sie haben Taschen und Lebensmittel reingetragen, als ob sie dort einziehen.«

»Haben Sie mit ihnen gesprochen?«

»Nein.«

»Können Sie sie beschreiben?«

»Nun, die Frau hatte langes blondes Haar.«

»Lang und blond?«

»Ja, das habe ich gesagt.«

»Ma'am, haben Sie bei der Polizei angerufen?«

»Ja, aber die sind nie gekommen, was mich nicht überrascht. Es ist wie beim letzten Mal.«

»Beim letzten Mal.«

»Ich habe sie gestern angerufen, als ich Leute in den Bäumen draußen vor meinem Fenster gesehen habe.«

»Leute in Bäumen?«

»Ja, sie hatten große Köpfe, und sie haben mich angesehen, und am Tag zuvor habe ich einen kleinen Mann gesehen, der in meinem Hof umhergerannt ist, und ich habe die Polizei angerufen. Sie haben gesagt, es wäre dasselbe Rasenmuster wie beim Mal zuvor, als ich sie angerufen hatte. Aber dieses Mal habe ich gesehen, wie es sich bewegt hat. Sie glauben mir nicht. Das tun sie nie.«

Ein paar Sekunden verstrichen.

»Ma'am«, sagte Kate. »Das ist eine persönliche Frage, aber nehmen Sie Medikamente?«

»Ja, das tue ich.«

»Verstehe.«

»Wann kommen Sie also und klopfen bei denen an die Tür?«

»Weiß ich nicht genau. Im Augenblick geht es gerade nicht. Ich helfe bei unserer Berichterstattung über den Besuch des Präsidenten heute.«

»Oh, du meine Güte, ja, das ist wichtig. Ich habe ihn im Fernsehen gesehen. Oh, es war so wunderbar. Als er über das vermisste Baby gesprochen hat, musste ich weinen, und ich habe den Herrn gefragt, was soll ich tun, um zu helfen.« Hazel blickte das gerahmte Poster von Jesus Christus in ihrem Schlafzimmer an. »Er ist hier bei mir, und der Herr hat gesagt: ›Hazel, ich habe dich aus einem bestimmten Grund vom Sturm verschont. Du musst dabei helfen, das kleine Kind seiner Mutter zurückzubringen.‹«

»Darum beten wir alle, Ma'am«, sagte Kate. »Warum überlassen Sie das für den Augenblick nicht mir, und ich werde sehen, was ich tun kann?«

»Wie heißen Sie, meine Liebe? Ich schreibe es mir auf, zusammen mit Ihrer Telefonnummer.«

»Kate Page«, erwiderte sie, sagte ihr dann ihre Nummer, langsam, zweimal, und dankte ihr für ihren Anruf.

Nachdem sie aufgelegt hatte und die Informationen überdachte, die sie mit solcher Aufmerksamkeit niedergeschrieben hatte, sah Hazel die blonde Dame im Hinterhof mit Caleb Cooper. Sie sprach flüsternd ein Gebet, dass bald jemand käme.

53

Chicago, Illinois

Hedda Knights Träume glitten ihr durch die Finger.

Chelsea Drew-Flynns Angebot, die 750 000 Dollar und alles, was das nach sich ziehen würde, rückten mit jeder verstreichenden Minute immer weiter in die Ferne, wie die Segelschiffe, die auf dem Lake Michigan außer Sicht trieben.

Wo ist Remy Toxton? Wo ist das Baby?

Ihre Sorgen raubten ihr den Schlaf, und sie war früh an diesem Morgen ins Büro gekommen. Sie saß da, die Ellbogen auf ihren Schreibtisch im Anwaltsbüro in der fünfundsiebzigsten Etage gestützt, hatte die Finger an die Lippen gelegt und dachte nach. Ed Bascom war Remys Spur bis zum Beau Soleil West Medical Center in Shreveport, Louisiana, gefolgt. Eine Krankenschwester hatte angedeutet, dass Remy das Baby dort bekommen habe. Aber die Krankenschwester – *wie hieß sie doch gleich? Es spielte keine Rolle* – war nervös gewesen. Sie hatte kein Geld angenommen, hatte ihm keine weiteren Details gesagt.

Sie waren gegen die Wand gefahren.

Warum würde Remy über hundert Kilometer nach Shreveport zur Entbindung fahren, wenn ich für sämtliche ihrer ärztlichen Rechnungen in Texas aufkomme?

Der wahrscheinlichste Grund: Sie hatte sich entschlossen, das Baby zu behalten.

Das kam vor, jedoch selten. Die meisten von Heddas Leihmüttern hatten Kinder und verspürten nicht den Wunsch, weitere aufzuziehen. Ihre Motivation hatte verschiedene Ursachen: das Geld, der Wunsch, kinderlosen Paaren zu helfen, und einige waren einfach gern schwanger.

Völlig ratlos warf Hedda einen Blick in ihre zusammengefaltete *USA TODAY* am Rand ihres Schreibtischs. Sie hatte die Story über den Besuch des Präsidenten gestern in Dallas überflogen. Sie hatte sich sogar die Live-Übertragung der Rede des Präsidenten beim Gedenkgottesdienst angesehen, und jetzt musste sie wieder an die Erwähnung des vermissten Babys denken. Das ist derselbe Fall, den Bascom ihr gegenüber erwähnt hatte. Während sie weiter darüber nachdachte, durchblätterte sie die Zeitung und überflog die Berichte über den Tribut, den die Tornados gefordert hatten. Darunter war auch ein kleiner Artikel über das vermisste Baby aus Dallas, Caleb Cooper. Als sie sich die Phantombilder des FBI von den gesuchten Personen ansah, lief es ihr eiskalt das Rückgrat hinunter.

Die Zeichnung der Frau erinnerte fast an Remy. Alter und Haar waren ähnlich, und einen verrückten Augenblick lang überlegte Hedda, ob – *nein, nein, es kann nicht sein. Nein, nicht, falls Remy bereits das Baby in Louisiana bekommen hatte. Abgesehen davon ist das Baby nach einem Tornado verschwunden, der einen Flohmarkt in Dallas zerstört hatte. Remy lebt in Lufkin.*

Hedda wies die Möglichkeit von sich, dass Remy etwas damit zu tun hatte.

Sie suchte auf den glitzernden Wellen des Sees nach einer Lösung, wurde jedoch von der Realität überwältigt. Alles, wofür sie gearbeitet hatte, alles, wovon sie geträumt hatte, ruhte jetzt auf den Taten einer Supermarktkassiererin und ihrem Freund, einem Exknacki.

Exknacki.

Hedda blickte erneut auf die FBI-Phantombilder.

Was aber, wenn sie etwas damit zu tun hatten? Was würde das bedeuten? Nein, das war Wahnsinn. Okay, was wäre, wenn sie in den Tornados ums Leben gekommen waren? Das wäre das Ende von allem. Aber sie leben in Lufkin, und das war von dem Sturm nicht betroffen worden. Was aber, wenn sie an dem Tag nach Dallas sind, als der Sturm zugeschlagen hat, und umgekommen sind? Was würde das für die Situation mit Chelsea Drew-Flynn bedeuten?

Diese Was-wäre-wenn trieben sie noch in den Wahnsinn.

Hedda stand von ihrem Schreibtisch auf und ging in ihr privates Bad, um ihr Gesicht zu überprüfen. Sie hatte die Tür erreicht, als ihr Handy klingelte. Sie kehrte an ihren Schreibtisch zurück. Die Nummer wurde nicht angezeigt. Es klingelte ein zweites Mal, und Hedda meldete sich.

»Remy Toxton hier.«

Verblüfft hielt Hedda sich den Hörer ans Ohr und setzte sich.

»Remy? Oh mein Gott, alles in Ordnung mit Ihnen? Wir haben die Nachrichtensendungen über die Tornados in Texas verfolgt, und als wir Sie nicht erreichen konnten – wir haben uns so viel Sorgen gemacht. Wie geht es Ihnen?«

»Bin so ziemlich okay.«

»Was meinen Sie damit? Haben Sie das Baby?«

Mehrere lange Augenblicke verstrichen.

»Remy?«

»Ja.«

»Okay. Das ist gut. Wie geht's dem Baby?«

»Ihm geht's gut. Er ist gesund und so groß.«

»Ich bin so froh, das zu hören. Wo sind Sie gerade?«

»Das möchte ich nicht sagen.«

Hedda zögerte.

»Wo haben Sie das Baby bekommen? Weil unsere Krankenschwester nämlich den Kontakt zu Ihnen verloren hat.«

»Das sage ich lieber nicht.«

»Möchten Sie die nächsten Schritte besprechen? Die Adoptivmutter möchte ihn ganz dringend haben, und wir müssen Ihnen noch die volle Bezahlung zukommen lassen.«

»Das ist es. Ich habe Schiss.« Remy hielt inne und begann zu weinen.

»Lassen Sie sich Zeit, meine Liebe. Ich verstehe. Lassen Sie sich Zeit. Warum haben Sie Angst?«

»Kurz bevor ich ihn bekommen habe, habe ich mir überlegt, ob ich ihn doch nicht weggebe. Als ich ihn dann hatte, war er so wunderschön, und etwas ist gerade geschehen. Ich wurde von diesem mächtigen Gefühl überwältigt, ihn zu behalten, also hat Mason mich weggebracht, um ihn zu bekommen und mir alles noch mal zu überlegen.«

»Und was denken Sie im Augenblick?«

»Ich bin bereit, unsere Übereinkunft einzuhalten, ihn Ihnen zu übergeben und sämtliche Papiere zu unterschreiben, die ich unterschreiben muss.«

Hedda blickte zum Himmel und stieß einen Seufzer aus.

»Das ist gut. Ich bin froh, das zu hören.«

»Aber da gibt's ein Problem. Der Sturm hat alles so schwer gemacht. Mason und ich sind in einer schlimmen Situation, echt schlimm.«

»Was wollen Sie damit sagen?«

»Wir brauchen mehr Vergütung oder wie das heißt. Viel mehr.«

Mehrere Sekunden lang reagierte Hedda nicht. »Wie viel?«

»Wir brauchen einhunderttausend.«

Hedda hätte nie gedacht, dass dieses Assi-Mädchen und ihr schäbiger Freund sie je würden erschüttern können. Sie hatte sie falsch eingeschätzt, als sie geglaubt hatte, die beiden würden sich mit sechzigtausend zufriedengeben. In der Erkenntnis, dass ihr nur wenig Möglichkeiten blieben, war Hedda versucht, eine Übereinkunft zu erreichen, aber da redete Remy weiter.

»Ich habe etwas im Internet recherchiert und mir überlegt, auf welche Art und Weise Sie Ihre Leihmütter rekrutieren, dass sie eine russische Klinik benutzen und dann tatsächlich Babys verkaufen. Genauso sieht es nämlich aus. Da habe ich mir gedacht, dass das vielleicht das FBI interessieren würde.«

Hedda schwieg.

»Wie sieht's also aus, Hedda?«, fragte Remy.

Bevor Hedda antworten konnte, wurde die Sprechmuschel abgedeckt. Sie hörte Remy sprechen, sich mit jemandem streiten, bevor eine neue Stimme im Hörer ertönte.

»Mason hier. Ich sage bloß, dass Ihnen dreißig Minuten bleiben, um sich mit den einhunderttausend einverstanden zu erklären. Wir rufen Sie wieder an. Wenn Sie nicht einverstanden sind, gehen wir zum FBI.«

54

Fate, Texas

Die halbstündige Wartezeit war mörderisch.

Remy und Mason saßen am Picknicktisch im Hinterhof im Schatten der Pappeln. Remy hatte das Baby auf eine Decke gelegt und kraulte ihm sanft den Bauch.

»Haben wir einen Fehler gemacht, als wir einhunderttausend verlangt haben?«, fragte sie.

»Hedda wird sich darauf einlassen. Sie muss. Sie will nicht, dass wir zum FBI gehen.«

»Was ist aber, wenn sie die Ansprache des Präsidenten gesehen hat und misstrauisch geworden ist? Oder die Artikel mit den Bildern? Mason, sie kennt mich.«

»Beruhige dich … Sie hat kein einziges Wort darüber gesagt. Abgesehen davon ist sie darin verwickelt. Wenn wir fallen, fällt sie auch.«

»Aber was ist mit den beiden Idioten hier?« Remy nickte zum Haus hinüber. »Sie haben die Ansprache des Präsidenten zusammen mit uns gesehen. Was ist, wenn sie es rauskriegen? Oder uns verpfeifen? Ich bin ins Internet gegangen. Das FBI bietet jetzt fünfzigtausend Dollar Belohnung für Informationen.«

»Weiß ich. Arlen und Brice sind Arschlöcher, und ich vertraue ihnen nicht.« Mason wandte sich zum Haus hin und sah sich die ganzen Satellitenschüsseln auf dem Dach an. Wahrscheinlich waren sie gestohlen. Teufel, eine kleine Schüssel ragte sogar aus Brices Schlafzimmerfenster. »Sieh dir das an. Die haben doch alle hier am Ort beklaut.« Mason sah auf sein Handy. Vierundzwanzig Minuten waren seit ihrem Anruf bei Hedda verstrichen. »Ist fast so weit.«

Er rief Hedda Knight an.

»Die Zeit ist um«, sagte Mason zu ihr. »Nachdem ich auflege, werde ich das FBI anrufen, außer Sie geben mir einen Grund, das nicht zu tun.«

»Ich bin mit einhunderttausend einverstanden«, sagte Hedda.

Mason nickte Remy zu, sehr heftig.

»Bar«, sagte Mason.

»Bar«, wiederholte Hedda. »Ich nehme den nächsten Flug nach Dallas. Dort werde ich das Bargeld holen. Ich habe die Papiere dabei, die zu unterschreiben sind, und ich warte mit einer Assistentin, die mir mit dem Baby helfen wird. Geben Sie mir eine Nummer, die ich nach meiner Ankunft anrufen soll, damit wir einen Ort für die Übergabe wählen können.«

Mason fischte in seinen Taschen nach einem von mehreren Prepaid-Handys. Er gab Hedda eine Nummer, beendete den Anruf und sah Remy an.

»Erledigt«, sagte er. »In achtundvierzig Stunden haben wir einhunderttausend.«

»Das ist gut.«

»Ging verdammt glatt.« Mason überlegte rasch, bevor ihm auffiel, dass Remy den Tränen nahe war, als sie das Baby anschaute.

»Hör zu«, sagte er. »Das ist mehr Geld, als wir jemals erhofft hatten. Das ist, was wir wollten, und es wird wahr werden, okay?«

»Okay.«

»Zuerst mal verschwinden wir von hier, so schnell wir können. Du nimmst das Baby, gehst rein und fängst an zu packen, während ich einige Anrufe mache, um alles zu arrangieren.«

Remy nahm Caleb in die Arme, und sobald die beiden im Haus waren, rief Mason mit einem seiner Prepaid-Handys eine Nummer an.

Ist an der Zeit, mich um meinen Deal zu kümmern, dachte er. Es läutete durch, und er hörte eine aufgezeichnete Nachricht.

»Varno hier. Ich habe meine Investition sicher. Ruf mich so bald wie möglich unter dieser neuen Nummer an.«

Keine zwei Minuten später klingelte sein Handy.

»Der letzte Termin für dich ist verstrichen«, sagte Garza.

»Nein, warte. Ich habe das Geld sicher.«

»Da du zu spät mit reinwillst, musst du jetzt fünfzig lockermachen.«

»Fünfzig?«

»Drunter geht nichts.«

»Ja, ja, die habe ich. Ich hab das gerade unter Dach und Fach gebracht. Du hast es in drei Tagen.«

»Drei Tage? Ist noch eine Weile hin. Als Zeichen des guten Willens möchte ich fünf im Voraus, sofort, heute, die nicht zurückerstattet werden.«

Mason kalkulierte voller Panik. Fünftausend war fast alles, was ihm und Remy von den fünfzehn geblieben waren, die sie von der Agentur erhalten hatten.

»Okay«, sagte er. »Aber ich brauche etwas Unterstützung. Ich kann dir die Summe heute geben, aber ich brauche einen Platz für eine Nacht oder zwei. Du hast Verstecke, oder?«

Garza seufzte und ließ einen Augenblick verstreichen.

»Du hast den Vorschuss, Varno?«

»Ja.«

»Und der Einkauf ist gesichert?«

»Ja.«

»Ich gebe dir eine Adresse. Präge sie dir ein … schreib sie nicht auf. Ich sage sie nur einmal.«

Mason hörte zu und prägte sich die Adresse ein.

Nach dem Anruf saß er einen Moment lang allein da und überlegte. Alles setzte sich zusammen. Voller Optimismus, weil sämtliche Teile an ihren Platz gefallen waren, betrat er das Haus.

Und erstarrte sogleich.

Remy war in der Küche. Ihre Augen waren groß wie Suppentassen. Ihr Mund war mit Klebeband verklebt, ihr Körper mit weiterem Klebeband und Stricken an einen Stuhl gefesselt. Das Baby lag auf dem Fußboden.

Brice beugte sich darüber und streichelte Calebs Wangen mit einer Waffe.

Mason griff in seinem Rücken nach der Smith & Wesson, die er sich in den Hosenbund gesteckt hatte. Bevor er sie zu fassen bekam, trat Arlen hinter ihm hervor, griff sie sich und drückte Mason dann den abgesägten Lauf einer Schrotflinte an die Schläfe.

»Ganz ruhig bleiben, Mason, ruhig bleiben. Nicht rühren. Nichts unternehmen.«

Mason hob zum Zeichen seiner Kooperation die Hände.

»Wir wissen alles von deinem Deal mit Garza.« Arlen warf seinem Bruder einen Blick zu. »Erstaunlich, was Brice über das Parabolmikrofon in seinem Fenster aufgefangen hat. Er liebt seine Apparate. Wir haben deinen ganzen Deal mitgehört.«

Mason schwieg.

»Also, so wird das Ganze jetzt laufen«, sagte Arlen. »Wir entledigen dich deines warmen Regens, und dann rate mal, was wir tun werden? Nun, wir werden dich dem FBI übergeben und weitere fünfzigtausend kassieren. Ich würde sagen, keine schlechte Arbeit für zwei Idioten und Arschlöcher, nicht wahr?«

Mason schwieg weiterhin, und Arlen rammte ihm die Waffe fester an den Kopf.

»Auf die Knie, damit Brice dich einpacken kann. Dann kannst du zusehen, was ich mit deiner kleinen Frau anstelle. Weißt du, dass sie es immer von mir gewollt hat? Stimmt's, Remy?«

55

Dallas-Fort Worth Metroplex, Texas

Kates Morgen begann mit zwei kräftigen Schlägen in die Magengrube.

Sie kamen in Gestalt von E-Mails. Die erste aus dem Hauptquartier hatte sie auf ihrem Handy nach dem Duschen gelesen.

An alle Mitarbeiter:

Wir haben bei unserer Berichterstattung über die Stürme, die durch vier Staaten fegten und überwältigend viele Todesopfer gefordert und große Zerstörung angerichtet haben, schwere Zeiten durchgemacht. Als die Ereignisse immer offenbarer wurden, ist ein jeder von Ihnen, und einige waren ja selbst betroffen, über sich hinausgewachsen, um über das zu schreiben, was tragisch, was heroisch und was inspirierend war. Ihre Arbeit war ohnegleichen.

Zeugnis dessen, was Sie erreicht haben, war die von Herzen kommende Erwähnung des vermissten Babys durch den Präsidenten, Caleb Cooper, eine Story, die wir gebracht haben und der ein bewegendes Interview mit der Mutter folgte, das die Praktikantin des Büros in Dallas, Mandy Lee, geführt hat. Es ist eine Bekräftigung gemeinsamer, gut gemachter Arbeit. Das sind wahrlich entscheidende Augenblicke für uns alle, und Newslead hat sich der Herausforderung unter außergewöhnlichen Umständen gestellt und dabei unseren ausgezeichneten Standard beibehalten.

Mit Bewunderung und Dankbarkeit.
Lucien Westmore CEO, Newslead, New York
Das liest sich, als ob Mandy die Story gebracht hätte.
Kate blieb kaum Zeit, die E-Mail richtig zu verarbeiten, als ihr eine weitere folgte, direkt von Dorothea Pick.

Kate,
vielen Dank, dass Sie Mandy gestern bei ihrer Story geholfen haben …

Ihrer Story? Was soll das, zum Teufel? Kate rang darum, nicht loszuschreien, und las weiter.

Wie Sie wissen, wird das Praktikum bald vorüber sein, und Chuck und ich werden unsere Entscheidung hinsichtlich des erfolgreichen Kandidaten treffen. In Anbetracht dessen, dass die Story von Caleb Cooper noch nicht gelöst ist, stellen Sie mir bitte sämtliche Kontaktinformationen zur Verfügung, damit unsere Mitarbeiter sie weiterverfolgen können. Vielen Dank für Ihre schwere Arbeit, Kate. DP

Die E-Mails ließen Kate wie gelähmt zurück.
Sie stand allein in ihrem Hotelzimmer, starrte ihr Handy an und wusste nicht, was sie tun oder denken sollte, als ein Klingeln eine weitere Nachricht ankündigte. Diese kam von Chuck Laneer, der die beiden zuvor als CC erhalten hatte.

Hallo Kate,
entschuldigen Sie bitte, dass ich während des Praktikums so viel weg war. Wir hatten viel zu tun mit dem Sturm und mit Newslead. Lesen Sie bitte nicht zu viel in die Mails von Lucien und Dorothea hinein. Ich möchte Ihnen versichern, wie ich

auch Roy und Mandy versichert habe, dass bisher wegen der Stelle noch keine Entscheidung gefallen ist. Mein Rat an Sie alle ist, bis zum Schluss Ihr Bestes zu geben.

Ich hoffe, im Büro zu sein, wenn wir die Sache unter Dach und Fach bringen.

Alles Gute, Chuck

Nicht zu viel hineinlesen? Das war der Nagel zum Sarg ihrer Chance auf die Vollzeitstelle. Was sie nicht überraschte. Von Anbeginn an hatte ihr Dorothea bei ihrer Arbeit an der Story Knüppel zwischen die Beine geworfen. Zuerst hatte sie sie verworfen, dann Mandy darauf angesetzt, bevor sie sie ihr schließlich wegnahm. Dorothea hatte von vornherein deutlich gemacht, dass ihr Chucks Entscheidung missfiel, ihr eine Chance bei dem Praktikum zu geben.

Die Sache war die, dass Kate gern für Newslead arbeitete. Sie mochte Chuck, wenn er anwesend war. Tommy war niedlich, und die anderen Leute mochte sie fast alle auch ganz gern. Es war eine Spitzen-Nachrichtenagentur, und sie wäre gern Teil davon geworden. Einen Augenblick lang dachte sie, dass sie auf lange Sicht gesehen versuchen könnte, eine Position in Washington, D.C., oder in den Büros von New York zu bekommen.

Du kannst eine Rose auf den Sarg dieses Traums werfen.

Kate schluckte ihre Enttäuschung herunter, und beim Anziehen versuchte sie, das Gute zu sehen. Bald wäre sie daheim in Ohio und hielte Grace in den Armen. Ja, die Rechnungen stapelten sich, und die Stellenaussichten waren dürftig, aber sie könnte sich neu organisieren und sich ihre Zukunft überlegen.

Ihr Handy klingelte.

Ihr war nicht danach, mit irgendwem zu sprechen, und sie

überlegte, ob sie das Klingeln überhören sollte, bis sie es sich anders überlegte und sich nach dem dritten Klingeln meldete.

»Kate, ich bin's, Tommy, vom Büro.«

»Hallo, was gibt's?«

»Diese alte Frau ruft gerade wieder an. Diejenige, mit der du gestern gesprochen hast, die sagt, sie würde wissen, wo das Baby ist.«

Kate verdrehte die Augen. »Echt?«

»Ja, sie möchte mit dir sprechen. Soll ich sie mit dir verbinden?«

Sag nein, dachte Kate. Das alte Mädchen hatte wahrscheinlich ihre Pillen wieder nicht genommen und mit dem Herrn gesprochen.

Zumindest meinte sie es gut. Kate seufzte. »Na schön.«

In der Leitung klickte es.

»Hallo, Kate Page hier.«

»Hallo, hier ist Hazel Hill. Ich habe gestern mit Ihnen gesprochen. Ich möchte wissen, wann Sie zum Haus meiner Nachbarn fahren, um das vermisste Baby zu holen, von dem der Präsident gesprochen hat.«

»Ma'am, wie fühlen Sie sich heute?«

»Mir geht's gut, dem Herrn geht's gut. Aber ich sage Ihnen, da geht etwas vor nebenan. Kommen Sie bitte her.«

»Ma'am, ich weiß nicht genau, ob ich es heute schaffe. Ich …«

»Sie müssen kommen. Haben Sie meine Adresse verloren? Sie ist 164 Briscoe Street, Fate, Texas. Fahren Sie zu dem weißen Haus gleich daneben, mit dem Carport und dem Pick-up. Sie sind noch da. Etwas geht mit dem Baby und dem Lumpensack und der Frau mit der Perücke vor sich.«

Frau mit Perücke?

Kate zögerte, Hazel abzuwimmeln.

»Entschuldigen Sie, welche Frau mit Perücke?«

»Die Frau, von der ich Ihnen gestern erzählt habe. Habe ich Ihnen nicht gesagt, dass sie eine lange blonde Perücke trägt?«

»Nein, tut mir leid, aber Sie haben nicht gesagt, dass es eine Perücke war.«

»Mein Gott, das muss ich vergessen haben – wissen Sie, ich bin so vergesslich, ich …«

»Ma'am, diese Frau trug tatsächlich eine Perücke, ganz bestimmt?«

»Oh ja. Ich habe gesehen, dass sie sie im Hinterhof abgezogen hat.«

»Wie ist ihr Haar unter der Perücke?«

»Kurz und dunkel, wie auf den Bildern im Fernsehen und in den Zeitungen.«

Kate machte sich eine Notiz und wiederholte dabei die Worte Hazel gegenüber.

»Kurz und dunkel?«

»Kurz und dunkel. Ich schwöre es auf die Bibel meiner Großmutter.«

»Und sie sind mit einem Baby eingetroffen?«

»Ja, mit Lebensmitteln, Gepäck und einem Baby. Sie sind die Entführer, die das FBI sucht. Ich schwöre beim Himmel und sämtlichen Heiligen, dass da was nicht stimmt. Das Pärchen im Hinterhof hat viel herumtelefoniert. Ich weiß einfach in meinem Herzen, dass sie es sein müssen. Der Herr hat mich angeleitet, um zu helfen. Kommen Sie bitte hier raus und klopfen Sie an ihre Tür und überzeugen Sie sich selbst.«

Kate machte sich weitere Notizen und biss sich dann auf die Unterlippe. Zugegeben, sie hatte Hazels erstem Anruf keine große Bedeutung beigemessen. Aber der Aspekt mit der Perücke änderte alles. Würde man als weiblicher Flüchtiger nicht sein äußeres Erscheinungsbild verändern?

In einer Ecke von Kates Unterbewusstsein warnte sie eine Stimme, auf Hazel Hill zu hören. Sie erzählte etwas von Redaktionslegenden, wie große Storys flöten gingen, weil sich ein Tippgeber seltsam anhörte oder nicht ganz bei Trost war.

Kate blieben zwei Stunden, bevor sie im Büro Bericht erstatten sollte.

Würde es wirklich schaden, da mal nachzusehen?

»Ma'am, könnten Sie mir die Adresse noch einmal geben?«

56

Fate, Texas

Anhand ihres Navis lenkte Kate ihren Chevy Cobalt auf der I-30 nach Osten.

Als sie Lake Ray Hubbard überquerte, fragte sie sich immer noch, ob sie den Anrufen der durchgeknallten Hazel Hill trauen sollte.

Während der halbstündigen Fahrt war Kate auf die neuralgischen Punkte gestoßen: Hazel hatte Menschen mit großen Köpfen in ihren Bäumen gesehen und einen kleinen Mann in ihrem Hof, der sich als Gartenzwerg erwiesen hatte. Hazel hatte zugegeben, dass sie Medikamente nahm, vergesslich war und dass die Polizei sie oft ignorierte.

Aber während die Kilometer dahinrollten, kam Kate immer wieder dahin zurück, wie eisern Hazel darauf beharrt hatte, ein Baby mit einer Frau gesehen zu haben, die eine blonde Perücke trug, um kurzes dunkles Haar zu verbergen. Diese blonde Perücke war ein entscheidender Punkt, der ausreichte, dass Kate die Sache weiter verfolgte.

Aber nun komm schon. Das wird am Ende Zeitverschwendung sein, dachte sie, als sie nach Fate hineinfuhr. Es war eine der am schnellsten wachsenden Vorstädte im Metroplex, eine schläfrige kleine Stadt, die von einer neuen Nachbarschaft aus Einkaufszentren, Schulen, Fast-Food-Restaurants und Nullachtfünfzehn-Häusern mit Garagen für zwei oder drei Autos verschlungen wurde.

Den Anweisungen ihres Navis folgend, fand Kate Hazels Adresse in einer älteren Umgebung. Die Häuser hier standen auf größeren Grundstücken und waren von hohen Bäumen beschirmt. *Nett,* dachte sie.

Sie hatte die Briscoe Street und Hazels zweistöckiges Haus erreicht. Da, gleich nebenan, war Kates Ziel: ein trostloses, eingeschossiges weißes Haus. Es lag tief auf dem Grundstück am Ende einer Zufahrt, die sich durch die Schatten von Pappeln und einen traurig wirkenden Hof wand.

Sieht so aus, als wäre das hier mal ziemlich hübsch gewesen, dachte sie.

Kies knirschte unter Kates Reifen, als sie zum Haus hochfuhr. Im Carport stand ein Fahrzeug, anscheinend ein Pick-up, der rückwärts hineingefahren worden war. Eine Plane bedeckte das Fahrerhaus und den Kühler, so dass sie das Nummernschild nicht erkennen konnte. Gleich daneben, außerhalb des Carports, stand ein weiteres Fahrzeug, das offenbar ebenfalls in eine Plane eingehüllt war.

Kate stellte den Motor ab, starrte das Haus an und kämpfte mit der Überlegung, sich erst zu erkundigen. Sie sah keine Notwendigkeit, der Polizei Bescheid zu geben. Immerhin hatte die Polizei Hazel bereits ignoriert. Abgesehen davon wusste Kate nicht so genau, was sie hier vor sich hatte. In ihren Jahren als Reporterin hatte sie an mehr Türen geklopft, als sie zählen konnte. Sie vertraute auf ihre Erfahrung und ihren Instinkt. Sie würde einfach sagen, dass sie Hazel Hill suchte, und fragen, ob das hier die richtige Adresse war, während sie sämtliche Details oder Schwingungen in sich aufnähme, die sie in dem Moment erfassen könnte, der ihr vielleicht bliebe.

Na gut, Page, gehen wir's an.

Kate wappnete sich und ging zur Tür.

Der Hof war verwildert, das Gebüsch wuchs nach Lust und

Laune, ein paar verrostete Felgen lehnten am Haus neben mehreren vor sich hin gammelnden Pappkartons, die überquollen von Bierdosen und Fast-Food-Behältern.

Hinweise auf die Gleichgültigkeit der Leute, die hier lebten.

Bevor Kate anklopfte, bemühte sie sich, irgendeine Bewegung zu sehen, zu hören oder zu spüren. Der Wind fuhr raschelnd durch die Baumwipfel, Vögel sangen, und weit in der Ferne hörte sie einen Hund bellen. Sie hob die Hand, klopfte einmal auf die abgenutzte Holztür und wollte schon erneut klopfen, als die Tür sich einen Spaltbreit öffnete, und zwar mit einem Quietschen, das einladend oder abschreckend wirkte, je nachdem.

»Hallo!«, rief Kate in das Haus.

Mehrere Augenblicke verstrichen in Schweigen, bevor Kate die Tür festhielt und erneut fest und laut klopfte.

»Hallo? Jemand zuhause?«

Keine Reaktion.

Was jetzt?, überlegte Kate.

Sie warf einen Blick zur Straße. Niemand zu sehen. Sie sah zu Hazels Haus hinüber, dann zu dem leeren Grundstück nebenan, bevor sie sich entschloss, den Kopf ins Haus zu stecken und erneut zu rufen, während sie klopfte.

»Hallo! Irgendwer zuhause?«

Keine Reaktion.

Da ist niemand zuhause.

Sie entschloss sich einzutreten. Sie würde das Haus durchsuchen. Vielleicht war jemand verletzt, rechtfertigte sie ihr unerlaubtes Eindringen. Ihr Ziel war, nach Lebenszeichen Ausschau zu halten und wieder zu gehen. Beim weiteren Öffnen quietschte die Tür, und Kate stand in einem kleinen Vorraum, der in ein Wohnzimmer überging. Die Luft war abgestanden und stank nach Schweiß und Zigaretten. Abgesehen von dem abgenutzten, mit Klebeband ausgebesserten Sofa und einem großen Fernsehgerät bestand das Dekor aus zeitgenössischem »Ist-mir-alles-scheißegal«.

»Hallo! Irgendwer zuhause?«

Die Stille war unheimlich, als würde das Haus den Atem anhalten.

Jeder Schritt, den sie tat, wurde in der Stille verstärkt.

Kate wandte sich um und wollte den Flur betreten, der offenbar zur Küche führte, hielt jedoch inne. Ein Handtuch lag auf dem Fußboden, ein weißes, das schmutzig zu sein schien.

Sie ging in die Hocke, um nachzusehen, und erstarrte.

Oh mein Gott!

Die Buchstaben waren zerfranst, aber sie ergaben die Worte Tumbleweed Dreams Motel.

Das Baby war hier!

Kate klopfte heftig das Herz.

Sie machte eine Aufnahme mit ihrem Handy und keuchte dann auf. Vor sich auf dem Boden sah sie ein Paar Laufschuhe, dann zwei Beine in Jeans. Der weitere Blick wurde auf Oberschenkelhöhe vom Türrahmen versperrt.

Jemand liegt auf dem Boden.

»Hallo!«

Wer hat diese ganze Farbe verspritzt?

Das war Kates erster Gedanke, nachdem sie hingeeilt und einen Mann gefunden hatte, der mit dem Gesicht nach unten auf dem Fußboden lag, bevor sie begriff, dass es sich bei der Farbe um Blut handelte und dass es aus seinem Kopf quoll.

»Mein Gott!« Sie berührte seinen Rücken, dann seinen Hals. Er war immer noch warm, aber sie spürte keinen Puls. Blut überzog alles. Der Küchenboden war übersät mit Müll, einem zerbrochenen Stuhl, Geschirr, Utensilien und gewaltigen Stücken gebrauchten Klebebands – Hinterlassenschaft eines Kampfs.

»Biiiitte helfen Sie mir!«

Hinter der Küche, im Flur, der zur Hintertür führte, entdeckte Kate einen zweiten Mann, der auf dem Boden saß, den Rücken an die Wand gelehnt und die Brust blutgetränkt.

Über die Notrufnummer rief Kate einen Rettungswagen, erklärte verzweifelt die Lage, berichtete dem Mann in der Zentrale mehrmals alles, was sie wusste.

»Ich glaube, hier hat es eine Schießerei gegeben, zwei männliche Opfer. Das weiße Haus gleich neben Nummer 164 Briscoe Street.«

Kate ging zu dem sitzenden Mann. »Ich habe einen Rettungswagen gerufen. Können Sie mich verstehen? Wie heißen Sie?«

»Hiiiilfe!«

»Rettungswagen und Polizei kommen. Wo ist das Baby … Wer hat das Baby?«

»Masssoo. Sind nach Assfnton – Ficksson-Faaarm …«

Im Bemühen, ihn zu verstehen, rückte Kate näher an ihn heran. »Sagen Sie's noch mal. Wo ist das Baby?«

»DOA oder Assnnfton. Rrrraaanch. Bitte, helfen Sie … tuuut weeeh.«

Über eine Minute fragte Kate den verletzten Mann wiederholt nach Caleb Cooper. Während er darum kämpfte, ihr Informationen zu geben, griff Kate in ihre Tasche und fand ihren Stift sowie die Visitenkarte von irgendwem. Auf die Rückseite kritzelte sie jede Silbe seiner Antwort, bevor seine Stimme schwächer wurde, seine Lider flatterten und er das Bewusstsein verlor.

Als sie ein Geräusch in der Nähe vernahm, stockte ihr der Atem.

Der erstickte Schrei eines Babys?

Er kam aus einem anderen Zimmer.

Sie schob die Karte in ihre Tasche, und bevor sie sich umdrehen konnte, quietschte der Fußboden, und Kates Kopf wurde von einer Decke verschluckt, und alles wurde schwarz.

57

Fate, Texas

Ein blauer Miet-Chevy fuhr unbemerkt vor dem Haus von Faulk vor und blieb wenige Türen entfernt auf der Briscoe Street stehen.

Pawel Gromow stellte den Motor ab.

Bevor er irgendetwas tat, musterte er das Grundstück durch ein starkes Fernglas. Ein kleiner Wagen parkte davor. Der Carport war leer. Gleich daneben sah Gromow eine große Plane, die ein Fahrzeug bedeckte.

Nichts rührte sich. Alles war ruhig.

»Ich habe ein ungutes Gefühl«, sagte Yanna Petrova, nachdem sie sich in der Nachbarschaft umgesehen hatte. Sie rang noch immer darum, ihre Situation bei Gromow irgendwie einzuordnen, die bei jeder Wendung immer surrealer wurde. Aufgrund seiner fast psychopathischen Taten war er zu einer Perversion Virgils geworden, der sie durch die Sphären der Hölle mitnahm. Und als ihre Lage immer verzweifelter wurde, fürchtete sie, in seine Verbrechen mit einbezogen zu werden und niemals nach Moskau zurückzukehren oder ihre Familie wiederzusehen. »Ich habe ein verflucht ungutes Gefühl, Pawel.«

Gromow schwieg.

Yanna hatte Lamont Faulks Computer auf dem Schoß und durchsuchte ihn weiter, wobei sie erleichtert darüber war, Latexhandschuhe zu tragen. Nicht nur, weil sie dadurch keine

Fingerabdrücke hinterließ, sondern auch, weil der Inhalt des Laptops ekelerregend war. Faulk war über Verdorbenheit hinaus. Dennoch hatte Gromow verlangt, dass sie weiterhin Informationen aus ihm herausholte und sich Notizen machte, weil ihnen die Zeit davonlief.

Nachdem er Lamont Faulk in dessen Werkstatt ermordet hatte, waren sie in ihr Hotel zurückgekehrt, wo Yanna, auf Gromows beharrliches Drängen, Faulks Computer bis in die Nacht hinein durchsucht und Adressen des Hauses in Fate, von Garza und DOA gefunden hatte.

Als sie sich am folgenden Morgen auf den Weg machen wollten, hatten sie entdeckt, dass die Batterie in ihrem Mietwagen leer war. Die Reparatur benötigte mehrere Stunden. Sie waren keine fünf Kilometer weit gekommen, da versagte der reparierte Wagen seinen Dienst auf einer Autobahn, was für eine Anzahl von Problemen sorgte. Bis Gromow den Wagen hatte abschleppen lassen können, den Autoverleih erreicht und ein neues Fahrzeug bekommen hatte, einen grünen Ford, hatten sie einen Tag verloren.

Die ganze Zeit über hatte Gromow eine trügerische Ruhe gewahrt.

Während Yanna ihn jetzt beobachtete, wie er das Grundstück musterte, sah sie die Adern an seinem Hals und den Unterarmen pulsieren, was die wahre Stimmung eines Mannes verriet, in dem es unter der Oberfläche brodelte.

»Ich glaube, mein Enkelsohn ist in diesem Haus, Yanna.«

»Warum sind Sie so überzeugt davon? Haben Sie drinnen ein Baby gesehen?«

In diesem Augenblick zerschmetterten die Sirenen eines Rettungsfahrzeugs die Stille, und ein Krankenwagen, dann ein Polizeiwagen jagten zu dem Haus, gefolgt von einem zweiten Krankenwagen und zwei weiteren Polizeiautos.

»Was ist denn da los?«, fragte Yanna.

Für die nächsten zwanzig Minuten jaulten Sirenen, und über ein Dutzend Rettungsfahrzeuge fuhren auf das Grundstück, Hinweis darauf, dass drinnen etwas Ernsthaftes vorgefallen war.

Gelbes Absperrband wurde um das Haus gezogen, Polizeiwagen blockierten die Zufahrt, wo sich ein paar Nachbarn mit Sorge auf den Gesichtern versammelten, um zuzuschauen. Bald erschienen Übertragungswagen, aus denen Fernsehkameras und Reporter hervorquollen.

Während sich die Ereignisse vor ihnen abspielten, wandte sich Gromow an Yanna. »Sieh mal, was du herausfinden kannst.«

Yanna ging ins Netz und durchsuchte Nachrichtenseiten und die Adresse. »Eine örtliche Radiostation berichtet von einem möglichen Doppelmord und einem Überlebenden in einem Haus auf der Briscoe Street, das der Familie Faulk gehört.«

Gromow verfiel ins Nachdenken, als Yanna auf einen Artikel auf der Website einer Zeitung stieß, der mehr Einzelheiten enthielt.

»Das hier ist neuer – in dem Bericht wird die Möglichkeit einer Verbindung zwischen dem Doppelmord im Haus der Faulks und – oh nein, Pawel – *›dem kürzlich erfolgten Mord an Lamont Faulk in seiner Werkstatt in Metroplex‹* erwogen. Er ist tot! Gromow!«

Gromow blinzelte mehrmals und drehte dann ruhig den Zündschlüssel. »Sie werden diesen Laptop suchen, und bald werden sie die Umgebung hier durchkämmen.«

Ohne am Schauplatz des Verbrechens vorbeizukommen, fuhr Gromow langsam die Straße in entgegengesetzter Richtung hinab. Einen Häuserblock entfernt blieb er vor einem Haus stehen.

»Lass den Laptop eingeschaltet und lege ihn ans Ende dieser Zufahrt. Wenn die Polizei ihn verfolgt, ist es am besten, sie finden ihn hier in der Nähe des Verbrechens.«

Yanna tat, wie Gromow verlangte. Dann fuhren sie auf demselben Weg wieder davon, wie sie hergekommen waren: unbemerkt.

Gromow stieß langsam die Luft aus und überlegte, wo sie als Nächstes hinfahren mussten.

58

Fate, Texas

Kate saß im rückwärtigen Teil eines Rettungswagens aus dem Rockwall County.

Die hinteren Türen standen offen, und sie starrte das Haus des Todes auf der Briscoe Street an, während die Sanitäter sie versorgten und Sirenengeheul die Luft erfüllte. Ihr Adrenalinspiegel war noch immer in schwindelerregender Höhe, und ihr Puls raste.

Abgesehen von ein paar Kratzern war sie in Ordnung.

Sie hatten sie in der Küche auf dem Fußboden entdeckt, eingehüllt in eine Decke, die mit Klebeband verklebt war, was darauf hindeutete, dass ihr Angreifer sie nur außer Gefecht setzen und nicht töten wollte.

»Haben Sie mich verstanden, Kate?«

»Wie bitte?«

»Ich habe gesagt, die Polizei möchte wieder mit Ihnen sprechen. Zuvor verabreiche ich Ihnen einfach etwas Sauerstoff.« Der Sanitäter, sein Name war Dwayne, zog Kate eine Kunststoffmaske über Nase und Mund. »Atmen Sie ganz normal.«

Kate versuchte es, aber inmitten der jaulenden Sirenen und der ganzen hektischen Aktivität fiel es ihr schwer. Während sie über das Chaos hinwegblickte, rasten ihr eine Million Gedanken durch den Kopf. Einige davon hatte sie bereits dem Sheriff des Rockwall County, Al Hardwick, mitgeteilt, der als Erster mit ihr gesprochen hatte.

Ich habe ein Baby gehört … es musste Caleb Cooper sein … Ich habe das Handtuch aus dem Motel gesehen … der Tipp der verrückten Hazel, es wäre eine Frau, die eine Perücke trug, um kurzes dunkles Haar zu verstecken, passte zur Beschreibung … zwei Leute waren tot … so viel Blut … die Sanitäter haben gesagt, der Mann, mit dem ich gesprochen habe, sei tot … was er gesagt hat, bevor er starb? … Ich habe ihn nach dem Baby gefragt … glaube … er hat eine Ranch erwähnt … die Ranch hatte einen Namen … wie war er doch gleich? … wo ist sie? … Ellamaton? Afanton? Aneffton? … denk nach … denk nach … jemand, der DOA genannt wird … ich bin mir sicher, das deutlich gehört zu haben …

Kates Aufmerksamkeit wanderte hinüber zu den Polizisten, die gelbes Band um das Haus zogen, um den Schauplatz abzusperren, während weitere Fahrzeuge auf das Grundstück fuhren. Sie kamen vom Büro des Sheriffs von Rockwall County, dem Büro des Sheriffs vom Dallas County, dem Texas Department of Public Safety und vom FBI, das hier juristisch das Sagen hatte. Die Spurensicherung des FBI hatte sich der Untersuchung ebenfalls angeschlossen.

Kate entdeckte die FBI-Agenten Grogan und Quinn in einer Gruppe an der Ecke des Hauses unter einem Baum. Sie hatten lange dort gestanden, sich Notizen gemacht, Telefonate geführt und dabei mit Sheriff Hardwick gesprochen. Kate hatte mitbekommen, wie einige gesagt hatten, dass die beiden anderen Männer, die mit ihnen zusammenstanden, die Detektive der Polizei von Dallas waren. Grogan und Quinn warfen Blicke in Kates Richtung, bevor sie sich aus dem Pulk lösten und auf den Rettungswagen zukamen.

»Haben Sie ihr Medikamente verabreicht?«, fragte Grogan den Sanitäter.

»Nein, sie brauchte nichts.«

»Wir müssen allein mit ihr sprechen.«

»Natürlich. Dann entferne ich die Maske.«

Die FBI-Agenten brachten Kate zur anderen Seite des Grundstücks. »Wie geht's Ihnen?«, fragte Grogan.

»Immer noch etwas zittrig, aber okay.«

»Sheriff Hardwick hat uns vollständig informiert.« Quinn schlug eine neue Seite in ihrem Notizbuch auf, überprüfte die Uhrzeit und schrieb sie nieder. »Also, wie wär's, wenn Sie uns sagen, was passiert ist, wie Sie hierhergekommen sind und was daraufhin geschah? Nehmen Sie sich Zeit.«

Kate berichtete ihnen vom ersten Anruf Hazel Hills im Büro, der Frau nebenan. Dass sie sie zunächst als Verrückte abgetan hatte, bevor sie sich entschloss, ihrem Bauchgefühl zu folgen, und zwar wegen des beunruhigenden Details mit der Perücke. Dann berichtete Kate, wie sich die Ereignisse entwickelt hatten, nachdem sie das Haus betreten hatte, bis zum Punkt, als die Sanitäter und der Sheriff eintrafen und sie befreiten.

Grogan und Quinn hörten zu und unterbrachen sie hin und wieder, um eine Frage zu stellen oder einen Aspekt zu klären. Nachdem die Befragung beendet war, schrieben sie sämtliche von Kates Kontaktnummern auf und baten sie dann, sie zu ihrem Büro zu begleiten, dort eine formelle Aussage zu machen und ihre Fingerabdrücke zur Verfügung zu stellen, damit die Kriminaltechniker sie ausschließen konnten.

»Gehen Sie der Sache nicht weiter nach, zu diesem DOA, zu dieser Vickson's Farm in Ellamont, Afanton, Aneffton oder wo die auch immer ist?«, fragte Kate.

»Auf Grundlage dessen, was Sie dem Sheriff gesagt haben, haben wir bereits die Initiative ergriffen und die Drogenbehörde in Kenntnis gesetzt«, erwiderte Grogan.

»Und, was genau?«

Quinn und Grogan wechselten einen Blick, eine nicht ganz subtile Frage, wie viel sie sagen sollten. Ein Augenblick verstrich, bevor Grogan fortfuhr:

»DOA ist der Straßenname eines Drogendealers in Lubbock. Er hatte in der Nähe von Lubbock einen Verbündeten. Wir arbeiten jetzt mit den Leuten vor Ort zusammen und bereiten uns vor, dem Haus einen Besuch abzustatten.«

»Wollen Sie damit sagen, Drogendealer haben das Baby?«, fragte Kate. »Dass das Opfer, das hier lag, mir das sagen wollte?«

»Wir sagen damit, dass wir sehr in Sorge sind und uns die Leute vorgenommen haben.«

»Ich bleibe nicht hier. Ich verfolge meine Story.«

»Nicht so rasch. Wir brauchen Sie für eine formelle Aussage.«

»Die bekommen Sie später.« Kates Handy läutete, und sie meldete sich, was Grogan verärgerte, der sie am Gehen hinderte, während Kate sich auf den Anruf konzentrierte.

»Kate, Chuck hier. Alles in Ordnung mit Ihnen?«

»Ja, alles in Ordnung.«

»Tommy hat uns gesagt, was passiert ist, dass Sie einem Tipp nach Fate gefolgt sind, und er hat alles über den Polizeiticker mitbekommen. Wird gerade im Fernsehen gebracht. Die Morde in Fate haben vielleicht mit einem anderen auf der anderen Seite des Metroplex etwas zu tun.«

»Noch ein Mord? Davon hat das FBI nichts gesagt.«

Grogan verlor allmählich die Geduld.

»In einer Werkstatt«, erläuterte Chuck. »Ein Mann, anscheinend sehr grausig. Details sind immer noch lückenhaft. Wir schicken Leute dorthin. Sind Sie ganz bestimmt in Ordnung?«

»Ja, ich möchte der Story folgen.«

»Ich bin für Ihre Sicherheit verantwortlich, Kate. Kommen Sie bitte so bald wie möglich zurück ins Büro. Sie können hier bei der Story helfen.«

Kate spürte Grogans funkelnden Blick auf sich, aber sie fuhr fort: »Ich möchte dieser Geschichte folgen«, sagte sie fest. Dann entdeckte sie Mandy Lee unter den Nachrichtenleuten, die sich am einen Ende des Grundstücks versammelten. »Chuck, wer hat Mandy hier runtergeschickt?«

»Dorothea. Nun, Kate, Sie müssen unbedingt ins Büro zurückkommen.«

Beim Anblick der wachsenden Menge dämmerte Kate, wie sich die Story entwickelte und Anlass zu einer weiteren Sorge bot. »Ich muss los.« Sie legte auf und wandte sich rasch zu Grogan um. »Warum haben Sie mir nichts von dem anderen Mord gesagt, der vielleicht mit dem hier zu tun hat?«

»Die Polizei von Dallas hat den entdeckt. Das Opfer ist vielleicht Besitzer dieses Hauses.«

»Also ist es jetzt ein Dreifachmord, der mit dem Fall des Babys verknüpft ist? Ich muss los.« Kate tippte Nummern auf ihr Handy für einen Anruf ein, aber bevor sie damit zu Ende war, legte Grogan eine Hand auf ihren Apparat und hinderte sie daran.

»He!«, sagte Kate.

»Sie rufen niemanden an.«

»Entschuldigen Sie! Nehmen Sie bitte die Hand von meinem Handy!«

»Sie sind eine Zeugin an einem Tatort.«

»Ich rufe meine Tochter an, um ihr zu sagen, dass mir nichts passiert ist.«

»Uns wäre lieber, Sie würden das momentan unterlassen, Ms Page, und fordern Sie auf, uns zu begleiten.«

»Nein.«

»Nein?«

»Ich kenne meine Rechte. Ich habe kooperiert. Ich habe Ihnen alles gesagt, was ich weiß, und ich habe Ihre Fragen beantwortet. Ich werde später in Ihr Büro kommen.«

»Kate.« Grogans Gesicht zeigte Anspannung. »Wir weisen Sie an, mit uns zu kommen.«

»Oder sonst? Werden Sie mich verhaften? Mir androhen, mich der Tat zu verdächtigen? Ich bin für Kriminalfälle zuständig, Agent Grogan. Ich weiß, wie das funktioniert.«

»Wirklich? Dann wissen Sie, dass Ihr Wagen beschlagnahmt wurde, um als Teil des Tatorts untersucht zu werden.«

Ein angespannter Augenblick verstrich.

»Ich werde meine Tochter anrufen.« Kate wandte sich von den Agenten ab und drückte dann die Nummer von Heather. Grogan und Quinn ließen sie allein. Während es klingelte, überlegte Kate, wie spät es dort war, und sie wusste, dass Grace in der Schule wäre.

»Hallo?«

»Heather, Kate hier.«

»Hallo du, wie läuft's?«

»Im Augenblick etwas schwer. Hör mal, ich habe nicht viel Zeit. Ich bin bloß gerade über einen schlimmen Mord gestolpert …«

»Oh mein Gott!«

»Als ich ihn fand, ist jemand von hinten an mich herangeschlichen und hat mich gefesselt …«

»Was? Dich gefesselt? Du machst mir Angst!«

»Nein, ich bin okay. Mir geht's gut. Aber weil ich vielleicht auf einigen Fotos in den Nachrichten auftauche, mache ich mir wegen Grace Sorgen. Sie könnte davon hören, oder es könnte alles etwas durcheinandergehen. Ich möchte sie wissen lassen, dass ich in Ordnung bin, dass ihrer Mutter nichts passiert ist. Ich bin bei der Polizei … Ich bin in Ordnung.«

»Ja, natürlich.«

»Könntest du bei ihr in der Schule anrufen? Sie haben meine Handynummer. Könntest du ihnen sagen, sie sollen mich anrufen, sobald Graces nächste Stunde zu Ende ist? Sag einfach, ihre Mama möchte mit ihr sprechen. Bitte sie, Grace an den Apparat zu holen, damit sie meine Stimme hören kann und weiß, dass es mir gut geht.«

»Geht klar.«

»Okay, vielen Dank. Ich muss los.«

»Bitte, Kate, sei vorsichtig.«

Kate legte auf, holte tief Luft, schloss die Augen und stellte sich kurz vor, wie Heather die Schule anrief. Sie sah vor sich, wie die Nachricht an Graces Lehrerin weitergegeben wurde. Daraufhin sah sie Grace den Flur hinunter zum Büro gehen und … in diesem Augenblick, als sie so allein inmitten eines Doppelmords stand, hätte sie sich fast vergessen, da es sie so schmerzlich danach verlangte, daheim in Ohio zu sein und ihre Tochter in den Armen zu halten.

Am anderen Ende des Grundstücks, auf der anderen Straßenseite, sah Kate einen weißen SUV neben einer wachsenden Anzahl von Fahrzeugen parken, die zu dieser Adresse gefahren waren. Jenna Cooper eilte zusammen mit ihrem Mann herbei. Sie gingen zum nächsten Polizisten.

Niemand aus dem Haufen Presseleute hatte sie bisher bemerkt.

Kate benutzte die Polizeifahrzeuge als Deckung und eilte dorthin. Sie lenkte Jennas Aufmerksamkeit auf sich und führte sie und Blake hinter ein Gebüsch und außer Sicht.

»Was ist passiert?« Vor Angst traten Jenna die Augen aus den Höhlen. »Sie wollen uns nichts sagen.«

»Ich bin einem Tipp gefolgt, und es sieht so aus, als wären sie mit Caleb hier gewesen.«

»In den Nachrichten sprachen sie von Morden. War Caleb … war er …« Jenna legte die Hände vors Gesicht.

Kate schüttelte den Kopf. »Nein. Wir glauben, sie haben ihn mitgenommen und sind ins Gebiet um Lubbock geflohen.«

»Dann fahren wir jetzt!« Blake packte Kate am Arm und zog sie zum SUV, Jenna an ihrer Seite. »Sie werden uns sagen, wohin es gehen soll.«

Kate riss ihren Arm los und verharrte auf der Stelle. »Das muss ich mir überlegen.«

Sie warf einen Blick zurück zu Grogan und den FBI-Agenten, die von ihr verlangten, in Dallas zu bleiben. Sie sah auf ihr Handy und spulte innerlich Chucks Anweisung ab, ins Büro zurückzukommen. Dann sah sie Jenna und Blake an, die darauf warteten, dass sie eine Entscheidung traf.

Was ist das Richtige? Wer benötigt mich im Augenblick am meisten?

Sie fand die Antwort in der Qual, die Jennas und Blakes Augen erfüllte.

»Okay«, sagte Kate. »Fahren wir los. Ich helfe Ihnen.«

Sie bestiegen den SUV.

Blake setzte sich hinters Lenkrad, und der Motor brüllte auf.

Als sie davonfuhren, schaute Kate sich um.

Sie sah Mandy Lee in ihre Richtung gehen, allerdings wurde sie in der aufsteigenden Staubwolke immer kleiner.

59

Nahe Abilene, Texas

Irgendwo nahe Abilene suchte Remy den Horizont ab.

Jetzt sind wir Mörder auf der Flucht. Aber es war Notwehr – das war es.

Über zwei Stunden waren vergangen, seitdem Remy und Mason das Baby genommen hatten und aus Dallas geflohen waren. Remys Herz hämmerte immer noch, in ihrem Kopf pochte es immer noch, und sie kämpfte mit den ersten Anzeichen eines Anfalls. Sie hatten knapp davor gestanden, von diesen beiden Arschlöchern in Fate ermordet zu werden.

Es hieß: entweder sie oder wir.

Remy nahm tiefe Atemzüge und zählte weiter von hundert rückwärts. Es half. Sie hatten noch immer einen weiten Weg bis zu einem sicheren Hafen nahe Lubbock. Remy sah die Hügel und Täler vorbeiziehen und wusste, dass alles bald vorüber wäre. Sie sah das Baby an, das in seiner Babyschale schlief, dann Mason. Hinsichtlich Mason war sie hin und her gerissen. Sie hasste ihn für das, was er sie hatte durchmachen lassen, bewunderte ihn jedoch dafür, wie er ihr Leben gerettet hatte.

Vor über hundert Kilometern hatte er ihr alles nochmals erzählt.

»Gleich, als wir das Haus betreten haben, Remy, und ich Arlen sah, wusste ich, dass Lamont mich verraten hatte.« Mason war nach wie vor aufgewühlt und löste und schloss unentwegt die Hände am Lenkrad. »Arlen bedeutete Probleme, also habe ich mir, als ich zum Pick-up zurück bin, um das Geld zu holen, mein Knöchelholster mit meiner Smith & Wesson umgelegt und es noch nicht mal beim Schlafen abgenommen. Als sie dann also getan haben, was sie taten, war ich bereit.«

Mason hatte die Gelegenheit ergriffen, als Brice sein Gewehr abgelegt hatte, um ihn mit dem Klebeband zu fesseln. Er hatte Arlen den Ellbogen ins Gesicht gerammt, Brice ins Gesicht getreten, dann hatte er in einer einzigen glatten Bewegung die Waffe aus dem Holster gezogen und beiden drei oder vier Kugeln in den Leib gejagt, wobei das Knallen so laut gewesen war, dass Remy geglaubt hatte, es wäre kilometerweit zu hören.

Daraufhin hatte Mason Remy befreit, die das Baby getröstet hatte. Sie waren dabei gewesen, rasch ihre Sachen zusammenzupacken, da hatte jemand an der Tür geklopft, die unverschlossen gewesen war. Eine Frau war hereingekommen und hatte angefangen, herumzuschnüffeln, und Mason war von hinten auf sie losgegangen und hatte sie gefesselt, bevor sie geflohen waren.

Wer war das gewesen?

Als sie aus dem Metroplex hinausfuhren, hielt Mason sich ans Tempolimit, und während Remy im Internet die neuesten Nachrichten suchte, achtete er im Radio auf neue Meldungen zu der Schießerei.

Remys Furcht verfolgte sie Kilometer um Kilometer, und sie hatte gleichzeitig mit ihren widerstreitenden Gefühlen Mason gegenüber zu kämpfen. Konnte sie ihm ihre Zukunft anvertrauen? Oder war das Zusammensein mit ihm ein zu großes Risiko?

Nachdem er jetzt auf die Uhr gesehen hatte, drehte Mason die Lautstärke am Radio hoch und wechselte zu einem der großen Sender von Dallas. Sie berichteten, dass das FBI die des Mordes an zwei Männern in Fate Verdächtigen suchte.

»Es war sie oder wir!«, schrie Mason dem Radio entgegen. »Aber das wird kein Bulle glauben.« Mason rieb sich die Lippen, Anzeichen für sein Verlangen nach Stoff. Im Bericht wurden ungenannte Quellen zitiert, die besagten, dass der Mann, der das Haus in Fate besaß, wo die Morde stattgefunden hatten, an einem anderen Ort ebenfalls ermordet worden war. Die Polizei von Dallas und das FBI untersuchten einen Zusammenhang. Der Leichnam von Lamont Harley Faulk war in Ray's Right Fix Auto Repair gefunden worden, einer Werkstatt, in der er gearbeitet hatte.

»Hast du das gehört?« Mason schüttelte den Kopf und starrte auf die Fahrbahn voraus. »Was geht da vor, zum Teufel? Ich weiß nicht, wer das getan hat, und ich weiß nicht, warum, aber ich vermute, dass Lamont bekommen hat, was er verdiente. Dieser Perverse hatte seine Nase in jedermanns Angelegenheiten stecken.«

Mason sah, wie sich die Furcht auf Remys Gesicht vertiefte.

»Keine Sorge. Das könnte uns helfen«, sagte er.

»Wie, Mason? Wie kann uns das helfen?«

»Es macht alles komplizierter für die Bullen. Zwei verschiedene Tatorte, zwei verschiedene Verdächtige.« Er rieb sich die Lippen.

»Aber wer war diese Frau, die ins Haus gekommen ist?«

»Vielleicht eine Nachbarin. Ich weiß es nicht, aber sie war nicht Teil davon, und ich konnte ihr nichts antun. Bei Arlen und Brice war es Selbstverteidigung. Unnötig, uns deswegen weiter Vorwürfe zu machen.«

»Meinst du, sie hat uns gesehen?«

»Nein. Keine Sorge, ich bin von hinten gekommen. Wir stehen das durch. Wir sind am Leben, haben es bis hierher geschafft, und wir haben einen Ort, wo wir uns verstecken können, einen guten Ort. Hedda wird kommen, mit dem Geld. Dann werden wir das Kind vom Hals haben, und wir sind weg. Ich hab's dir gesagt, ich kenne einen Typen, der uns neue Identitäten verschaffen wird. Wir werden verschwinden, vielleicht nach Belize, und abwarten, bis sich der Rauch verzogen hat. Es wird schon werden, Liebling.«

»Ich weiß nicht, Mason. Nach all dem, was passiert ist, mache ich mir Sorgen.«

Er warf Remy mit ihrer blonden Perücke, ihrer Baseballkappe und der Sonnenbrille einen langen Blick zu. Seine Hand fand ihren Weg zur Innenseite ihrer Schenkel, und er begann sie zu streicheln. »Weißt du, mit dieser Perücke siehst du echt gut aus, Liebling.«

Remy schwieg, und während der nächsten paar Stunden sprachen sie nur ganz wenig. Mason hielt für ein kühles Bier an, das ihm helfen sollte, sein Verlangen zu unterdrücken. Und an einer Stelle erwärmte Remy mit einem tragbaren Kaffeekocher eine Flasche für das Baby. Während die Kilometer dahinflossen und sie sich ihrem Ziel näherten, zog Mason Garzas Anweisungen zurate, die er in sein Handy eingegeben hatte. Bald verließen sie die Interstate und nahmen Nebenstraßen durch die South Plains. Je tiefer sie ins Gebiet hineinfuhren, desto weniger Häuser sahen sie, und es wurde immer einsamer.

»Wir sind fast da. Wir müssen noch durch den Ort oder das Dorf oder was es auch immer ist«, sagte Mason. Sie kamen gerade an einer verfallenen Scheune und einer ebenso verfallenen Schule vorüber, die aussah wie ein Geisterhaus aus den Tagen des Dust Bowl. Zu beiden Seiten der leeren Straße waren weitere alternde Gebäude verstreut. Sie erreichten L. T. Smith's Store and Gas. Es war ein einstöckiger Bau mit zwei uralten Zapfsäulen davor.

»Wir halten hier an«, sagte er. »Du gehst rein und besorgst ein paar Lebensmittel, ausreichend für ein paar Tage. Ich bleibe mit dem Baby im Wagen.«

»Ich möchte das Baby nicht allein lassen. Ich nehme ihn mit«, sagte Remy.

»Nein. Denk mal an die Nachrichten – du könntest Verdacht erregen.«

»Dann geh du.«

»Nein, du gehst. Du weißt, welche Sachen für den Jungen nötig sind.«

Remy sagte nichts, aber als sie die Beifahrertür öffnete, fügte Mason hinzu: »Und besorge mir eine Cherry Coke und etwas gegen meine Kopfschmerzen.«

Remy verließ den klimatisierten Pick-up und spürte die volle Wucht der texanischen Hitze. Eine Katze, die auf der vorderen Veranda des Geschäfts döste, öffnete träge ein Auge, um sie zu begrüßen, als sie eintrat.

Ein Mann von Mitte sechzig, der ein T-Shirt und Jeans trug, blickte von seinem Kreuzworträtsel auf der Theke auf.

»Hallo.« Er lächelte.

»Hallo.« Remy erwiderte das Lächeln und durchsuchte mit dem Blick die Regale. »Muss bloß ein paar Sachen besorgen.«

»Sagen Sie mir Bescheid, wenn ich helfen kann. Wo kommt ihr her?«

»San Antonio.«

Remy ging zum Kühlschrank, nahm etwas Aufschnitt und Limonade heraus und legte die Sachen auf die Theke, bevor sie Brot, Erdnussbutter, Wasserflaschen und andere Sachen besorgte.

»Ich hole Ihnen einen Karton.« Der Mann ging ins Hinterzimmer.

Während Remy weiterhin die Regale durchstöberte, warf sie

einen Blick zu Mason im Pick-up hinüber. Ein seltsames Gefühl durchlief sie. Es war gekommen, als sie gesehen hatte, wie er Arlen und Brice getötet hatte. Irgendwie hatte das die Tatsache bestärkt, dass Mason wesentlich mehr Seiten hatte, als ihr je klargeworden war.

Ich kenne ihn nicht wirklich.

»Der sollte reichen.« Der Mann kehrte mit einem Pappkarton zurück. »Alles gefunden, was Sie brauchen?«

»Ja, vielen Dank.« Remy griff in ihrer Tasche nach dem Bargeld.

»Wohin wollt ihr?«, fragte der Mann, als er kassierte und ihr das Wechselgeld herausgab.

»Da lang.« Remy zeigte nach rechts, in die Richtung, wohin der Pick-up zeigte.

»Wirklich?«

»Ja.«

»Ich dachte, ihr würdet andersherum fahren, über die Querstraßen.«

»Warum?«

»Nun ja, es ist bloß … Also, geht mich ja nichts an.«

»Nein, nein, schon gut. Warum?«

»Miss, in dieser Richtung gibt's wirklich nichts mehr. Die Straße führt vielleicht noch etwas über einen Kilometer weiter, dann ist Schluss. Da ist viel Land und die alte Dixon-Ranch, aber da draußen lebt niemand mehr. Einige Typen gehen hin und wieder da unten jagen. Machen Sie da ein Picknick oder so was?«

Remy überlegte, bevor sie lächelte. »Wir erkunden bloß die Landschaft.«

»Na ja, dann passt mal auf. Wir könnten Regen kriegen.« Er blickte prüfend zum Himmel. »Soll ich Ihnen den Karton zum Pick-up bringen?«

»Nein.« Remy schlang die Arme darum. »Das kriege ich schon hin. Danke sehr.«

Nachdem sie die Lebensmittel auf der Ladefläche des Pick-ups verstaut hatte, stieg Remy wieder ins Fahrerhaus und reichte Mason eine triefende Dose Cherry Coke. Sie öffnete eine für sich selbst und hielt sich die kalte Dose an die Stirn.

Sie setzten ihre Fahrt fort. Remy erwähnte Mason gegenüber nichts von den Bemerkungen des Verkäufers, kämpfte jedoch schweigend mit ihrem wachsenden Gefühl des Unbehagens.

Was ist wirklich los mit ihm?

Oder mit mir? Machen die Angst, der Stress und die Erschöpfung mich paranoid?

Sie hatten die geteerte Straße verlassen und fuhren jetzt über eine gewundene, unbefestigte Fahrbahn. Kies prasselte gegen die Unterseite des Pick-ups. Remy nahm das leere Buschland, die hügelige Graslandschaft, die hier und da verstreuten Büsche und die gelegentlichen Bäume in sich auf.

Wohin bringt er uns?

Schließlich erreichten sie ein kleines Tal, und da sah sie die Hütte, von Pappeln beschirmt. Sie bemerkte kein Anzeichen von Leben. Mason fuhr den Pick-up auf die Rückseite und stellte den Motor ab.

Sind wir hier in Sicherheit?

Remy schnallte Caleb los.

Sie nahm ihn in die Arme und spürte seine zarte Wange an der ihren, und ein gewaltiger Gefühlssturm brach aus ihrem Herzen hervor.

Ich glaube, ich kann das nicht. Ich glaube, ich kann dich nicht aufgeben.

60

Dallas-Fort Worth Metroplex, Texas

Von ihrem Schreibtisch im Büro des FBI in Dallas am Justice Way konnten die Agenten Grogan und Quinn den Stemmons Freeway sehen.

Der Verkehr floss dahin wie die Zeit, die in dem Fall verstrich, dachte Grogan. Er arbeitete an seinem Terminal, während Quinn am Telefon hing. Grogan klickte auf die Phantombilder ihrer Verdächtigen, des Mannes und der Frau.

Wir kommen euch näher.

Wogen an Informationen über den Doppelmord in Fate rollten heran. Teilchen setzten sich rasch zusammen. Die Opfer waren vorläufig identifiziert als Arlen und Brice Gribbley aus Mesquite, Texas. Sie waren Brüder. Arlen hatte ein Vorstrafenregister. Das Handtuch aus dem Motel, das in dem Haus in Fate gefunden worden war, wurde untersucht. Die Details, die Kate Page am Tatort mitgeteilt hatte, waren hilfreich: Die Information des sterbenden Mannes, der DOA als Verbindung in der Nähe von Lubbock genannt hatte, war eine vielversprechende Spur.

Page hatte ebenfalls berichtet, ein Baby gehört zu haben.

Grogan und Quinn befragten die Nachbarin Hazel Hill hinsichtlich ihrer Meldung, eine Frau und ein Baby gesehen und dabei Wert auf die Feststellung gelegt zu haben, die Frau habe kurzes dunkles Haar unter einer Perücke gehabt. Leute vom Rockwell County hatten die Nachbarschaft abgeklappert und

Aussagen über gedämpfte Geräusche von Feuerwerkskörpern erhalten, dann sei ein Ford Pick-up die Briscoe Street hinabgerast – diese Beschreibung passte zur Beschreibung des Managers vom Tumbleweed Motel von dem Pärchen mit dem Baby, das in Einheit 21 übernachtet hatte.

Dann wurde wenige Häuser weiter auf der Straße der Laptop entdeckt, der Lamont Harley Faulk gehört hatte, als wäre er verloren gegangen oder weggeworfen worden.

Die Polizei von Fate hatte bestätigt, dass Faulk Besitzer des Hauses war, in dem die Gribbleys ermordet wurden. Die Polizei von Dallas hatte vorläufig Faulk als den Mann identifiziert, der in der von ihm betriebenen Werkstatt aufgefunden worden war, Ray's Right Fix Auto Repair. Faulks Kopf steckte in einer Schraubzwinge – die Gewalttätigkeit ließ an eine Motorradbande denken, aber man wollte keine voreiligen Schlüsse ziehen.

Unter Hinzuziehung sämtlicher neuer Informationen und mit Unterstützung seitens des DEA und des Texas Department of Justice hatte das FBI eine Verbindung zum Netzwerk von DOA und zu einer Adresse in der Nähe von Lubbock hergestellt. Alles deutete darauf hin, dass sich das Baby im Gebiet von Lubbock befand.

Und jetzt bestätigte Quinn Details für eine Belohnung.

Sie beendete ihren Anruf und stand auf. »Unsere Informationen von RA in Lubbock und dem DEA sind gut, Phil.«

»Ja«, sagte er und blickte auf eine neue SMS vom diensthabenden Spezialagenten. »Und das ASAC hält das Einsatzkommando für einen sofortigen Einsatz bereit. Wir gehen mit denen. Setzen wir uns in Bewegung.«

Grogan fuhr.

Sie nahmen den Stemmons Freeway nach Süden, und binnen zwanzig Minuten waren sie am Dallas Executive Airport, der früher Redbird Airport geheißen hatte. An der Sicherheitsschleuse zeigten sie ihre Ausweise vor und fuhren direkt zum Hangar und zum wartenden Jet.

Die Abteilung Dallas hielt ständig eine Gulfstream einsatzbereit. Das Einsatzkommando des FBI von Dallas war bereits mitsamt der Ausrüstung an Bord.

Als Grogan und Quinn einstiegen, kam die Stimme des Piloten knisternd über das Headset. »Wetter voraus ist ziemlich schlecht – der Flug könnte etwas unruhig werden, Leute.«

Sobald Grogan und Quinn sich angeschnallt hatten, hob der Jet auch schon ab.

Die Skyline entfaltete sich, und der Metroplex schrumpfte unter ihnen zusammen.

Während des einstündigen Flugs bebte der Jet mehrmals. Grogan und Quinn gingen mit dem Kommandanten des Einsatzkommandos weitere Einzelheiten und die Vorgehensweise bei ihrer Operation »Verhaftung und Rettung« am Ziel durch.

Zwei der ermordeten Männer, Arlen Gribbley und Lamont Faulk, hatten ihre Zeit in Hightower abgesessen. Dem TDCJ und dem DEA zufolge hatten beide Geschäfte mit Jesus Ramos Ramirez gemacht, alias DOA, einem Drogendealer und ehemaligen Mitglied einer Motorradbande. Ramirez hatte eine Verbindung zu einem Meth-Labor an einem Ort namens Vickson's Farm in Anton, etwas nordwestlich von Lubbock.

»Passt alles zu Kate Pages Informationen von Brice Gribbley, die Verbindung zu DOA, zu Vickson's Farm außerhalb von Anton.«

Nachdem sie den Leiter des Einsatzkommandos auf den neuesten Stand gebracht hatten, kündigte der Flugkapitän an, dass sie ihren Sinkflug nach Lubbock anfangen würden. Es war dunkel geworden, am Himmel brodelten Wolken. Das Einsatzkommando legte die Ausrüstung an, und Quinn ging die ergänzenden Informationen durch, die vom TDCJ hinsichtlich Lamont Faulk eingegangen waren und andere Gefangene betrafen, zu denen er bekanntermaßen Verbindung hatte. Auf der Liste der kürzlich Entlassenen stand Mason Varno. Aber er hatte keine Verbindungen zu Lubbock, also hatte er nicht oberste Priorität.

Dennoch, dieser Name …

Mason.

Quinn blinzelte nachdenklich und durchblätterte ihre Notizen über Kate Page und die Worte des sterbenden Mannes. *»Eines der Dinge, die er sagte, hörte sich an wie* (und hier sprach Quinn alles phonetisch aus) *May-SOO.«*

In ihren Notizen stand, dass sie dieses Wort als »Ray's Shop« gehört hatten.

Konnte es in Wirklichkeit Mason sein? Mason Varno?

Sie würde Grogan nach dieser Operation sagen, dass sie Varno ebenfalls aufsuchen sollten.

In diesem Augenblick ruckte der Jet unter ihr, ihr Sitzgurt schnitt ihr in die Oberschenkel, und mehrere Mitglieder des Einsatzkommandos krachten zu Boden.

»Entschuldigung, Leute«, sagte der Flugkapitän, sobald die Maschine wieder geradeaus flog. »Alle bleiben auf ihren Sitzen und schnallen sich an. Die Wettervorhersage hat gerade eine Tornadomöglichkeit für das Gebiet durchgegeben, und das könnte zu einer Tornadowarnung hochgestuft werden.«

Ohne Vorwarnung hob und senkte sich der Jet daraufhin wieder. Dann hörte Quinn das Stakkato, wie Steine gegen den Rumpf schlugen, und Eisbälle zerschmetterten an ihrem Fenster.

Hagel!

Sie sah Blitz und Regen, bevor die Nase des Jets in einem unglaublichen Winkel steil abfiel. Ihr drehte sich der Magen um, als er in die Tiefe schoss.

61

Westlich des Dallas-Fort Worth Metroplex, Texas

Jennas und Blakes SUV fuhr nach Westen auf der I-30 über den Lake Ray Hubbard, als Kate einen Anruf von Dorothea Pick erhielt.

»Wo sind Sie?« Die Stimme der Chefredakteurin verbarg kaum ihren Ärger.

»Auf dem Weg nach Lubbock – folge der Story dort.«

»Mandy hat gesagt, Sie hätten den Tatort mit Jenna und Blake Cooper verlassen, nachdem Chuck Ihnen die Anweisung erteilt hat, ins Büro zurückzukommen.«

»Ja.«

»Sie sind der Anweisung Ihres Chefs nicht gefolgt.«

»Ich hatte das Gefühl, unter den gegebenen Umständen das Richtige zu tun.«

»Ich sag Ihnen was zu den Umständen – Sie haben ein Haus betreten, obwohl Sie offiziell nicht im Dienst waren, und das ohne die Autorisierung durch den Chef.«

»Ich dachte, Chuck hätte bereits geklärt, wie vorzugehen ist, wenn man wichtigen Nachrichten außerhalb des Dienstes folgt.«

»Kate, Ihre Handlungen zeigen eindeutig Ihren Ungehorsam.«

»Sie kritisieren mich, weil ich eine Story bringe und Opfer eines Verbrechens bin?«

»Sie haben mich gehört, Kate.«

»Ich höre Sie, aber ich verstehe Sie nicht, Dorothea.«

»Und Sie haben Ihre Kontaktinformationen nicht weitergegeben, als ich speziell darum gebeten habe. Sie haben auch demonstriert, dass Sie keine Anweisungen annehmen können.«

»Ich glaub's doch nicht! Seitdem ich diese Story verfolge, haben Sie versucht, mich beiseitezuschieben. Ich weiß nicht, was da los ist, aber ich tue, was jeder gute Reporter täte – ich folge der Story, die ich angefangen habe.«

»Tut mir leid, Kate, aber von diesem Augenblick an sind Sie kein Praktikant mehr bei Newslead. Sie sind entlassen und haben keine Verbindung zu unserer Organisation mehr.«

»Was?«

»Tut mir leid. Bitte kehren Sie ins Büro zurück und geben Sie Ihren Ausweis ab.«

»Nur Chuck, der Bürochef, kann Leute entlassen, Dorothea.«

»Er ist nicht mehr Chef des Büros in Dallas. Das bin ich.«

Die Verbindung brach ab.

Ungläubig und benommen starrte Kate den Verkehr auf der Autobahn an, der sich durch den Metroplex bewegte, und war sich kaum bewusst, dass Blake die Lautstärke des Radios hochgedreht hatte. Jenna hatte sich ihr Handy ans Ohr gedrückt und wurde von ihrer Schwester auf den neuesten Stand gebracht. Holly saß in ihrem Hotelzimmer und sah sich die Fernsehnachrichten an. Hollys Mann, Garrett, hatte Jennas Tochter Cassie zum Park mitgenommen.

»Wir brauchen Ihre Hilfe hier, Kate!« Blake hob seine Stimme, während er Koordinaten in das Navi des SUV eingab. »Sie haben gesagt, Anton, nordwestlich von Lubbock?«

»Genau. Das hat der verletzte Mann gesagt … Anton.«

»Wo in Anton, Kate? Dyson's Farm, nicht wahr?«

»Nein. Ich habe dem FBI gesagt, es hörte sich wie Vickson's an.«

Wiederum läutete Kates Handy. Dieses Mal war es eine Nummer aus Canton, Ohio.

»Moment. Ich muss den entgegennehmen.«

»Hallo, Mama.«

Kate ging das Herz auf, als sie die Stimme ihrer Tochter hörte.

»Hallo, Liebes. Wie geht's dir?«

»Gut. Meine Lehrerin hat mir gesagt, dass ich dich anrufen soll. Ich musste ins Büro. Warum soll ich dich anrufen?«

»Weil ich dich so sehr vermisse, Schatz. Ich wollte dir bloß sagen, dass mit mir alles in Ordnung ist. Es könnte sein, dass du von deinen Freundinnen oder sonst jemand etwas über eine Geschichte aus Texas hörst, dass Leute verletzt worden sind.«

»Du meinst die Sache mit dem Tornado?«

»Nein, es wird eine neue Story aus Dallas sein. Mir geht's gut, okay?«

»Okay.«

»Mach dir keine Sorgen. Ich vermisse dich riesig, und ich bin in ein paar Tagen wieder zuhause.«

»Dann können wir in den Streichelzoo zum Ponyreiten?«

»Auf jeden Fall. Also, alles in Ordnung bei dir?«

»Oh ja, aber …« Grace senkte die Stimme zu einem Flüstern. »… meine Freundin Ashley mag einen Jungen, Tyler, aber das ist ein großes Geheimnis.«

»Okay, ich sag's nicht weiter. Geh jetzt wieder zurück in deine Klasse. Ich liebe dich.«

»Ich liebe dich auch. Tschüs, Mama.«

Kate starrte Graces Gesicht an, wie es vom Display ihres Handys verschwand, und wischte sich die Tränen ab. Während die Autobahn unter ihnen dahinflog und die Stadt hinter ihnen verschwand, versuchte sie, mit den ganzen surrealen Wendungen zurechtzukommen, die ihr Leben genommen hatte. Trotz all ihrer Probleme mit Dorothea und Mandy hatte sie verzweifelt Reporterin bei Newslead werden wollen. Reporter zu sein lag ihr im Blut, und sie hatte davon geträumt, eines Tages in einem Büro von Newslead in New York oder Washington zu arbeiten. Aber dieser Traum war gestorben, und während es sie auch tröstete, dass sie Grace bald wiedersehen würde, so zog sie doch die Tatsache herab, dass in Canton gleichfalls Rechnungen und Arbeitslosigkeit warteten.

Kate zwang sich, ihr Augenmerk auf die Gegenwart zu richten.

Sie schob sämtliche ihrer Sorgen beiseite und konzentrierte sich darauf, Jenna und Blake bei ihrer Suche nach Caleb zu helfen.

Während Kilometer und Stunden vergingen, suchte Kate auf ihrem Handy nach Hinweisen und neuen Nachrichten. Gleichzeitig taten Jenna und Blake ihrerseits alles, was sie konnten, um bei den Entwicklungen auf dem neuesten Stand zu bleiben.

Aber es gab keine.

Alles, was Kate hatte, war ein schwacher Hinweis auf einen Ort in Anton, diese »Vickson's Farm«. Das war sie tausend Mal in Gedanken durchgegangen. Aber als sie ein Taxiunternehmen in Anton anrief, war die Reaktion dort merkwürdig. Sie sagten, sie hätten von Vickson's gehört, wüssten jedoch nicht, wo es war. Dasselbe passierte beim Anruf bei einer Tankstelle und einem Eckgeschäft. Schließlich versuchte sie es bei einem Büro des County, wo man ihr sagte, der zuständige Sachbearbeiter mit Zugang zum Grundbuch käme heute nicht mehr zurück. Anrufe bei der Post, bei Versorgungsunternehmen und der Bibliothek führten lediglich zu Anrufbeantwortern mit der Aufforderung, eine Nachricht zu hinterlassen. Es war etwas merkwürdig, weil Anton keine allzu große Stadt war. Kate war zuversichtlich, dass irgendjemand diese Adresse kannte.

Bislang jedoch nicht.

Jetzt suchte sie wieder auf ihrem Handy danach. Vergebens.

Kates Suche wurde noch durch die Tatsache erschwert, dass sie die Ressourcen der Agentur nicht nutzen konnte. Sie konnte Tommy Koop nicht um Hilfe bitten, und sie konnte die FBI-Agenten nicht direkt anrufen.

Während die Zeit verstrich, hatten sich auf der Rückbank, wo sie saß, immer mehr Fast-Food-Verpackungen angehäuft. Außerdem lagen dort ihr Notizbuch und die alte gefaltete Karte von Texas, die sie wiederholt alle paar Kilometer studiert hatte. Sie waren keine fünfzig Kilometer von Lubbock entfernt, als Blake verärgert mit der Handfläche aufs Lenkrad einhieb.

»Wo zum Teufel sollen wir also hin in diesem Anton, Kate?«

Sie wusste es nicht.

Wiederum suchte sie auf ihrer Karte, ging die Countys durch, die Städte, Orte, Dörfer, jeden Flecken, bis ihre Augen glasig wurden und ihre Erinnerung zurück zu den gurgelnden Äußerungen des Mannes ging, der nur Stunden zuvor gestorben war.

Kate griff in ihre Tasche nach einem Stift und erinnerte sich plötzlich an etwas Entscheidendes, das helfen konnte.

62

Nahe Lubbock, Texas

Die Hütte war leer, beschirmt von Pappeln.

Aber der Schatten bot nur wenig Erleichterung von der Hitze, dachte Remy, als sie eintrat. Die Luft war stickig.

Keine Klimaanlage. Oh Mann! Mein Schädel hämmert.

Remy hielt das Baby im Arm. Ihr war heiß, sie schwitzte, war mit den Nerven am Ende und rang darum, nach der langen Flucht vor dem Schrecklichen, das hinter ihnen lag, nicht zusammenzubrechen.

Nachdem sie einen Platz für das Baby hergerichtet hatte, öffnete sie jedes Fenster, um die erfrischende Brise einzufangen, die unter einem Himmel aufkam, der sich zunehmend bewölkte. In Radioberichten hatte es geheißen, dass die Bedingungen reif für einen Tornado in der Region seien.

»Mein Kumpel hat diese Hütte für die Jagd benutzt«, sagte Mason und ging von Zimmer zu Zimmer, um sich umzuschauen. Sie verfügte über drei ziemlich große Schlafräume, ein Badezimmer und eine riesige Küche, die sich in ein geräumiges Wohnzimmer öffnete. Wasser und Strom funktionierten. Ebenso der Kühlschrank und der Herd.

»Es gibt kein Fernsehen, aber der Handyempfang ist gut«, fügte er hinzu.

Während Mason ihre Lebensmittel und das Gepäck hereinholte, ging Remy kalt duschen und bereitete dann Wurstsandwiches zu. Sie aßen sie mit Nachos, bevor sie dem Baby eine

Flasche gab. Remy und Mason sprachen wenig miteinander, jedoch wuchs die Spannung zwischen ihnen. Mason hatte sie in eine Lage gebracht, wo Menschen sie hatten umbringen wollen. Remy ging das nicht mehr aus dem Kopf.

Es nagte an ihr.

Als sie später die Teller abwusch, bemerkte sie, dass Mason seine Taschen nach seinem Vorrat an Crack durchsuchte. Gerade als sie von ihm verlangen wollte, er solle aufhören, Drogen zu nehmen, läutete sein Handy.

»Ja, gut«, sagte er. »Ja … gut … ja … dann geben Sie uns Bescheid, okay.«

Der Anruf endete.

Mason steckte sein Handy in die Tasche und grinste triumphierend.

»Das war Hedda. Sie geht jetzt mit ihrem Assistenten in Chicago an Bord. Sie wird heute Abend in Dallas sein, am Morgen die Knete besorgen und dann nach Lubbock fliegen, wo ich mich mit ihr treffe und den Handel besiegele.«

Remy spürte, wie ihr Herz rascher schlug.

»Das wird laufen, Liebling«, sagte Mason. »In vierundzwanzig Stunden wird das Baby weg sein, unsere Probleme werden weg sein und wir werden weg sein, mit einhunderttausend Dollar, um ein neues Leben anzufangen. Alles Schlimme wird hinter uns liegen.«

Remy schwieg, und Mason holte sich ein kaltes Bier aus dem Kühlschrank. Die Dose zischte beim Öffnen, und er nahm einen Schluck.

»Mach das große Schlafzimmer für uns fertig.« Er rülpste, während er eine seiner Waffen überprüfte. »Ich muss raus und mich um ein paar Geschäfte kümmern.«

Remy begrüßte die Zeit allein, um nachzudenken.

Während sie frische Wäsche für das riesige Bett im größeren Schlafzimmer suchte, sah sie Mason durchs Fenster. Er saß auf einer großen Verandaschaukel, die quietschte, während er schaukelte.

Sie sah, wie er in seine Tasche griff und ein rechteckiges Stück Alufolie herausholte. Er entfaltete es und wärmte die Unterseite mit seinem Feuerzeug an, während er den aufsteigenden Rauch durch eine Glasröhre inhalierte. Er warf den Kopf in den Nacken und schaukelte selig.

Remys Augen wurden schmal.

Masons Sucht machte ihr nicht bloß Sorgen und widerte sie nicht bloß an, sondern verdeutlichte auch noch sämtliche seiner gebrochenen Versprechen, sich zu ändern … und zeigte ihr die Wahrheit: Sie kannte ihn nicht wirklich. Sie wusste nicht, was jenseits der Tatsachen in seinem Kopf vor sich ging.

Er ist gut darin, Leute umzubringen, und alle Welt sucht uns.

All das machte ihr Leben sehr gefährlich, weil sie an einem Punkt ohne Rückkehr angekommen waren, und sie fürchtete sich vor Mason, vor allem.

Alles ist ein solches Durcheinander, dachte sie.

Die Schreie des Babys kamen aus dem Wohnzimmer, wo es geschlafen hatte.

Remy ging zu ihm. Sie musste die Windeln wechseln. Nachdem sie ihn sauber gemacht und ihm eine frische Windel umgelegt hatte, nahm sie ihn in die Arme und hielt ihn fest.

Genau in diesem Augenblick kommt Heddu Knight mit einem Jet her, um dich mir wegzunehmen.

Das Glitzern einer kleinen Schmuckschachtel in ihrer Tasche fing ihren Blick ein. Sie öffnete sie und holte das Stück Tuch hervor, das aus der Decke herausgeschnitten worden war, in der man ihre Totgeburt begraben hatte. Während sie das Baby festhielt, drückte sie sich sanft das Stück Tuch ans Gesicht.

Dann küsste sie Caleb Cooper auf die Wange.

Das kann ich nicht tun. Ich kann dich nicht auch noch verlieren. Ich habe dich vor einer sehr schlechten Mutter gerettet. Du und ich, wir sollen zusammen sein.

In diesem Augenblick hörte sie das Plätschern von Regen, dann das Gemurmel einer Stimme draußen vor dem Wohnzimmerfenster. Sie sah, dass Mason Schutz unter einem Baum gesucht hatte, während er in sein Handy sprach.

Es war unheimlich, aber trotz des Regens konnte sie Masons Anteil am Gespräch durch das offene Fenster mitverfolgen.

»Ja. Garza, hör zu. Ich gebe dir die fünftausend morgen, und bis morgen Abend habe ich das ganze Geld für meinen Einkauf zusammen. Ja, ja, genau, die fünfzig, kein Problem. Ja genau. Nein, da bist du falsch informiert – man hat mich nicht erwischt. Nein, sobald ich das Geld habe und wir das Kind los sind, werde ich sie auch los … sie wird Geschichte sein. Genau. Ja, das war immer der Plan.«

63

Lubbock, Texas

Der FBI-Jet setzte seinen Sturzflug fort.

Sauerstoffmasken fielen von oben herab. Grogan und Quinn hörten Alarmsignale aus dem Cockpit. Hagel prasselte auf den Rumpf. Quinns Finger gruben sich in die Armstützen. Ihr Magen wurde in den Sitz gedrückt, bevor der Druck plötzlich nachließ und die Alarmsignale aufhörten.

Zum Glück hatte die Crew das Flugzeug aus dem steilen Sinkflug herausgeholt und stabilisiert. Ein Gefühl von Erleichterung durchlief die Kabine, und Minuten später landete die Gulfstream auf Lubbocks Preston Smith International Airport.

»Entschuldigt bitte den rauen Flug«, sagte der Pilot, als sie ausstiegen. »Wir hatten eine Tornado-Vorwarnung, einfach Pech gehabt. Passt auf, dass euch da draußen nichts passiert, Leute.«

Der Jet parkte an einem isoliert stehenden Hangar, wo eine Reihe von Polizeifahrzeugen von der örtlichen Agentur des FBI, der Polizei von Lubbock und dem Büro des Sheriffs des Hockley County mit laufendem Motor im Regen warteten.

Die Leute vom Einsatzkommando trugen ihre Ausrüstung die Gangway des Flugzeugs hinab. Nach einer raschen Begrüßungsrunde trat der Konvoi die dreißigminütige Fahrt nach Anton an, einem kleinen ländlichen Ort mit etwa zwölfhundert Einwohnern nordwestlich von Lubbock. Bald erhoben sich neben der Santa-Fe-Eisenbahnlinie die Getreidespeicher aus der

Ebene. Reifen zischten im Regen, die Fahrzeuge rollten durch das schläfrige Städtchen, kamen am Beauty Shop vorbei, an der Tankstelle und am Geschäft für Farmbedarf.

Unterwegs hatten Grogan und Quinn ihre Schutzwesten übergestreift und überprüften ihre Waffen. Ziel des Konvois war ein längst verlassenes Gehöft, das als Vickson's Farm bekannt war, ein Ort, den man besser mied. Einem DEA-Bericht zufolge betrieb eine Motorradbande mit Verbindungen zu Exknackis dort ein Meth-Labor. Sämtliche Informationen und Nachforschungen veranlassten das FBI zu der Annahme, dass die Verdächtigen im Fall der Entführung Caleb Coopers das Baby hierhergebracht hatten.

Die Fahrzeuge waren etwa einen Kilometer westlich des Orts, als sie an einer Baumreihe und einer unbefestigten Straße stehenblieben, die parallel dazu verlief.

Agent Steve Elling trat hinaus in den Regen und stellte einen Kommandoposten auf. Auf die Haube eines SUV gestützt, fand er das Zielgebäude in seinem Fernglas jenseits der entfernt stehenden Bäume. Über Funk dirigierte er seine Schwadron rasch so, dass sie einen Ring um das alte Gebäude zogen. Polizisten von Hockley County und Mitglieder der Polizei von Lubbock unterstützten sie beim Schluss eines äußeren Rings.

Keine anderen Häuser waren in Sicht.

Neben Elling durchsuchten Grogan und Quinn das Gebäude mit Ferngläsern, sich gegenseitig stützend. Beim Gedanken, das Baby könne dort festgehalten werden, zog sich Quinn der Magen zusammen.

Im Haus gab es keinen Telefonanschluss.

Alle waren auf Position. Der Vermittler des FBI, Andre Kuper, war beim Vorausteam. Elling wies Kuper über Funk an, die Einwohner über das Megafon zu rufen, und die Luft knisterte.

»Hier ist Spezialagent Andre Kuper vom FBI. Wir möchten, dass die Bewohner langsam zur vorderen Tür herauskommen, die Hände über dem Kopf.«

Keine Reaktion.

Die Wetterwarnung im Sinn, warf Quinn einen Blick auf den dunkler werdenden Himmel.

Die Wolken wirkten bedrohlich.

Während Kuper zum zweiten Mal seine Aufforderung rief, zogen Mitglieder des Einsatzkommandos den Ring enger ums Haus und spähten mit winzigen Spiegeln hinein.

Keine Anzeichen von Bewegung.

Kuper rief ein drittes Mal.

Nichts geschah.

Elling besprach sich mit seinen Scharfschützen. Keiner hatte irgendeine Bewegung gesehen, keiner hatte freie Schussbahn. Mehrere Augenblicke verstrichen, und Elling traf eine Entscheidung.

»Werft ein paar Blendgranaten rein, stürmt dann das Gebäude und holt sie raus. Los!«

Sekunden später ertönte das Geräusch zersplitternden Glases, dann das ohrenbetäubende Krack-Krack, und es waren grelle Blitze von den Blendgranaten zu sehen, gefolgt von weißem Rauch, der aus dem Haus quoll, als das Team die vordere Eingangstür eintrat. Zwei Kommandomitglieder sprangen geduckt durch die zerbrochene Scheibe und wälzten sich über den Boden, bevor sie sich auf die Knie aufrichteten und die automatischen Waffen auf das Feuer richteten. Der Rest des Teams kam herein und durchsuchte rasch und koordiniert das Gebäude, schwer atmend unter den Gasmasken, Zimmer um Zimmer. Nichts.

»Kein Lebenszeichen hier«, gab der Teamleiter über Funk an Elling weiter.

Elling wandte sich Grogan und Quinn zu. »Nichts.«

Die beiden Agenten schritten daraufhin enttäuscht zum Haus und schlossen sich der Durchsuchung an. Weggeworfene Fast-Food-Verpackungen, vergilbte Zeitungen und Staubschichten waren deutliche Hinweise, dass das Haus seit Monaten nicht mehr bewohnt worden war.

»Sieht so aus, als wären wir hier falsch, Phil«, sagte Quinn.

Grogan stand da und inhalierte den ätzenden Geruch einer Niederlage. »Was ist mit diesem Burschen, diesem Varno, von dem du mir erzählt hast, Nicole?«

64

Nahe Lubbock, Texas

Mason beendete sein Telefongespräch mit Garza.

Unter dem Baum blickte er zum pechschwarzen Himmel hinauf. Der Regen hatte aufgehört, aber das Schlimmste stand noch bevor.

Sieht aus, als bekämen wir ganz heftig was ab. Na ja, versuch's doch! Ist mir egal. Für mich läuft alles gut. Der Deal mit Garza ist in trockenen Tüchern. Ich zieh das durch.

Mason kehrte zur Hütte und in die Küche zurück, um sich ein Bier zu holen.

Er befand sich immer noch im Zustand der Glückseligkeit nach dem Crack.

Er stand in der offenen Hintertür und beobachtete die brodelnden Wolken, während er auf seine Zukunft und auf sein großartiges Geschäft in Belize trank. Garza und seine Investoren wollten einen Nachtclub in Belize City nahe am Hafen erwerben, wo die Kreuzfahrtschiffe anlegten.

Garza mit seinen Verbindungen zu den Besatzungen hatte alles arrangiert. Sie würden den Club und die Schiffe als Transit und Vertriebsstellen für Drogen benutzen. Der Gewinn von Masons Investition wäre riesig. Zwischendrin würde Mason eine neue Identität und ein völlig neues Leben erschaffen. Angesichts dessen, was Lamont und Arlen zugestoßen war, sollte es reichen, sich DOA vom Hals zu halten.

Mason musste jetzt bloß noch für den Verkauf von Remys

Jungen an Hedda sorgen. Dann müsste er sich um Remy kümmern. Ein für alle Mal. *Diese blöde Zicke.* Mason war stolz darauf, wie er aus seiner schmerzlichen Beziehung zu dieser erbärmlichen Ziege ein Einhunderttausend-Dollar-Ticket ins Paradies herausgeholt hatte. Die anderen Häftlinge hatten sich über ihn lustig gemacht, wenn sie ihn hochschwanger in Hightower besucht hatte.

Was bist du für ein alter Blödmann, wenn du zulässt, dass jemand draußen deiner Frau 'nen dicken Bauch macht!

Mason grinste und schüttelte den Kopf. *Wer zuletzt lacht, lacht am besten, nicht?*

Remy war ein Stück Arbeit, daran bestand kein Zweifel. Sie hatte ihm den Scheiß von wegen Schreiner werden, Kinder haben, Papa werden und dieses Setzkasten-Traumleben abgekauft. Nun ja, mit ihr hatte er andere Pläne. Garza hatte ihm einmal von den namenlosen Gräbern an der Grenze des Grundstücks erzählt.

Da wird sie niemand finden. Ende der Geschichte. Morgen enden Remys Träume und meine beginnen. Darauf trinke ich.

Mason goss den letzten Rest seines Biers herunter, zerdrückte die Dose und warf sie weg. *Machst dich besser auf die Suche nach ihr. Stellst sicher, dass sie das Baby morgen auch wirklich übergibt.*

»Remy!«

Sie war nicht im Wohnzimmer. Das Zimmer schien ruhig. Vielleicht schlief sie bei dem Jungen? Aber sie war nicht im Schlafzimmer, als er dort nachschaute, auch nicht in einem der anderen Räume.

Es gab kein Anzeichen des Babys.

Was sollte das, zum Teufel?

»Remy!«

Er rannte in das große Schlafzimmer zurück. Einige der Taschen waren weg. Er blickte zum Fenster hinaus. Der Pick-up stand immer noch da. War sie einfach zu Fuß abgehauen? Vielleicht hatte sie nach den ganzen Ereignissen einen ihrer Anfälle? Verdammt, dieses Baby war sein Ticket.

Mason schnappte sich seine Schlüssel und rannte nach vorn, schaute aus dem Fenster und suchte das Grundstück ab. Wenn sie zu Fuß ging, hätte sie nicht weit kommen können. Er würde in den Pick-up steigen und sie suchen, sie ein letztes Mal zur Vernunft bringen, dachte er.

Als er durch die Küche ging, um zu seinem Pick-up zu gelangen, hörte er etwas Schweres durch die Luft sausen, und dann sah er das Blatt einer Schaufel vor dem Gesicht.

65

Nahe Lubbock, Texas

»Es ist nicht Anton«, sagte Kate.

»Was?«

In dem Chaos, das dem Überfall auf sie gefolgt war, hatte Kate vergessen, dass sie Notizen von den letzten Worten des sterbenden Mannes auf die Rückseite einer Visitenkarte gekritzelt und sich diese in die Tasche geschoben hatte. Als sie die Karte studierte, entzifferte sie ihre Notizen als »A-F-ton«, nicht »A-N-ton« – und die Karte bestätigte das.

Blake und Jenna wandten sich zu Kate auf dem Rücksitz des SUV um. Sie befanden sich auf der U. S. Route 84 und kamen von Post, etwa fünf Kilometer südlich von Lubbock. Kate umkringelte einen Punkt auf ihrer Karte.

»Es ist nicht Anton. Es ist Afton! Nehmen Sie hier die Ausfahrt bei Post nach Afton.«

»Warum jetzt auf einmal Afton?« Blake gab den Namen der Stadt in sein Navi ein. »Sind Sie sicher?«

»Ich habe Notizen gemacht von ein paar der letzten Worte des Verletzten.« Sie hielt eine Visitenkarte hoch. »Das hatte ich völlig vergessen, als die Verdächtigen mich niedergeschlagen haben. Mit Anton habe ich mich geirrt. Der Verletzte hat versucht, mir zu sagen, dass es Vickson's Farm in Afton ist!«

»Sehen Sie.« Blake tippte auf das Navi. »Es gibt Afton, es gibt East-Afton, Es gibt Anton, es gibt Anson, es gibt Arden! Mein Gott, wie sollen wir wissen, wohin wir müssen?«

»Blake.« Jenna berührte ihn an der Schulter und blickte Kate an. »Woher wissen Sie, dass es Afton ist?«

Kate schloss die Augen. »Ich hab's zig Mal innerlich abspielen lassen, und als ich Afton auf der Karte gesehen habe, hat's bei mir ›klick‹ gemacht. Ich kann's nicht erklären, Jenna, es war einfach so. Das hat er mir zu sagen versucht. Es ist Vickson's Farm in Afton. Sie müssen mir vertrauen.«

»Na gut«, sagte Jenna. »Nimm die Ausfahrt, Blake.«

Er schüttelte den Kopf, während er das Navi absuchte.

»So oder so jeweils gut und gern siebzig Kilometer«, sagte er. »Wir verlieren zwei Stunden, wenn sich herausstellt, dass es die ganze Zeit über Anton war.«

»Tu's, Blake«, sagte Jenna.

»Warum?«

»Weil ich ihr vertraue. Kate hat Calebs Decke gefunden ... sie hat das Haus in Fate gefunden. Sie hat uns so nahe herangebracht. Ich vertraue ihr.« Jenna legte sich die Hände vors Gesicht. »Tu's bitte, Blake.«

Sie verließen die U. S. Route 84 in Post Richtung Afton.

Unterwegs regnete es immer wieder. Sie nahmen eine Anzahl Landstraßen, und Blake fuhr so schnell, wie er konnte.

Je weiter sie kamen, desto karger wurde die Landschaft. Das Land war durchsetzt von müde wirkenden Farmen und Ranchen. Sie folgten verwitterten Schildern nach Afton, das kaum mehr als eine Ansammlung einiger weniger einsamer Häuser war, dazu gab es eine alte Schule und ein Geschäft: L. T. Smith's Store and Gas.

»Halten Sie an dem Geschäft«, sagte Kate. »Wir fragen dort nach Vickson's Farm.«

Blake parkte vor den Zapfsäulen. Windböen bliesen Staub die verlassene Straße hinab, und eine schwere Wolkendecke brodelte am Himmel über ihnen, als sie das Geschäft betraten.

Anscheinend war niemand da.

Aus einem Radio irgendwo tönten die neuesten Nachrichten hinsichtlich des Sturms.

»Hallo!«, rief Kate.

Ein Mann von Mitte sechzig tauchte von hinten auf, eine Katze in den Armen.

»Hallo, Leute«, sagte er. »Tut mir leid, ich mache jetzt dicht, wegen des Sturmes. Es heißt, es könnte ein heftiger Wirbelsturm hier entlangkommen.«

»Wir hoffen, dass Sie uns den Weg sagen können?«, fragte Kate.

»Zu einem Schutzraum? Weil Sie dann gern in meinen Sturmkeller kommen können. Er liegt im Hinterhof meines Hauses auf der anderen Straßenseite. Buttons und mir würde das nichts ausmachen.«

»Vielen Dank, das ist sehr freundlich«, sagte Kate. »Aber wir suchen Vickson's Farm oder Vickson's Ranch. Wäre das hier in der Nähe?«

Der Mann streichelte die Katze, blickte dann zur Decke, als würde er dort eine Antwort suchen, und schüttelte den Kopf. »Nein, einen Ort namens Vickson's Farm gibt's nicht. Tut mir leid.«

Blake schüttelte den Kopf und fluchte unterdrückt. Seine Schlüssel klirrten. »Fahren wir nach Lubbock zurück«, sagte er.

Entmutigt durchsuchte Kate das Geschäft. »Okay, vielen Dank«, sagte sie und trat zu Blake und Jenna an der Tür.

»Obwohl, es gibt Dixon's«, fuhr der alte Mann fort.

Alle erstarrten und wandten sich um.

»Dixon-Ranch«, sagte er. »Ein alter, verlassener Ort etwa einen Kilometer in dieser Richtung.« Er nickte.

»Vielen Dank!«, sagte Kate.

»Komisch«, sagte der Mann, »vor nicht allzu langer Zeit war eine Frau hier, und ich glaube, sie wollte auch dahin.«

Kate wechselte aufgeregt Blicke mit Blake und Jenna. »Hatte sie ein Baby dabei?«

»Nein, aber da stand ein roter Pick-up draußen, und ich glaube, die Leute dadrin haben auf sie gewartet.«

»War ein Baby in dem Pick-up?«

»Konnte ich nicht erkennen.«

»Ein Mann mit Tätowierungen? Tut mir leid, aber das ist wichtig.«

»Mein Gott, nein, ich konnte es nicht erkennen.«

Jenna zog ein FBI-Poster aus ihrer Tasche und zeigte die Phantombilder einer Frau mit kurzem stacheligem rotem Haar und mit kürzerem dunklem Haar und Brille mit dunklem Rahmen.

»Hat sie so ausgesehen?«

»Oje, Sie sind vom FBI?«

»Nein«, sagte Kate. »Bitte, helfen Sie uns. Hat sie so ausgesehen?«

Der Mann schüttelte den Kopf. »Sie hatte langes blondes Haar.«

»Langes blondes Haar?«

»Ja.«

»Sie ist es«, sagte Kate zu Blake und Jenna. »Sie muss es sein.«

66

Nahe Afton, Texas

Mason sah Sterne.

Sein Kopf rollte lose auf den Schultern, als er ins Bewusstsein zurückkehrte.

Sein Schädel hämmerte, und Tränen mischten sich mit dem Blut und dem Schnodder auf seinem geschwollenen Gesicht. Er versuchte, sich wieder mit seinen Gedanken und seinem Gedächtnis zu verbinden, und arbeitete heftig daran, die Wirklichkeit wahrzunehmen.

Er hatte Remy und das Baby gesucht, da war alles stehengeblieben.

Was war geschehen?

Er spürte Luft auf seinem Körper.

Er saß aufrecht auf einem Küchenstuhl, bis auf die Unterwäsche entkleidet. Sein Knöchelholster war verschwunden. Er kämpfte darum, sich zu bewegen, jedoch vergebens. Seine Beine, Arme und Hände waren mit Kabeln gefesselt, die jemand aus dem Toaster, der Kaffeemaschine, der Uhr und mehreren Lampen herausgerissen hatte, die alle zerschmettert auf dem Küchenfußboden lagen. Ein Netz aus Blut zog sich über seine Brust.

»Sie sind Mr Mason Varno?«, fragte eine Stimme mit Akzent.

Masons Blick flackerte zu einem Mann hinüber, der lässig an der Küchentheke lehnte und etwas in seinen Händen musterte. Er war Mitte sechzig und muskulös gebaut.

Wie konnte ihm entgangen sein, dass dieser Typ in die Hütte gekommen war?

Masons Blick ging zum Fenster, zu der fernen Baumreihe hinaus, und er entdeckte einen grünen Wagen, der dort parkte. Dieser Typ war gut, dass er ungesehen zur Hütte gekommen war. *Er muss uns beobachtet haben.* Vergebens suchte Mason nach einem Anzeichen von Remy und dem Baby. Hatten die sie? Wer war dieser Typ? Er konnte kein Bulle sein, nicht mit diesem merkwürdigen Akzent. Bleib cool, sagte er sich. Er könnte einen Weg aus der Sache herausfinden. Mason bewegte den Kieferknochen, um zu sprechen, aber etwas kratzte in seinem Mund. Ein Zahn. Er spuckte ihn aus.

»Hat DOA Sie wegen Lamont und Arlen geschickt?«, brachte Mason heraus.

Der Mann durchsuchte weiterhin das, was er in den Händen hielt. Mason war noch immer ziemlich benommen und konnte daher nicht sagen, was es war.

»Sagen Sie ihm, ich habe das Geld. Es ist auf dem Weg. Es wird morgen hier sein.«

Der Mann warf das, was er in den Händen gehalten hatte, in Masons Schoß. Es war Masons Brieftasche. Der Mann stellte einen Stuhl vor ihn, und in den kleinen Augen loderte die Wut.

»Wo sind Ihre Freundin Remy Toxton und das Baby, Mr Varno?«

Mason überlegte rasch. Er konnte das Risiko nicht eingehen, das Baby zu verlieren. Nicht nach allem, was sie durchgemacht hatten, nicht, wenn er so nahe dran war.

»Hier ist kein Baby. Ich weiß nicht, wovon Sie reden.«

Der Fremde zeigte die Spur eines Lächelns.

»Yanna!«, rief er und stieß dann einen Strom russischer Worte aus, und eine junge Frau erschien, die eine schmutzige Windel in den Händen hielt. Sie musste das Haus durchsucht haben. Der Mann seufzte, stand auf und blickte hinaus zum dunkler werdenden Himmel. Es klirrte metallisch, als er die Küchenschublade mit den Löffeln, Gabeln und Messern öffnete. Er wählte ein scharfes Küchenmesser. Gut geeignet für präzise Schnitte. Er strich mit der Fingerspitze über die Schneide.

»Wo ist das Baby?«

»Ich weiß es nicht.«

Der Mann beugte sich herab, packte rasch Masons Kopf, steckte die Spitze der Klinge in Masons linkes Nasenloch und zog die Schneide hoch, und dann tat er dasselbe mit dem rechten Nasenloch. Mason schrie auf, und Blut strömte ihm an Mund, Kinn und Hals herab.

»Mein Gott! Ich sage Ihnen die Wahrheit. Ich weiß es nicht.«

Ein Ast schlug gegen das Haus, gefolgt von einem Geprassel aus Schmutz und Buschwerk, und die Wolken brodelten schwarz und purpurfarben am Himmel.

»Die Wahrheit, bitte, Mr Varno.«

Die Frau drehte den Kopf. »Sie müssen es ihm sagen«, flehte sie Mason an. »Sonst wird er Sie umbringen.«

»Remy ist mit dem Baby weg! Ich weiß nicht, wo sie ist.«

»Erzählen Sie mir alles über das Baby«, sagte der Mann.

»Sie hat es auf dem Flohmarkt mitgenommen. Wir sind die Leute, die von der Polizei gesucht werden.«

Einen Moment lang sahen sich der Mann und die Frau an, einen verwirrten Ausdruck auf dem Gesicht.

»Aber sie hat ein Baby in einer Klinik in Moskau empfangen«, sagte der Mann. »Wo ist dieses Baby?«

»Moskau?« Schwer atmend vor Schmerzen begriff Mason, dass seine Lage eine neue Wendung genommen hatte. »Dieses Baby ist gestorben.«

»Gestorben?«, wiederholte der Mann.

»Totgeburt. Es ist auf einem Friedhof in Shreveport, Louisiana, begraben.«

Bei Masons Worten blinzelte der Mann heftig. »Woher kann ich wissen, dass das die Wahrheit ist?«

»Remy hat eine Sterbeurkunde in ihrer Tasche, dazu ein paar Babysachen, die ihr das Krankenhaus überlassen hat. Sie ist anschließend durchgedreht. Sie hatte Angst, dass sie ihre Abmachung mit der Agentur nicht einhalten konnte – deswegen hat sie das andere Baby mitgenommen.«

Der Mann schwieg.

»Es ist die Wahrheit. Ich schwöre, es ist die Wahrheit«, sagte Mason.

Der Mann legte das blutbeschmierte Küchenmesser auf den Tisch und wandte sich zum Fenster um. Äste und Zaunpfähle hämmerten auf das Haus ein. Der Boden bebte, als würde ein Güterzug auf sie zufahren, und dann ertönte ein ohrenbetäubendes Poltern, die Fenster zerbrachen, und das Haus explodierte rings um sie herum.

67

Nahe Afton, Texas

Mason wird das Baby verkaufen und mich dann ermorden. Das war sein Plan.

Und ich habe ihn tatsächlich geliebt und davon geträumt, ein gemeinsames Leben mit ihm zu führen!

Auf der Flucht durch das Buschland schmeckte Remy das Salz der Tränen.

Nachdem sie Masons Telefonat mitgehört hatte, hatte sie rasch gehandelt. Sie hatte das Baby in einem Arm gehalten, sich gegriffen, was sie konnte, sich eine Tasche über die Schulter geschlungen und hatte eine zweite in die freie Hand genommen. Sie war gegangen, getrabt, hatte Bäume und Büsche als Deckung genutzt und so viel Distanz zwischen sich und die Hütte gebracht wie möglich.

Ihr Herz stand dicht vor dem Zerspringen, als sie diesen grünen Wagen in der Ferne entdeckt hatte, der sich der Hütte näherte. Sie hatte sich mit dem Baby in eine Wasserrinne gekauert und einen Mann und eine Frau beobachtet, die sich heimlich und rasch an die Hütte herangeschlichen hatten. War das die Polizei, die sie verhaften wollte, oder waren es Drogendealer, die gekommen waren, um sie zu ermorden?

Es war richtig gewesen, Mason zu verlassen.

Als klar war, dass die Fremden sie nicht sehen konnten, ging Remy weiter, wobei das Wetter immer schlechter wurde.

Über ihr brodelten die Wolken.

Der Wind peitschte Zweige an ihr vorbei, und sie gab sich Mühe, das Baby abzuschirmen.

Remy musste zu diesem Mann in dem Geschäft zurück, bevor der Sturm losbrach. Sie konnte es schaffen, es war bloß ein Kilometer. Er schien nett zu sein. Vielleicht könnte er sie nach Lubbock fahren? Von dort aus könnte sie einen Bus nach Tulsa nehmen. Ihre Freundin lebte dort. Sie brauchte lediglich einen Ort, wo sie mit ihrem Baby bleiben konnte.

Die Taschen waren schwer, und das Baby quengelte. Remys Arme schmerzten, der Himmel wurde immer dunkler, und der Wind fegte immer heftiger. Die Böen warfen sie fast um.

Etwas unter ihr knisterte.

In einem Herzschlag erkannte Remy, dass sie auf die verrottete hölzerne Abdeckung eines alten Brunnens getreten war. Sie hatte nichts mehr unter sich und kämpfte darum, nicht mit dem Baby in die Schwärze zu fallen.

»Seht mal!«

Als Blake ihren SUV zu dem alten Dixon-Haus fuhr, entdeckte Jenna einen Farbfleck weit entfernt zwischen den Büschen und den hingeduckten Bäumen.

»Da geht jemand, der etwas in einem Bündel hält«, sagte Kate.

»Das ist eine Frau mit einem Baby!«, rief Jenna.

Blake drehte das Lenkrad und fuhr mit höchster Geschwindigkeit über das ausgedehnte Feld. Der Wagen hüpfte und sprang, und dabei verloren sie die Frau aus den Augen.

»Sie ist verschwunden!«, sagte Blake.

»Nach links!« Jenna zeigte hin. »Ich habe sie da gesehen! Los! Los!«

Blake drückte das Gaspedal bis zum Boden durch. Sie jagten zu der Stelle, aber da war nichts. Der schwarze Himmel brodelte und kochte, und sie stiegen aus und durchsuchten das Gebüsch.

»Hilfe! Helft mir bitte!«

Hinter einem dichten Gebüsch entdeckten sie eine Frau, die fast von der Öffnung eines Brunnens verschluckt worden war. Sie klammerte sich mit einer Hand an die rostige Verankerung des Brunnendeckels, während sich in ihrem anderen Arm ein schreiendes Baby drehte und wand.

»Oh, helfen Sie mir! Ich kann mich nicht mehr viel länger halten …«

Jenna fiel auf die Knie und erkannte in der Frau mit der blonden Perücke diejenige wieder, die Caleb am Flohmarkt mitgenommen hatte.

»Gib mir meinen Sohn!«

»Nimm Caleb, Jen!«, rief Blake, fiel zu Boden und riss die Frau in einer einzigen glatten Bewegung heraus, und Jenna nahm ihr das Baby ab.

So gewaltig die Szenerie ja auch war, die sich vor ihr abspielte, so sehr war Kate jedoch von etwas anderem gefesselt.

Ein kolossaler Tornado kam brüllend auf sie zu, und die Hütte hinter ihnen explodierte, und Bruchstücke aus Holz, Balken und Trümmern flogen umher. Schwarze Wolken bildeten eine brodelnde, herumwirbelnde, sich hoch auftürmende Wand, die sich von der Erde bis in die Ewigkeit erstreckte. Der Boden bebte, als würde eine heranjagende Lokomotive direkt auf sie zukommen.

Kate sah, wie die fremde Frau allein über das flache Land rannte und dem Ungeheuer entkommen wollte. Ihre Arme schwangen wild im vergeblichen Versuch umher, die überwältigende Gewalt abzuwehren, die sie von den Füßen hob. Sie schoss zum Himmel auf wie ein Tuch in einem Windstoß, bevor sie von dem Wirbel verschluckt wurde.

»Kate! Hier runter!«

Blake hatte Jenna und das Baby am Abhang einer kleinen Schlucht in Sicherheit gebracht, indem er sie unter dem gewaltigen Felsen eines Vorsprungs verkeilt hatte. Mit aller Kraft drückte er sie gegen den Stein, bis der kreischende Wirbelwind über sie hinweggefegt war.

Anschließend starrte Jenna Cooper ihren Jungen an und gab ihm dann einen Kuss.

Caleb lag lebend und geborgen in ihren Armen.

Sie wandte sich Blake und Kate zu und weinte, als sie lächelten.

68

Afton, Texas

Kate, Blake und Jenna, Caleb in ihren Armen, gingen zu Fuß nach Afton.

Der Tornado hatte ihren SUV mitgenommen und ihn einhundert Meter entfernt wieder fallenlassen, auf dem Dach. Überall, wohin ihr Blick auch fiel, war der Boden umgepflügt worden, als hätte etwas Gewaltiges vor Wut seine Krallen über den Planeten gezogen.

Die Wanderung über das aufgerissene Terrain ins Dorf kostete sie eine halbe Stunde. Ihre Handys funktionierten nicht – der Sturm hatte Sendemasten umgeworfen, hatte jedoch die winzige Gemeinde verschont. Zerbrochene Äste, Zaunpfähle und Erdklumpen waren über die Hauptstraße verstreut, die Gebäude jedoch unbeschädigt.

Mehrere Menschen hatten sich bei L. T. Smith's Store and Gas versammelt. Als Kate und die anderen dort eintrafen, erzählten sie einander gerade Geschichten über das Erlebte. Bei ihrem Anblick strahlte das Gesicht des Inhabers erleichtert.

»Dem Herrn sei Dank, ich bin so froh, euch zu sehen, Leute!«, sagte er. »Wir haben Leute nach Dixon's rausgeschickt, weil da jemand hinaus ist. Wir haben bisher noch nichts von ihnen gehört. Kann ich euch mit etwas dienen?«

Bevor sie reagieren konnten, kamen hinter ihnen vier Männer hereingerannt, die eine verletzte Frau auf einer Tür trugen.

Sie lag auf dem Rücken, sie lebte und stöhnte, und ihr Gesicht war ein Schleier aus Blut und Schmutz.

»Ruf einen Krankenwagen, L. T.!«, sagte einer der Männer. »Ebb Davis hat sie im Heu neben seiner Scheune gefunden. Der Wind muss sie dort hingeworfen haben. Buddy und Toby sind immer noch draußen bei Dixon's – die hat's echt schlimm erwischt.«

»Legt sie hierhin.« Der Inhaber stellte ein paar Vorratskisten neben das Brotregal, und die Männer legten die Tür mit der Frau darauf.

Während der Inhaber über sein Festnetz telefonierte, trat Jenna, mit Caleb in den Armen, zu der verletzten Frau und sah sie sich genau an.

Sie erkannte sie wieder.

»Das ist die Frau, die Caleb mitgenommen hat«, sagte Jenna, und an die Frau gewandt, fügte sie hinzu: »Warum? Warum hast du mein Baby gestohlen?«

»Tut mir leid«, stöhnte sie.

Der Inhaber telefonierte immer noch, als Kate zu ihm trat und ihn am Arm ergriff. »Rufen Sie sofort das Büro des Sheriffs an.« Und an die Männer gewandt, die sie hergebracht hatten, fragte sie: »Wo ist der Mann, der mit ihr zusammen war?«

Sie schüttelten den Kopf. »Hab niemand sonst gesehen«, erwiderte einer.

Blake und Jenna erzählten, was sie durchgemacht hatten, während weitere Leute eintrafen. Allmählich dämmerte den Zuhörern die Erkenntnis, und ein Gemurmel durchlief das Geschäft.

»Das ist das Baby vom Flohmarkt, vom Tornado in Dallas …« »Das sind die Eltern …« »Sie haben es hier gefunden …« »Sie hat gesagt, diese Frau hat ihn mitgenommen …«

Pawel Gromow und Yanna Petrova waren unter den Menschen im Geschäft, die den Sturm überlebt hatten. Als der Tornado die Hütte erreichte, war es ihnen gelungen, sich auf den Boden zu legen. Sie hatten die Zerstörung mit ein paar Schnitten an den Armen und in den Gesichtern überlebt. Ihr Wagen war auf wundersame Weise ebenfalls nicht beschädigt worden, und sie fuhren unbemerkt über einen Weg, der sich durch einen rückwärtig gelegenen Teil des Dixon-Grundstücks wand. So gelangten sie in den Ort, wo sie den Einwohnern erzählten, sie seien Touristen auf Urlaub.

Nachdem sie jetzt gehört hatten, wie die Coopers ihre Geschichte erzählten, und gedrängt vom fernen Jaulen von Sirenen, traten Gromow und Yanna auf die verletzte Frau zu. Ein Mann Anfang zwanzig mit einer Ausbildung in Erster Hilfe sagte, dass sie sich einige Rippen gebrochen habe. Er säuberte ihr das Gesicht mit einem Handtuch.

Gromow beugte sich über sie, nahm ihre Hand und fragte mit leiser Stimme: »Sind Sie Remy Toxton?«

Sie gab keine Antwort.

Die Sirenen kamen näher.

»Jetzt ist keine Zeit für Lügen.« Er drückte zu. »Sind Sie Remy Toxton?«

»Ja.«

»Sind Sie in einer Moskauer Klinik schwanger geworden?«

Remy nickte.

»Wo ist das Baby aus dieser Schwangerschaft?«

»Louisiana.«

»Shreveport?«

Ihre Brust hob und senkte sich, und sie schluchzte. »Ja, da ist er gestorben.«

Die Sirenen wurden immer lauter.

Gromow erhob sich. Sein Gesicht war eingefallen.

Er wandte sich Jenna zu und sah dann nachdenklich die Coopers an, bevor er zu Jenna trat und Caleb musterte.

»Das ist Ihr vermisster Sohn?«, fragte Gromow.

»Ja«, erwiderte Jenna.

»Er ist ein wunderschönes Baby.«

»Danke sehr.«

»Ich erkenne die Ähnlichkeit mit seinem Vater.«

Jenna lächelte.

Gromows Augen waren von Traurigkeit erfüllt, und er akzeptierte, dass sein Traum zu Staub zerstoben war. Dann verließen er und Yanna das Geschäft und bestiegen ihren Mietwagen. Vorsichtig die Trümmer umfahrend, verließen sie Afton.

Als die Sanitäter und die Polizei des Dickens County eintrafen, hielten zwei Männer in einem Truck neben ihnen und eilten in das Geschäft.

»Dixon's existiert nicht mehr. Wir haben einen toten Mann in den Trümmern gefunden«, berichtete einer. »Muss zur Jagd da draußen gewesen sein.«

»Sieht so aus, als hätte er versucht, sich festzubinden. Er war völlig in den Trümmern verstrickt«, fügte der andere atemlos hinzu.

Die Polizisten forderten Hilfe an, um einen Wagen zur Dixon-Ranch hinauszubringen, und die Sanitäter kümmerten sich um Remy Toxton. Ihre Verletzungen waren nicht lebensgefährlich.

Als die Polizisten die ersten Einzelheiten dessen erfuhren, was Jenna, Blake und Kate berichtet hatten, forderten sie die Sanitäter auf, Remy erst einmal nicht in ein Krankenhaus zu bringen.

Nach einer raschen Reihe von Anrufen bei ihrem Einsatzleiter und einigen Nachforschungen im Computer, die über das

NCIC die Details bestätigten, wurde Remy Toxton verhaftet, und ihre Rechte wurden verlesen.

Sie schwieg während des gesamten Vorgangs und fragte auch kein einziges Mal nach Mason oder nach einem Anwalt. Sie starrte zur Decke, während die Polizisten sie mit Handschellen an die Trage fesselten und dann den Sanitätern erlaubten, sie mit einem Polizisten als Eskorte ins Krankenhaus zu bringen.

Die FBI-Agenten Phil Grogan und Nicole Quinn wurden alarmiert und waren unterwegs von Lubbock hierher. Kate rief ihre Freundin Heather in Ohio an, um sie wissen zu lassen, was geschehen war, und setzte sich dann zu Jenna und Blake auf die Bank vor dem Geschäft, wo sie auf die FBI-Agenten warteten.

Die Sache sprach sich herum, und die Einwohner traten an sie heran und gratulierten ihnen.

»Etwas Gutes ist aus dem Sturm erwachsen«, sagte L. T., der Inhaber des Geschäfts, und machte ein Foto von ihnen.

Jenna Cooper konnte die Augen nicht von Caleb lassen, aber schließlich wandte sie sich doch an Kate.

»Ohne Sie hätten wir ihn für immer verlieren können. Das weiß ich in meinem Herzen. Sie sind ein guter Mensch, Kate, und auch eine ziemlich gute Reporterin. Sie haben nie aufgegeben … Sie haben nie losgelassen.«

Kate nickte, aber ihr Lächeln erlosch, als sie in die Ferne und tiefer in den aufklarenden Himmel schaute. Sie dachte an alles, was die Coopers durchgemacht hatten, und an alles, was sie bis zu diesem Augenblick in ihrem harten Leben erduldet hatte. Das Ergebnis hatte Kates Glauben wiederhergestellt, ungeachtet aller Umstände niemals aufzugeben. Denn in dem Wunder, das Jenna und Blake widerfahren war, hatte Kate Grund zur Hoffnung gefunden, dass ihre kleine Schwester vielleicht, nur vielleicht, vor all den Jahren jene Nacht im Fluss irgendwie überlebt hatte.

Kate hätte fast gelacht, denn plötzlich suchte sie ein ungestilltes Verlangen heim, jedoch tröstete sie eine Ironie des Schicksals.

Es war die Tragödie mit ihrer Schwester, die sie dazu geführt hatte, Reporterin zu werden.

Und hier bin ich, arbeitslos, und sitze auf einer riesigen Story.

Aber das spielt keine Rolle. Es ist nicht das, was ich gerade jetzt brauche.

Sie legte sich die Hände übers Gesicht und ließ den Tränen freien Lauf.

Was Kate mehr als alles andere brauchte, war, nach Ohio heimzukehren und ihre Tochter in den Armen zu halten.

Epilog

Spät in jener Nacht kehrte Kate ins Büro von Newslead in Dallas zurück.

In der Erwartung, dass ihr Presseausweis ungültig war, hatte sie vorgehabt, ihn dem Wachmann zu übergeben und sich von ihm begleiten zu lassen, um ihren Schreibtisch aufzuräumen und eine Notiz zu hinterlassen.

»Nein, Miss«, sagte er, nachdem er ihren Ausweis an sich genommen und auf seinen Bildschirm geblickt hatte. »Der ist immer noch gültig für Kate Page. Soll ich mit Ihnen hoch? Da oben ist niemand – sie sind alle schon längst nach Hause gegangen.«

»Ja, danke. Es soll alles rechtmäßig abgehen.«

»Natürlich. Ich habe nichts dagegen, die Beine zu strecken.«

Während der Aufzug nach oben fuhr, blickte Kate auf ihren Tag zurück. Nachdem sie dem FBI alles mitgeteilt hatte, was in Afton geschehen war, hatten Blake und Jenna sie nach Lubbock zurückgefahren, wo sie Interviews gegeben hatten … aber ohne Kate.

Sie hatte sich davongestohlen und einen Flug nach Dallas genommen.

Bevor sie nach Lubbock aufgebrochen war, hatten Grogan und Quinn ihr mitgeteilt, dass die Spurensicherung die Untersuchung ihres Wagens nach den Morden in Fate abgeschlossen hatte. Sie konnte ihn am Morgen beim Büro des FBI abholen. Das war gut, weil sie am folgenden Tag die Heimfahrt zurück nach Ohio antreten wollte.

Im Taxi vom Flughafen zum Büro in Dallas zeigte ihr Handy Nachrichten von Dorothea Pick, Chuck Laneer und etwa einem Dutzend Nachrichtenorganisationen an, die ein Interview mit ihr über ihren Anteil an der Story haben wollten.

Sie reagierte auf keine davon, aber ein Name fing ihren Blick ein: David Yardley von USA TODAY wollte sie für einen Artikel interviewen. Bei der Erinnerung wurde Kate warm ums Herz. Er war der Reporter bei der *Chicago Tribune* gewesen, der ihr bei ihrem Start ins Journalistenleben geholfen hatte.

Ich bin ihm etwas schuldig. Ich werde ihn anrufen, sobald ich in meinem Hotelzimmer bin. Vielleicht kann er erwähnen, dass ich einen Job in dem Geschäft suche? Sie lachte in sich hinein. *Komisch, wie sich der Kreis wieder schließt.*

Die Aufzugtüren öffneten sich in das gedämpft erleuchtete Büro.

»Wird nicht lang dauern«, sagte sie.

Der Wachmann setzte sich auf den leeren Schreibtisch neben ihrem. Kates Computeraccount war noch nicht abgemeldet worden. Sie hatte neunzehn E-Mails von Nachrichtenagenturen erhalten, die Interviews wollten. Sie beachtete sie nicht, sondern tippte eine kurze Notiz, in der sie Dorothea und Chuck dafür dankte, sie für das Praktikum und den Job in Betracht gezogen zu haben. Nachdem sie sie abgeschickt hatte, fragte sie sich einen Moment lang, weswegen Dorothea wohl Chuck abgelöst hatte.

Sie schickte Tommy Koop eine Abschiedsmail, dankte ihm dafür, ihr ein Freund gewesen zu sein und ihr geholfen zu haben. Dann räumte sie ihren Schreibtisch aus, steckte ihren Kaffeebecher und ihr Wörterbuch zusammen mit ein paar persönlichen Dingen in einen kleinen Müllbeutel, dachte, dass das eine Metapher für ihre Karriere sei, und verließ mit dem Wachmann das Büro.

Am folgenden Morgen checkte Kate im Hotel aus und nahm ein Taxi zum FBI, um ihren Wagen zu holen. Bevor sie die Fahrt nach Ohio antrat, sah sie auf ihr Handy. Weitere Nachrichten und Interviewanfragen von NBC und ABC.

Sie reagierte nicht darauf.

Als sie ihre dritte Nachricht von Chuck erhielt, entschloss sie sich, zurückzurufen. Irgendwo auf der I-30 East in der Nähe des Union Valley fuhr sie an den Straßenrand. Er meldete sich nach dem zweiten Klingeln.

»Kate, es tut mir so leid, wie alles geendet hat.«

»Mir auch.«

»Auf Seiten des Managements ging es in unserem Büro bei Ihrer Ankunft drunter und drüber. Wie Sie wahrscheinlich gehört haben, ist meine Frau erkrankt. Ich habe versucht, das für mich zu behalten, aber es hat sich im Büro herumgesprochen. Ich war während Ihres Praktikums abgelenkt, und dafür möchte ich mich entschuldigen.«

»Sie brauchen sich nicht zu entschuldigen. Ist schon okay. Ich verstehe das. Es tut mir so leid, das mit Ihrer Frau zu hören.«

»Wir haben gerade erfahren, dass es etwas sehr Ernstes ist. Krebs.«

»Oh mein Gott, Chuck – das ist furchtbar.«

»Deswegen hat Dorothea übernommen. Fraglos hatte sie einen Plan. Ich habe inzwischen erfahren, dass bei ihr zwei Dinge gegen Sie sprachen.«

»Und zwar welche? Das verstehe ich nicht.«

»Mandy Lees Vater arbeitete bei der *Dallas Morning News* und hatte Dorothea ihre erste Stelle verschafft. Vermutlich hatte sie ihm insgeheim garantiert, dass sie diesen Gefallen erwidern und Mandy Lee anheuern würde. Sie hatte wohl nicht damit gerechnet, dass Sie so gut waren.«

»Das hat sie benutzt, um mich zu feuern?«

»Ja, sie hat Himmel und Hölle in Bewegung gesetzt, während ich im Krankenhaus und sie quasi Bürochefin war. In unserer gemeinsamen Zeit haben sich Dorothea und ich nie unter vier Augen getroffen, aber dagegen kann man jetzt nichts mehr machen. Ich musste mir freinehmen, um bei meiner Frau zu sein.«

»Ja, natürlich.«

»Ich weiß, das ist nur ein geringer Trost, aber Sie waren die bei weitem beste Kandidatin für die Stelle, und das habe ich auch in New York gesagt. Aber Dorothea hat Ihre Weigerung, ihren Anordnungen zu folgen, gegen Sie verwendet und Mandy angeheuert. Dorotheas Sache stand auf schwachen Füßen, aber Sie waren eine Praktikantin ohne Schutz und Unterstützer. Ich habe versucht zu intervenieren, wurde jedoch überstimmt.«

»Vielen Dank, Chuck. Noch mal, es tut mir so leid mit Ihrer Frau und Ihnen. Ich werde immer an Sie beide denken.«

»Danke sehr.« Er räusperte sich. »Nun, Kate, Sie hassen mich vielleicht dafür, aber ich bin immer noch ein Reporter. Würden Sie mir ein kurzes Interview über den Fall Cooper für einen Artikel bei Newslead gewähren?«

»Nun ja, ich habe bereits mit *USA TODAY* gesprochen, ein Gefallen für einen alten Freund.«

»Verstehe, aber würden Sie auch in Betracht ziehen, mit Newslead zu sprechen?«

»Ich spreche mit Ihnen, Chuck.«

»Danke, Kate. Oh, bevor wir anfangen – ich habe einen Anruf für Sie von einem jungen Mann namens Cody Warren angenommen. Vor einer Weile haben Sie eine kleine Meldung über die Suche nach der Person gebracht, die seinen Vater bei einem Verkehrsunfall überfahren hat.«

»Ich erinnere mich.«

»Die betreffende Person hat vermutlich Ihren Artikel gelesen und Selbstanzeige erstattet. Wir werden der Sache weiter nachgehen.«

»Gut«, sagte sie. »Das ist gut. Ich bin froh, das zu hören.«

Kate sprach fast zwanzig Minuten lang mit Chuck, während Autos und große LKW auf der Interstate an ihr vorüberdonnerten. Dann wischte sie sich die Tränen weg, fuhr wieder auf die Autobahn und verließ Texas.

Bevor Pawel Gromow und Yanna Petrova nach Russland zurückkehrten, fuhren sie nach Shreveport, Louisiana. Nachdem sie einige vorsichtige Erkundigungen eingeholt hatten, besuchten sie einen kleinen Friedhof, wo Gromows Enkelsohn begraben lag. Sie fanden ein Schild für Baby Toxton.

Sie hinterließen Blumen.

Remy Toxton wurde nach Dallas gebracht, wo sie im Fall von Caleb Coopers Entführung mit dem FBI kooperierte. Sie blickte einer fünfundzwanzigjährigen Gefängnisstrafe entgegen. Um die Strafe etwas zu reduzieren, hatte sie Hinweise geliefert, die nach Chicago und zu einer Durchsuchung von Hedda Knights Anwaltsbüro führten.

Anfangs hatte Hedda abgestritten, Remy zu kennen, und bemerkt, dass sie nie einen Fuß nach Texas gesetzt habe. Kriminalbeamte entdeckten Heddas kürzlich erworbenes Ticket für einen Flug nach Dallas, der wegen des schlechten Wetters gestrichen worden war. Sie fanden weitere Aufzeichnungen und erhoben Anklage gegen Hedda wegen ihrer nationalen und internationalen Aktivitäten im Babyhandel.

Zurück in Lancaster, Texas, machten sich Jenna und Blake daran, ihr Haus und ihr Leben mit Caleb und Cassie wieder aufzubauen. Cassie wollte die Hand ihres kleinen Bruders einfach nicht mehr loslassen.

»Ich will nicht, dass er jemals wieder wegfliegt.«

Währenddessen blieb Jenna mit Kate Page in Verbindung.

Im Lauf der Zeit erholte sich Kate wieder.

Wieder daheim bei Grace zu sein war Balsam für sie beide. Und obwohl Kate nach wie vor arbeitslos war und Rechnungen zu begleichen waren, wusste sie auch, dass sie gesegnet war. *Unser Leben ist zerbrechlich,* dachte sie. *Wir sind verwundbar, denn wir sehen uns Kräften gegenüber, die wir nicht beherrschen können, die alles vernichten können, was wir schätzen.*

In den Wochen nach ihrer Rückkehr verfasste Kate einen langen Artikel für *Vanity Fair* über ihre Erlebnisse in Texas und den Fall Caleb Cooper. Er wurde sehr gut bezahlt, so dass sie einige Rechnungen begleichen konnte. Ihre schrecklichen Erlebnisse führten ebenfalls zu ein paar Jobangeboten bei Nachrichtenorganisationen im ganzen Land.

Sie wusste nicht genau, was sie tun würde.

Fast zwei Monate nach ihrer Rückkehr nach Ohio überlegte Kate ernsthaft, einen Job in Minneapolis beim *Star Tribune* anzunehmen, als Chuck Laneer sie mit guten Nachrichten anrief. Seine Frau hatte sich erholt, die Ärzte waren zuversichtlich, dass sie die Sache im Griff hatten, aber die beste Behandlung und Therapie gab es in New York.

»Wir ziehen dorthin, und von Newslead habe ich eine neue leitende Position im Welt-Hauptquartier in Manhattan bekommen. Außerdem haben sie mich ermächtigt, ein neues Reporterteam aufzubauen.«

»Das ist großartig«, sagte sie. »Ich freue mich so für Sie.«

»Kate, ich möchte Ihnen einen Job bei Newslead in New York anbieten. Die Bezahlung ist sehr gut. Wir unterstützen

Sie beim Umzug, und Sie werden sich nie mehr Sorgen wegen Dorothea Pick machen müssen. Sie hat die Stelle aufgegeben und verfolgt eine Karriere in der Politik.«

»Ich weiß nicht, was ich sagen soll, Chuck.«

»Lassen Sie sich etwas Zeit zum Überlegen.«

»Okay, vielen Dank.«

Kate war völlig aufgeregt, als sie durchs Haus ging und die Möglichkeiten bedachte. Ihr Traum, für eine größere Nachrichtenagentur in New York zu arbeiten, wurde wahr. Irgendwie war sie in ihr Zimmer geraten, saß auf ihrem Bett und hielt Chilly in den Armen, den Eisbären, der ihrer Schwester gehört hatte. Augenblicke später betrachtete sie die winzige Halskette mit dem Schutzengel, auf der Vanessas Name eingraviert war.

Ein Sturm der Erinnerungen fegte Kate zurück durch die Zeit, über alles hinweg, was sie in ihrem Leben erlitten hatte, und Tränen standen ihr in den Augen.

Grace kam ins Zimmer.

»Bist du traurig, Mama?«

Kate fasste sich wieder, wischte sich die Wangen, zog Grace hoch auf ihr Bett und nahm sie in die Arme. »Denke bloß über viele Dinge nach.«

»Was für Dinge?«

»Wie glücklich ich bin, dich als mein Kind zu haben, und so was.«

»Ist das wegen dem Anruf, den du gerade bekommen hast?«

»Vermutlich. Deswegen muss ich über viel nachdenken.«

»Wie zum Beispiel?«

»Wie zum Beispiel, nach New York City zu ziehen.«

»Oh, wo Stuart Little lebt? Mit den ganzen echt großen Häusern?«

»Ja, und dem Central Park und den U-Bahnen, die unter

der Erde fahren, und der großen Santa-Claus-Parade und dem Spielzeuggeschäft mit dem Riesenrad.«

Graces Augen wurden immer größer.

»Meinst du, das würde dir gefallen, Liebes? In einer so großen Stadt zu leben?«

Sie nickte heftig. »Aber ich würde meine Freundinnen so sehr vermissen.«

»Ich auch, aber wir bekommen neue Freunde.«

»Wie Stuart Little.«

»Genau – wie Stuart Little.«

Kate kitzelte Grace, und ihr Gelächter erfüllte das Zimmer.

Danksagungen

Als ehemaliger Polizeireporter verfüge ich über ein grundlegendes Verständnis der Polizeiarbeit und der Gesetzgebung. Für diese Geschichte habe ich mir jedoch viele kreative Freiheiten erlaubt. Ich bin zahllose Male in Texas gewesen, behaupte jedoch nicht, Experte in örtlichen Angelegenheiten zu sein.

Mein Dank geht an zwei Kollegen aus dem Nachrichtengeschäft, Paula LaRocque, früher bei der *Dallas Morning News,* die so freundlich gewesen ist, mich mit der texanischen Journalisten-Legende O. K. Carter in Verbindung zu bringen, dem ehemaligen Herausgeber des *Arlington Citizen-Journal* und des *Arlington Star-Telegram.* Wenn alle Beschreibungen glaubhaft klingen, die mit den Vorgängen in einer Nachrichtenagentur zu tun haben, dann ist das ihnen beiden zu verdanken.

Wenn etwas nicht stimmt, liegt die Schuld bei mir.

Ich habe mein Bestes getan, die meteorologischen Aspekte der Geschichte akkurat darzustellen, und entschuldige mich bei Experten für jegliche Irrtümer. Wiederum habe ich mir Freiheiten als Romanautor genommen.

Mein Dank geht an Amy Moore-Benson, an Emily Ohanjanians und die unglaublichen Lektorats-, Marketing-, Verkaufs- und Werbeteams bei Harlequin und MIRA Books.

Wie stets geht mein Dank an Wendy Dudley.

Besonders danke ich Barbara, Laura und Michael.

Für die Leser ist es wichtig zu wissen, dass ich von der harten Arbeit und der Großzügigkeit vieler Menschen profitiert habe, um dieses Buch zu schreiben, zu viele, um ihnen allen einzeln zu danken.

Das bringt mich zum wichtigsten Teil des ganzen Unternehmens: Sie, die Leser. Dieser Aspekt ist für mich so etwas wie ein Credo geworden, das immer wieder gesagt werden muss.

Vielen Dank für Ihre Zeit, denn ohne Sie bliebe ein Buch eine unerzählte Geschichte. Vielen Dank, dass Sie in Ihrem Leben eine Pause eingelegt und die Reise unternommen haben. Ich schätze mein Publikum auf der ganzen Welt zutiefst, darunter auch diejenigen, die von Anfang an mit dabei gewesen und immer in Kontakt geblieben sind. Vielen Dank für alle Ihre freundlichen Worte. Ich hoffe, Sie haben die Fahrt genossen und sehen einmal nach, was ich zuvor geschrieben habe, und warten auf die nächste Geschichte. Ihre Rückmeldung ist mir sehr willkommen. Schauen Sie einmal bei www.rickmofina.com vorbei und abonnieren Sie meinen Newsletter und schicken mir eine Nachricht.

Rick Mofina
www.facebook.com/rickmofina
www.twitter.com/rickmofina